LITERATURWERKSTATT

Silvia Götschi

ASCHENPUTTEL

Kramers zweiter Fall

myclimate neutral Drucksache
No. 01-12-618048 – www.myclimate.org

FSC www.fsc.org
MIX
Papier aus verantwortungsvollen Quellen
FSC® C015210

1. Auflage 2012

Literaturwerkstatt Küssnacht, Kt. Schwyz
Umschlaggestaltung und Satz: Touch Design AG, Luzern
Druck und Bindung: Speck Print AG, Baar
Made in Switzerland
ISBN: 978-3-9523927-2-0

LITERATURWERKSTATT

Literaturwerkstatt GmbH, CH-6403 Küssnacht
www.literaturwerkstatt.ch

Immer wieder schliessen sich Kreise –
solange, bis man sie durchbricht.

Ein kaum wahrnehmbares Knistern bahnt den Weg vom Traum in die Wirklichkeit. Der fremde Geruch ist plötzlich überall. Tarek setzt sich auf. Zuerst sieht er nur vage den Widerschein eines flackernden Lichts durch den Türspalt zum angrenzenden Atelier. Ob er vergessen hatte, das Licht auszumachen? Auf einmal weiss er, was er beim Aufwachen gerochen hat: Terpentin. Oder ist es Benzin? Tarek springt mit einem Satz aus dem Bett. Er erreicht die Türe, bleibt jedoch unvermittelt davor stehen. Aus dem Raum hört er ein Knacken und Prasseln, das ihn an einen Kamin erinnert. Früher hatte *Dedecek*, sein Grossvater in Bratislava, Holzscheite in den Herd geschoben, alte Zeitungen zerknittert und eingefüllt, damit das Feuer genug Nahrung fand.

Feuer! Auf einmal sind seine Gedanken so klar, als hätte jemand den Schleier seiner Schlaftrunkenheit von seinen Augen gerissen.

In seinem Atelier brennt es!

Er versucht, sich zu erinnern, ob er vor dem Schlafengehen eine Kerze angezündet und sie nicht wieder ausgelöscht hat. Eine Weile steht er vor der Tür und lauscht. Er muss sie öffnen, um sicher zu gehen, dass er sich nicht täuscht. Die Türfalle ist heiss, der Rauch beissend, der durch die Türritze dringt. Tarek stösst die Türe auf. Bleibt erstarrt stehen. Die gegenüber liegende Wand scheint es nicht mehr zu geben. Die Flammen fressen sich wie tausend rote Zungen allmählich durch den Raum, die Bilder in sich verschlingend. Die Monde verschwinden im Zickzack glühender Spiralen. Die düsteren Landschaften verwandeln sich in höllische. Augen brechen auseinander, Gesichter zerfliessen in Purpur.

Kunst entsteht oft im Ereignis der Gegenwart, schiesst es Tarek durch den Kopf. Er müsste diesen Augenblick festhalten, der sich ihm wie ein Gemälde offenbart.

Die Farben! Er muss die Farbkübel entfernen. Tarek macht einen Schritt vorwärts, hinein ins Inferno. Die Hitze ist unerträglich. Er bückt sich, kriecht über den Boden und erreicht an der hinteren Wand das Regal mit den Acrylfarben. Die Kübel sind verschlossen, ihre Aussenwände heiss. Geistesgegenwärtig trägt Tarek sie durch den beissenden Qualm in sein Schlafzimmer. Stellt sie hin, kehrt zurück und rettet, was noch zu retten ist. Ein paar Bilder sind unversehrt. Er könnte schreien.

Von weit her vernimmt er das Horn der Feuerwehr, der tiefe Zweiklang, der sich unwesentlich vom Martinshorn unterscheidet. Ein aufheulendes Motorengeräusch, das stotternd erstirbt. Irgendwo draussen. Vielleicht vor dem Haus. Tarek öffnet das Fenster.

In diesem Moment schlagen ihm die Flammen aus dem Atelier wie eine Faust entgegen. Einem Riesenwurm gleich schnellen sie gegen seinen Körper. Tarek springt zur Seite, überrollt sich und hangelt nach dem alten Teppich vor seinem Bett. Benommen bleibt er liegen.

Die Wohnungstür fällt nach innen. Zwei behelmte Gestalten nähern sich ihm.

Das Zischen des Wassers hat etwas Beruhigendes. Der Strahl trifft mitten in sein Gesicht.

«Sind Sie verletzt?» Einer der Männer zieht ihn aus dem Zimmer ins kühle Treppenhaus. Dort steht die alte Dame von nebenan. Signora Vasallo. Sie sieht gespenstisch aus in ihrem langen grauen Nachtgewand. Tarek nimmt sich vor, sie zu malen. Wenn er überhaupt jemals wieder malen würde. Was ist aus seinen Bildern geworden? Er setzt sich auf den untersten Treppenabsatz und legt den Kopf in die verschränkten Arme. Er weiss nicht, wie das alles hat geschehen können. Irgendjemand muss in sein Atelier eingedrungen sein und das Feuer gelegt haben. Er fühlt sich zu müde, um darüber nachzudenken. Aber er weiss, dass er wieder Feinde hat. Solche, die ihm sogar nach dem Leben trachten. Der Überfall neulich in Zürich hat vielleicht einen Zusammenhang mit dem Brand. Er hätte das nicht auf die leichte Schulter nehmen sollen.

«Kann ich Ihnen einen Tee machen?» fragt die Gespenstische.

«Davon werde ich krank.» Tarek lehnt dankend ab. Ein Whisky wäre ihm lieber gewesen.

«Hat man denn bei Ihnen eingebrochen?» Neugierig reckt die Alte den Hals. Ein faltiger Hals, stellt Tarek fest. Sofort sind diese Bilder da, wie sie immer da sind, wenn er sich mit Ungewöhnlichem konfrontiert sieht – oder mit dem Gewöhnlichen des Alltags. «Künstler erleben sämtliche Eindrücke auf verschiedenen Ebenen», hatte ein Lehrer ihm einmal erklärt.

«An meiner Tür hängt so eine Vorrichtung, wissen Sie, so ein Schloss mit Kette, die ich immer einhänge, wenn ich zuhause bin. Da kommt gar keiner rein, sage ich Ihnen ...» Signora Vasallo glotzt ihn verständnislos an. «Sie sind ganz russig im Gesicht.»

Tarek erhebt sich erschöpft. Er will nichts erwidern. Nicht jetzt. Aus dem Innern seiner Wohnung vernimmt er Geschäftigkeit. Ein Durcheinander an Rufen. Als einer der Feuerwehrmänner zurückkehrt, geht er mit diesem die Treppe hinunter. «Sieht es schlimm aus?» Eigentlich will er die Antwort nicht hören.

«Ich bin vorsichtig», sagt der Uniformierte, «aber ich denke, dass Ihre Bilder grossen Schaden erlitten haben. Doch dank der Bauweise haben Sie unendlich viel Glück gehabt. Das Haus besteht mehr oder weniger aus Steinmauern. Das Feuer ist so gut wie unter Kontrolle.»

Tarek weiss nicht, wie er darauf reagieren soll. «Wann kann ich wieder zurück in meine Wohnung?»

«Im Moment gibt es ziemliche Wasserschäden, die in nächster Zeit behoben werden müssen. Ich glaube, dass Sie sich vorübergehend eine andere Unterkunft suchen müssen. Sind Sie versichert?»

Tarek verneint. «Versicherungen sind etwas für Pessimisten.»

Der Mann hustet verlegen. «Die Polizei könnte ein Interesse an Ihrer Wohnung haben. Allem Anschein nach wurde das Feuer mutwillig gelegt. Die Türe auf der andern Seite Ihres Ateliers ist aufgebrochen.»

Donnerstag, 31. Januar

Der Notruf traf um sieben nach fünf in der Zentrale der Kantonspolizei Luzern ein. Thomas Kramer hatte soeben seinen Dienst angetreten und war den Umständen entsprechend noch nicht richtig wach. Er hatte den Abend zuvor mit Freunden am Fasnachtsball im Hotel Schweizerhof verbracht. Sein Kopf schmerzte. Sein Hals fühlte sich taub an. «Du solltest», hatte seine Frau Isabelle am Morgen beim Kaffeetrinken gesagt, «in deinem Alter keine solchen Partys mehr besuchen, wenn du sie nicht verträgst.» Im Dezember hatte er seinen 48. Geburtstag gefeiert.

Marion, die Empfangssekretärin, verband ihn mit der Anruferin. Die Stimme am Telefon klang hysterisch, nicht sehr gut verständlich, weil im Hintergrund Paukenschläge und blecherne Musik zu vernehmen waren. Wörter wie «viel Blut ... kein Puls ... Kollaps ...», drangen an Thomas' Ohr. Vergeblich versuchte er die Frau zu beruhigen. Ihre Stimme zitterte. «Ich glaube, sie sind angeschossen worden. Zwei Männer liegen auf dem Boden. Einer rührt sich nicht mehr ...»

«Geben Sie mir den Standort an.» Thomas hangelte nach einem Streifen Papier, der vor ihm auf dem Pult lag.

«Auf dem Kapellplatz, in der Nähe des Brunnens ...»

«Des Fritschi-Brunnens?»

«Weiss ich, wie der heisst?» Die Frau wurde ungehalten. Offensichtlich stand sie unter einer schweren seelischen Belastung.

«Wir werden in einigen Minuten bei Ihnen sein.» Thomas bat sie, die Verletzten möglichst ruhig zu lagern und wenn es ging, nichts zu berühren. «Ich werde sofort den Notfalldienst verständigen.» Er drückte die Austaste, dann wählte er die Nummer des Kantonsspitals. Er bat die Empfangsdame, einen

Arzt und den Krankenwagen zum Kapellplatz zu schicken. «Mir wurde soeben mitgeteilt, dass dort zwei Verletzte liegen, wahrscheinlich mit einer Schusswunde.»

«Sie sind schon der Dritte, der uns deswegen anruft», sagte sie. «Können Sie den Tatort genauer lokalisieren?»

«In der Nähe der Sankt Peters-Kirche, neben dem Fritschi-Brunnen. Es scheint ein ziemliches Chaos zu herrschen… Heute ist Schmutziger Donnerstag», fügte Thomas hinzu, rügte sich aber für diesen unnötigen Kommentar. Das wusste die Frau am Telefon auch ohne ihn. Er beendete das Gespräch. Seine nächsten beiden Anrufe galten seinen Mitarbeitern, Armando Bartolini vom Ermittlungsdienst und Guido Amrein von der Spurensicherung. Armando erwischte er sofort. Bei Guido musste er es eine Weile klingeln lassen.

Thomas wusste nicht, was auf ihn zukommen würde. Er hatte einen hektischen Monat hinter sich, den er mehrheitlich im Büro verbrachte, nachdem man ihn nach dem grässlichen Fall im letzten November befördert hatte. Sein Vorgänger Sidler hatte ihm ein schwieriges Erbe hinterlassen, das es nun aufzuräumen galt. Doch seit einer Woche richtete Thomas seine Tätigkeit wieder vermehrt nach aussen.

Die Gewaltakte jugendlicher Täter hatten zugenommen, in zwei Fällen hatte Thomas mit seinen Leuten aufgrund häuslicher Gewalt ausrücken müssen, und bereits dreimal wurde er in Kleinunternehmen gerufen, wo ein Chef von einem Angestellten bedroht wurde.

Thomas zog den Mantel über, griff nach seiner Mappe, in der er sein Diktafon, einen Schreibblock und mindestens fünf Schreibstifte untergebracht hatte, und verliess sein Büro im dritten Geschoss. Er schloss die Türe ab und sah währenddessen auf das Schild und den Text, der über seinem Namen stand: *Chef des Ermittlungsdienstes*. Er nickte für sich und schritt stolz zum Aufzug. Seit Anfang letzten Jahres hatte sich vieles geändert. Nicht nur, dass er in der polizeilichen Hierarchie eine Sprosse höher gekommen war; er hatte den beruflichen Aufstieg zum Anlass genommen, seinen Körper zu ertüchtigen. Isabelle hatte ihm zu Weihnachten ein Abonnement für den Migros Fitnesspark an der Haldenstrasse geschenkt, den er regelmässig besuchte. Er fühlte sich richtig gut. Der Aufzug befand sich auf seinem Stockwerk. Die automatische Türe öffnete sich. Thomas stieg ein und fuhr ins Erdgeschoss.

Marion winkte ihm zu. «Alles klar?» Sie schüttelte ihre blonde Mähne und blickte über den Brillenrand. «Du hast die Anruferin hoffentlich besser verstanden als ich.»

«Es ist mir ein Rätsel, was da geschehen ist», entgegnete Thomas. «Es könnte eine Schiesserei gegeben haben. In zehn Minuten weiss ich hoffentlich mehr.» Er teilte ihr mit, dass er auf seinem Mobiltelefon zu erreichen sei, falls ihn jemand suchte. Einen Augenblick blieb er stehen und sah zu Marion hin. Sie sah sehr glücklich aus. Wahrscheinlich lag es daran, dass sie mit Guido Amrein eine gute Beziehung lebte. Er dachte an seine eigene Ehe und fragte sich, wann er mit Isabelle zum letzten Mal geschlafen hatte. Im letzten Dezember? Es war schon eine Ewigkeit her.

Armando wartete auf dem Parkplatz vor dem Gebäude der Kantonspolizei. Seit er mit seiner neuen Lebensabschnittspartnerin Nora Helbling zusammen gezogen war, wohnte er zwei Strassen neben der Kasimir-Pfyffer-Strasse und war schnell zur Stelle. Thomas stieg ein. Er warf einen kurzen Blick an die Fassaden des Polizeigebäudes, in dessen Fenstern sich der dunkle Morgen spiegelte.

«Was genau ist geschehen?» Armando rieb sich die Augen. Er startete den Motor und fuhr los.

«Zwei Verletzte, einer davon schwer, wie ich vermute.» Thomas legte sich den Sicherheitsgurt um. Aus der Dunkelheit kamen plötzlich vier Gestalten in riesigen Köpfen auf sie zugelaufen. Instinktiv schnellte Armando auf die Bremse.

«*Maledetto*, ich hasse die Fasnacht», empörte er sich. «*Che cretini stupidi*! Ich hätte sie fast überfahren.» Er setzte das Blaulicht und das Martinshorn in Betrieb. Die Gestalten hasteten erschrocken über die zweite Strassenhälfte.

Thomas lehnte angespannt in den Sitz und sah nach draussen, wo sie jetzt an grauen Häuserzeilen entlang fuhren. Aus dem dunklen Schlund der Gassen tauchten ab und zu ein paar Kostümierte auf.

«Ich mag die Fasnacht», sagte Thomas. «Aber das versteht man nur, wenn man hier aufgewachsen ist.» Sie bogen in die Hirschmattstrasse und rasten in Richtung Pilatusplatz. Sie überfuhren das Rotlicht, rasten vorbei an stehenden Autos, die ausgeschert an der Fahrbahn warteten. Sie überholten einen Linienbus und erreichten den Bahnhofplatz. Vor dem Bahnhof standen Musikanten in bunten Gewändern und schmetterten Beethovens fünfte Sinfonie in wohltuender Disharmonie.

Über die Seebrücke und dem Quai entlang wand sich ein kilometerlanger Blechwurm. Zwischendurch sah man immer wieder wogende Gipsköpfe. Eine Guggenmusik kam aus entgegengesetzter Richtung. Im fahlen Schein der Strassenleuchte wirkten ihre riesigen Köpfe unheimlich. In einer Viererformation zogen sie über die Bahnhofstrasse die Reuss entlang. Auf Pauken einschlagende Gnomen. Dahinter im Gleichschritt ziehende Figuren an der Spitze eines Wagens, der an Graf Draculas Schloss erinnerte. Der Zug wirkte düster, fast morbid. Thomas sah ihm nach. Er wäre jetzt gern mitgegangen.

Armando drückte aufs Gaspedal und raste an einem weiteren Tross vorbei. Thomas forderte ihn auf, seine Energien im

Zügel zu halten.

«Ist etwas mit deiner Stimme?», wunderte sich Armando.

Thomas seufzte. «Zuviel gesungen, zuviel getanzt.»

«Das fängt ja gut an», meinte Armando. «Die Fasnacht hat noch nicht mal richtig begonnen, und du leidest schon an ihren Folgeerscheinungen.»

«Ich wurde gestern von Andreas Heer, dem Gemeindepräsidenten von Meggen persönlich eingeladen. Sonst meide ich solche Bälle grundsätzlich.»

«Und Isabelle?»

«Die zieht die Strassenfasnacht vor.»

«Das kann ich nicht nachvollziehen.» Armando gab noch ein wenig mehr Gas.

«Unter uns gesagt», meinte Thomas, «kann ich das Theater um Fussball, wie du es manchmal veranstaltest, genauso wenig nachvollziehen.»

«Das ist etwas anderes. Das sind Emotionen. Das ist Sport.» Armando ereiferte sich dermassen, dass er ganz vergass, wo er sich befand. «Das ist Herzblut!»

«Wenden!», rief Thomas, als sie vor der Hofkirche ankamen. Die zwei Türme bohrten sich gespenstisch in den Nachthimmel. «Wir müssen zum Kapellplatz, schon vergessen?»

Armando riss das Steuer herum. Sie fuhren ins Stadtinnere zurück. An jeder Ecke standen Musikgruppen in bunten Gewändern und kunstvoll gestalteten Masken und Köpfen. Vor dem Hotel Schweizerhof hatte ein Wagen des Lokalradios geparkt. Ein Sprecher dokumentierte mit sich überschlagender Stimme das Ambiente des Schmutzigen Donnerstags und sparte nicht an Lob für den diesjährigen Zunftmeister. Er hatte wohl keine Ahnung, was ein paar Meter nebenan geschehen war. Armando musste das Tempo drosseln. Die Narren gingen nur langsam auseinander. Blaulicht und Martinshorn versagten den Dienst. Die Polizei war ungewollt Teil der Fasnacht geworden. Jemand bewarf sie mit Konfetti.

Nach dem Schwanenplatz bogen sie auf den Kapellplatz ein. Der Polizeiwagen fuhr durch eine schmale Gasse von Maskierten, welche den Weg zum Platz nun freihielten, auf dem ein Krankenwagen stand. Armando brachte den Wagen zum Stehen.

Thomas sprang vom Sitz. Ausser Atem gelangte er zu den Männern des Rettungsdienstes. Einer von ihnen hielt eine Taschenlampe in der Hand und leuchtete auf den Boden. Thomas sah auf einen Mann, der seltsam verkrümmt in einer riesigen Blutlache auf dem Kopfsteinpflaster lag. Der Boden war durchmischt mit Papierfetzen und Konfetti. Thomas blickte auf ein Loch, das in der linken Brusthälfte klaffte.

«Wir konnten leider nichts mehr für ihn tun», rief einer der Sanitäter und erhob sich, während er Thomas die Hand entgegenstreckte. «Dieter Habermacher, Notfallarzt», sagte er laut. Der Kapellplatz glich einem Hexenkessel. Aus der Gasse dahinter tönten rhythmische Trommelschläge, eine Pfeife. «Der Mann muss sofort tot gewesen sein. Ein Schuss durchs Herz. Wir haben den Platz hier notdürftig gesichert.» Er wies nach hinten zum Sanitätswagen. «Da sitzt ein weiteres Opfer. Ein Mann wurde am Arm verletzt ... wahrscheinlich vom Durchschuss des Projektils. Er hat Glück gehabt. Ausser einer Fleischwunde hat er nichts abbekommen.»

«Halten Sie sich zu unserer Verfügung», bat Thomas ihn. «Dr. Lohmeyer und die Leute der Spurensicherung werden bald hier sein.» Er beobachtete Armando, der den Tatort mit einem Plastikband absperrte.

Thomas kehrte zum Dienstwagen zurück. Er setzte sich hinein und schloss die Tür. Der Lärm drang gedämpft ins Innere. Thomas rief den neuen Chef der Kriminalpolizei, Marc Linder, an und schilderte ihm in groben Zügen den Tatort und den Verdacht auf ein Tötungsdelikt durch Erschiessen. «Einen weiteren Mann hat es ebenfalls getroffen. Er schwebt aber nicht in Lebensgefahr. Er wird vor Ort behandelt. Ich werde sofort die erforderlichen Massnahmen ergreifen und sobald die Spurensicherung eingetroffen ist, den Tatbestand aufnehmen und mit der Zeugenbefragung beginnen.» Er beendete das Gespräch, nachdem ihm Linder versprochen hatte, den Untersuchungsrichter Anton Galliker sofort zu informieren.

Thomas ging zurück zu Armando und zog sich Vinylhandschuhe über. In diesem Moment bog der weisse Camion des Technischen Dienstes auf den Platz ein. Guido Amrein und Leo Brunner stiegen aus. Hinter ihnen erschien der Fotograf Benno Fischer. Thomas vermutete, dass Guido ihn auf dem Weg hierher aufgegabelt haben musste. In der Regel war Benno immer zu spät. Auch seit seiner Blitzscheidung Mitte Dezember. Jetzt war er mit einer jungen Frau zusammen und erfand neue Ausreden.

«Das muss einmal ein hübscher Mann gewesen sein», sagte Thomas zu Armando, der neben ihn getreten war. Er kniete nieder und streifte dem Toten die Handschuhe ab. Er drehte die Handfläche des Opfers nach aussen. «Er hat eine aussergewöhnlich dunkle Haut. Siehst du diese Streifen da? Nur Farbige haben solche Hände.»

Armando pflichtete ihm bei. «Dann verstehe ich nicht, weshalb er auf seinem Gesicht Schminke trägt.»

«Während der Fasnachtstage muss man nicht immer alles verstehen.» Thomas wandte sich an seinen Mitarbeiter. «Ich lasse dich dann mal den Tatbestand aufnehmen. Ich nehme an, dass Dr. Lohmeier bald eintreffen wird. Ich werde mich um das zweite Opfer kümmern.» Er liess Armando beim Toten zurück.

Ein Mann mittleren Alters und in einem Froschkostüm sass im Ambulanzwagen. Der rechte Oberarm war einbandagiert. Sein grünes Gesicht schien vor Schmerz verzerrt.

«Mein Name ist Thomas Kramer, Chef des Ermittlungsdienstes.» Thomas zückte seinen Ausweis. «Fühlen Sie sich imstande, mir ein paar Fragen zu beantworten?»

«Wenn es sein muss», gab sich der Frosch bedeckt und stöhnte.

«Können Sie mir Ihre Personalien angeben?»

«Was soll ich? Ich bin kein Krimineller. Ich dachte immer, dass ich hier meinen Frieden habe.»

«Den werden Sie auch in Zukunft haben, hoffe ich.» Thomas rang nach den richtigen Worten, während der Frosch ihn unterbrach.

«Ich habe mich in der Schweiz gut angepasst. Ich mache sogar an der Fasnacht mit.» Sein Froschmaul zog sich an beiden Enden in die Höhe.

«Das ist offensichtlich.» Obwohl Thomas die Nationalität seines Gegenübers erahnte, fragte er: «Wie heissen Sie? Woher kommen Sie?» Dabei beförderte er Block und Schreibstift aus der Mappe. Das Diktiergerät liess er dort, wo es war.

«Yusef Costic. Ich wohne in Kriens.»

«Ihre Nationalität?»

«Ursprünglich aus Serbien», antwortete der Frosch und bestätigte Thomas' Vermutung.

Thomas notierte es. «Erinnern Sie sich, wie spät es war, als Sie getroffen wurden?»

«Unmittelbar beim Urknall.» Costic lehnte sich zurück. «Ich dachte zuerst, der Mann neben mir zwicke mich in den Arm. Der Schmerz traf mich mit voller Wucht. Wenn neben mir niemand gestanden hätte, wäre ich wahrscheinlich gleich zu Boden gegangen. So fiel ich mit Verzögerung.»

«Was ist dann geschehen?»

«Ich wusste nicht, dass jemand geschossen hat.» Das war nicht die Antwort auf seine Frage.

«Mögen Sie sich an irgendwelche Einzelheiten erinnern?», fragte Thomas weiter. «Haben Sie etwas Verdächtiges festgestellt?»

«Der Mann neben mir zeigte auf meinen Arm. Da war viel Blut.»

«Und den Mann, der jetzt am Boden liegt, haben Sie nicht gesehen?»

«Doch schon. Aber er war schon tot.» Costic fuchtelte mit dem unverletzten Arm über seinem Kopf. «Ich weiss, wie ein Toter aussieht ...»

Thomas reichte ihm seine Karte. «Ich muss Sie bitten, heute Nachmittag um halb zwei zur Kriminalpolizei zu kommen. Wir müssen Ihre Aussage protokollieren und Ihnen noch ein paar Fragen stellen. Melden Sie sich da bitte bei Frau Mathieu.»

Costic verzog sein Gesicht zu einer Grimasse. «Ich glaube nicht, dass der Schuss mir gegolten hat.»

«Davon ist auszugehen. Trotzdem dürfen wir diese Möglichkeit nicht ausser Acht lassen. Zudem geht es noch um die versicherungstechnischen Dinge. Es tut mir leid, dass Sie in diese unangenehme Situation geraten sind.»

Costic verzog seinen Mund. «Bekomme ich Geld, wenn ich unschuldig bin?»

Die Frage blieb unbeantwortet. Thomas verliess den Sanitätswagen und kehrte zum Tatort zurück.

Später kamen noch ein weiterer Camion der Kantonspolizei und ein Leichenwagen dazu, der den Toten nach den ersten Untersuchungen vor Ort in die Gerichtsmedizin nach Zürich fahren würde. Männer in weissen Overalls sperrten nun den Platz um den Tatort mit Latten weiträumig ab und stellten

Halogenleuchten und eine Schutzwand auf. Thomas' Befehle gingen in der Musik unter. Er zitierte Armando gestikulierend an seine Seite. Dieser hatte zwischenzeitlich beim Toten einen Schlüssel und die Geldbörse gefunden. «Zumindest wissen wir jetzt, wer er ist», sagte er, «Tarek Husseini. Dem Namen nach müsste er ein Araber sein.» Er hielt Thomas einen Ausweis hin. «Geboren am 22. Juni 1976. Heimatort ...» Er drehte die Karte auf die Rückseite. «Bern. Hmm ... also wie ein Berner sieht der aber nicht aus.» Er schüttelte ungläubig den Kopf. «Im Portmonee hat es diverse Quittungen. Unter anderem auch von einem Hotel. Den Namen konnte ich jedoch nicht identifizieren, da die obere Hälfte abgerissen und nur der Teil eines Namens sichtbar ist.»

Thomas griff danach. Nur die ersten beiden Buchstaben waren zu erkennen. «*M ... a ...*» Thomas holte sein Mobiltelefon aus der Jackentasche. «Keine Ahnung.» Er stellte die Nummer von Elsbeth Rotenfluh ein. Seit seiner Beförderung war sie seine persönliche Sekretärin. Dies war für sie Anlass genug gewesen, auf ihre hochhackigen Schuhe zu verzichten. Schliesslich wollte sie ihrem Chef auf gleicher Augenhöhe begegnen. Doch ihre üblichen Macken hatte sie beibehalten. Auch jetzt, als Thomas sie auf der Leitung hatte. Sie war gerade daran, einen ihrer berüchtigten Apfelkrapfen zu verzehren. «Was gibt's?», fragte sie deshalb mit vollem Mund.

Thomas gab ihr die Koordinaten durch und bat sie nebst dem Checken der Personalien, sämtliche Hotels in Luzern und Umgebung mit den Anfangsbuchstaben *Ma* herauszusuchen. «Wie lange brauchst du?»

«Gib mir eine Stunde. Ich werde mich beeilen.» Dann hängte sie auf.

Armando steckte das Portmonee in einen Asservatenbeutel. Dann hielt er Thomas ein weisses Säckchen unter die Nase.

«Das habe ich auch in seiner Jackentasche gefunden.»

Thomas musterte es. «Was kann das sein?»

«Ich tippe auf Koks.»

«Gibt es noch mehr davon?»

«Nein, das ist alles.»

«Nimm es mit ins Labor. Sie sollen den Stoff untersuchen. Haben sich schon Zeugen gemeldet?»

Hinter der Absperrung hatten sich viele Kostümierte versammelt und verfolgten die Arbeit der Polizei. Armando hielt Thomas den Schreibblock hin. Ein paar Namen waren vermerkt. «Sie warten neben dem Wagen.»

Thomas sah Gestalten neben einer der Halogenleuchten. Sie standen herum in ihren farbigen Gewändern, in Masken und bizarren Hüten und warteten geduldig. Im ersten Moment schaffte es niemand genau zu sagen, wie alles geschehen war. Eines aber war gewiss: Der Mann auf dem Boden war erschossen worden. Hinterhältig und brutal. Dies zeigten die ersten Resultate der Spurensicherung.

Später kam Dr. Lohmeier dazu und bestätigte dies. «Das Geschoss hat das Opfer von hinten ins Herz getroffen und ist vorne wieder ausgetreten, wo es den unmittelbar davor stehenden Mann getroffen hat.» Er stellte den Todeszeitpunkt fest und den Totenschein aus. «31. Januar 2008, 05.00 Uhr.»

Die Techniker suchten nun fieberhaft nach dem Projektil und der Patronenhülse, was in Anbetracht des mit Konfetti bepflasterten Bodens zu einem schwierigen Unterfangen wurde.

Thomas hatte jetzt zwei kostümierte Männer zur Seite genommen. Runde Gestalten, die ihre Gipsköpfe auf dem Arm trugen. Nicht definierbar, was sie darstellten. Ihre Gesichter wirkten blass vor Kälte oder aufgrund des Schocks. Sie behaupteten, genau zum Zeitpunkt, als der Bollerschuss die

Tagwache angekündigt hatte, neben dem Erschossenen gestanden zu haben. Doch das Chaos sei enorm gewesen. Als sie den Mann bewusst wahrgenommen hatten, habe er bereits auf dem Boden gelegen.

Thomas machte Notizen in der Kurzschrift. «Kommt Ihnen irgendetwas in den Sinn, das für uns wichtig sein könnte?»

«Nein!», sagten beide einstimmig. «Aber es ist unheimlich, wenn inmitten einer Veranstaltung ein solches Verbrechen verübt wird», ergänzte der Jüngere.

«Ich muss Sie bitten, heute Nachmittag um zwei ins Präsidium zu kommen.» Thomas händigte seine Karte aus. «Melden Sie sich dort bei Lucille Mathieu. Es tut mir leid, aber wir brauchen Ihre exakte Aussage, um die Tat zu rekonstruieren.» Er bemerkte, wie sie einander erstaunt anblickten und dann nickten. Thomas bedankte sich.

Während der Fasnacht brach die ganze Stadt aus den Fugen. Die Plätze, Gassen und Strassen in der Altstadt barsten von Maskierten und Kostümierten, von Wagen und Guggenmusiken. Für den Mörder war es einfach gewesen, den Schuss abzugeben, ohne dass ihn jemand gehört hatte. Vielleicht war er selbst kostümiert gewesen. Dennoch, die Kaltblütigkeit dieser Tat liess Thomas erschaudern. Der Täter musste in unmittelbarer Nähe des Opfers gestanden haben, sonst hätte er nicht so genau zielen können. Dies bestätigten später auch die Ballistiker. Der Schuss war aus einer Distanz von einem Meter abgegeben worden und hatte dem Opfer die Brust buchstäblich auseinandergerissen.

Thomas fragte die nächsten zwei Leute – ein Mann und eine Frau – und nahm ihre Personalien ebenfalls auf.

«Wer hat sich als erster um das Opfer gekümmert? Können Sie sich erinnern?»

«Wir beide», beantwortete die Frau Thomas' Frage. «Und ich

bin die, die die Polizei angerufen hat.»

«Haben Sie auch die Ambulanz gerufen?»

«Das war ich!» Der Mann wirkte gefasster als seine Begleiterin. «Wir wussten ja nicht, wie schwer es den Mann getroffen hatte. Ich habe auf ihn eingeredet, aber er hat es, so glaube ich, nicht mehr mitbekommen.»

Thomas bat auch sie, am Nachmittag bei der Kapo vorbeizukommen. Er gab die Zeit an, notierte den Namen seiner Mitarbeiterin auf der Visitenkarte und überreichte diese. «Melden Sie sich bei Lucille Mathieu.»

In der Zwischenzeit war auch Marc Linder eingetroffen. Er machte eine erste Beurteilung der Lage und kam dann auf Thomas zu. «Wie sieht es aus?» Linder war in Thomas' Alter, grossgewachsen, mit graumelierten Haaren und dunklen ausdrucksvollen Augen, und er hatte einen Thurgauer Dialekt. «Weiss man schon etwas über den Toten?»

«Man hat verschiedene Gegenstände gefunden», erwiderte Thomas, «eine Identitätskarte, ausgestellt auf den Namen Tarek Husseini. Frau Rotenfluh prüft gerade, wo er wohnt. Aus seiner Hautfarbe zu schliessen, würde man meinen, er sei ein Secondo oder ein Tourist, der an die Fasnacht nach Luzern gekommen ist.» Thomas hielt einen Moment inne. «Tatsächlich aber ist sein Heimatort Bern. Ob er da auch wohnt, wird noch abgeklärt. Zudem haben wir eine kleine Menge Drogen gefunden. Es könnte sich um Kokain handeln.»

Linder warf einen Blick auf die verdunkelte hintere Scheibe. «Aha, das klingt interessant. Sind wir in ein Drogennest getreten?»

«Das kann ich nicht aus dem Stegreif sagen», hielt sich Thomas bedeckt.

«Was meinen Sie, wann können Sie mit dem Rapport beginnen?»

«Um acht Uhr sollte ich bereit sein.» Thomas verstaute seinen Notizblock in der Mappe. «Bis dahin müssten die wichtigsten Infos zusammengetragen sein.»

«Gut, Sie können mir danach das Protokoll zukommen lassen. Wie sieht es aus mit einer Pressekonferenz? Da gibt es eine Dame, die nicht locker lässt. Seit einer halben Stunde liegt sie mir in den Ohren.»

«Tanja Pitzer etwa?» Als Linder nickte, meinte Thomas: «An die müssen Sie sich erst gewöhnen. Ihre Berichte erscheinen unter dem Kürzel *Tapi*. Bestimmt haben Sie auch schon von ihr gelesen. Die wird Ihnen noch oft auf die Pelle rücken. Aber nehmen Sie es locker. Für einen Bericht für die Presse dürften wir heute Mittag soweit sein.» Trotzdem war ihm nicht ganz geheuer. Woher hatte diese *Tapi* so schnell erfahren, was hier geschehen war?

Linder schien fürs Erste zufrieden. Er übte sein Amt erst seit Januar dieses Jahres aus. Nachdem sein Vorgänger Sven Glanzmann seinen Platz bei der Kapo hatte räumen müssen, war er Ende Dezember vereidigt worden. Er war am Bodensee aufgewachsen und hatte dort nach erfolgreich bestandenem Anwaltspatent seine Karriere bei der Polizei gestartet. Er hatte sich in Romanshorn unter anderem in der Abteilung *für Leib und Leben* emporgearbeitet und war so zum Chefposten der Kriminalpolizei gekommen, als der Posten Ende letzten Jahres ausgeschrieben war. Linder war verheiratet und kinderlos. Anfänglich hatte es in den Abteilungen einiges über den Neuen zu meckern gegeben, der nicht nur frischen Wind gebracht, sondern mit eigenwilligen Methoden für Furore gesorgt hatte. Auch Thomas bekundete Mühe, da er ihm direkt unterstellt war. Linder war einer, der die Nase in alles steckte, auch in Dinge, die ihn nicht unmittelbar betrafen. «Wenn der so weitermacht, wie er begonnen hat», hatte sich Armando

Thomas gegenüber geäussert, «wird er als Herzinfarktkandidat enden.» Thomas dagegen hatte diese Ansicht mit der Aussage entschärft, dass es immer schwierig sei, wenn ein Neuer in ein gut eingespieltes Team komme und man einfach einmal abwarten müsse, wie sich das Ganze entwickle. Dass er selber nicht lange dabei zusehen würde, hatte er für sich behalten und sich vorgenommen, seine Sympathiepunkte beim Polizeichef Hürzeler zu nutzen, die er seit dem letzten Fall auf sicher hatte.

Allmählich tauchte die Stadt in ein bläulich flimmerndes Licht. Der Morgen dämmerte, wenn auch nur zaghaft. Der Pilatus stach gestochen scharf gegen den Himmel. Seit Anfang Januar war es der erste nebelfreie Tag.

Thomas fuhr mit Armando zurück zum Polizeirevier. Unmittelbar vor der Treppe, die zum Gebäude führte, parkte ein Polizeiwagen. Zwei Beamte zogen zwei Männer in Handschellen von den Sitzen. Einer von ihnen hatte eine blutende Schramme im Gesicht. Thomas grüsste seine Kollegen und schritt auf den Eingang zu. Er winkte Marion zu. «Ich glaube, es gibt Arbeit», meinte er, mit dem Kopf nach draussen nickend.

«Ich weiss. Das Übliche an solchen Tagen. Es geht irgendwie nie ohne Gewalt. Und bei dir? Was ist da auf dem Kapellplatz geschehen?»

«Ein Schuss aus nächster Nähe», sagte Thomas. «Es gibt einen Toten.»

Marion schwieg bedrückt.

Thomas ging über die Treppe, weil die Aufzüge unterwegs waren. Er steuerte das Grossraumbüro an, wo der erste Lagebericht stattfand.

Auch der Untersuchungsrichter Anton Galliker war anwesend. Er hatte sich von seiner Herzoperation erholt. Nach dem

Kuraufenthalt in Seewis ging es ihm wieder gut. Er hatte sogar abgenommen. Elsbeth Rotenfluh – mit ihrem Laptop fast zusammengewachsen – sass neben Lucille Mathieu und ereiferte sich mit ihren eigenen Interpretationen. «Es wundert mich, dass nicht schon früher etwas geschehen ist. In diesem Chaos ist es ein Leichtes, jemanden umzubringen. Da fällst du als Maskierter nicht auf.» Sie strich sich behutsam über ihre Dauerwelle und presste ihre rosa geschminkten Lippen aufeinander.

Lucille hob nur die Schultern. Seit zwei Monaten lebte sie mit Thomas Kramers Sohn Stefan unter einem Dach. Sie hatten in der Luzerner Altstadt eine Altwohnung bezogen, eine schmucke Vierzimmerwohnung an der Zürichstrasse in der Nähe des Bourbaki Theaters und waren jetzt daran, ihr eigenes Heim einzurichten.

Nach und nach fanden sich alle im Grossraumbüro ein: sechs Ermittler, drei Männer des Technischen Dienstes sowie ein Pressesprecher, zwei Juristen und die Sekretärin. Es schien, als wäre Thomas nicht der Einzige, der die letzte Nacht nicht im Bett verbracht hatte. Auch andere litten am Fasnachtsvirus und hielten sich jetzt mit einer Tasse schwarzen Kaffees wach.

Thomas beorderte Elsbeth an seine Seite. «Hast du schon herausgefunden, wo unser Opfer wohnte?»

Elsbeth legte Dokumente auf den Tisch «Nun, das war gar nicht so schwierig. Soll ich gleich beginnen?»

«Einen Augenblick, bitte.» Thomas bat vorab die Anwesenden um ihre Aufmerksamkeit. «Ich begrüsse Sie zum ersten Rapport im Fall Husseini. Er wurde heute Morgen um fünf Uhr auf dem Kapellplatz von einem unbekannten Täter erschossen. Wir können davon ausgehen, dass der Schuss ihm gegolten hat.» Er wandte sich an Elsbeth, die sich in der Zwischenzeit wieder vor ihren Computer gesetzt hatte. «Inwieweit konntest du das Opfer identifizieren?»

Elsbeth machte sich für das Schreiben des Protokolls bereit. «Die Angaben auf der ID genügten. Ich habe den Namen gegoogelt. Er ist kein Unbekannter. Er hat sogar eine eigene Website, wo er ein paar seiner Bilder präsentiert. Nicht sehr professionell. Es scheint, als hätte er diese seit längerer Zeit nicht mehr aktualisiert. Er hat ein Atelier in Ascona. Er bezeichnet sich selbst als freischaffenden Kunstmaler.» Elsbeth tippte, während sie sprach. «Vielleicht werden die Preise für seine Bilder steigen.»

Ein Raunen erfüllte den Raum.

Thomas wollte es überhört haben. «Sonst noch etwas zu seiner Person?»

«Ich habe mit den Zuständigen der Gemeinde telefoniert. Die gaben mir bereitwillig Auskunft. Seit zehn Jahren habe er allein in einem heruntergekommenen Atelier als sogenannter Wochenaufenthalter gewohnt. Seine Eltern leben», Elsbeth hielt kurz inne, «man höre und staune, hier in der Stadt. Sein Vater sei ein Rebell aus dem Osten, ein Ehemaliger des Prager Frühlings, der in der Schweiz eine Afrikanerin geheiratet hat. Aus dieser Verbindung stamme unser Opfer.»

«Da sieht man wieder einmal, wie multikulturell doch unsere Schweiz ist.» Armando schmunzelte über alle hinweg.

«Daher die dunkle Hautfarbe.» Lucille runzelte die Stirn. «Sein Vater ist ein Tscheche? Existierte nicht ein islamischer Geistlicher mit diesem Namen? Ein sonderbarer Name für einen Tschechen. Oder ist er arabischen Ursprungs? Warum hat er nicht bei seinen Eltern übernachtet?»

Thomas konnte Lucilles Äusserungen nicht nachvollziehen. «Er war ein erwachsener Mann.» Er überlegte. «Vielleicht wollte er nicht, dass man seine Begleitung kennenlernte.»

«Das würde schlussendlich auch erklären, weshalb sie das

Weite gesucht hat.»

«Falls er tatsächlich in Begleitung hier war», ergänzte Armando.

Thomas fuhr fort: «In seiner Geldbörse ist eine Quittung eines Hotels zum Vorschein gekommen – mit dem gestrigen Datum versehen.» Er wandte sich erneut an Elsbeth. «Konntest du bereits herausfinden, in welchem Hotel unser Opfer logiert hat?»

«Im Magic Hotel.»

«Aha. Kennt das jemand …?»

«Das kennt doch jeder», schnitt Armando ihm das Wort ab

«… näher?» beendete Thomas die Frage.

Dessen ungeachtet redete Armando weiter. «Es befindet sich über dem Bistro Bodu. Ist ein Themenhotel, so ähnlich wie Walt Disney. Man kann dort in einem Piratenschiff schlafen.»

«Ja, das kenne ich auch», fügte Elsbeth hinzu. «In diesem Hotel werden Kindheitsträume ausgelebt.» Mit einem Seitenblick auf Armando schmunzelte sie ein wenig. «Soll ich das auch protokollieren?»

«Oder auch Erwachsenenträume …» ergänzte Armando.

Thomas überging es. «Lassen wir uns nicht zu sehr vom Fasnachtsvirus infizieren», meinte er nur. Und nach einer kurzen Pause: «Beim Toten wurden Drogen gefunden.» Er wandte sich an Guido Amrein. «Weiss man schon, welche?»

«Knapp zwanzig Gramm Kokain, wie vermutet. Es sieht danach aus, als hätte man schon davon konsumiert. Das müsste einen Markwert von zirka 1600 Franken haben.»

«Vielleicht war er ein Gelegenheitskonsument», meinte Armando. «Es gibt mehr Leute als man denkt, die sich ab und zu eine Linie reinziehen.»

«Warum besass Husseini für eineinhalb Ameisen Koks, wenn er nur gelegentlich konsumierte?» Thomas schüttelte den Kopf. «Das geht irgendwie nicht auf.»

«Vielleicht hat er die Drogen unter die Leute bringen wollen.»

«Wir sollten unsere Kollegen vom Betäubungsmitteldezernat beiziehen.» Thomas wandte sich erneut an Armando. «Setze dich nach dem Rapport gleich mit ihnen in Verbindung. Vielleicht findet man im Vorstrafenregister einen Namen, der uns nützlich sein könnte.» Er zögerte. «Es gibt noch ein zweites Opfer. Yusef Costic, gebürtiger Serbe, wohnhaft in Kriens. Er wurde ambulant behandelt. Aufgrund des Durchschusses. Das Projektil ist vorher abgebremst worden ...» Er zögerte. «Wir müssen davon ausgehen, dass sich Costic zur falschen Zeit am falschen Ort aufgehalten hat. Trotzdem möchte ich, dass sein Umfeld näher erforscht wird.»

«Bei denen muss man mit allem rechnen», meinte Armando.

Thomas warf seinem Untergebenen einen vorwurfsvollen Blick zu. Dann wandte er sich an Lucille. «Ich bitte dich, seine Aussage zu protokollieren und seinen Leumund zu prüfen. Yusuf Costic wird um halb zwei in dein Büro kommen. Danach sind weitere Zeugen vorgeladen.» Thomas reichte eine Namensliste über den Tisch. «Bitte teilt euch die Arbeit, du und Armando.»

Lucille nickte. «Alles klar Chef.» Das hatte sie ihm noch nie zuvor gesagt.

«Was wissen wir noch?» Thomas wandte sich wieder an Elsbeth. «Hast du mit dem Hotel bereits Kontakt aufgenommen?»

«Ja, habe ich. Unser Opfer sei nicht allein dort abgestiegen. Eine Dame soll ihn begleitet haben.»

«Hat die Dame einen Namen?»

«Leider nein.» Elsbeth zog ihre Augenbrauen hoch. «Vielleicht müsste man mit der Empfangssekretärin sprechen, die gestern Dienst hatte. Die vorliegenden Angaben stammen vom

Anmeldeschein. Mehr konnte man mir nicht sagen. Scheinbar sei aber nur eine abgeschlossene Reisetasche des Toten zurückgeblieben.»

«Der Technische Dienst soll sich gleich nach dem Rapport darum kümmern», wandte sich Thomas an Guido Amrein. «Vielleicht werdet ihr noch mehr von dem Zeug finden», und an den Rest seines Teams: «Sie haben eine Menge Arbeit, die auf Sie wartet. Fangen Sie im Hotel an. Und du Elsbeth», sagte er zu seiner Sekretärin, «wirst sämtliche Kostümverleihe in der Stadt Luzern anrufen. Wenn unser Toter seine Kleider geliehen hat, so muss er oder seine Begleitung einen Namen hinterlassen haben, oder die Verleiherin erinnert sich an ihn.» Thomas quälte sich mit einem schiefen Grinsen. Er ärgerte sich über seine Müdigkeit und schwor sich, nie mehr einen Tropfen Alkohol anzurühren, wenn er anderntags arbeiten musste. «Vernehmt alle noch verbliebenen Zeugen. Ich werde indes die Hinterbliebenen ausfindig machen.» Und wieder an Elsbeth gewandt: «Das Protokoll kannst du gleich Linder bringen.»

Später rief er Isabelle an und erklärte ihr, dass er etwas später zum Mittagessen kommen werde.

Husseini. Prager Frühling. Der Name passte nicht zur Tschechoslowakei. Aber mit dem Prager Frühling brachte Thomas anderes in Zusammenhang. Als in der Nacht vom 20. auf den 21. August 1968 die fünf Warschauer Pakt-Staaten in der tschechoslowakischen Hauptstadt einmarschiert waren, hatten sich seine Eltern mit den Menschen dort solidarisch verbündet. Fähnchen aufgehängt, rot-blau-weisse Banner an der Heckscheibe des Autos, sogar am Küchenfenster. Thomas erinnerte sich, dass seine Mutter oft geweint hatte, weil sie das grenzenlose Leid nicht nachvollziehen konnte. Sie hatte den zweiten Weltkrieg miterlebt. Die militärische Intervention im

Osten hatte alte Wunden wieder aufgerissen. Die Bilder von sowjetischen Panzern auf dem Wenzelsplatz in Prag hatten sie sehr bewegt, und sie hatte mit den Ereignissen gehadert, die man seit der Erfindung des Fernsehers am Abend ins Wohnzimmer geliefert bekam.

Vor ihm tauchte eine Villa auf. Ein hellgelbes Gebäude mit Sprossenfenstern direkt am Waldrand und unverbauter Aussicht auf den See und die Alpen. Er stellte das Auto etwas abseits an den Strassenrand und begab sich zu einem Tor, welches der Durchgang einer langen, weissen Umzäunung war, klingelte an der angebrachten Glocke und wartete. Der Park war weitläufig und mit regelmässig angeordneten Sträuchern bestückt. In dieser Jahreszeit trugen sie keine Blätter. Ein Kieselweg führte vorne zu einer Treppe und zu einem markanten Eingang. Links und rechts davon gab es Säulen. Thomas rätselte, welchen Beruf man ausüben musste, um sich ein solches Anwesen leisten zu können. Dann vernahm er das Summen des Türöffners.

Thomas öffnete das Tor und begab sich auf den Weg. Schon von weitem sah er, wie der Hauseingang geöffnet wurde und eine dunkelhäutige füllige Frau vor die Türe trat. Sie hatte eine weisse Schürze um. Darunter trug sie ein einfarbiges, dunkelblaues Kleid. Ihre krausen Haare hatte sie zu einem Knoten zusammengebunden. Thomas hatte Mühe, ihr Alter zu schätzen.

«Sie wünschen?» Sie sprach in akzentfreiem Deutsch. «Wollen Sie zu Dr. Van den Broegh? Dann muss ich Sie enttäuschen, der kommt erst in zwei Monaten wieder.»

«Ich möchte zu Herrn und Frau Husseini.» Thomas unterliess es, seinen Ausweis zu zeigen. Die Schwarze – er nahm an, dass sie die Mutter des Toten war – stiess die Türe weit auf und bat ihn einzutreten. «Ich werde sofort meinen Mann rufen.»

Jetzt verschwanden Thomas' letzte Zweifel. «Kommen Sie und setzen Sie sich in die Küche.» Und weg war sie.

Die Küche war ganz in Weiss gehalten. Flächenmässig glich sie einem halben Volleyballfeld. Die lackierten Kästen reichten bis unter die Decke und hatten runde Messinggriffe. Mitten im Raum stand ein langer, eleganter Tisch mit acht Stühlen. Der Boden war aus Carrara-Marmor und auf Hochglanz poliert. Irgendwie konnte Thomas das Haus nicht mit Husseinis in Verbindung bringen.

«Wir sind schon seit zehn Jahren bei Familie Van den Broegh angestellt», sagte die Schwarze, als sie in die Küche zurückkehrte. Vielleicht konnte sie Gedanken lesen. «Mein Mann wird gleich kommen. Möchten Sie eine Tasse Kaffee?»

Thomas bejahte. Sie betätigte die moderne Kaffeemaschine, die auf einer Ablage stand, und holte Tassen und Teller aus dem Schrank. «Sie wollten Pjetr sprechen?»

«Ich wollte Sie beide sprechen», korrigierte Thomas. «Draussen am Türschild steht Husseini, und in den Adressbüchern sind Sie auch unter dieser Anschrift zu finden.»

«Dr. Van den Broegh wohnt in den Niederlanden und benützt dieses Haus hier nur im Urlaub», sagte die Frau. «Er möchte hier nicht erkannt werden. Wir machen den Abwart und wohnen ganzjährig da. Ich heisse übrigens Faizah Husseini. Verzeihen Sie mir, dass ich mich nicht gleich vorgestellt habe.»

Ein schlanker Mann trat in die Küche. «Entschuldigen Sie», sagte er höflich. «Meine Frau hat mich über ihr Kommen unterrichtet. Aber ich hatte im Treibhaus zu tun.»

Thomas stellte sich mit Namen und Ausweis vor.

«Was führt Sie denn zu uns?» Husseini blickte Thomas mit durchdringenden blauen Augen an. Nicht unfreundlich, jedoch neugierig. Er ging zur Spüle und wusch sich die Hände.

«Sie müssen mir ein paar Fragen beantworten.» Thomas sah, wie Faizah Husseini zusammenfuhr, als hätte sie erst mit Verzögerung begriffen, wer er war. «Sie sind von der Polizei?»

«Wann haben Sie Ihren Sohn Tarek zum letzten Mal gesehen?»

Die beiden Leute schauten einander verunsichert an. «An Weihnachten», sagte Husseini, während er sich die Hände an der Hose abtrocknete.

«Ja, er war an Weihnachten da», doppelte Faizah nach. «Er kommt selten zu uns, weil er ja immer so viel zu tun hat. Obwohl er eigentlich in Luzern wohnt. Er ist hier angemeldet. Wissen Sie, er malt wunder ...»

Husseini winkte ab. «Warum müssen Sie das wissen?» Er hatte die Hände aufgestützt, lehnte über den Tisch und fixierte Thomas mit starrem Blick.

«Seither nicht mehr?» Thomas wollte die Nachricht hinauszögern. In solchen Momenten verwünschte er seinen Beruf. Dann hätte er sich lieber als Postbeamten gesehen oder als Verkäufer in einem Supermarkt.

«Seither nicht mehr.» Husseini war äusserst angespannt.

«Kommen Sie.» Faizah ging voraus in ein helles Wohnzimmer. Thomas folgte ihr zögernd und gelangte in einen ebenso edel ausgestatteten Raum, was schon die Küche erahnen liess. Alles war in Weiss gehalten. Eine weisse Wohnlandschaft auf hellem Boden, ebenfalls aus Carrara-Marmor. Die Wände zierten Gemälde. Thomas liess sich einen Augenblick von dieser Lebendigkeit mitreissen. In eine Unwirklichkeit allerdings, die von übergrossen Planeten und Kometen in einer Winterlandschaft beherrscht wurde. Auf einem anderen Bild leuchtete ein Mond eine unwirtliche Gegend aus. Davor im Halbschatten magere Baumgerippe, die am Rande eines surrealen Sumpfes standen. Nebelschwaden in Form eines Frauenkörpers überzogen die Leinwand.

«Diese hat unser Sohn gemalt», sagte Faizah, und Thomas meinte, in ihrer Haltung zu sehen, dass sie seine Nachricht nicht erfahren wollte. «Das war eine frühe Phase seines Schaffens», ergänzte sie. «Heute malt er freundlicher.»

Husseini, der in der Küche geblieben war, rief sie zurück. «Du solltest Herrn Kramer die Gelegenheit geben, seinen Besuch zu begründen.»

«Selbstverständlich.» Faizah nickte Thomas zu. «Kommen Sie, ich serviere Ihnen den Kaffee.»

Thomas ging hinter Faizah her und blieb dann stehen. Er spürte ein Unbehagen und Angst davor, diesen Leuten eine Illusion zu nehmen, mehr noch, ihnen ihr Leben in den Grundzügen zu zerstören. Er schluckte leer. «Ihr Sohn ist heute Morgen in der Stadt gefunden worden.»

«Er ist in Luzern?» Faizahs Augen drückten Überraschung aus.

«Gefunden?» Husseinis Hände verkrampften sich. «Gefunden – das bedeutet nichts Gutes, oder?»

«Hat er sich betrunken?» Faizah klammerte sich an die letzte verbliebene Möglichkeit vor den Grenzen des Unfassbaren. «Das sieht ihm ähnlich. Er weiss doch, dass er Alkohol nicht verträgt, dieser Narr.»

Thomas liess eine Schweigeminute verstreichen, indem ihn Faizah hoffnungsvoll ansah. Nur Husseini schien die Lage zu kapieren. «Er ist tot, nicht wahr?»

Thomas zögerte. «Er wurde erschossen.»

Jetzt war es heraus, doch er fühlte sich nicht wohler. Seine Ängste und seine Gefühle hatten sich auf Faizah Husseini übertragen. Er bemerkte die Wandlung, die sie durchmachte. Sie erstarrte. Selbst ihr Atem schien für den Bruchteil einer kleinen Ewigkeit auszusetzen. Ihre dunkle Haut wurde grau.

Dann setzte sie sich und legte ihren Kopf – mit dem Gesicht nach unten – auf die Arme. So blieb sie eine Weile reglos.

«Sind Sie sicher, dass es unser Sohn ist?» Es war Husseini, der die Worte als erster fand. Er zitterte, doch beherrschte sich.

Thomas legte ihm die Identitätskarte hin.

«Es ist unser Sohn», stellte Husseini fest. Er sass dann wie angewurzelt. Wie eine Statue aus Stein. Die Hiobsbotschaft in sich zwar aufgenommen, aber nicht begreifend. Eine Amnesie von kurzer Dauer. Die Seele, die sich wehrte im Angesicht des zu Ertragenden. Thomas sah, dass Tränen aus seinen Augen schossen. Husseini liess es geschehen. Ein paar mal zuckte sein ganzer Körper, als peinigte man ihn mit Stromstössen.

In der Küche wurde es überraschend still. Nur von draussen waren Geräusche zu vernehmen. Eine Säge weit entfernt. Ein Auto, das anfuhr und im Hintergrund die dumpfen Töne einer Guggenmusik.

Bis ein Schrei die Stille zerriss. Ein gutturaler Schrei. Faizah hatte den Kopf weit in den Nacken geworfen, Hände und Arme waren gestreckt, als klagte sie die Decke über ihr an oder den Himmel über Afrika. Dann sackte sie abermals in sich zusammen, legte die Arme wieder auf den Tisch, den Kopf darauf und verharrte in dieser Stellung. Thomas schluckte leer. Er suchte hilflos Husseinis Blicke.

«Das ist ihre Art, mit dem Schmerz umzugehen.» Der Mann schniefte einige Male hintereinander. «Nehmen Sie es ihr nicht übel.» Und nach einem tiefen Seufzer. «Wir haben unsern Sohn geliebt. Er war so ein wunderbarer Mensch.»

Thomas liess die Zeit verstreichen. Drei, vier, fünf Minuten. Er hatte das Zeitgefühl verloren.

Später fragte er: «Wissen Sie, ob er Feinde hatte?»

«Feinde hat wohl jeder, der nicht ausschliesslich ein Einheimischer ist», sagte Husseini bedrückt. Thomas staunte über seine Ruhe. «Wissen Sie, so schön wie dieses Land hier ist … aber der Fremdenhass schreit einem geradezu entgegen.»

Thomas schwieg.

«Die Bewohner hier haben so eine Art», fuhr Husseini verzweifelt fort, «wenn irgendwo etwas Krummes geschieht, dann wissen die schon, bevor überhaupt ein Verdächtiger ausfindig gemacht werden kann, dass das ein Ausländer war. Und wenn er dazu eine dunkle Haut hat, steht das Urteil ohnehin schon fest …»

«Tarek hat sich nie darüber beklagt», sagte plötzlich Faizah. «Er hat sich mit vielen Leuten angefreundet. Er hat so schön gemalt.»

«Gibt es eine Freundin? Eine Bekannte?» Thomas nahm erst jetzt die Kaffeetasse zur Hand. Er trank und fühlte sich ein bisschen besser.

«Wir wissen nichts Konkretes», sagte Husseini.

«Er war ein gesunder junger Mann.» Faizah wischte sich mit dem Schürzenzipfel über die Augen. «Er wird schon eine Freundin haben. Aber wir kennen sie nicht persönlich.»

«Hat er nie einen Namen erwähnt?» Thomas gab nicht auf.

«Er hat uns mal ein Foto geschickt.» Umständlich erhob sie sich. Thomas sah ihr an, dass sie Mühe hatte, sich auf den Beinen zu halten. Sie verschwand kurz im Wohnzimmer. Als sie zurückkam, stellte sie einen Bilderrahmen auf den Tisch. «Sehen Sie selber. Das ist Tarek mit seiner Freundin.»

Thomas zog das Bild heran. Eine hübsche Frau mit blonden langen Haaren stand neben einem stolzen Mulatten. Thomas erkannte in ihm den Toten. «Seit wann haben Sie das Foto?»

«Vielleicht ein Jahr.» Faizah hob die Schultern an. «Aber ich weiss nicht, ob es diese Freundin noch gibt. Sie wissen ja, die heutige Jugend legt sich nicht mehr so schnell fest.»

Thomas bat die beiden, das Foto behalten zu dürfen. «Haben Sie Ihren Sohn öfter besucht?», wollte er wissen.

«Nein, wir waren nie dort.» Husseini sagte es völlig emotionslos. «Es hat sich nie ergeben.»

Thomas legte seine Visitenkarte auf den Tisch. «Wir werden Sie so bald wie möglich benachrichtigen.» Er machte eine Pause. «Wegen der Identifizierung Ihres Sohnes. Ich wünschte, ich könnte Ihnen dies ersparen ...» Abrupt wandte er sich ab. Seine Nerven flatterten. Er verabschiedete sich mit ein paar tröstenden Worten, die ihm im Nachhinein sehr oberflächlich erschienen.

«Wir möchten ihn sowieso noch einmal sehen, um uns von ihm zu verabschieden», schloss Husseini.

Draussen stieg Thomas in seinen Wagen und blieb eine Weile sitzen. Dann nahm er das Bild mit dem Liebespaar zur Hand und schaute es eingehender an. Er betrachtete die Frau darauf und schüttelte den Kopf. Wenn sie mit Husseini in der Stadt gewesen war und den Mord mit angesehen hatte, warum war sie geflüchtet? War es der Schock? Oder hatte sie gar nichts mitbekommen?

Thomas wohnte am Hang des Sonnenbergs, in einem der vielen Ein- und Zweifamilienhäuser, die in den letzen Jahren wie Pilze aus dem Boden geschossen waren. Er parkte den Wagen vor der Garage. Er stieg aus und öffnete das Tor. Er begab sich durch den Kellereingang.

Schon im Treppenhaus roch es angenehm nach Essen, wie Thomas in freudiger Erwartung feststellte. Als er die Wohnungstüre öffnete, stieg ihm der Geruch nach Braten in die Nase.

Es gab keinen Braten, dafür ein Filet im Teig. Isabelle hatte sich wieder alle Mühe gegeben, das sah er, obwohl Kochen früher nicht ihre Stärke gewesen war. Erst ein von ihrer Mutter bezahlter Kochkurs hatte sie zu einer guten Köchin gemacht. Sie hatte Kerzen auf den Tisch gestellt und Blumen – wo immer sie die her hatte in dieser Jahreszeit – darum herum arrangiert.

«Haben wir etwas zu feiern?» Thomas schnüffelte genussvoll. Er küsste Isabelle von hinten auf die Wange und schaute ihr dabei über die Schultern. «Der Hochzeitstag ist es nicht. Den habe ich nämlich in meiner Agenda dick angestrichen. Doch was kann es sein, dass du dich dermassen ins Zeug legst?» Wenn er an die letzten Tage zurückdachte, hatte Isabelle kaum Zeit fürs Kochen gehabt. Seit letztem Herbst arbeitete sie anstelle der fünfzig, achtzig Prozent in der Bank und hatte sich andere Prioritäten gesetzt.

Isabelle schaute ihn schelmisch an und fuhr sich mit den Händen über ihre Haare, die sie seit einiger Zeit wieder wachsen liess. «Hast du nicht mehr daran gedacht? Heute beginnen meine Ferien.»

«Ja, das ist wirklich ein Grund zum Feiern. Zumal ich wieder einmal ein richtig ausgiebiges Essen auf den Tisch bekomme.»

«Ich gehe davon aus, dass du ein Schmunzeln unterdrückst, sonst müsste ich dich jetzt gleich vor die Türe stellen.» Isabelle legte die Schürze auf die Ablage. Darunter kam das schwarze Kleid zum Vorschein, welches sie an Thomas' Beförderung getragen hatte.

Thomas stand an den Kühlschrank gelehnt. Zum Feiern war ihm nicht zumute. Er erzählte über seinen neusten Fall, ohne auf die Details einzugehen.

«Den hast du ja hoffentlich abgelehnt», nahm Isabelle an. «Du weisst, dass ich für Montag in einer Woche eine Kreuzfahrt in der Karibik gebucht habe. Wir fliegen übernächsten Sonntagmorgen ab Zürich nach Miami.»

Thomas ging ins Badezimmer. «Bis dahin bleiben noch neun Tage.»

Er kam zurück und setzte sich an den Tisch. «Was denkst du?,» er faltete die Serviette auseinander, die er jetzt sorgsam auf seine Hose legte, «warum bringt man mitten im Gewühl der Fasnacht einen Mulatten um?» Er beobachtete Isabelle, während sie eine Schüssel mit dampfendem Reis an den Tisch brachte. Sie stellte ab, steckte einen Schöpflöffel hinein und schritt zurück zum Herd.

«Eine Abrechnung, Fremdenhass, Eifersucht», zählte sie auf. Sie stellte die Platte mit dem Filet neben das Geschirr mit dem Reis und Gemüse. «Ein Mulatte, sagst du? Vielleicht war er ein Dealer.»

Thomas verschwieg, dass dies nicht auszuschliessen war. «Ich habe seine Eltern kennen gelernt. Sind einfache Leute und seit Jahren in unserem Land zuhause. Ihr Sohn ist hier zur Welt gekommen. Seine Eltern sind Bürger von Bern.»

Isabelle entschuldigte sich. «Das waren ein spontaner Einfall und ein hässliches Vorurteil.» Sie setzte sich Thomas gegenüber. «Sah er gut aus?»

«So weit ich das beurteilen kann, hätte er durchwegs ein Frauenschwarm sein können. Gross, dunkel, ebenmässiges Gesicht ...»

«Dann war es ein Eifersuchtsdrama.» Isabelle nahm das Besteck auf. «Ein gehörnter Ehemann?» Sie zog die Schultern hoch. «Na, dann mal guten Appetit.»

Thomas nahm zwei Bissen. Dann legte er das Besteck ab. «Ich muss wahrscheinlich ein paar Tage ins Tessin.»

«Wie bitte?» Isabelle blieb der Mund offen. «Du hast doch gesagt, dass der Tote nicht hier gewohnt hat.»

«Es ist definitiv unser Fall.» Thomas schniefte. «Mit der Tatsache, dass der Tote seine Papiere in Luzern deponiert hat und hier auf heimischem Pflaster umgebracht wurde, scheint die Lage klar.»

«Und wohin genau?» Isabelle ahnte Schlimmes.

«Ascona.»

«Jetzt bist du Chef des Ermittlungsdienstes und tust die Arbeit, die von deinen Untergebenen getan werden müsste. Oder irre ich mich?»

«Es war mein dringendster Wunsch, meine Tätigkeit nicht bloss hinter den Schreibtisch zu verlegen. Ich brauche die Abwechslung.»

«Armando spricht fliessend italienisch», meinte Isabelle irritiert.

«Ich möchte einfach eine persönliche Lagebeurteilung.» Thomas war der Appetit vergangen. Er mochte es nicht, wenn Isabelle ihn aufgrund seiner Arbeitsweise kritisierte. «Vielleicht bin ich übermorgen ja schon wieder zurück.»

Isabelle war enttäuscht, das war vorauszusehen. Thomas hoffte, dass sie nicht auf die Idee kam, ihn zu begleiten. Er erinnerte sich an den Gutschein, den er von Isabelle und ihrem Sohn zu seiner Beförderung bekommen hatte. Einen Gutschein für einen siebentägigen Aufenthalt in einem Luxushotel in Ascona. «Um diese Jahreszeit ist es da unten nicht sehr lustig», sagte er deshalb vorsorglich, was Isabelle ein Lächeln abrang.

«Ich wollte sowieso die Wohnung wieder einmal auf Vordermann bringen.» Somit war für sie das Thema erledigt. Und Thomas kam doch noch dazu, seinen Teller leer zu essen.

Während Isabelle Kaffee zubereitete, erhielt er einen Anruf von Armando.

«Machst du keine Mittagspause?», wunderte sich Thomas.

«Ich war gerade in Stimmung.» Armando lachte, was sich wie ein Meckern anhörte. «Nachdem ich den Namen *Hussei-*

ni ins System eingegeben hatte, erhielt ich eine interessante Meldung aus Zürich. Kurz vor Weihnachten wurde an der Bahnhofstrasse ein Überfall auf unser Opfer verübt. Husseini weigerte sich damals, eine Anzeige zu machen. Am gleichen Tag, so die Nachricht von unseren Kollegen im Tessin, wurde Husseinis Atelier angezündet.»

«Das ist allerdings interessant.» Thomas setzte sich mit dem Telefon an den Küchentisch. «Hat man diesen Fall bearbeitet?»

«Er wurde, glaube ich, mangels Zeugenaussagen und Beweisen ad acta gelegt. Zudem dauert es bei unseren südlichen Kollegen immer ein bisschen länger, bis sie etwas anpacken.» Armando hielt inne. «Husseini war nicht versichert.»

Thomas kam auf die Tat in Luzern zurück. «Du spekulierst also auf einen gezielten Anschlag.»

«Sieht ganz danach aus. Wir wissen jetzt, dass der Mord kein Versehen war. Man wollte Husseini aus dem Weg schaffen.»

«Die Frage lautet nur, weshalb.» War Isabelles Idee mit dem Dealer doch nicht so abwegig? War Husseini ein armer Künstler gewesen, der seinen Lebensunterhalt durch ein Zusatzgeschäft finanziert hatte? Hatte er sich zu weit aus dem Fenster gelehnt, und war deshalb zu einem unangenehmen Zeitgenossen verkommen?

«Ich bin sicher, dass wir nach Ascona reisen, nicht?», nahm Armando an.

«Richtig. *Ich* werde mich vor Ort einmal umhören.» Thomas stiess Luft aus. «Ihr macht da weiter, wo ihr heute Morgen begonnen habt. Wir bleiben in Verbindung. Und bitte teile Elsbeth mit, sie solle mein Kommen anmelden. Der zuständige Polizeichef heisst Tettamanti.» Thomas verabschiedete sich und legte auf.

«Du verlässt mich also heute schon.» Isabelle trank stehend ihren Kaffee.

«Hast du so gute Ohren?»

«Nein, ich kann eins und eins zusammenzählen», bemerkte sie seufzend. «Je früher du dich an die Arbeit machst, umso grösser ist die Wahrscheinlichkeit, dass wir zusammen in die Karibik fliegen können. Du hast deinen Urlaub schon lange beantragt. Oder täusche ich mich?»

«Am neunten Februar beginnen auch für mich Ferien», erwiderte er und nach einem Zögern: «Faktisch.»

Am Nachmittag hatten sich die Maskierten und Kostümierten verlagert. Sie standen jetzt an der Hauptstrasse und auf der Seebrücke und warteten auf den spektakulären Fasnachtsumzug zu Ehren des Zunftmeisters zu Safran. Eine Horde von Zuschauern drängelte sich seit dem Mittag und wartete auf das Grossereignis. Weder die klirrende Kälte, noch der beschränkte Platz brachte sie davon ab, die bunte Parade von Wagen und Musikanten anzusehen, die originellen Einzelmasken und Gruppen, die irgendein brisantes Thema des vergangenen Jahres auf die Schippe nahmen. Für diese Tage waren überdimensionierte Politikerköpfe gebastelt worden, ganze Landschaften aus Draht und Papiermaché kreiert, fantasievolle Kleider genäht, aus Stoff, Plastik und anderen Materialien. Mit Scheuklappen bestückte Pferde tänzelten die Strasse entlang. Dahinter fuhren verzierte Kutschen und darin das Gefolge des Zunftmeisters, das die Zuschauer mit Apfelsinen bewarf.

In den Gassen war es unwesentlich ruhiger. Eine ganze Narrengesellschaft trotzte der Kälte. Am Weinmarkt waren verschiedene Wagen gestrandet, die von Schaulustigen bewundert wurden. Unter ihnen fiel ein Wagen besonders auf: ein Freudenhaus auf einem Traktoranhänger, davor ein Zuhälter mit Hund und seine Dienerinnen. Thomas schaffte es nicht, seine Neugierde zu zügeln und warf einen Blick hinter die Jalousien, die unter einem Strang roter Lämpchen aufs Aufklappen warteten. Er blickte geradewegs in einen dicht behaarten weiblichen Geschlechtsteil.

Nebenan schwirrten und tanzten rosarot Angezogene um ihre Karre herum, auf die sie Stoffblumen und Plüschbären geklebt hatten. Ein paar Figuren mit einem WC-Deckel auf dem Kopf bewegten sich nach einer skurrilen Melodie, die aus einer mitgezogenen Musikanlage auf vier Rädern dröhnte. Jemand ging als Sofa verkleidet. Die Luzerner Fasnacht brachte doch jedes Jahr die absonderlichsten Gestalten hervor.

Auf der Rathaustreppe, die zum Reuss-Ufer führte, hatte sich eine Formation einer Guggenmusik bereitgestellt. Die Trommler schlugen auf ihre Instrumente ein, einer auf sein Schlagzeug. Jemand blies auf seiner Trompete ein schauerliches Solo. Nebenan schlief ein Betrunkener seinen Rausch aus. Thomas kletterte über ihn und begab sich vom Kornmarkt aus ins Brandgässli zu einer schmalen Treppe, auf der er zu einer Tür gelangte. Es war der Haupteingang des Hotels Magic. Er drückte die Tür nach innen. Gleich nahm ihn ein dunkler Korridor gefangen. Mit dem Aufzug fuhr er ein Stockwerk höher. Die Rezeption lag rechtsseitig. Auch hier sah es gleich bescheiden aus wie der Eingang. Klein und spartanisch eingerichtet. Ein schmaler Empfangstresen, ein paar Prospekte in einem Kartenhalter. Dahinter an der Wand ein Bild, auf dem Thomas mit viel Fantasie eine Landschaft ausmachte.

Die Dame hinter der Rezeption war geschminkt, mit schwarzumrandeten Augen und knallroten Lippen. Über ihrem linken Auge klebten Strasssteinchen.

«Ihre Männer sind schon oben», sagte sie mit tiefer, rauchiger Stimme, als Thomas seinen Ausweis hervorholte und ihn ihr vorwies. Sie warf schnell einen Blick darauf.

«Ich habe ein paar Fragen an Sie, Frau ...» Er steckte den Ausweis wieder ein.

«Nelly Römer.» Sie überreichte ihm das Formular mit Husseinis Anmeldung. «Ihre Leute haben mich schon ausgequetscht. Das ist ja furchtbar.»

Thomas steckte den Schein ein. «Sie haben ausgesagt, dass Sie die Begleiterin nicht mehr gesehen hatten?»

«Sie muss das Hotel verlassen haben, bevor ich meinen Dienst um sieben Uhr angetreten habe», sagte sie. «Aber die Putzequipe hat sie gesehen, als sie um etwa halb sechs Uhr zurückkam und Minuten später das Hotel wieder verliess.» Gestern aber habe sie selber die Anmeldung entgegengenommen und den Herrschaften das Zimmer gezeigt. «Da sah ich die Frau natürlich.»

«Was denken Sie», fuhr Thomas fort, «wie standen die beiden zueinander?»

«Wie zwei sehr Verliebte, wobei», sie rollte verschwörerisch ihre Augen, «sie wesentlich älter war als er. Ich habe ein Auge für so was. Auf jeden Fall», Nelly räusperte sich, «als ich spät abends meinen Kontrollgang machte, war es nicht gerade ruhig in dem Zimmer.»

Thomas schaute auf. «Ein Streit?»

Nelly lachte laut. «Nein, kein Streit.»

Thomas räusperte sich. Er zeigte Nelly das Foto mit Husseini und dessen Freundin. «Hat die Frau so ausgesehen?»

Sie sah auf das Bild. «Nein, seine Begleiterin hatte schwarze Haare.»

Thomas zog die Brauen hoch. «Danke, für den Moment ist das alles.»

Er fuhr ein Stockwerk höher in das Zimmer, wo das Team der Spurensicherung an der Arbeit war. Er blieb auf der Schwelle stehen und sah sich um. Er befand sich fast offensichtlich in einem königlichen Schlafgemach, dessen Mittelpunkt ein mit Goldornamenten verziertes Bett war. Die Techniker suchten mit Pinsel und Klebeband nach Spuren.

«Schon etwas Brauchbares gefunden?» Thomas sah in einen Nebenraum, in dem ein langer Tisch stand. Darauf waren noch Reste von einem Mahl zu sehen. Zwei schmutzige Teller und zwei gebrauchte Gläser und daneben eine leere Flasche eines kalifornischen Weissweins. Thomas las das Etikett: *Hess Selection*. Er mochte diesen Wein.

Einer der Männer schaute auf. Es war Guido Amrein vom Technischen Dienst. In seinem Overall glich er einem Astronauten. «Spermaspuren auf dem Laken.» Er wies mit dem Kinn auf die Matratze. «Das wolltest du doch wissen.» Er grinste. Er übte seinen Beruf aus wie der Mechaniker von gegenüber. Was er anfasste, war Materie. «Sieht ganz so aus, als hätte der Tote seine Henkersmahlzeit genossen.»

«Damenkleider?» Thomas ignorierte den spöttischen Unterton. Diese Kaltschnäuzigkeit traute er dem gut aussehenden Ermittler nicht zu. Vielleicht hatte er die Nacht auch ausserhalb des Hauses verbracht. Er war ziemlich aufgedreht.

«Keine Damenkleider. Nur die Reisetasche des Opfers mit frischer Wäsche, eine Zahnbürste und der Rasierapparat im Badezimmer.»

«Drogen?»

«Nein, Fehlanzeige. Vielleicht Spuren davon. Aber die Abstriche müssen zuerst ins Labor.»

Thomas entsann sich des Kostüms, welches das Opfer getragen hatte, und fragte sich, ob nicht auch seine Begleiterin kostümiert gewesen war, ob sie überhaupt mit ihm auf dem Kapellplatz gewesen war. Eine Weile blieb er noch stehen und sah zu, wie die Türrahmen abgepinselt und auf dem Tisch die Fingerabdrücke durch Klebebänder sichergestellt wurden. Die

Weingläser und das Besteck wurden in Asservatenbeutel gepackt. «Wann, glaubt ihr, seid ihr hier durch?»

«Hier werden wir bald fertig sein. Danach geht's noch einmal zum Kapellplatz.»

Thomas nickte. «Gut, ihr werdet mich sowieso bald loswerden. Haltet euch an Armandos Anweisungen. Er wird mich auf dem Laufenden halten. Ich fahre noch heute nach Ascona. Sollte ich euch da unten brauchen, melde ich mich.»

Unten beim Empfang erkundigte er sich noch einmal bei Nelly: «Kann es sein, dass die Begleiterin von Husseini ein Fasnachtskostüm getragen hat, als sie das Haus heute Morgen früh verliess?»

«Da muss ich die Putzequipe fragen», wich Nelly aus und machte sich eine Notiz. «Ich werde Sie anrufen, sobald ich Bescheid weiss», meinte sie dann geschäftig.

Später rief Thomas Armando an. «Traust du dir zu, meine Stellung hier in Luzern zu halten?», witzelte er. «Ich werde mich mal im Süden umsehen. Vielleicht ist das Motiv dort zu finden. Ich muss zuerst einen Eindruck über das Leben des Opfers gewinnen. Wie mir seine Eltern erzählten, muss es eine Freundin geben. Ich muss mit ihr reden oder mit den Personen, die ihn gut gekannt haben. Den Serben dürfen wir trotzdem nicht aus den Augen lassen. Weisst du, ob Lucille ihn schon hat befragen können?»

«Sie spricht gerade mit ihm», vermeldete Armando. «Leider hat er ein ziemliches Vorstrafenregister.»

«Laufen die Recherchen in Richtung Drogen schon?»

«Den Bericht erwarten wir frühestens morgen Vormittag.»

«Gut, bleibt dran. Du wirst von mir hören, sobald auch ich mehr weiss.»

Thomas beendete das Gespräch mit der Bitte, dass Armando

ihn über jede Neuigkeit unterrichtete.

Zuhause packte er das Nötigste ein, hinterliess Isabelle eine Notiz auf dem Küchentisch und machte sich darauf mit dem Bus auf den Weg zum Bahnhof.

***

Locarno am Lago Maggiore überraschte Thomas. Wo auf der Alpennordseite noch alle in dicke Wintermäntel gehüllt waren, flanierten hier die Leute in der Frühlingsgarderobe. In diesem Jahr wurde es in der Südschweiz bereits Ende Januar wärmer. Die Sonne, die sich anfangs oben in den Bergen nur mühsam einen Weg durch aufgewühlte Wolken gebahnt hatte, schien jetzt auf die lebhafte Stadt. Auch hier war das Fasnachtsfieber ausgebrochen, wenn auch in einer exotischeren Variante. Es gab Stände und Zelte, in denen schon vor dem Mittag tüchtig Wein getrunken wurde. Ein paar Kostümierte spazierten die Arkaden entlang. Venezianische Masken tauchten auf. Ab und zu ein Monster. Der Karneval in Locarno war ein bescheidener Dorfkarneval. Hauptattraktion waren die Köche, die in riesigen Töpfen auf Holzfeuer Risotto kochten. Eine Guggenmusik spielte auf der Piazza neben dem Bahnhof.

Thomas fuhr mit dem Bus nach Ascona. Er fand die örtliche Polizeidienststelle nicht auf Anhieb. Er bedauerte es, dass er kein Taxi genommen hatte. Die Strassen waren nicht klar ersichtlich beschildert, die italienischen Namen verwirrten ihn. Er lief zweimal im Kreis herum. Da bin ich schon einmal vorbeigekommen, rügte er sich, und prägte sich einen Friseur ein, der auch Bärte rasierte. Nach dem dritten Anlauf stiess Thomas auf ein rotes Haus mit braunen Fensterläden. Untypisch für ein Polizeirevier. Aber das blieb nicht die einzige Überraschung. Thomas trat nach kurzem Zögern ein. In einem engen

Zimmer, gleich links des Einganges, sass eine junge Frau und tippte in einem unheimlichen Tempo auf die Tastatur. Thomas hüstelte. Die junge Frau sah auf. Gleich zog sie ihre Hände von der Tastatur weg.

«*Buon giorno. Posso aiutarla, signore?*»

Als Thomas nach Worten rang, lächelte die junge Frau. Ihre Zähne blitzten dabei mit einem Weiss auf, dass Thomas einen Moment fasziniert auf ihren Mund starren musste. «Sie können auch in Ihrer Sprache mit mir reden.» Jetzt lachte ihr ganzes Gesicht. «Französisch, Deutsch, Englisch, Spanisch, was Sie wollen.»

Bescheidenheit war ganz sicher nicht ihre Tugend. Thomas atmete erleichtert auf. «Ich bin bei Herrn Tettamanti angemeldet.» Er stellte seinen Koffer in eine Nische.

«Ah, Signor Kramer», sagte die junge Frau. Es klang wie *Krämer*. Sie erhob sich. «Wir haben Sie erwartet. Mein Name ist Monica Scortese.» Sie hielt ihm die rechte Hand hin. Mit der linken schob sie einen Stuhl zurecht. «Setzen Sie sich bitte. Möchten Sie einen Espresso oder einen Latte macchiato?»

Thomas lehnte dankend ab und blieb stehen.

«Wir haben für Sie ein fabelhaftes Zimmer mit Blick auf den Lago Maggiore gebucht. Es war schwierig, eines zu finden. Wir haben im Moment ein paar Touristen, die des Karnevals wegen nach Ascona gereist sind. Ich hoffe, es wird Ihnen gefallen.»

Er sei nicht zum Vergnügen hier, sagte Thomas, dem das ganze unangenehm war. «Ein einfaches Zimmer genügt vollkommen.»

«Es ist ein einfaches Zimmer», korrigierte Monica und lächelte ihr Zahnpastawerbungslächeln. «Aber die Aussicht ist *meraviglioso*.» Sie machte eine ausschweifende Bewegung in Richtung Tür. «Sie haben sicher schon bemerkt, dass das hier nur ein Provisorium ist. Das Gebäude nebenan wird umgebaut. In einem Jahr ungefähr können wir wieder einziehen.»

Sie setzte sich an ihr Pult. «Wir bedauern alle sehr den Tod dieses Künstlers», sagte sie plötzlich wie aus heiterem Himmel.

Thomas schaute auf. «Dann war er sehr bekannt?»

«Hier in diesem Dorf kennt wohl jeder jeden. Ascona hat bloss fünfeinhalbtausend Einwohner.» Monica lächelte.

«Dann kennen Sie sicher auch seine Freundin?»

«Seine Ex-Freundin, ja», sagte Monica. «Aber die Beziehung ging vor etwa einem halben Jahr in die Brüche.»

Er unterliess es weiter zu fragen. Weil Tettamanti noch ausser Haus war, nahm sich Thomas vor, zuerst seine Pension aufzusuchen und sich einzurichten. Er verabschiedete sich und hinterliess die Nummer seines Mobiltelefons.

Monica hatte nicht zuviel versprochen. Das kleine Hotel befand sich direkt an der Piazza. Das Zimmer, winzig, jedoch heimelig eingerichtet, war mit einem Fernseher und einem Kühlschrank ausgestattet. Es lag gegen Süden und bot einen wunderschönen Ausblick auf den See. Thomas verstaute seine Kleider im Spind und nahm danach ein Bier aus dem Kühlschrank. Er ging damit auf den Balkon und sah dem Treiben auf der Piazza zu. Weiss gekleidete Köche rührten in grossen Tiegeln. Aus einem Zelt drangen Gesang und Gejohle. Kinder kreischten und bewarfen Passanten mit Konfetti. Thomas lehnte an die Wand und trank in grossen Schlucken. Die Fasnacht hier kam ihm spanisch vor. Er spürte die Sonnenstrahlen auf seinem Gesicht. Vergessen war einen Augenblick lang der Grund, weshalb er hierher gereist war. Die Palmen am Strand beugten sich dem Wind. Auf dem See zog ein Kursschiff eine breite Spur.

Am frühen Abend erhielt Thomas den erwarteten Anruf. Tettamanti wollte ihn sofort treffen. Sie verabredeten sich auf dem Polizeiposten.

«Ich hoffe, Sie hatten eine angenehme Reise», begrüsste ihn der Tessiner. «Wie mir schon Ihre Sekretärin mitgeteilt hat, kommen Sie wegen Husseini zu uns.» Tettamanti schaute Thomas erwartungsvoll an. «Ich dachte, er sei in Luzern umgekommen.»

«Er hat schliesslich hier gelebt», meinte Thomas, und als sein Gegenüber nichts erwiderte: «Die Ursache für den Brand im Atelier, ist die restlos geklärt worden?» Er wusste, dass er, was Armando schon erwähnt hatte, ein heikles Thema ansprach.

«Wir sind dem nicht weiter nachgegangen», sagte Tettamanti langsam. «Sie wissen schon, die Feiertage haben das ganze verzögert.»

«Feiertage?»

«Weihnachten, Neujahr, der ganze Umbau und jetzt der Carnevale ...»

Thomas nickte verständnislos. Die Tessiner hatten wohl eine etwas andere Vorstellung von Zeit. Er betrachtete ihn. Tettamanti war der typische Italiener, was Thomas' Vorstellungskraft anging. Klein, rundlich, schwarzhaarig. Vor allem die Nase wies jenes Markante auf, das er an den Südländern zu finden glaubte: eine römische Nase. Ein scharfer Knick zwischen den beiden dunklen Augen, am Ende leicht nach unten gebogen, was ihm etwas Adlerhaftes verlieh. «Können Sie mir etwas über das nähere Umfeld von Husseini berichten?»

«Da gibt es nicht viel zu berichten.» Tettamanti zog Thomas in sein Büro. Es gab ein Pult, einen Tisch, mehrere Stühle in unterschiedlicher Ausführung und einen Schrank mit geöffneten Türen, der ein chaotisches Innenleben zutage brachte, ein Lavabo, eine Plastikpalme, eine Stehleuchte. Neben einem modernen McIntosh stand ein versilberter Bilderrahmen, aus dem eine Frau und zwei Kinder lachten. Thomas tippte auf Tettamantis Familie. Die Vorhänge an den Fenstern waren fadenscheinig.

«Husseini war ein Maler. Es gibt Bilder von ihm in verschiedenen Galerien des Ortes. Sie können, wenn Sie mögen, später selber einen Augenschein über sein Schaffen nehmen.»

«Hatte er Feinde?»

«Das sind Fragen, die sich nicht so ohne Weiteres beantworten lassen. Feinde? Wer hat die nicht! Die Welt ist voll von Missgünstigen», philosophierte er. «Ich kenne seine Freundin.»

«Seine Ex-Freundin?»

«Monica weiss besser Bescheid, ob sie seine Ex-Freundin ist oder nicht. Ich kenne ihren Namen: Graziella Albertini. Ich bin ihr schon ein paar Mal begegnet. Sie ist blond und ... schön.» Er zögerte: «Und sie ist intelligent.» Tettamanti gab Thomas die Adresse. «Sie wird um diese Zeit in ihrem Salon sein.» Er berichtete ihm von einem Kosmetikgeschäft, das er vom Hörensagen kannte. «Da gehen nur die betuchten Frauen hin.»

«Weiter.»

«Ich kann Ihnen nicht weiterhelfen.» Tettamanti liess sich müde auf einen der farbigen Stühle fallen. «Sehen Sie. Ich bin sehr froh, dass Sie da sind. Mir wächst diese Arbeit über den Kopf», gestand er. Er habe täglich mit Bagatellen zu tun. «Erst heute Morgen bekam ich wieder einen Anruf aus der Metzgerei gegenüber. Zwei Männer waren einander in die Haare geraten. Hatten sich so lange gestritten, bis es eskalierte und der eine hinter dem Tresen den anderen vor dem Tresen mit einem Messer bedrohte. Und wissen Sie weshalb?» Tettamanti schlug sich mit der flachen Hand auf die Stirn. «Wegen fünfzig Gramm auf der Waage. Wo führt uns dieses Gebaren denn hin?» Er enervierte sich. «Die alten Hurensöhne. Es sind Einheimische, wohnen seit Kindsbeinen an hier. Es hat sich so vieles verändert in den letzten Jahren ...»

Thomas bekundete Mitgefühl; insgeheim musste er lachen. Wenn er Armandos Art nicht schon gekannt hätte, so hätte ihn das südländische Temperament wohl überfordert.

«Als ich mit meinem Kollegen ausrückte, um den Streit zu schlichten», fuhr Tettamanti fort, «stellten wir fest, dass es nur ein Kinderspielzeug war, mit dem der eine den anderen bedrohte.»

Thomas nickte schweigend.

«Gestern gab es in der Disco-Bar *Ponte Clara* eine Schlägerei», ereiferte sich der Tessiner. «Ein Kunde hatte eine der Tänzerinnen angefasst, was üblicherweise verboten ist. Darauf rasteten zwei andere Gäste aus. Sie wissen schon, ein Rattenschwanz ist das. Manchmal denke ich, dass alle irgendwie ihren Frust loswerden müssen.»

Thomas winkte ab. «Sie nehmen es mir nicht übel, wenn ich mich auf den Weg mache. Ich möchte heute mit Frau Albertini reden.»

«*Sacramento*», stöhnte Tettamanti. «Ich habe ja auch noch zu tun. Jemand sitzt bei mir in Untersuchungshaft.»

Thomas schaute sich um.

«Im Keller.» Tettamanti erhob sich. «Wir haben ja keine anderen Räume zur Verfügung. Sie sparen an allen Enden, obwohl Ascona eigentlich ein reiches Dorf ist. Und seit dem Umbau reicht es nicht einmal mehr für die elementare Sicherheit.» Und nach einem Zögern: «Ich glaube, ich gehe in Frühpension.»

Den Kosmetiksalon fand Thomas schneller als angenommen. Hinter einem braunen, zweiflügligen Tor erstreckte sich ein schmaler Pfad. Auf beiden Seiten gab es Sträucher, an denen zahlreiche Knospen hingen. Ein paar warme Tage, und sie würden ausschlagen und den Betrachter mit ihrer Farbenpracht und dem Duft überraschen. An der Türe war ein Schild angebracht, das Thomas bestätigte, dass er sich an der richtigen Adresse befand. Er drückte kurz die Klingel, wusste aber nicht, ob sie einen Ton erzeugt hatte. Erst als oben ein Fenster aufging und eine Flut von blonden Haaren über den Sims wehte, drückte Thomas die Türfalle. Er war schon im Korridor, als Graziella Albertini ihm etwas zurief. Die Treppe ins Obergeschoss quietschte bei jedem Schritt. Oben ging eine weitere Tür auf.

Graziella stellte sich unter den Türrahmen. Die Frau war hübsch, platinblond und keine dreissig Jahre alt. Thomas fragte sich, ob die Haarfarbe echt war. Als er auf den oberen Treppenabsatz gelangte, war er ausser Atem.

«Ich habe schon geschlossen.» Trotzdem hielt Graziella die Türe auf und liess Thomas eintreten. «Ich habe Sie nicht heute erwartet.» Sie führte ihn in einen Raum, in eine Art Teestube. Hier sah alles neu aus. Hell und freundlich. Es roch nach frischer Farbe. Die Möbel – Thomas schätze Designermöbel – sahen nicht aus, als ob sie schon länger im Gebrauch standen. Das Blassrosa der Sessel fand er für seinen Geschmack etwas zu süss. Auf dem Glastisch war kein einziges Härchen zu sehen.

«Wen haben Sie nicht erwartet?»

«Sie sind doch Polizist, nicht wahr?»

«Ach ja, habe ich ganz vergessen.» Thomas zeigte seinen Ausweis. «Sie haben die Nachricht also schon gehört?» Dann holte er Block und Schreibstift hervor, stellte das Diktafon auf und schaltete es ein.

«Ich fasse es einfach nicht.» Graziella klaubte ein Taschentuch hervor und schnäuzte sich, während sie auf das Diktiergerät sah. Thomas fand nicht heraus, ob die Tränen echt waren. «Muss das hier stehen?»

«Ich sichere mich immer doppelt ab», erwiderte Thomas.

Graziella hob den Kopf. «Es war ein grosser Schock für mich.»

«Wann haben Sie denn vom Tod Ihres Freundes erfahren?»

«Ex-Freund», korrigierte Graziella. Doch dazu schienen ihre Tränen dann doch zu echt. «Heute Mittag habe ich es erfahren. Herr Tettamanti hat mich darüber informiert.»

Thomas stenografierte. «Sie kennen den Polizeichef?»

«Hier kennt doch jeder jeden.» Graziella sprach das aus, was Monica schon erwähnt hatte. Vielleicht war wirklich etwas Wahres dran. Hier musste ein Dorfgeist herrschen, den man sonst kaum noch kannte.

«Kennen Sie jemanden, der mit Husseini befreundet war?»

«Er war bei vielen im Ort bekannt», sagte Graziella, nun wieder gefasst. «Aber er war ein absoluter Einzelgänger und lebte sehr zurückgezogen.»

«Kennen Sie seine Eltern?»

«Nicht persönlich. Er hatte auch wenig Kontakt zu ihnen. Ich glaube sogar, dass er ihnen aus dem Weg ging. Irgendwie kam er nicht ganz klar mit dieser …» Sie suchte nach dem passenden Wort, «… interkulturellen Verbindung. Er hat sehr darunter gelitten.»

«Wie soll ich das verstehen?»

«Immerhin ist sein Vater ein politisch Verfolgter gewesen.»

Thomas notierte. «Ein Flüchtling?»

«Warum?»

Thomas winkte ab. «Wo waren Sie heute Morgen um fünf in der Früh?»

Thomas sah Graziella erblassen.

«Solche Fragen bedeuten nie Gutes, oder?», fragte sie unsicher und als ihr Gegenüber nichts erwiderte: «Ich war im Bett in meiner Wohnung und schlief.»

«Allein?»

«Ja, allein. Das können Sie sich nicht vorstellen, nicht?»

«Sie waren nicht zufällig mit Tarek Husseini in Luzern?»

«Wie denn? Mit dem Helikopter etwa?»

«Es gibt Schnellzüge.»

«Ich habe meinen Salon um acht Uhr geöffnet.»

«Gibt es dafür Zeugen?»

«Nein, meine Kundinnen kommen in der Regel erst um neun. Ich habe geputzt und aufgeräumt, wie ich das jeden Tag mache.»

«Danke, das war's dann.» Thomas packte seine Sachen zusammen. Er verabschiedete sich und kehrte auf der knarrenden Treppe zurück zum Ausgang.

Er überlegte sich, ob er noch einmal ins Büro gehen oder gleich den Weg ins Hotel einschlagen solle. Er entschied sich fürs zweite, weil es zwischenzeitlich nach neun geworden war. Er war seit mehr als siebzehn Stunden wach.

Es war eine klare und für die Jahreszeit milde Nacht. Ein lila Himmel spannte sich über das Dorf. Die Piazza war noch nicht zur Ruhe gekommen. Immer mehr kleine Formationen von Guggenmusiken marschierten auf. Im Zelt wurde getanzt und gelacht. Thomas bahnte sich einen Weg durch das Narrengesinde und erreichte mit Müh und Not seine Unterkunft.

Er war zu erschöpft, um noch etwas zu unternehmen. Die Reise hatte ihn müde gemacht. Er beschloss, unten im Restaurant essen zu gehen.

Er fand einen einzigen leeren Platz neben betrunkenen Tessinern und musste sich während des Essens ihre Geschichten anhören, die er – ausser von ein paar Wortfetzen – nicht verstand.

Später holte er sein Defizit der letzten Nacht nach.

Trotz des Tumults auf der Piazza fiel er bald in einen tiefen Schlaf.

Freitag, 1. Februar

Punkt sieben an diesem Freitagmorgen ertönte *Saties Gymnopédie*. Thomas griff schlaftrunken nach seinem Mobiltelefon und drückte den grünen Leuchtknopf. Er vernahm Isabelles Stimme. Schlechten Gewissens erinnerte er sich, dass er ganz vergessen hatte, sie nach seiner Ankunft am Vortag anzurufen.

«Um diese Zeit bist du sicher schon im Dienst», stellte sie fest und wartete eine Antwort gar nicht ab. Sie erzählte von ihrem gemeinsamen Sohn Stefan und dass er sie gestern Abend besucht habe. «Ich gab ihm die alte Stehleuchte mit, die auf dem Estrich stand. Ich sagte ihm, dass er sich auf unserem Dachboden mit allem Fehlenden eindecken könne.»

«Da wird Lucille nicht besonders viel Freude haben.» Thomas schwang die Füsse auf den Boden. «Diesen Gerümpel wolltest du doch schon lange entsorgen.»

«Zum Glück habe ich es nicht getan. Ein neuer Haushalt kostet heutzutage ein Vermögen. Lucille will demnächst vorbei kommen und sich die Dinge ansehen.»

Thomas stiess Luft aus, nachdem er sich noch ein paar andere Ungeheuerlichkeiten hatte anhören müssen. Auch den alten Schlafzimmerschrank wollte sie loswerden. Aber der war wirklich nicht mehr zu gebrauchen. Würde Isabelles mütterliche Besorgnis eine neue Dimension erreichen? Thomas musste sich zusammennehmen, um sie nicht mit Vorwürfen zu torpedieren.

Als Thomas das Mobiltelefon auflegte, waren zehn Minuten vergangen. Während er den Pyjama auszog, hatte er den Ärger vergessen. Er ging ins Badezimmer, einem kleinen angrenzenden Raum, wo eine Badewanne, ein Lavabo und eine Toilettenschüssel so eng beieinander gepfercht standen, dass sich

Thomas kaum bewegen konnte. Er duschte in der Badewanne und nervte sich über den fehlenden Duschvorhang. Doch das war dann nicht sein Problem. Nach der Rasur zog er sich an. Es ärgerte ihn, dass er nur warme Kleider eingepackt hatte. Er entschied sich für eine Hose und ein Hemd. Die Jacke konnte er sich über den Arm legen, falls es doch noch zu kühl sein sollte. Er griff nach seiner Mappe und verliess das Zimmer.

Er folgte dem Kaffeeduft und dem Geruch von ofenfrischen Brötchen, der aus dem Frühstücksraum drang. Durch die Fenster sah man in einen Innenhof mit Brunnen, auf einen kahlen Baum. Die runden Tische waren freundlich gedeckt. Auf jedem gab es eine Vase mit dem ersten Schnitt von Osterglocken. Ausser Thomas waren noch drei weitere Gäste anwesend. Eine sehr alte Dame lächelte ihn mit weit aufgerissenem Mund an, und er befürchtete, dass dabei ihr Gebiss, das in der Art und Farbe so nicht in ihr Gesicht passte, auf den Teller fallen würde. Am anderen Tisch sassen ein Mann und ein Kind, welches bis zu den Zähnen in einem Zorro-Kostüm steckte.

Thomas bediente sich an dem kleinen, aber köstlichen Büffet mit Broten, Früchten und Säften, probierte von allem etwas und spürte, wie die Lebensgeister zurückkehrten.

Später trank er den Kaffee aus, faltete die Zeitung, deren Schlagzeilen er gelesen hatte, zusammen und erhob sich. Was tue ich da, fragte er sich selbst. Vielleicht war der Mörder in Luzern und nicht hier zu suchen. Dennoch nahm er sich vor, Husseinis Wohnung jetzt gleich zu inspizieren. Vielleicht fand er etwas, das ihm weiterhalf. Die Besprechung mit Armando verschob er auf unbestimmte Zeit.

Die Sonne schien gnadenlos grell auf das Dorf. Es nervte Thomas, dass er die Sonnenbrille vergessen hatte, als er mit einer Karte bewaffnet nach Husseinis Adresse suchte. Er kam an der Piazza vorbei, an der leeren Schifflände, denn die Schiffe und Boote schienen alle draussen auf dem See zu sein, und er steuerte den Nachtclub an der Contrada Fontanelle an. Er blieb vor der Vitrine stehen und ergötzte sich eine Weile an den halbnackten Mädchen, die sich auf Fotos aufreizend präsentierten und für ihre Tanzauftritte warben.

Er wanderte weiter in eine schmale Gasse und fand schlussendlich den Eingang zu Husseinis Unterkunft. Er öffnete eine Türe, die angelehnt war, stieg zwei Treppen hoch und wollte gerade die Türfalle drücken, als er merkte, dass die Türe nachgab. Thomas war auf der Hut. Angespannt griff er nach seiner *SIG Sauer P220,* die er auch auf sich trug, wenn es nicht unbedingt vonnöten war. Leise tastete er sich weiter. Die Wohnung war vom Tageslicht angenehm durchflutet. Trotzdem sah es hier nicht sehr einladend aus. Thomas meinte, nebst dem Farb- einen vagen Brandgeruch wahrzunehmen. Das Parkett schien von Wasser zerstört zu sein. An verschiedenen Stellen wölbte sich der Boden. Die Wände waren mit Russschlieren verschmiert. Dies realisierte Thomas, während er nach verdächtigen Geräuschen lauschte. Er durchquerte das Zimmer, in dem ein ungemachtes Bett stand. Vor der nächsten Türe blieb er stehen. Mit Sperberaugen äugte er durch den schmalen Spalt. Irgendetwas bewegte sich im angrenzenden Raum. Angespannt und den Atem anhaltend wartete er, lauschte erneut. Er drückte sich gegen den Türrahmen; seine Augen bewegten sich flink. Er war sich jetzt sicher, dass sich jemand im Atelier befand, der nicht hierhin gehörte.

Dann ging es blitzschnell. Thomas stiess die Türe auf, hielt die Pistole hoch und zielte auf Schulterhöhe gegen die Person, die ihm den Rücken zuwandte. «Ganz langsam die Hände hinter den Kopf. Und jetzt schön langsam umdrehen.»

«Bitte nicht schiessen!» Eine blonde Frau wandte sich um.

Thomas senkte die Pistole. Vor ihm stand Graziella, sichtlich geschockt.

«Denken Sie jetzt nichts Falsches.» Sie hielt die Hände noch immer über ihren Kopf.

«Was zum Kuckuck machen Sie da?» Thomas stellte sich ihr in den Weg. «Was haben Sie hier zu suchen?» Er starrte auf ihre Tasche, in der der obere Teil eines hellbraunen Umschlags zu sehen war. «Was haben Sie da in der Tasche?» Es ärgerte ihn, dass man Husseinis Wohnung nach seinem Tod nicht sofort versiegelt hatte und noch mehr, dass er sich nicht darum bemüht hatte, es zu veranlassen.

«Nichts, was für Sie von Wichtigkeit wäre.» Graziella entspannte sich. Die blonden Haare fielen wie ein Schleier um ihr Gesicht.

Thomas steckte die *SIG* wieder ein. «Jetzt erklären Sie mir, was Sie hier gesucht haben.» Er griff nach Block und Stift und machte sich bereit für die Notizen.

«Erinnerungen vielleicht», gestand Graziella und nahm ein Taschentuch zur Hand. «Ich kann Tarek nicht einfach so vergessen. Er war schliesslich einmal mein Lebenspartner.»

«Ist mir da etwas entgangen?» Thomas fixierte sein Gegenüber mit starrem Blick. Graziella wich ihm aus. «Es ist alles nicht sehr einfach für mich», gab sie zu und schnäuzte sich.

Krokodilstränen! Die bekannten Waffen einer Frau, wenn sie sich in der Klemme fühlt. Dafür war Thomas viel zu lang Polizist, als dass ihn Graziella damit hätte beeindrucken können. «Was wollten Sie denn entwenden?»

«Nichts.»

Thomas liess nicht locker. Hatte Graziella die in der Wohnung vermuteten Drogen gefunden und eingepackt? War sie am Ende eine Komplizin und in die ganze Sache mehr involviert, als sie gegen aussen zu verstehen gab? Wer einmal lügt, tut es immer wieder.

«Jetzt rücken Sie heraus», sagte er forsch. «Was befindet sich in Ihrer Tasche?»

«Nichts!» Und nach einer Weile des Zögerns: «Nur ein paar Fotos.»

«Darf ich die mal sehen?»

Graziella reichte ihm nur zögerlich das Gewünschte. Er sah sich das Bündel an. Er schaute länger als gewollt auf die Bilder. «Das sind nicht Sie», stellte er mit einem Anflug von Erstaunen fest. Die Frau auf den Fotos hatte dunkle Haare und posierte so, wie Gott sie erschaffen hatte. «Sie interessieren sich für die Aktbilder einer Fremden?» Er musste sich räuspern. «Weshalb gerade diese Bilder?»

«Ich wollte nicht, dass sie jemand anderer findet», verteidigte sich Graziella.

«Und warum nicht?» Er konnte ihr Ansinnen nicht nachvollziehen.

«Ich weiss es nicht.»

Er bemerkte, dass er sie verunsicherte. «Haben Sie sonst noch irgendwelche Gegenstände aus der Wohnung entwendet? Drogen?»

«Warum Drogen?» Über ihrer Stirn entstanden Falten. «Nein.»

«Wissen Sie, ob Tarek Husseini Drogen konsumiert hat?»

Graziella wandte sich ab. «Ab und zu, soviel ich weiss. Ohne Koks war er gar nicht fähig zu malen.»

«Dann hat er ziemlich viel konsumiert, wenn ich mir die Bilder hier ansehe. Und im ganzen Dorf soll es noch unzählige davon geben.»

«Ja, meine Güte ...», Sie blieb abgewandt. «Die einen nehmen Koks, die anderen Ritalin. Wo liegt der Unterschied?»

Thomas zimmerte die nächsten Fragen. «Sagen Sie mir,

wann Sie Tarek Husseini zuletzt gesehen haben!»

«Es war in der Nacht, als das Atelier brannte», begann Graziella, indem sie sich umdrehte und auf einmal sehr redselig wurde. «Wenn morgens um drei bei mir das Telefon schellt, so ist es entweder meine Mutter, die nicht schlafen kann oder Signora Leopoldi, die Gattin des Gemeindepräsidenten, weil ihr Make-up nicht, wie versprochen, die ganze Partynacht hindurch gehalten hat.»

«Signora Leopoldi?»

«Eine meiner Kundinnen. Sie beklagt sich andauernd über meine Arbeit. Ich hätte ihr einmal am liebsten gesagt, sie solle sich doch eine Latexmaske überziehen, um ihre Lederhaut zu verstecken. Es waren aber weder meine Mutter noch Signora Leopoldi.» Graziella presste die Lippen aufeinander.

«So ausführlich wollte ich es nicht erfahren. Wer hat Sie angerufen?»

«Tarek. Er sagte mir, dass es gebrannt habe. Gebrannt. Ich dachte zuerst, er veralbere mich, er meine, dass mit Tiziana und ihm Schluss sei.»

«Wer ist Tiziana?» Thomas notierte den Namen.

«Tiziana Schumann. Die Frau auf den Fotos.»

Thomas warf noch einmal einen Blick auf das oberste Bild in seiner Hand, bevor er das ganze Paket niederlegte.

Graziella ereiferte sich zusehends. «Ich sage Ihnen, da steckt sowieso diese Schumann dahinter.»

«Können Sie mir das genauer erklären? Sie äussern da einen gravierenden Verdacht.»

«Und ob ich das tue.» Ihre Augen sprühten jetzt vor Zorn. «Sie ist eine Hexe.»

«Beruhigen Sie sich», sagte er verlegen. «Hat sie mit Ihrem Freund zu tun?»

«Meinem Ex-Freund», betonte Graziella noch einmal mit

Nachdruck. «Aber was liegt Ihnen denn so daran, mich da mit hineinzuziehen? Ich bin Tarek seit längerer Zeit nicht mehr begegnet.»

«Es ist meine Aufgabe zu recherchieren.»

«Dann sollten Sie auch Tiziana Schumann kennenlernen, seine aktuelle Freundin. Verheiratet, zwei Kinder und mindestens zehn Jahre älter als Tarek.» In einem Satz war alles gesagt und verriet Thomas mehr, als Graziella lieb war.

«Um auf Frau Schumann zurückzukommen», er blickte sein Gegenüber ernst an, «warum verdächtigen Sie sie?»

Graziella wandte sich errötend ab. «Ich will keinem Menschen etwas Böses anlasten. Das ist mir nur so herausgerutscht. Am besten ist es, wenn Sie es gleich wieder vergessen.»

«Wer A sagt ...» Thomas räusperte sich.

«Wir sind Feindinnen», sagte sie. «Sie hat mir meinen Freund ausgespannt, obwohl sie verheiratet ist. Dabei habe ich sie einmal sehr gemocht.»

«Könnte sie denn einen Grund gehabt haben, Husseini umzubringen?» Thomas gab nicht auf.

«Ich sagte doch, es war dumm von mir.»

«Wissen Sie, ob Frau Schumann mit Herrn Husseini an der Fasnacht war?»

«Nein, ich habe jeglichen Kontakt zu beiden abgebrochen.»

«Wo kann ich diese Tiziana Schumann allenfalls finden?»

«In ihrer Luxushütte, wo denn sonst?» Graziella machte eine abfällige Handbewegung. «An der Via Moscia.»

Thomas notierte die Adresse.

«An dem Abend damals haben Sie also Tarek Husseini zum letzten Mal gesehen ... Er sagte, dass es gebrannt habe, und Sie dachten, dass mit dieser Tiziana Schluss sei.»

«Ja, richtig. Ich war recht sauer», fuhr Graziella fort. «Ich sagte ihm, dass ich damit gerechnet habe, dass sie ihn eines Tages sitzen liesse und dass ich nicht bereit sei, ihn wieder bei mir aufzunehmen. Er korrigierte sich dann, dass sein Atelier gebrannt habe. Sofort schoss Tizianas Bild vor mein geistiges Auge ... ich sah sie in Flammen stehen, eine lebende Fackel.» Graziella schniefte.

Thomas dachte an Tettamantis Bemerkung. «Sie hätten also ein Motiv gehabt.»

«Was für ein Motiv?», rief Graziella belustigt. «Tarek ist tot, nicht Tiziana.»

«Wie kam es denn zu dem Brand? Hat Herr Husseini davon erzählt?»

«Er habe gemalt wie jeden Tag, hat er gesagt. Als er auf die Uhr gesehen habe, sei es Mitternacht gewesen. Er habe sich dann ins Bett gelegt. Später sei er an einem Geräusch erwacht. Er habe sich aufgesetzt und den Widerschein eines flackernden Lichtes durch den Türspalt zum angrenzenden Atelier gesehen.» Graziella verschränkte die Arme. Sie fröstelte. «Unglücklicherweise hatte er die Tür geöffnet. Sie können sich ja vorstellen, was passiert ist.»

«Und er hat sich verletzt?» Thomas registrierte zu spät die Absurdität seiner Frage.

Graziella schien es auch bemerkt zu haben. «Er kam mit dem Schrecken davon. Aber er glaubte, dass er Feinde hatte, solche, die ihm sogar nach dem Leben trachteten. Der Überfall in Zürich sei vielleicht eine erste Warnung gewesen.» Sie hielt wieder inne. «Er tat mir leid, und ich lud ihn zu mir nach Hause ein.» Sie biss sich wiederholt auf die Lippen.

«Was dann?»

«Es war ein Fehler. Meine Leidenschaft für ihn war noch nicht erloschen, und er nützte dies schamlos aus.»

«Sie haben also mit ihm geschlafen.»

«Nein, soweit ist es dann doch nicht gekommen.

«Aha», sagte Thomas nur. Aber vieles erschien ihm plötzlich in einem anderen Licht. «Eine grosse Erniedrigung, nicht wahr?» Er tastete sich vage an die intimsten Geständnisse einer Frau heran, die bereit war, ihre Seele zu entblössen.

«Ja, es ist schlimm, so gedemütigt zu werden, das gebe ich zu. Aber das Leben geht weiter. Und eines Mannes wegen würde ich mir nichts zuschulden kommen lassen.»

«Gut, wir wollen es dabei belassen. Ich muss Sie jetzt bitten zu gehen. Sie müssen mir aber für allfällige Fragen zur Verfügung stehen.» Und nach einem Zögern: «Ich werde die Wohnung für jeglichen Besuch verschliessen. Ich kann keine Ausnahme machen.»

Während Graziella zur Türe schritt, öffnete er das Atelierfenster. Er atmete tief durch. Was wurde hier gespielt? War der Mord das Resultat eines Beziehungsdramas? Oder hatte er am Ende doch mit Drogen zu tun?

Er schloss das Fenster und machte sich an die Arbeit. Er widmete sich den Bildern an den Wänden und denjenigen, die an der Wand lehnten. Mit den Monden auf den Bildern konnte er nicht viel anfangen. Surrealistisches Gerümpel. Thomas suchte weiter. Das Atelier war in einem chaotischen Zustand. Nach dem Brand musste es notdürftig wieder hergestellt worden sein. Er kehrte ins Wohnzimmer zurück zu den Schränken und Kommoden, in denen er etwas zu finden hoffte. Einen kleinen Hinweis auf Husseinis Schicksal.

In der ersten Schublade fand er Zeichnungsblätter mit Skizzen, ein paar Fotografien von Leuten – Porträts oder Ganzaufnahmen. Nicht unbedingt von schönen Menschen. Thomas steckte die Bilder ein. Er würde mithilfe von Tettamanti die Leute ausfindig machen. Vielleicht war der Mörder unter ihnen zu suchen. Vielleicht gab es jemanden, der nicht damit einverstanden war, wie Husseini ihn gemalt hatte. Thomas wusste, dass es manchmal nicht viel braucht, um kriminell zu werden, vor allem wenn Emotionen im Spiel sind. Er widmete sich der nächsten und übernächsten Schublade. Wonach suchte er überhaupt? Dachte er wirklich daran, Drogen zu finden? Verdächtiges weisses Pulver? Oder Pillen? Beschämt schloss er die Kommode zu. Im Schrank daneben sah er nur Kleider und frische Wäsche, nicht ordentlich eingeräumt, aber das war auch nicht unbedingt seine Stärke. Isabelle hatte da eher die Übersicht. Jetzt wusste er, was ihm in dieser Wohnung aufgefallen war: Hier fehlte die Hand einer Frau. Einer Frau wie Isabelle.

Kurz entschlossen verliess er das Haus. Hier gab es nichts mehr, das ihn weiter gebracht hätte. Er rief Tettamanti an und forderte ihn auf, jemanden für die Versiegelung zu schicken.

«Wozu eine Versiegelung?», tat Tettamanti überrascht, und Thomas wusste sofort, dass diese Unterlassungssünde kein Zufall gewesen war. Offensichtlich wurden hier im Süden gewisse Dinge anders gehandhabt als im Rest der Schweiz.

«Husseinis Atelier ist Teil unserer Ermittlungen», entgegnete Thomas gereizt. «Wir dürfen es nicht unterlassen, auch hier nach möglichen Spuren zu suchen. Bis dahin muss die Wohnung gesichert sein.»

«Was heisst das im Klartext?»

Bevor Thomas darauf eine Antwort hatte, überlegte er sich, ob er den Technischen Dienst aus Luzern aufbieten sollte. «Könnten Sie mir jemanden zur Verfügung stellen, der Husseinis Wohnung unter die Lupe nimmt?»

«Ich habe nicht genug Personal», entgegnete Tettamanti rasch.

«Das wusste ich nicht.» Thomas sah davon ab, vor dem Polizist in die Knie zu gehen. Nach reiflicher Überlegung entschied er sich, kein weiteres Federlesen darum zu machen. Doch eine Frage brannte noch auf seinen Lippen. «Wurden nach dem Brand im Atelier die Spuren gesichert?»

«Ja, wo denken Sie denn hin. Natürlich!»

«Kann es sein, dass man Drogen gefunden hat?»

«Nein!» Die Antwort kam zu schnell.

Thomas gab sich nicht zufrieden. «Kokain?»

«Nein!» Tettamanti schien genervt.

Thomas überlegte es sich anders. Er stand unter Zeitdruck. Es fehlte noch, wenn Tettamanti sich ihm in die Quere stellte. «Sie müssen mir dringend Ihre Techniker für die Spurensicherung zu Verfügung stellen.»

«Das ist nicht einfach», wich Tettamanti aus. «Ich muss mich zuerst mit Locarno besprechen, ob diese abkömmlich sind.»

«Dann besprechen Sie es mit Locarno. Wann kann ich mit dem Bescheid rechnen?» Thomas spürte Galle hochkommen.

«Ich werde mich bei Ihnen melden», liess er es offen. Dann legte er auf.

Den Mittag verbrachte Thomas in seiner Pension. Er hatte seine verschiedenen Notizen ausgeschnitten. Sie lagen auf dem Bett vor ihm. Der Zettel mit dem Namen *Husseini* lag zuoberst, rechts davon derjenige der Eltern. Unterhalb hatte Thomas den Zettel mit den Angaben über Graziella hingelegt, daneben diejenigen von Tiziana Schumann. Es gab also plötzlich eine weitere Frau. War sie die Frau, die mit Husseini in Luzern gewesen war? Und Schumann? Was hatte der mit dem Fall zu tun? Dass es Berührungspunkte gab, daran zweifelte Thomas allerdings keinen Augenblick. Wenn Graziellas Aussagen stimmten, war er der gehörnte Ehemann. Aber wer war Schumann wirklich? Thomas stellte noch einmal Tettamantis Nummer ein.

Der Polizeichef war gerade aus der Mittagspause zurück, was er Thomas beleidigt wissen liess. «Es bleiben noch fünf Minuten. Ich würde gern noch eine rauchen.»

Unbeeindruckt verlangte Thomas Auskunft über die Familie Schumann.

«Bei denen liegen Sie mit Bestimmtheit falsch», sagte der verdatterte Polizist, noch bevor Thomas irgendwelche Beweggründe anbringen konnte. Vergangen war die Lust auf eine Zigarette. «Signor Schumann ist eine Kapazität, ein unbescholtener Mann. Er entwickelt Medikamente und hilft den kranken Menschen.»

Thomas sah Tettamanti vor sich in einen Sumpf von Heuchelei und falschem Respekt sinken. Ein hochgradiger Beruf sagt gar nichts über den Leumund eines Mannes aus. Aus Thomas' Erfahrung war das kein Indiz für eine weisse Weste.

Er überlegte sich, ob er Armando anrufen und sich nach dem Stand der Dinge in Luzern erkundigen sollte. Er liess es vorerst sein. Sein Augenmerk galt der Familie Schumann, vor allem dieser Tiziana.

Er ging zu Fuss über die Piazza Giuseppe Motta, die friedlich da lag und von den nächtlichen Ereignissen nur noch Spuren trug. Überall lagen Pappbecher, leere Papiertüten und Getränkedosen, Konfetti und Luftschlangen. Thomas zweigte links in die Via Moscia ein. Hier befanden sich die prächtigen Villen der Reichen. Und hier lag auch Schumanns Haus. Thomas stand vor dem schmiedeisernen Tor. Die beiden Leuchten in Form von Golfbällen gefielen ihm nicht. Viel zu protzig und Zeugnis eines schlechten Geschmacks, ging es ihm durch den Kopf. Er blickte zurück zur Strasse. Der Ausblick auf den Lago Maggiore hingegen hielt ihn einen Moment gefangen.

Das Tor versperrte den schmalen Kiesweg zur Villa. Eine

Vielzahl verschiedener Sträucher liess einen vagen Blick auf die Rückseite frei. Am Hauptportal war ein Messingschild angebracht, auf dem der Name *Jürgen Schumann* stand und daneben ein Schild mit der Aufschrift *Eintritt für Unbefugte untersagt*. Der Garten war pedantisch gepflegt.

Thomas stiess das Tor auf und begab sich auf den Weg dahinter. Er klingelte, als er beim Hauseingang angekommen war. Gleich wurde die Türe geöffnet, als hätte man ihn erwartet. Thomas blieb wie angewurzelt stehen.

«Frau Schumann?» Er räusperte sich. Er sah, dass sie vor kurzem geweint hatte. Ihre Augen trugen Spuren von Trauer, was aber ihrer Schönheit nichts abbrach. Sie war von zierlicher Statur mit bis über die Hüften reichendem schwarzem Haar, das sie zu einem lockeren Zopf gebunden hatte. Er zeigte ihr die Dienstmarke. «Ich bin Thomas Kramer.»

«Kommen Sie, treten Sie ein.» Wenn sie überrascht war, liess sie es sich nicht anmerken. Sie machte jedoch keine Anstalten, ihn mit Händedruck zu begrüssen. Sie führte ihn wortlos in ein Wohnzimmer, in dessen Wänden er sofort von einem seltsamen, nicht definierbaren Gefühl gefangen genommen wurde. Mitten im Raum gab es eine düstere Wohnlandschaft. Tiziana Schumann wirkte darin wie eine Exotin.

«Setzen Sie sich.» Sie fragte nicht, weshalb er sie sprechen wollte, was vielleicht an ihrer abweisenden Art lag. Dennoch erstaunte es ihn. Er nahm auf einem der Sofas Platz. Tiziana setzte sich gleich ihm gegenüber. Sie sass aufrecht, was ihr etwas Aristokratisches verlieh, auf der äussersten Kante. Die Beine hielt sie eng aneinander, die Hände lagen auf ihren Knien. Thomas bemerkte ihr Unbehagen. Trotzdem versuchte er, sie in ein Gespräch zu verwickeln. Letztendlich war er deswegen hier.

«In welcher Beziehung stehen Sie zu Graziella Albertini?»

begann Thomas, was bei seinem Gegenüber ob der ungewöhnlichen Frage eine sofortige Verblüffung hervorrief. Er sah, wie Tiziana ein paar Mal leer schluckte. Hatte sie etwas anderes erwartet? Sie schlug ihre Augen zu, einen kurzen Moment nur. Thomas merkte, wie die Frau ihn aus der Fassung brachte.

«Sie war meine beste Freundin.» Sie blickte ihn zum ersten Mal direkt an. Er sah in dunkle, leicht schräggestellte Augen. «Leider ging diese Freundschaft vor kurzem in die Brüche. Warum fragen Sie mich das?»

Thomas erklärte ihr, weshalb ihn seine Schritte hierher gebracht hatten.

«Graziella hat Sie zu mir geschickt?»

«Nicht direkt. Es geht um Tarek Husseini. Er war doch Frau Albertinis Freund, oder irre ich mich da?» Thomas lehnte sich zurück.

«Ich habe davon gehört», sagte Tiziana ruhig. «Und weshalb, wenn ich fragen darf, kommen Sie dann zu mir? Glauben Sie Graziella etwa?»

«Was sollte ich denn glauben?» Thomas zog die Stirne kraus. Üblicherweise war er der, der die Fragen stellte.

Tiziana erhob sich. «Entschuldigen Sie, dass ich Sie nicht gleich danach gefragt habe, aber möchten Sie einen Kaffee?»

Thomas bejahte und sah ihr nach, als sie in Richtung Küche davonging. Er stand auf und schaute sich neugierig um. Das Wohnzimmer sah aus wie ein Museum, eine Galerie aus einem anderen Jahrhundert. Thomas kannte nicht alle Künstler, doch es gab einen *Dali*, eine surreale Kopfform mit Teilen, die wie Schubladen aussahen, zwei *Van Gogh*, welche er bei näherem Hinsehen an der Unterschrift erkannte, und einen *Manet*. Gepunktete Köpfe. Pointilismus in seiner heftigsten Phase. Selbst die Rahmen waren bestimmt ein Vermögen wert. Die Bilder waren angeleuchtet. Über jedem hing eine schmale Röhre, dessen Sprühlicht genau die Gemälde traf.

«Diese Bilder erdrücken mich», sagte Tiziana aus der Küche kommend. Sie trug zwei gefüllte Kaffeetassen und die Zuckerdose auf einem Tablett. «Sie gehören meinem Mann.» Sie stellte das Tablett auf den Tisch. «Nicht mein Geschmack.»

Hatte Thomas nicht einen zynischen Unterton herausgehört? Er bedankte sich für den Kaffee.

«Aber Ihnen gefallen wohl die Bilder von Tarek Husseini?»

Tiziana setzte sich wieder hin. «Kunst ist wirklich Geschmacksache», sagte sie ausweichend. «Und Kunst zu verstehen, ist noch mal etwas anderes.»

«Haben Sie Husseinis Kunst verstanden?» fragte Thomas auf das Thema zurückgreifend.

«Worauf wollen Sie hinaus?» Tiziana nahm die Kaffeetasse, stellte sie jedoch gleich wieder zurück. «Sie wollen doch von mir wissen, ob ich Herrn Husseini näher gekannt habe. Warum fragen Sie mich nicht direkt?» Als Thomas schwieg, fuhr sie fort. «Er war mein Geliebter.» Als er sich immer noch in Schweigen hüllte, meinte sie: «Früher oder später hätten Sie es ja doch erfahren. Macht mich diese Tatsache jetzt verdächtig?»

«Verdächtig?» Thomas schaute auf. «Wofür?»

«Ich nehme an, dass Sie wissen wollen, wo ich gestern Morgen um fünf Uhr war.»

Bevor er darüber nachdenken konnte, weshalb sie die genaue Todeszeit wusste, fügte sie hinzu: «Auch das würden Sie früher oder später erfahren. Ich hatte mich von Tarek überreden lassen, ihn an die Fasnachtstagwache zu begleiten. Ich befand mich etwa drei Meter hinter ihm, als er starb.» Ihre Stimme war völlig emotionslos.

Und Thomas für eine Weile sprachlos.

Sie hatte nicht *erschossen* gesagt, was ihn irritierte. Hatte sie keine Ahnung? «Weshalb sind Sie geflüchtet?»

«Schock?» stellte sie selbst die Frage. «Angst?»

«Sie sind eine wichtige Zeugin.» Thomas blies Luft aus. Und Sie stehen unter Verdacht, doch das sagte er nicht. Er schwitzte, was unüblich war. Er verstand sich selbst nicht. Warum fasste er Tiziana mit Handschuhen an? Er hätte das Recht gehabt, sie aufgrund unterlassener Hilfeleistung sofort vorzuladen. Stattdessen sagte er ihr in aller Ruhe, dass sie anderntags auf den Polizeiposten kommen solle. Für das Protokoll.

«Sie verdächtigen mich?» Tizianas Augen füllten sich mit Tränen. «Was hätte ich denn tun sollen?» Sie schluchzte plötzlich laut auf. «Er starb vor meinen Augen. Ich hatte Angst, dass ich damit in Zusammenhang gebracht werde. Meine Familie wusste nicht, dass ich mit Tarek verreise ...» Sie hielt abrupt inne. «Mein Gott», sagte sie dann und hielt die Hände vors Gesicht.

Thomas gab ihr ein Taschentuch. «Wusste Ihr Mann von dieser Liaison?»

«Ja!» Tiziana hatte sich gefasst. Sie schnäuzte sich die Nase. «Er drohte sogar damit, alles zu unternehmen, um mich und Tarek auseinanderzubringen.»

Thomas hob erstaunt die Augenbrauen. War er gerade in ein Wespennest getreten? War der Mord an Husseini nur die Spitze des Eisberges gewesen? Würde er hier in Ascona das finden, was unter dem Wasserspiegel lag? Würde er in ungeahnte Tiefen vordringen? Trotzdem glaubte er, dass er am falschen Ort suchte.

«Mein Mann ist mächtig.» Tiziana schniefte verächtlich. In ihrer Haltung erkannte Thomas die Unterwürfigkeit dieser Frau, und es schauderte ihn.

«Waren Sie auch kostümiert?» Die Frage kam wie ein Blitz aus heiterem Himmel und brachte Tiziana ins Stocken.

Wie sie das verstehen solle, fragte sie fassungslos. Ihre grossen dunklen Augen wurden noch grösser und waren jetzt völlig schwarz.

«Haben Sie wie Ihr Freund ein Kostüm getragen?»

«Ja. Wir gingen beide verkleidet.»

«Wo befindet sich das Kostüm jetzt?»

Tiziana lehnte sich zum ersten Mal zurück. Bemerkte er nicht ein kleines Zögern? «Im Hotel, wo wir übernachtet haben. Ich muss es da liegen gelassen haben.»

«Meine Leute haben aber keines gefunden.»

«Das verstehe ich nicht.» Tiziana setzte sich erneut kerzengerade hin. Sie verstrickte sich in Widersprüche.

«Vielleicht erinnern Sie sich wieder, wenn Sie morgen vor dem Mittag zu mir ins Büro kommen», sagte Thomas nach einer Weile, «und bestellen Sie bitte Ihrem Mann, er solle Sie gleich begleiten.»

«Ich glaube nicht, dass er so ohne Weiteres abkömmlich ist», meinte Tiziana. «Zudem verstehe ich nicht, weshalb er mit dem Fall zu tun haben soll. Verdächtigen Sie ihn?»

«Eine reine Routineangelegenheit. Er ist Ihr Mann, Sie waren die Geliebte des Toten – somit gehört auch er zu den Verdächtigen.»

Thomas liess sich die Anschrift seiner Fabrik geben. Er überreichte ihr Tettamantis Karte. «Verlangen Sie nach mir.»

Tiziana brachte ihn zur Tür. In diesem Moment näherten sich ihnen zwei Kinder, ein Junge und ein Mädchen.

«Oh», sagte Tiziana laut. «Das sind Lars und Delia.» Und zu den Kindern gewandt: «Sagt dem Herrn Guten Tag.»

«Schon wieder ein Neuer?» Lars ging grusslos an den beiden vorbei. Thomas sah seinen schwerfälligen Bewegungen nach.

Tiziana stiess Luft aus. «Entschuldigen Sie. Er ist in einem schwierigen Alter.»

Delia dagegen blieb stehen und musterte Thomas misstrauisch. Ihre Hände versteckte sie hinter dem Rücken. Ihre schwarzen Haare waren zu zwei niedlichen Zöpfen geflochten. Und sie hatte dasselbe Gesicht wie seine Mutter. Nur die Augen schienen traurig. Thomas nahm ein vages unstetes Flackern wahr.

«Du kannst dir in der Küche ein Sandwich holen.» Tiziana stiess ihre Tochter ins Haus. Delia machte einen Knicks und verschwand dann.

«Sie ist ein wohlerzogenes Mädchen», sagte Thomas und dachte, sie ist wie eine aufziehbare Puppe. Er rätselte, was für ein Mensch ihr Vater war. Irgendwie kam ihm hier alles gekünstelt vor. Mit den Jahren hatte er sich eine gute Menschenkenntnis angeeignet.

Tiziana streckte ihre rechte Hand aus. Thomas griff danach. «Auf Wiedersehen, Frau Schumann», sagte er leicht nervös.

«Sie können mich Tiziana nennen», sagte sie, bevor sie hinter der Tür verschwand.

Jeder Schritt, der ihn von der Villa entfernte, gab ihm mehr Rätsel auf. Irgendetwas stimmte hier nicht. Es war dieses latente Gefühl der Ohnmacht, das ihn schon in diesem schäbigen altertümlichen Wohnzimmer beschäftigt hatte. Wie schafften es eine so hübsche Frau wie Tiziana und ihre beiden Kinder, sich darin wohl zu fühlen? Es fehlte etwas. Spielzeuge zum Beispiel, ein Zeichen dafür, dass darin gelebt wurde, dass es da Kinder gab, die durch die Räume tollten. Und Tiziana selbst war ihm darin wie ein Fremdkörper vorgekommen. Thomas schaute noch einmal zu der Villa zurück, als er das schmiedeiserne Gartentor öffnete und sich durch die Lücke schob. Sah so ein Geisterhaus aus?

Er begab sich auf den Weg zum Polizeiposten. Er schlenderte durch enge Gassen und ging über unebene Wege, vorbei an alten Häusern und Holzruinen bis er die Viale Bartolomeo erreichte. Eine Weile blieb er bei der Baustelle stehen. Es würde ein modernes Gebäude geben, wenn es denn mal fertig war. Er wandte sich dem roten Haus zu. Er betrat leise den Eingang und vermied es, Monica zu begegnen. Er ging zu Tettamanti und wechselte ein paar Worte mit ihm. Viele waren es nicht, denn der Polizist war, wie er ihm zu verstehen gab, mit Kleinkram beschäftigt. Er holte den Schlüssel aus seinem Kittel und schob ihn über die Tischplatte Thomas zu. «Der Wagen steht hinter dem Haus», sagte er nur, «der rote Punto ist es.»

Thomas setzte sich in sein Büro und tippte die Notizen, die er bei Tiziana Schumann gemacht hatte, auf seinem Laptop ins Reine. Er arbeitete über eine Stunde. Danach rief er Armando an und erkundigte sich nach dem Stand der Dinge in Luzern. Er konnte ihm keine aufschlussreiche Nachricht übermitteln, ausser dass Yusef Costic kaum mit dem Mord zu tun haben konnte. Er beschwerte sich, dass Tanja Pitzer vom Blick sich wieder allerhand anmasste. Linder habe ihr jedoch gleich den Riegel geschoben.

«Gibt es Neuigkeiten von der Drogenabteilung?»

«Nein, Husseinis Name taucht nirgends auf.»

Thomas betreute Armando mit weiteren Aufgaben und bat ihn, sich auf jeden Fall heute noch einmal zu melden.

Der Tag blieb wie er begonnen hatte. Die Sonne schien, und der blaue Himmel wirkte kitschig. Es herrschten frühlingshafte Temperaturen.

Thomas fuhr aus dem Dorf direkt auf die Autostrada Richtung Monte Ceneri. Es war früher Nachmittag, und ein allzu bekanntes rumorendes Gefühl in der Magengegend machte sich bemerkbar. Thomas hielt es für das Beste, bei der nächsten Gaststätte anzuhalten. Er fand sie zwei Ortschaften weiter vorne. Gleichzeitig konnte er sich ein wenig umhören.

Er parkte seinen Wagen vorsorglich auf der gegenüberliegenden Strassenseite hinter einem immergrünen Gebüsch. Er stieg aus und sah den Fiat punto nachdenklich an. Vor langer Zeit hatte dieser sicher einmal eine ansehnliche Farbe gehabt. Warum fahren Polizisten in der Freizeit schrottreife Wagen, fragte sich Thomas, als er die Tür abschloss. Bei ihm zuhause stand genauso ein Modell. Er hatte es, trotz Isabelles Einwänden, nicht übers Herz gebracht, den Wagen einzutauschen. Immerhin war er ihm während seiner ganzen Dienstzeit bei der Kriminalpolizei nützlich gewesen. Jeden Frühling fuhr er den alten Golf zur Garage und liess ihn instand stellen. Die Verkäufer dort, die ihm allzu gern einen neuen Wagen verkauft hätten, beeindruckten Thomas nicht im Geringsten. Den Test für die Fahrtüchtigkeit bestand der Oldtimer – Isabelles herablassender Ausdruck, um Thomas' Schwäche zu beschreiben, oder den Schwachsinn, wie sie manchmal zynisch beigab – jedes Jahr von Neuem, und das war wirklich ein ziemliches Wunder.

Der Duft im Restaurant war unwiderstehlich. Ein einziger Tisch war besetzt. Mit zwei Männern, die im Begriff waren zu bezahlen. Der Kellner, ein etwas ungelenker runder, Thomas tippte auf einen Mann aus dem Balkan, drehte sich nach ihm um und glotzte eine zeitlang.

«Kann ich hier noch etwas essen?» Thomas schob sich einen Stuhl zurecht und setzte sich an einen kleinen Tisch, der als einziger noch gedeckt war, in die Nähe des Fensters. Er sah, wie der Kellner demonstrativ auffällig auf seine Armbanduhr schaute, während er zwei Banknoten in eine schwarze Geldbörse steckte. Den beiden Männern, die das Restaurant verliessen, schenkte er keine Beachtung mehr.

Ein belegtes Brot würde ausreichen, sagte Thomas, bemüht,

seiner Frage von vorhin die Aussagekraft zu nehmen. Der Duft aus der Küche war vielleicht der letzte Rest von einem sich verflüchtigenden Geruch gewesen, was in ihm erneut einen Krampf erzeugte.

Der Kellner kam jetzt auf ihn zu und warf ihm eine Speisekarte vor die Nase. «*Abbiamo solamente spaghetti all'arrabbiata, si vuole.*» Der Kellner schlug die erste Seite auf und schob seinen dicken Daumen auf das Fettgedruckte. «*Spaghetti con peperoncini, molto spoglio.*»

Thomas nickte, und der Kellner verschwand im hinteren Teil des Raumes. Thomas wartete und trommelte mit den Fingern auf die Tischplatte. Eine einzige Zeitung lag da. Eine italienische. Es ärgerte ihn, dass er damals, als er hätte entscheiden können, Italienisch als Zusatzfach zu wählen, es nicht getan hatte. Immerhin gehörte es, anders als Englisch, zu den vier Landessprachen. Der Raum wirkte düster. Tische und Stühle waren in dunklem Holz gehalten, auch die Tapete. Mit einem roten Bast bespannte Lampen hingen von der Decke. Ein paar Bilder in verschnörkeltem Rahmen zierten die Wände. Thomas hatte genügend Zeit, die Dinge einzeln zu betrachten.

Später erschien eine Frau in blau-weiss karierter Schürze und brachte die Spaghetti an den Tisch. «Die Mitarbeiter sind auch nicht mehr das, was sie einmal waren.» Sie liess sich wie selbstverständlich Thomas gegenüber auf den Stuhl fallen. «Sie haben doch nichts dagegen.» Sie sprach fliessend Deutsch.

Thomas nickte und schnüffelte über dem Teller. Die Frau öffnete die Flasche Chianti, die sie mitgebracht hatte, und goss ihm und sich selber ein Glas voll ein. «Lassen Sie sich nicht stören.»

Thomas liess sich nicht stören. Er stach mit der Gabel in die dampfenden Teigwaren, schlang sie mit einer gekonnten Drehung darauf und steckte sie in den Mund. Der erste Bissen war himmlisch und hielt, was er versprochen hatte.

Die Frau, eine burschikose Erscheinung mit agilem Körper und kurzem Haarschnitt, funkelte Thomas mit zufriedenen Augen an. «Der Markt ist ausgetrocknet», sagte sie. «Die Leute kommen von überall her, nur nicht von hier, wollen gut bezahlt, aber nicht gefordert werden. Es ist zwei Uhr, die Zimmerstunde beginnt. Da sind ihresgleichen immer pünktlich. Ansonsten täte man am besten, mit einem Knüppel hinter ihnen zu stehen um sie voranzutreiben. Sie sind zum Teil echt faule Säcke. Und wenn ich den Mund aufmache und mich beschwere, so habe ich alle möglichen sozialen Vereine am Hals. Sie wissen schon, das Arbeitsamt, die Gewerkschaften, die Ausländerlobby ...» Sie verschränkte lachend die Arme vor ihrer Brust. «Was verschlägt Sie denn in dieses Kaff?»

Als Thomas nicht gleich antwortete – er hatte den Mund voll – fuhr sie fort: «Urlaub machen Sie ja wohl kaum in dieser Jahreszeit. So wie ich Sie einschätze, fahren Sie lieber Ski.»

Thomas schmunzelte, nahm die Serviette und wischte sich den Mund. Er sei beruflich hier.

«*Santa Madonna*», rief die Frau und erhob sich schleunigst. «Sind Sie ein Testesser? Ich heisse Martha Ponte, bin die Besitzerin und die Köchin von diesem Betrieb hier.» Sie machte eine ausschweifende Handbewegung. «Ausgerechnet mir passiert das. Sind die Spaghetti auch gut genug?»

«Vorzüglich», lobte Thomas. Allmählich stieg ihm die Schärfe der Gewürze in den Gaumen, die ihm gleichzeitig Tränen in die Augen trieb. Er ass seelenruhig weiter und amüsierte sich an der Frau, die sich nun wie ein aufgescheuchtes Huhn aufführte. Sie eilte in die Küche und kam mit einem selbstgemachten *Tiramisu* zurück. «Nach meinem absoluten Geheimrezept», sagte Martha. «Das müssen Sie unbedingt probieren.»

Erst als der Teller leer war, berichtigte Thomas den Irrtum.

Er sah, wie Martha zusammensackte. Ihre Augen troffen vor Enttäuschung. Thomas konnte sie sich ohne Weiteres als erste Besetzung in einem Dorftheater vorstellen.

«Das Essen hat mir prima geschmeckt», wiederholte er. «Ich werde Sie gerne weiter empfehlen.»

«Dann sagen Sie mir jetzt um Gottes Willen, welchen Beruf Sie ausüben. Wenn Sie kein Testesser sind, was dann? Ein Bulle können Sie ja auch nicht sein.»

«Ich bin Polizist», sagte Thomas sichtlich amüsiert.

«Habe ich es mir doch gedacht!» Martha goss sich noch einmal Wein ins Glas. Thomas lachte lauthals. «Ich schliesse immer pünktlich», sagte sie. «Ab Mitternacht gibt es keinen Ausschank mehr.»

Thomas beruhigte sie und erzählte ihr in kurzen Sätzen den Grund für seine Durchfahrt.

«Husseini», sagte Martha daraufhin. «Ja, den kennen die meisten hier in der Gegend. Nicht persönlich. Aber seine Bilder. Er hat die ganze Schickeria vom Lago Maggiore auf Leinwand gebannt. Und wissen Sie was?» Martha beugte sich über den Tisch. «Sie sieht auf den Gemälden viel besser aus.»

«Ich dachte, er habe nur abstrakt gemalt?» fragte Thomas.

«Ja, abstrakt, modern, skurril, was weiss ich. Signora Leopoldi zum Beispiel, die Frau des Gemeindepräsidenten, echt, die ist über sechzig und führt sich auf wie ein Teenager, so wie die rum läuft mit Minirock und so. Also, diese Leopoldi hat sich von Husseini malen lassen. Und wissen Sie wie? Als Totengräberin. Dabei sieht sie selbst wie ein Skelett aus. Die lässt sich liften. Sieht aus, als hätte man ihr Pergamentpapier über den Schädel gezogen.» Martha grinste. «Aber ich denke, Husseini wollte ihr seine persönliche Ansicht nicht so direkt unter die Nase reiben. Im Übrigen hat er jede Person nach ihrem Charakter gemalt ...»

Signora Leopoldi! Wo hatte er diesen Namen schon gehört?

«Wenn wir schon einmal bei Tarek Husseini sind», versuchte Thomas das Lachen unterdrückend, eine ernste Miene zu machen, «haben Sie eine Ahnung, wer zu seinem näheren Freundeskreis zählt?»

Martha verzog ihren Mund. «Freunde?», sagte sie gedehnt. «Man nannte ihn Nigger und behandelte ihn lange wie den letzten Dreck. Bis er Graziella Albertini traf. Von da an hatte er Ruhe.» Martha stiess Luft aus. «Vier lange Jahre hatte er Ruhe vor den Zähne bleckenden Raubtieren da draussen. Die ganze Schickeria machte ihn sogar zum Mittelpunkt. Den begabten Maler aus der Zentralschweiz, den tschechischen Farbigen mit dem roten Pass. Er wurde zum Exoten degradiert, in den Zoo einer heuchelnden Gesellschaft gestellt, in den Zirkus der Reichen. Aber sie behandelten ihn gut. Sie warfen ihm das Fressen in goldenen Schalen vor die Füsse. Er war angesehen, denn er konnte sie alle malen. Er sah in ihre tiefsten Abgründe, in ihre verlorenen und verlogenen Seelen. Sie liebten die Inszenierung ihres Egos. Das Abstrakte verbarg für den Betrachter die wahre Identität.» Martha hielt abrupt inne. «Freunde kann man das nicht nennen.» Ihr Gesicht war rot, so enerviert hatte sie sich. Thomas meinte zu spüren, dass sie den Maler persönlich gut gekannt hatte. Warum gestand sie es nicht? Hatte Tarek auch sie gemalt? Wurde ihr das Ganze hier zu delikat?

«Wissen Sie aber, wen er alles gemalt hat? Kennen Sie die Namen?»

Martha stiess wieder Luft aus. «Nein, das kann ich Ihnen beim besten Willen nicht sagen. Vielleicht hat er ja in seinem Atelier eine Liste», mutmasste sie. Das Thema war damit erledigt.

Es war spät geworden. Thomas verlangte die Rechnung, weil er Schumann aufsuchen wollte.

«Ich habe Sie eingeladen», sagte Martha. «Wenn mir schon einmal in meinem Leben ein solch netter Gast über den Weg läuft ...» Sie lachte und erhob sich.

Thomas verzichtete darauf, ihr zu widersprechen und verhinderte so eine Diskussion, was ihm sowieso viel Zeit gekostet hätte. Anstatt dessen versprach er ihr, sich eines Tages zu revanchieren. Sie schüttelten einander die Hände und verabschiedeten sich voneinander wie zwei alte Bekannte.

Thomas geriet in den frühen Abendverkehr. Die Spaghetti lagen ihm plötzlich schwer im Magen. Der Wein hatte ihn müde gemacht, obwohl er nur wenig getrunken hatte. Die Menge, die Martha in sich gegossen hatte, hätte er kaum vertragen. Nach Bioggio brauchte er fast eine Stunde.

Schumann-Pharmaceuticals prangerte in grossen Leuchtlettern über dem Hauptportal. Die Fabrik lag hinter dem Flugfeld. Es dämmerte, als Thomas auf den Parkplatz fuhr. Er begegnete einigen Arbeitern, die den Feierabend antraten und sich lautstark miteinander unterhielten. Er verstand kein Wort. Ein Aufzug brachte ihn in die zweite Etage. Das Empfangsbüro lag direkt beim Eingang und war sehr übersichtlich. Thomas sah die Frau hinter dem Tresen dennoch nicht sofort. Aber er hörte sie. Offensichtlich telefonierte sie. Ihr Ton war barsch, nicht besonders freundlich. Als Thomas näher trat, richtete sich die Frau auf und starrte ihn mit rotem Kopf an. Thomas nannte seinen Namen.

Ob er angemeldet sei, fragte sie zuerst auf Italienisch, dann auf Deutsch. Sie lächelte jetzt und kam hinter dem Pult hervor. Dabei tanzten tausend Fältchen über ihr Gesicht. Sie war nicht mehr die Jüngste. Thomas schätzte sie in seinem Alter. Dennoch wunderte er sich über ihre frivole Aufmachung. Der kurze Rock, den sie trug, passte nicht zur Jahreszeit, schon gar nicht zu ihrem Alter. Thomas schaute länger als gewollt auf ihre langen Beine.

«Ich möchte Herrn Schumann sprechen», sagte er endlich.

«Sind Sie angemeldet?» wiederholte sie. Ihr Lachen war verschwunden.

Thomas verneinte und erklärte die Dringlichkeit seines Besuches.

«Dann warten Sie einen Augenblick.» Sie nahm den Telefonhörer in die Hand. «Da ist jemand, der Sie dringend sprechen will.» Und zu Thomas gewandt: «Wie ist Ihr Name schon wieder?»

Thomas nannte ihn noch einmal.

«Herr Schumann möchte wissen, in welcher Angelegenheit.»

«In einer delikaten», antwortete Thomas, was ihm den Freipass in Schumanns Büro bescherte.

«Der Chef erwartet Sie.» Die Frau wies ihm den Weg.

Thomas lief den Korridor entlang. Schumann erwartete ihn vor der Tür, ein in die Jahre gekommener Mann kurz vor der Pensionierung. Thomas hatte ihn sich ganz anders vorgestellt. Er war mittelgross und hatte einen Bauchansatz, den er unter dem schwarzen Anzug nicht ganz zu verstecken vermochte.

Thomas stellte sich vor und erklärte den Grund für seinen späten Besuch. «Ich komme von der Kripo Luzern. Ich weiss nicht, ob Ihre Frau Sie bereits darüber unterrichtet hat. Ich müsste Ihnen ein paar Fragen stellen.»

Schumann beorderte ihn in sein Büro und bat ihn, sich am langen Tisch hinter zwei Töpfen mit Grünpflanzen zu setzen. Ob er etwas trinken wolle, fragte er. Er habe Orangensaft in Griffnähe. Thomas lehnte dankend ab. Einen Cognac hätte er jetzt vertragen, um seine rebellierenden Därme zu beruhigen.

Er nahm sich vor, nie mehr so scharf zu essen.

«Sie sind also von der Polizei?» Schumann machte ein erstauntes Gesicht. «Müsste ich meinen Anwalt informieren?»

Thomas schüttelte den Kopf. Sie sichern sich immer ab, dachte er. Anwälte müssen ein enorm beruhigendes Gefühl vermitteln. Ob Schumann ein schlechtes Gewissen hatte?

«Dann hat er mich also angezeigt», stellte Schumann fest und kicherte wie ein dummer Junge.

«Wer hätte Sie denn anzeigen sollen?»

Schumann hielt in seinen Bewegungen inne, blickte starr vor sich hin. «Ach nichts.»

«Ich weiss nicht, was da parallel noch läuft», sagte Thomas verwundert. «Ich habe keine Anzeige gegen Sie.» Noch nicht, dachte er und räusperte sich hinter vorgehaltener Hand. Dabei bemerkte er die Knoblauchfahne. Gleichzeitig sah er, wie Schumann befreit aufatmete und sich leger in den Sessel lehnte. «Worum geht es dann?»

Jetzt muss ich ihn überfahren, dachte Thomas. «Ist Ihnen der Name Tarek Husseini bekannt?» Er schaute Schumann mit zusammengekniffenen Augen an.

Schumann tat so, als dächte er über die Frage nach. Es verstrich eine Weile. Thomas hatte Zeit, ihn zu betrachten. Er war ein korpulenter Mann mit schütterem Haar, mit hoher Stirn und einem markanten Kinn.

«Ist das nicht dieser Maler?»

«Er war Maler», korrigierte Thomas. «Er wurde gestern Morgen umgebracht.»

«Ich habe davon gehört», sagte Schumann. «Um es vorweg zu nehmen, von einer Bekannten.» Dies erübrigte tatsächlich Thomas' nächste Frage.

«Ich nehme an, dass Sie auch wissen, dass Husseini der Liebhaber Ihrer Frau war», sagte Thomas. Schumann verzog keine Miene.

«Wo waren Sie am Donnerstagmorgen um fünf Uhr in der Früh?»

Jetzt bewegten sich Schumanns Gesichtszüge wieder. «Ich glaube, dass es doch besser ist, meinen Anwalt zu bestellen.» Er erhob sich.

Auch nach Thomas' mehrmaligem Intervenieren bestand er auf seinem Recht, sich in Zukunft mit ihm nur in Anwesenheit seines juristischen Beistandes zu unterhalten. Thomas hatte das Nachsehen.

Er verliess das Büro, trotz allem froh darüber, dass die Unterredung nicht allzu lange gedauert hatte. Seine Därme machten sich lautstark bemerkbar, und er verwünschte die Spaghetti von Neuem. Er fuhr nach Ascona zurück und parkte den Punto hinter dem roten Polizeiprovisorium.

Zurück im Hotel rief er unverzüglich Armando an, obwohl es schon spät war.

«Ich brauche Verstärkung. Ausser einem schrottreifen Wagen, der mir zur Verfügung gestellt wurde, kann ich kaum mit Hilfe rechnen. Hier wird mehr geredet als gehandelt. Der Polizeichef hat das Arbeiten nicht erfunden.»

«Ist das eine Unterstellung?» Armando hüstelte.

«Nein, aber ich könnte dich mir im Tessin durchwegs vorstellen, da du, was ich bedauerlicherweise nicht beherrsche, perfekt italienisch sprichst.»

«Hast du denn schon etwas herausgefunden, das uns in den Ermittlungen weiterführt?» Armando liess sich keine Überraschung anmerken, zumindest nicht so, dass es Thomas aufgefallen wäre.

Thomas erzählte der Reihe nach von seinen Recherchen, insbesondere von Schumann. «Ich bin am Anschlag. Die Ermittlungen entpuppen sich als weit schwieriger als bisher angenommen. Ich habe das Gefühl, als durchwühlte ich ein Moor. Da kommt viel Dreck zum Vorschein. Ich weiss aber nicht, inwieweit diese Dinge im Zusammenhang mit dem Mord in Luzern stehen. Tettamanti gibt sich bedeckt. Ich muss ihm die Würmer aus der Nase ziehen.» Und nach einer Pause: «Wie kommt ihr in Luzern voran?»

«Wir sind jetzt alle Zeugen durch», sagte Armando. «Ihre Aussagen sind jedoch nicht brauchbar. Niemand von ihnen hat uns den genauen Tathergang schildern können.»

«Das wäre auch zu schön gewesen.» Thomas stiess Luft aus.

«Wir haben den Bericht aus der Rechtsmedizin bekommen.»

«Und?»

«Wie vermutet, hat unser Opfer am Vorabend gekokst.»

«Als Gelegenheitskokser?»

«Es sieht ganz danach aus. Seine Nasenschleimhaut sei praktisch unversehrt.»

«Dann hat er das Zeug also doch verkauft.» Thomas überlegte. Was hatte er denn erwartet? «Würdest du alleine koksen?»

«Wie meinst du das?»

«Ich nehme an, dass seine Begleitung sich ebenfalls eine Linie reingezogen haben muss. Kannst du mir den Bericht mailen?»

«Mache ich», meinte Armando knapp.

«Und wann kann ich dich morgen erwarten?»

«Ich komme mit dem ersten Zug», versprach er, was Thomas beruhigt verdankte. Isabelle rief er nicht mehr an. Er war müde. Er holte ein Fläschchen Fernet aus dem Kühlschrank und trank es in einem Zug aus.

Trotz des erneuten Lärms unten auf der Piazza schlief er bald ein.

Samstag, 2. Februar

Das Gehupe des Kursschiffes weckte ihn aus dem Tiefschlaf. Es war noch früh. Er quälte sich aus dem Bett, schritt benommen zum Fenster und schob die Vorhänge auseinander, um den Blick auf die Promenade frei zu bekommen. Draussen dämmerte es. Ein blasser Silberstreifen erschien am Horizont, über dem noch eine schmale Mondsichel hing. Thomas rätselte, in welche Richtung sie wohl verschwinden würde. Der See lag dunkel. Die Häuser schemenhaft und Bäume wie Schattengestalten im Kontrast zum Himmel. Über dem Schiff, das den morgendlichen Lärm verursacht hatte und jetzt vom Ufer weg glitt, stieg ein zartes Wölkchen empor und entzweite das Firmament. Thomas blieb stehen, bis der anbrechende Tag im Osten die Nacht wegschob.

Er duschte sich und zog sich an. Später ging er in den Frühstücksraum. Er trank nur einen schwarzen Kaffee und beobachtete eine Gruppe von Leuten, die sich als Katzen kostümiert hatte.

Er kehrte nicht mehr in sein Zimmer zurück. Stattdessen schlug er den Weg in Richtung Polizeiposten ein. Mittlerweile kannte er sogar eine Abkürzung und war nach kurzer Zeit vor Ort.

Monica hatte heute ihren freien Tag, was Thomas enttäuscht zur Kenntnis nahm. Er ging ohne anzuklopfen in Tettamantis Büro und liess sich auf einem der unbequemen Sessel nieder. Tettamanti legte gerade den Telefonhörer aus der Hand.

«Die Techniker sind unterwegs», sagte er. «Sie werden Husseinis Wohnung noch einmal gründlich inspizieren und nach Drogen suchen.» Er wechselte rasch das Thema. «Da redet man immer von Personalabbau und fragt uns nicht einmal, wann die da oben ihn realisieren. Dabei haben wir zuviel Arbeit, aber zuwenige Leute.» Er gestikulierte wild. «Ich hoffe, Sie nehmen es mir nicht übel, wenn ich Ihnen nicht so zur Seite stehe, wie Sie es vielleicht von mir erhofft haben.»

«Warum habe ich wohl Hilfe angefordert?» Thomas lächelte gekünstelt. «Mein Mitarbeiter Armando Bartolini ist mit dem Fall betraut.»

Tettamanti lächelte ebenfalls. «Ich habe im gleichen Hotel ein zusätzliches Zimmer reserviert.»

Thomas bedankte sich für die Gefälligkeit und dachte, dass Tettamanti eigentlich ein netter Mensch sei. Er konnte nichts dafür, dass er seit Lebzeiten in diesem Dorf wohnte und arbeitete, was ihn geprägt hatte. Ausser den wenigen Abstechern über die Grenze nach Italien, wie Thomas von ihm erfahren hatte, habe es nie für einen Urlaub im Ausland gereicht. «Meine Familie frisst mir das Monatsgehalt auf, als wäre sie ein nimmersattes Raubtier», hatte er ihm ungefragt anvertraut. Thomas bezweifelte, dass nur seine Familie schuld an seinem finanziellen Notstand war. In einer Anstellung wie dieser hier, als Polizeikommandant, wenn auch mit wenigen Untergebenen, verdiente man nicht schlecht. Da spielten gewiss noch andere Komponenten eine Rolle, was Tettamanti wohl absichtlich verschwieg.

Thomas verschanzte sich in einem Zimmer, das er in der Zeit seiner Anwesenheit als sein eigenes Büro bezeichnen konnte. Notdürftig hatte man einen schäbigen Tisch und zwei nicht weniger schäbige Stühle hingestellt. An einer Wand gab es ein Regal, auf dem ein paar Ordner platziert waren, ein Karteikartenhalter, zwei Teetassen ohne Henkel, ein paar Taschenbücher und eine verbeulte Blumenvase. Die Kamelienstauden darin, deren Knospen schwer an den Stielen hingen, waren gestern noch nicht da gewesen. Doch auch die Blumen schafften es nicht, die Tristesse des Büros zu beseitigen. Auf der gegenüberliegenden Wand befand sich ein Fenster ohne Vorhänge, das den Blick auf einen winzigen Innenhof freigab. Ein kahler Kirschbaum stand darin. Es gab eine Bank, die einmal weiss gewesen und jetzt mit einer dicken Patina überzogen war. Im Sommer musste das hier bestimmt ein lauschiges und romantisches Fleckchen sein; jetzt sah es eher wie ein verwunschener Garten aus.

Später telefonierte Thomas mit Lucille. Sie tauschten ihre neuesten Ermittlungen aus. Lucille informierte Thomas über ihre Arbeit in Luzern. «Wir haben den Kostümverleih gefunden und die Frau aufgesucht. Sie hatte ihre Namen notiert: *Herr und Frau Husseini.* Es gibt sogar eine Quittung. Die Frau erinnerte sich jedoch mit dem besten Willen nicht mehr an Husseini und seine Begleiterin. Sie war darüber erzürnt, dass die Kostüme nicht wieder in ihrem Besitz sind. Ich bin mir überhaupt nicht mehr sicher, ob der Mörder in Husseinis Wohnort zu suchen ist», sagte Lucille zweifelnd. «Vielleicht reagieren wir da etwas überreizt.»

Thomas hingegen wies sie auf die Anschläge hin und meinte, dass diese Tatbestände näher angeschaut werden müssten. «Bestimmt gibt es da Zusammenhänge.» Er würde Armandos Eintreffen abwarten. «Und noch etwas», fuhr er fort. «Ich würde mich gern mit der Dame vom Kostümverleih unterhalten.» Er liess sich die Nummer geben.

Nachdem er sich von Lucille verabschiedet hatte, tippte er umgehend die Nummer des Kostümverleihs ein. Eine Frau Sägesser meldete sich.

«Kantonspolizei Luzern. Hier ist Thomas Kramer. Kann ich mit der Geschäftsleitung reden?»

«Sie sprechen gerade mit ihr.» Thomas hörte ein tiefes Atmen. «Polizei?»

«Es tut mir leid. Ich weiss, dass Sie schon Auskunft gegeben haben. Aber ich muss Sie noch einmal belästigen», sagte er zu der Frau, die ziemlich in Eile schien. «Es geht um die beiden Kostüme von Robin Hood und Lady Marianne. Sie erinnern sich?»

«Aber ja, ich erinnere mich sogar sehr gut. Das waren meine besten Kostüme, und jetzt sind sie verschwunden.»

«Kann es sein, dass zusammen mit den Kostümen noch andere Teile verschwunden sind?»

«Natürlich», kam es barsch zurück. «Ein Köcher mit Pfeilen, Gürtel und Schuhe und für die Dame eine Handtasche aus echtem Brokat. Zwei Hüte fehlen auch. Die stammen aus dem Fundus meiner Grossmutter.»

«Erinnern Sie sich, welche Grösse die Schuhe hatten?»

«Warten Sie, ich sehe mal nach.» Nach einer geraumen Zeit teilte sie mit: «Die Stiefel hatten Grösse fünfundvierzig. Sie waren hübsch verziert. Die Halbschuhe Grösse achtunddreissigeinhalb. Der Absatz war drei Zentimeter hoch. Vorne hatte er eine Lasche, so wie man Schuhe früher getragen hat. Ich würde sagen … Biedermeier. Ich werde alles in Rechnung stellen», endete sie.

«Das wird nicht so einfach sein», belehrte Thomas sie. «Falls man die verschwundenen Stücke findet, werden sie als Teil der Ermittlungen in die Asservatenkammer gebracht. Sie haben gewiss eine Versicherung.»

«Die Versicherung wird mir diese schönen Stücke nicht ersetzen können», schmollte sie.

Thomas ging nicht darauf ein. «Gibt es Bilder von den verschwundenen Requisiten?»

«Warum brauchen Sie Bilder?»

«Weil die von Ihnen beschriebenen Sachen vom Tatort verschwunden sind.»

Am anderen Ende der Leitung blieb es eine Weile ruhig.

«Wo soll ich sie hinschicken?»

Thomas teilte ihr die E-Mail-Adresse mit. Er bedankte sich und beendete das Gespräch.

Er hatte seinen Laptop wieder installiert. Dabei vergass er, dass ihn Tiziana Schumann besuchen sollte. Umso überraschter war er, als sie plötzlich in seinem Büro stand. Er hatte das Klopfen überhört.

«Ihr Chef hat mich hierher verwiesen.» Sie legte die Handtasche, ein teures Lederprodukt, auf den schäbigen Tisch.

«Er ist nur Chef von diesem Posten hier», berichtigte Thomas. Er stierte auf die Tasche, um den Blick nicht Tiziana zuwenden zu müssen. Er erhob sich und schob ihr den alten Stuhl zu. «Es tut mir leid, dass ich Sie in diesem mickrigen Zimmer empfangen muss.»

«Machen Sie sich keine Umstände.» Tiziana setzte sich geräuschlos hin, auf die vorderste Kante, was Thomas schon bei seinem Besuch in der Villa aufgefallen war. Er wusste nicht, ob dies von ihrer Unsicherheit herrührte oder ob es einfach eine dumme Angewohnheit war. Manchmal glaubte er, einigermassen etwas von Körpersprache zu verstehen; bei Tiziana war er sich nicht mehr sicher. Sie brachte eindeutig seine Sichtweise durcheinander und sein Blut zum Sieden. Sie war eine schöne Frau. Aber wahrscheinlich keine einfache, wie Thomas vermutete. Heute trug sie Bluejeans und einen weissen Pullover, der züchtig hochgeschlossen von ihren weiblichen Rundungen nur erahnen liess. Ihre Haare hatte sie zusammengebunden. Sie wirkte fast wie ein Schulmädchen, das nun mit schüchterner Zurückhaltung auf die Befragung wartete. Thomas fühlte sich dennoch herausgefordert.

«Ich kann Ihnen nicht mal einen Kaffee anbieten», begann er und schaute sich entschuldigend im Büro um.

Tiziana winkte ab. «Ich bin nicht zum Kaffeetrinken hier.» Geistesabwesend angelte sie nach der teuren Handtasche.

«Rauchen Sie?» Thomas dachte, sie suche nach Zigaretten.

«Ich rauche nicht.» Tiziana rang sich zum ersten Mal an diesem Morgen ein Lächeln ab. «Ich habe nur ein Laster.» Doch sofort legte sich ein tiefer Schatten über ihr Gesicht. «Ich hatte ein Laster, das jetzt tot ist.»

«Sie meinen Ihren jungen Freund?» Thomas nahm ihre Andeutung zum Anlass, sie über Husseini auszuhorchen.

Tiziana erzählte zögernd von ihrer ersten Begegnung mit dem jungen Maler.

«Graziella machte uns miteinander bekannt. An Tareks Vernissage vor zwei Jahren. Graziella hatte darauf bestanden, dass ich allein an die Eröffnung der Ausstellung kam. Zugegebenermassen hätte ich meinen Mann wohl kaum dorthin gebracht. Jürgen interessiert sich nur für weltbekannte Maler, für Gemälde, die ein Vermögen kosten. Ich selber bin auch keine begeisterte Galeriebesucherin. Aber ich wollte meine Freundin nicht enttäuschen, weil sie ihre ganzen Energien für diese Ausstellung verbraucht hatte und selbstverständlich ein Lob erhoffte.»

«Und wie war Ihr erster Eindruck?» Vielleicht würde es Thomas gelingen, sich aus den vielen verschiedenen Puzzleteilen ein ganzheitliches Bild zu machen.

«Die Gemälde von Graziellas Freund provozierten mich auf Anhieb. Die grossflächigen Leinwände, die mit obskuren Figuren und Landschaften bemalt waren, zogen mich irgendwie magisch an. Man wird schliesslich nicht jeden Tag mit dem Weltuntergang konfrontiert, zumindest nicht auf Bildern ...» Sie hielt inne, senkte ihren Blick. «Den Mann, der plötzlich an meine Seite trat, bemerkte ich zunächst nur flüchtig. Über die Bilder zu diskutieren, lag mir nicht. Was hätte ich sagen sollen? Den Künstler kritisieren und über den Ausdruck der Werke irgendwelche Worte verlieren? Das war nicht meine Art.»

«Dann sprachen Sie ihn trotzdem an?»

«Nein, er machte den ersten Schritt. Ich war hin und weg. Er war ein gutaussehender Mann und sehr sexy.» Tiziana seufzte tief. «Dann stellte er sich vor. Tarek Husseini. Schon sein Name kam mir wie Kunst vor.»

Thomas zog die Brauen hoch. «Nach diesem ersten Treffen haben Sie sich dann öfter gesehen?»

«Ich bin verheiratet», entgegnete Tiziana leicht entrüstet. Und nach einer Pause: «Er schlug vor, mich zu malen.»

«Und das hat Ihnen geschmeichelt?»

«Nun ja, ich fand es anfangs zwar albern. Dieser Mann war mindestens zehn Jahre jünger als ich. Ich suchte kein Abenteuer.» Tiziana blickte verlegen auf ihre Handtasche. «Doch er gefiel mir. Und ich ihm offensichtlich auch. Was kann man da machen? Und zum ersten Mal war ich eifersüchtig auf meine Freundin.»

Thomas hatte genau hingehört und Notizen gemacht. Die inneren Bilder entstanden spontan, wenn er Tiziana betrachtete, ihre Schönheit aufnahm und sich vorstellte, wie sie sich in den Armen eines Mannes, in Husseinis Armen, gebärdet hatte. Es rann ihm heiss und kalt über den Rücken, doch meinte er, mit allen Wassern gewaschen zu sein. Er war Polizist und kein gemeiner Seelenvoyeur. Obwohl er das in diesem Augenblick ganz leicht hätte vergessen können. Ihr eigener Mann musste sie vergöttern, ging es ihm durch den Kopf, oder er war ganz einfach ein Vollidiot, wenn er es nicht tat. Thomas kehrte in die Gegenwart zurück.

«Sie haben mir bereits gestern gesagt, dass Ihr Mann von dieser Affäre wusste», bemerkte er, als Tiziana eine geraume Zeit schwieg, «und er Ihnen drohte.»

Sie nickte zustimmend.

«Könnten Sie sich vorstellen, dass Ihr Mann aufgrund seiner Eifersucht, Ihrem Freund etwas angetan hat?»

«Er hat keinen Grund, auf mich eifersüchtig zu sein.» Tiziana starrte wie hypnotisiert auf ihre Handtasche. «Er betrügt mich auch.» Und nach einer Weile: «Mit einer jungen Nutte aus dem Nachtlokal.»

Thomas fand, dass die Geschichte auf einmal etwas Klischeehaftes bekam. Er betrügt mich, also zahle ich es ihm heim. Er hackt mir eine Hand ab, ich zerhacke ihm seine. Vielleicht sollte er noch mehr ausholen und den Radius erweitern.

Jemand klopfte an die Tür. Noch bevor Thomas etwas sagen konnte, ging sie auf und zwei Männer traten in den Raum. Thomas erkannte Schumann, der sich vor dem anderen, einem langen, hünenhaften Blondschopf aufbaute. Dass er bei Tizianas Anblick verdattert war, fiel nur kurz auf. Thomas sah, dass Tiziana zusammenfuhr, ihren Stuhl nach hinten, in den schützenden Zimmerwinkel schob und mit verschränkten Armen darauf wartete, dass jemand das Schweigen brach.

«Sind Sie angemeldet?» Thomas konnte sich nicht erinnern, Schumann vorgeladen zu haben, und Tiziana hatte ihm unmissverständlich zu verstehen gegeben, dass ihr Mann keine Zeit habe. Was also sollte dieser Auftritt?

«Ich dachte, dass ich Ihre Verdächtigungen gleich aus dem Weg räume», sagte Schumann mit einem arroganten Unterton, «und gleich mit meinem Anwalt hierher komme. Das ist lic. jur. Mario Cesare.»

Thomas schaute dem jungen Blonden ins Gesicht. Dabei musste er hochsehen. Er war mindestens einen Kopf grösser als er, jung und, wie Thomas glaubte, frisch von der Universität. Auf jeden Fall konnte er seinen Beruf noch nicht sehr lange ausüben.

«Sie können nicht einfach in mein Büro platzen», sagte jetzt Thomas mit einem angemessenen ruhigen Ton. «Ich bin mitten in einer Besprechung.»

«Wohl mitten in einem Verhör», bemerkte Schumann und musste sich – Thomas registrierte es im Bruchteil einer Sekunde – von Cesare rügen lassen.

«Warten Sie so lange draussen. Wir sind gleich soweit.» Er schaute dabei Tiziana an, die mit vornüber gebeugtem Kopf auf der vordersten Kante des Stuhles harrte. Noch weiter vorne. Thomas befürchtete, dass sie gleich auf den Boden fallen musste. Oder hatte sie die Gabe zu schweben?

Die beiden Herren – Schumann widerwillig und störrisch, und Cesare ruhig und gelassen – verliessen das Büro. Die Tür fiel unsanft hinter ihnen ins Schloss.

«Lassen Sie sich von dem überheblichen Getue meines Mannes nicht provozieren.» In Tizianas Gesicht erschien plötzlich eine Lebhaftigkeit, die ihr Thomas nicht zugetraut hätte. «Das ist seine Art. Manchmal eckt er damit ziemlich an.»

Nicht sehr angenehm für einen Mann in seiner Position, wollte Thomas sagen, konnte sich aber im letzten Moment zurückhalten. Dennoch spürte er, dass Tiziana sich sehr zusammennahm und ihre Gefühle unter Kontrolle hielt. Er sah ihr an, dass sie sich masslos aufregte.

«Ich muss noch einmal auf den letzten Donnerstagmorgen zu sprechen kommen. Bevor Sie weggelaufen sind, fiel Ihnen da irgendetwas auf?»

«Was hätte mir denn auffallen sollen? Ich sah Tarek zu Boden gehen und wusste sofort, dass etwas mit ihm nicht stimmt.»

«Warum gingen Sie nicht zu ihm?»

«Ich konnte es nicht», flüsterte Tiziana stockend. Ihr Gesicht hatte sie dabei abgewandt. «Ich konnte es nicht.»

«Hörten Sie Schüsse?» Thomas führte Tizianas Reaktion auf

einen Schock zurück.

«Nein», sagte sie schnell, sich wieder im Griff haltend. «Das heisst, ich hörte einen Bollerschuss, ja, einen Knall. Danach begannen die Musiken auf dem Platz wie wild zu spielen.»

«Haben Sie vielleicht jemanden mit einer Pistole gesehen? Oder jemanden, der davongerannt ist?»

«Ich weiss nicht», erwiderte Tiziana. «Alle Leute um mich rannten oder standen. Alle hielten irgendetwas in den Händen. Ich war so durcheinander, dass mir das alles gar nicht richtig auffiel.»

Thomas glaubte, dass sie vom Schock gezeichnet das Weite gesucht hatte. Eines war für ihn dennoch nicht klar. «Weshalb sind Sie ins Hotel zurückgekehrt?»

«Ich hatte dort meinen Koffer.»

Dass sie sich umzog, ihren Koffer packte und danach das Haus verliess, schloss einen gewissen Vorsatz nicht aus. Da musste sie bei vollem Verstand gewesen sein. Oder war die Angst vor ihrem Mann so gross gewesen, dass sie ihren Verstand verlor? Spätestens nämlich im Hotel hätte sie ihre Beobachtungen melden müssen. «Und wo ist das Kostüm geblieben?»

«Auch wenn Sie mir immer wieder dieselbe Frage stellen, es ändert sich nichts.» Tiziana hob die Schultern. «Ich erinnere mich nicht.»

Hatte sie tatsächlich vergessen, wo sie es hingebracht oder hingelegt hatte? In ihrer momentanen Unzurechnungsfähigkeit? Thomas machte ein paar Notizen.

«Hat Herr Husseini in Ihrer Gegenwart einmal erwähnt, dass er sich bedroht fühlt? Hat er anonyme Anrufe bekommen?»

«Man hat ihn einmal überfallen und brutal zusammengeschlagen», sagte Tiziana. «Danach hat sein Atelier gebrannt.

Mehr weiss ich nicht.»

«Haben Sie Kenntnis davon, dass Herr Husseini Drogen konsumiert hat?»

«Nein!» Tiziana richtete ihren Blick in die linke Zimmerecke.

«Sind Sie sicher?»

«Ja!» Mehr sagte sie nicht.

Thomas seufzte und schrieb die Antworten auf seinen Schreibblock. Nichts deutete darauf hin, dass er einen Schritt weitergekommen war. Trotzdem meinte er, gewisse Zusammenhänge in Bezug auf den Überfall, den Brand und den Mord zu sehen, wenn auch noch in einem Nebel verborgen. Er würde, wenn das Gespräch mit Schumann zu Ende war, selbst Kontakt zu den Polizisten aufnehmen, welche die vorangegangenen Fälle behandelt hatten.

«Sie können gehen.» Thomas erhob sich, Gentleman wie er war, um Tiziana nach draussen zu begleiten. «Aber ich wäre froh, wenn Sie erreichbar sind.»

«Da fällt mir doch noch etwas ein», sagte sie. «Tarek erwähnte einen Anruf kurz nach dem Brand in seinem Atelier.»

«Wissen Sie von wem?»

«Von meinem Mann.»

Thomas machte letzte Notizen, dann begleitete er Tizinana zur Tür. «Ich danke Ihnen, dass Sie gekommen sind.» Er reichte ihr die Hand.

Schumann zeigte ein gemässigteres Auftreten als beim ersten Mal, was wohl auf die ruhige Art von dessen Anwalt zurückzuführen war. Fast nicht zu glauben, dass der junge Schnösel, wie ihn Thomas im Geheimen nannte, einen derartigen Einfluss auf Schumann ausübte.

Dennoch konnte Schumann seine arrogante Art nicht ganz verleugnen. Er schritt zum Fenster und riss beide Flügel weit auf. «Sie verzeihen», sagte er betont freundlich, «aber ich ertrage den Geruch eines billigen Parfums nicht.»

Thomas musste nicht raten, wen er damit meinte, erschrak aber über die diffamierende Redensweise, die den Verursacher jedoch selbst qualifizierte. Cesare stand an das Regal gelehnt und wartete, bis sich Schumann setzte.

«Wo waren Sie letzten Donnerstagmorgen um fünf Uhr?» fragte Thomas rücksichtslos. Er verspürte einen gewaltigen Ärger im Bauch. Schumann gehörte zu der Gattung Mensch, die er am allerwenigsten mochte. Er hatte dessen Arroganz schon beim ersten Treffen verabscheut.

«Mein Klient befand sich zu der Zeit an einer Besprechung», sagte Cesare, ohne sich vom Regal zu entfernen.

Thomas sah ihn erstaunt an. «Morgens um fünf?»

«Ja, morgens um fünf», fuhr Schumann mit süffisantem Tonfall dazwischen. «Es gibt Leute, die arbeiten auch am frühen Morgen.»

«Gibt es dafür Zeugen?»

«Selbstverständlich gibt es Zeugen», bemerkte Cesare an Schumanns Stelle. «Doch dürfte es zum jetzigen Zeitpunkt nicht relevant sein. Aber vielleicht klären Sie mich auf, weshalb mein Klient mit dem Toten in Luzern etwas zu tun haben könnte.»

«Haben Sie auch schon einmal etwas von polizeilichen Ermittlungen gehört?» Thomas musste sich zusammenreissen, dass er nicht ausfällig wurde. Und an Schumann gewandt: «Es gibt Leute, die arbeiten Tag und Nacht.»

Das sass. Schumann liess den Kiefer hängen. Thomas fuhr fort: «Wussten Sie denn, dass Ihre Frau mit Husseini an die Fasnacht gehen wollte?»

«Nein, das interessierte mich nicht.» Schumann grinste vage. «Wir haben uns ziemlich auseinander gelebt.»

Thomas räusperte sich. «Ihre Frau behauptet etwas anderes. Sie waren anscheinend nicht sehr erfreut, als sie von der Existenz ihres Freundes erfuhren. Sie hätten sie sogar bedroht.»

«Wenn man alle meine Aussagen ihr gegenüber als Bedrohung sehen würde, hätte ich wahrscheinlich schon tausend Anklagen am Hals», sagte Schumann so schnell, dass Thomas dachte, er habe die Antworten auswendig gelernt. «Weiberfantasien», fügte er kalt hinzu. «Frustriertes Wunschdenken. Soll ich Ihnen sonst noch etwas aufzählen?»

«Dennoch möchten Sie sich nicht von Ihrer Frau scheiden lassen?» Thomas tastete vorsichtig in Schumanns Privatsphäre vor. Er erhoffte sich, ihn damit in eine Falle zu locken.

«Sie müssen ihm nicht antworten», sagte Cesare.

«Wir arrangieren uns.» Schumann warf seinem Anwalt einen beschwichtigenden Blick zu. «Wir haben zwei Kinder.»

Und eine Fabrik, dachte Thomas, die gegen aussen einen tadellosen Zustand präsentieren muss. Da hat eine marode Ehe keinen Platz. Schumann besass wohl ein Talent, den schönen Schein zu wahren. Es macht den besseren Eindruck, an den verschiedenen Kongressen und Anlässen seine gestandene Ehefrau vorzuzeigen als die kleine junge Freundin im Minirock.

«Kann es sein», fragte er, «dass Sie Husseini nach dem Feuer im Atelier angerufen und ihm gedroht haben?»

«Nein, hat er nicht», sagte Cesare, nun sichtlich erbost.

«Ich werde das selbstverständlich überprüfen.»

Schumann erhob sich. «Ich erinnere mich jetzt an ein Telefonat», sagte er ruhig. «Ich weiss nicht mehr, worüber wir uns unterhielten. Ist das wichtig?» Er grinste ungehemmt.

Cesare winkte ab. «Sie müssen keine Auskunft geben, Herr Schumann.»

Thomas erhob sich ebenfalls. «Das war's dann», sagte er.

Das Gespräch hatte ihn ermüdet. «Sie können gehen.»

Als die beiden verschwunden waren, schritt er zum Fenster und zog die Scheiben zu. Er würde zuerst einmal Armandos Eintreffen abwarten und die Lage neu beurteilen. Doch zuerst suchte er die Nummer der Zürcher Stadtpolizei heraus, die damals zum Überfall in der Bahnhofstrasse gerufen worden war. Nach vielen Erläuterungen und wenig mehr Verbindungen, gelangte er an Adrian Zimmermann, der das Protokoll aufgenommen hatte. Thomas war beruhigt, dass er zumindest hier keine langen Erklärungen abgeben musste; Zimmermann wusste, worum es ging.

«Können Sie mir schildern, was im letzten Advent mit Tarek Husseini vor dem Warenhaus Globus geschehen ist?»

Zimmermann suchte auf seinem Rechner die gewünschte Datei und war nach zwei Minuten startklar.

«Gemäss Zeugenaussagen wurde das Opfer zweimal massiv angegriffen. Beim ersten Angriff konnte sich Husseini selber wehren. Man hielt diesen Zwischenfall für eine Rangelei zweier Männer, was bei uns ab und zu vorkommt.»

«Verstehe», meinte Thomas zurückhaltend, «das gehört wohl zur Tagesordnung.»

«Die Leute sind vorsichtig», sagte Zimmermann. «Sich einmischen kann manchmal daneben gehen.»

«Weiss man, ob Husseini grundlos verprügelt wurde?»

«Nein, leider war er sehr wortkarg. Er hatte ein Bild bei sich, das jedoch schon bei der ersten Tätlichkeit auf den Boden gefallen sei. Ein Fahrradfahrer habe es unbeabsichtigt überfahren. Auf jeden Fall sei das Bild danach in einem desolaten Zustand gewesen, doch Husseini schien es nicht sonderlich zu beeindrucken.»

«Vielleicht stand er unter Schock?», mutmasste Thomas.

«Er schien mir eher unter Drogen gestanden zu haben.»

«Haben Sie mit Husseini persönlich gesprochen?»

«Selbstverständlich. Wir erfuhren, dass er für eine Bildübergabe nach Zürich gefahren sei. Doch wollte er um alles auf der Welt keine Anzeige erstatten. Er meinte, dass der Überfall auf ihn eine Verwechslung gewesen sei.»

«Doch dann wäre ihm das kaputte Bild doch nicht gleichgültig gewesen.»

«Nun, was hätten wir denn tun sollen?» Zimmermann schniefte laut. «Für seelische Befindlichkeiten sind wir nun mal nicht zuständig.»

«Das ist nicht Grund genug, um eine Anzeige zu unterlassen.»

«Da haben sie vollkommen recht, Herr Kramer. Leider kam der Täter unerkannt davon, nachdem er Husseini auf den Boden geboxt hatte. Ein Marroniverkäufer kümmerte sich dann um den Verletzten. Ein weiterer Zeuge rief die Polizei. Als ich mit meinem Kollegen eintraf, befand sich Husseini bereits im Restaurant Gotthard, wo er sich das Gesicht wusch.»

«Gehe ich richtig in der Annahme, dass Husseini nach Zürich fuhr, um ein Bild an den Mann zu bringen? Oder weshalb hatte er das Bild bei sich?»

Zimmermann seufzte. «Davon müssen wir ausgehen. Nur wollte uns Husseini nicht sagen, wer bei ihm das Bild bestellt hat.»

«Aber da hättet ihr doch durchgreifen sollen», beschwerte sich Thomas. «Immerhin wurde Husseini aufgrund des Bildes verprügelt.»

«Da irren Sie sich, Herr Kramer», kam es weniger freundlich zurück. «Und ich wiederhole: Husseini bestätigte uns, dass es da keinen Zusammenhang gebe.»

«Was geschah danach? Hat er weiterhin auf jemanden gewartet, dem er das Bild hätte übergeben sollen?»

«Das entzieht sich unserer Kenntnis. Er hat das Bild eingepackt und ist Richtung Bahnhof verschwunden.»

Thomas war konsterniert. Das durfte doch nicht wahr sein. Trotzdem bedankte er sich und beendete das Gespräch. Nach dem Telefonat machte er noch ein paar Notizen.

Als er in seiner Pension ankam, hatte Armando Bartolini sein Zimmer bereits bezogen. Sie trafen sich im Restaurant.

«Ich soll dir schöne Grüsse von Isabelle bestellen.» Armando sass an einem Tisch in der Nähe des Fensters und blickte Thomas entwaffnend an. Dies hatte er ihm voraus. Armando war ein spontaner Mensch, offen und manchmal geradezu auf eine naive Art ehrlich. Diplomatie war für ihn ein Fremdwort. Doch wer ihn kannte, schätzte diesen Zug an ihm. Man wusste immer, woran man bei ihm war. Was die Qualität ihrer Arbeit betraf, standen sie sich in nichts nach. «Sie hat schon mehrmals versucht, dich telefonisch zu erreichen.» Er machte dabei ein vorwurfsvolles Gesicht und strich sich die Haare aus der Stirn, die ungebändigt wieder in die gleiche Position fielen. Er hätte sie noch tausendmal zurückstreichen können.

Thomas erinnerte sich an die Nummernanzeige auf dem Display und schämte sich, dass er nicht geantwortet hatte.

«Ich erklärte ihr, dass du zur Zeit viel um die Ohren hast», beschwichtigte ihn Armando. Er lockerte seinen Hemdkragen. Darunter kam ein weisser Hals zum Vorschein. «Sie machte keinen sonderlich guten Eindruck auf mich. Wenn du weisst, was ich meine.»

Thomas dachte an die typischen Anzeichen eines Ferienkollers, unter dem Isabelle immer ganz besonders litt. Nach der ersten Entspannung kam die Leere. Dann war sie eine Frau, die sich dann lieber in der Wohnung verschanzte und niemanden sehen wollte. Und seit Stefan nicht mehr zuhause wohnte, zog sie sich noch mehr zurück. Thomas nahm sich vor, sie vor dem Zubettgehen anzurufen und sie aufzumuntern.

«Hat sich bei dir etwas ergeben?» Armando schlürfte an seinem Kaffee, den die Bedienung, eine junge Frau aus dem Osten, hingestellt hatte.

«Enttäuschend und ein irreführendes Umfeld», antwortete Thomas. «Es könnten tatsächlich Drogen im Spiel sein. Die Personen, die ich gesprochen habe, geben sich jedoch bedeckt. Scheint, als wäre es ein heikles Thema. Ich möchte zu gern wissen, ob man nach dem Brand in Husseinis Atelier Spuren von Drogen gefunden hat. Ich nehme an, diese hat er, falls sie in seinem Besitz waren, rechtzeitig in Sicherheit gebracht. Graziella Albertini will nichts davon wissen. Vielleicht sollte man sie noch einmal aushorchen. Auch bei Tettamanti werde ich nicht klug.»

«Du glaubst tatsächlich, dass der Mord mit Drogen zu tun hat?»

Thomas berichtete über den Gesprächsverlauf mit Zimmermann. «Der Überfall in Zürich stand meines Erachtens im Zusammenhang mit einem Bild. Aber sicher bin ich mir nicht. Schleierhaft ist immer noch, weshalb Husseini am Schmutzigen Donnerstag diese Menge an Kokain auf sich getragen hat. Vielleicht hat er doch gedealt.» Thomas machte eine nachhaltige Pause und fuhr dann fort: «Niemand weiss, was dem Überfall damals vorausgegangen war. Es gebe zudem keine Zeugen, die ein Gespräch zwischen Opfer und Täter mitbekommen hätten. Dann gibt es zwei Frauen, aus denen ich nicht klug werde. Auch ein Eifersuchtsdrama kann nicht ganz ausgeschlossen werden. Bleibt die Frage, wer von allen die nötige kriminelle Energie besitzt, um einen Mord zu begehen.»

«Es gibt den betrogenen Ehemann.» Armando beugte sich

über die Kaffeetasse und blickte hinein, als hätte er die Antwort in der braunen Brühe finden können.

«Der Ehemann hat selber eine Freundin», sagte Thomas.

«Das schliesst nichts aus. Husseini geht mit dieser Tiziana an die Fasnacht. Schumann weiss davon. Er folgt ihnen und schiesst, in der Hoffnung, er würde seine Frau treffen ... weil er sie loshaben wollte.»

Thomas unterbrach ihn. «Der Schuss war zu präzise. Mitten ins Herz. Und ... würdest du deine Frau umbringen, wenn sie fremdgeht?»

«Dann hat er wirklich seinen Nebenbuhler eliminiert», folgerte Armando.

«Das war kaltblütig geplanter Mord», ergänzte Thomas. «Ich glaube, dass wir die beiden Anschläge auf Husseini näher betrachten müssen. Diese könnten ein Denkzettel gewesen sein. Und vor allem müssen wir den Mann finden, der im letzten Dezember in der Bahnhofstrasse in Zürich Husseini krankenhausreif geschlagen hat und denjenigen, der bei ihm das Bild bestellt hat. Vielleicht war es nur ein Vorwand, um ihn nach Zürich zu locken. Aber warum ausgerechnet nach Zürich?»

«Da aber die Ermittlungen in diesen beiden Fällen verschlampt wurden», fügte Armando hinzu, «wird es sehr schwierig werden für uns. Oder hast du schon Anhaltspunkte?»

Thomas kam noch einmal auf das Gespräch mit Adrian Zimmermann zurück. «Ich glaube, dass Husseini nicht ganz unbescholten war.» Er bewegte langsam den Kopf. «Ich habe seine Wohnung durchsucht. Erst jetzt fällt mir ein, dass dort weder Rechnungen noch Quittungen noch sonst beschriebene Papiere vorhanden waren. Die Dokumente fehlen gänzlich.»

«Vielleicht hat er sie bei seinen Eltern in Luzern deponiert», vermutete Armando.

«Möglich», entgegnete Thomas. «Ich werde Lucille damit

beauftragen.» Er wechselte das Thema. «Hat man in der Zwischenzeit die Pistole gefunden?»

«Das wollte ich dir noch mitteilen», sagte Armando. «Der Bericht des technischen Dienstes liegt vor. Leider existiert nicht viel. Keine Pistole. Ausser», er machte eine gestenreiche Pause, «dass sich die Empfangsdame des Hotels gemeldet hat. Sie habe in Erfahrung gebracht, dass Husseinis Begleitung beim Verlassen des Hauses einen Pelzmantel getragen habe.» Armando räusperte sich. «Ist das wichtig?»

«Das zweite Kostüm ist spurlos verschwunden», sagte Thomas, «und Frau Schumann erinnert sich nicht mehr, wo sie es gelassen hat.»

Den Samstagnachmittag verbrachten Thomas und Armando damit, aus Thomas' engem Büro auf dem Polizeiposten ein Zweimannbüro zu konzipieren, was anhand des vorgegebenen Raumes kein leichtes Unterfangen war. Schlussendlich mussten sie den Tisch und den Laptop teilen. Nur mit Müh' und Not konnten sie zumindest einen zweiten Telefonanschluss ins Zimmer verlegen, wobei ein Elektriker von der Baustelle nebenan zur Hand ging. Er erledige nicht Schwarzarbeit, liess er durchblicken, er müsse einfach arbeiten, ansonsten würde es ihm zu langweilig, rechtfertigte er sich für seine Samstagarbeit, was Thomas jedoch nicht interessierte. Monica hatte Vorhänge besorgt und sie vor das Fenster drapiert. Auf dem Regal standen frische Blumen, daneben eine Flasche Orangensaft und sechs neue Gläser. Es sah beinahe gemütlich aus in dem kleinen Raum, wenn man davon absah, dass sich Thomas und Armando an je ein Ende des Tisches setzen mussten, um sich bei der Arbeit nicht in die Quere zu kommen.

Bis in den Nachmittag hinein beschäftigte sich Thomas mit Administrativem. Er schaffte Ordnung in seinen Unterlagen und vervollständigte Berichte; Armando dagegen verweilte in Tettamantis Büro und förderte allerhand Neuigkeiten zu Tage, die er beim verspäteten Mittagessen voller euphorischem Stolz Thomas präsentierte.

«Ich wurde heute bei deinem Tessiner Freund fündig», sagte Armando, als sich die Polizisten, beide vor einem Teller *Risotto ai funghi*, gegenüber sassen. «Es gibt eine Akte *Jürgen Schumann*, die jedoch nicht so vollständig ist, wie ich gedacht habe.»

«Sag bloss nicht, dass du während Tettamantis Abwesenheit in dessen Schreibtisch gewühlt hast», bemerkte Thomas kauend.

«Die Schublade stand offen und ich sah mal eben zufällig das entsprechende Register.» Armando grinste triumphierend. Das sah ihm ähnlich. «Aber es fehlen tatsächlich ein paar Blätter, würde ich behaupten.»

«Hast du Monica schon danach gefragt?»

«Ich weiss nicht, wie weit ich der Dame trauen kann.»

«Hast du die Akte *Schumann*, oder das, was davon übrig war, wenigstens gelesen? Ich nehme nicht an, dass du sie eingesteckt hast.»

«Ich habe sie kopiert.»

«Ich müsste dich jetzt suspendieren.» Thomas versuchte, ein ernstes Gesicht zu machen.

«Wir dürfen nichts ausser Acht lassen», meinte Armando. «Ich glaube, dass der Rest der Akte versehentlich hängengeblieben ist. Meinst du, dass Tettamanti die Dinge hat verschwinden lassen?»

«Weshalb hätte er das tun sollen?» Thomas legte Messer und Gabel neben den Teller. «Er konnte doch unmöglich annehmen, dass wir sein Büro durchsuchen.»

«Ausser er hat ein schlechtes Gewissen, was Schumann betrifft.» Armando schmunzelte. «Ich will mich nicht in deine vorausgegangenen Ermittlungen mischen. Aber in diesem Dorf scheinen mafiaähnliche Zustände zu herrschen.»

Thomas überlegte. «Du bist kaum sechs Stunden hier und glaubst schon, dass ich etwas übersehen habe.» Er räusperte sich. «Mafia würde ich nicht in den Mund nehmen. Ascona ist ein Provinznest.»

«Gerade darum.» Armando grinste. «Ich habe mir die Zeit im Zug mit Lektüre verkürzt», sagte er. «Da bin ich auf einen sehr interessanten Artikel in der Pharma-Zeitung gestossen.»

«Die da ganz zufällig lag», schmunzelte Thomas, was Armando nicht aus der Ruhe brachte.

«Und als du mir über deine vagen Ermittlungen im Zusammenhang mit Husseini berichtet hast, habe ich mir einiges zusammengereimt.»

«Dann weisst du mehr als ich», stellte Thomas fest. «Warum hast du mir nicht schon früher davon erzählt?»

«Es hat sich nicht ergeben», wich Armando aus.

«Wie kommst du ausgerechnet auf Schumann?»

«Der hat mich einfach interessiert. Seine geerbte Fabrik. Sein schneller Aufstieg in der Pharmaindustrie. Als du mir erzählt hast, wer die Frau an Husseinis Seite war, wurde ich einfach neugierig.» Er machte eine kleine Pause. «Ich sage dir, der geht über Leichen. Hatte schon Dutzende Anklagen am Hals, die alle irgendwo im Sand verlaufen sind. Der hat ganz eindeutig genug Vitamin B.»

«Und jetzt verrätst du mir, warum ausgerechnet Schumann mit dem Mord an Husseini zu tun haben könnte.» Thomas ass immer noch nicht weiter.

«Der lässt sich so etwas nicht gefallen», sagte Armando. «Ein Mann in seiner Position kann sich den Seitensprung seiner Frau nicht leisten.»

«Ich schätze ihn nicht so ein, dass er aufgrund einer Affäre seiner Frau einen Mord begeht. Da muss mehr dahinterstecken.»

«Heute Morgen hat es aber noch anders getönt», beschwerte sich Armando.

«Das sind doch bloss Spekulationen», meinte Thomas. «Ein lautes Denken. Wir dürfen einfach nichts dem Zufall überlassen.» Er hielt inne. «Ich mache dir einen Vorschlag, Armando.»

«Was für einen Vorschlag?»

«Du suchst alles zusammen, was irgendwie mit Schumann zu tun hat.»

«Das ist die Arbeit, die ich am liebsten mag», sagte Armando.

Thomas wusste nicht, wie er es auffassen sollte, ob als Ironie oder als Enttäuschung. Und nach einem Zögern meinte Armando: «Du solltest dir ein paar erholsame Stunden gönnen. Was hältst du von morgen Abend? Ich kenne da eine nette Bar, unweit unserer Pension. Die haben eine spezielle Woche mit guten Drinks und einer Show für die Seele.» Er lachte entwaffnend.

«Ich habe den Aushang gesehen», sagte Thomas. «Wenn du dasselbe meinst wie ich, bin ich für einmal nicht abgeneigt.» Er grinste. «Könnte nicht schaden, sich in dem Laden umzusehen.»

«Das nennt man weitergreifende Ermittlungsstrategien», bemerkte Armando und ass den Rest des Risottos auf.

Thomas musste insgeheim über die Arbeitsmoral seines Untergebenen lachen.

Bevor er zur Pension zurückkehrte, vergewisserte er sich, ob Tettamantis Techniker in Husseinis Wohnung eingetroffen waren. Er stellte fest, dass die Türe versiegelt war. Den Bericht würde er morgen in Empfang nehmen.

Während er den Weg in Richtung See einschlug, ging ihm etwas nicht aus dem Kopf. Er musste in Erfahrung bringen, wo sich Schumann am Donnerstagmorgen aufgehalten hatte.

Sonntag, 3. Februar

Thomas hatte es sich nicht nehmen lassen, zwei Stunden länger zu schlafen als an einem gewöhnlichen Arbeitstag. Die letzten drei Tage hatten ihn ziemlich mitgenommen. Einerseits waren die Ermittlungen im Tessin aufwändiger als zuerst angenommen, andererseits musste er sein Team in Luzern leiten und beschäftigen. Und jetzt, da Armando auch in Ascona weilte, hatte er Lucille und Elsbeth mit dem Führen der Ermittlungen vor Ort betrauen müssen. Thomas bemühte sich jeweils nach Feierabend, Linder die erforderlichen Protokolle zuzuschicken und ihn, wenn nötig, auch telefonisch zu orientieren. Doch wie es schien, hatte sich Linder vom Fall Husseini etwas distanziert. Thomas wusste, dass es im Betäubungsmitteldezernat zur Zeit hektisch zu und her ging. Wahrscheinlich war er dort zu sehr ausgelastet. Oder er war mit Thomas' Beschäftigung einfach nur zufrieden.

Kurz vor dem Mittag trafen sich Thomas und Armando auf der Piazza, wo sie sich ein Bier genehmigten.

«Ich muss noch einmal mit Graziella Albertini sprechen. Ich bin überzeugt, dass man mehr aus ihr herausholen könnte. Ihre anfängliche Zurückhaltung dürfte sich gelegt haben, der Schock vorbei sein.»

«Ich könnte mich mit ihr treffen»; schlug Armando vor. «Vielleicht lässt sich das Nützliche mit dem Angenehmen verbinden. Du hast doch gesagt, dass sie einen Kosmetiksalon hat.»

«Willst du dich behandeln lassen?», sagte Thomas zum Spass.

«Warum nicht?» Armando nahm einen grossen Schluck Bier. Mit Schaum an den Lippen, meinte er: «Ich habe Hornhaut an den Füssen. Und jetzt, da der Frühling kommt ...»

«Ich habe vergessen, wie eitel du bist.» Thomas verzog grinsend sein Gesicht. «Heute ist Sonntag. Da wird sie kaum arbeiten.»

«Wetten, dass sie es doch tut?» Armando verlangte ihre Telefonnummer. «Wir sind hier in der Südschweiz. Hier liebt man die Überzeit ...»

«Wenn man sie als Schwarzarbeit unter den Tisch wischen kann?», mutmasste Thomas. Er räusperte sich. «Dann teilen wir uns die Arbeit. Ich werde mich in der Zwischenzeit noch einmal mit Tiziana Schumann unterhalten. Die beiden Frauen sind die Berührungspunkte zu Husseini.»

Während Thomas sein Gesicht der Sonne zuwandte, brach Armando auf. Auf dem Weg zu Graziellas Salon stellte er ihre Nummer ein und war überrascht, als sie sich gleich nach dem ersten Klingelton meldete. Armando sprach Italienisch mit ihr, was sie offensichtlich freute. Dies musste denn auch der Grund sein, weshalb sie dem Polizisten versprach, in fünf Minuten im Kosmetikstudio zu sein. «Fusspflege?», hörte er sie durch das Mobiltelefon lachen. «Ich habe eine neue Methode ... Sie werden begeistert sein.»

Als ehemaliger Pfadfinder schaffte es Armando auf Anhieb zum Eingang. Er stiess das Tor auf und begab sich ins erste Geschoss, wo Graziella gerade daran war, die Türe aufzuschliessen. «Ich weiss nicht, weshalb die Polizei mich noch einmal sprechen will. Ich habe schon alles gesagt. Aber bitte schön, wenn es sein muss, können Sie mir Ihre Fragen stellen, während ich Ihnen Ihre Füsse verwöhne.»

Armando hätte sich gern etwas anderes verwöhnen lassen. Er hielt sich mit diesbezüglichen Bemerkungen zurück. Er trat in den nach frischer Farbe riechenden Raum und setzte sich, nachdem er seine Jacke ausgezogen hatte, auf einen verstellbaren Stuhl. Auf Graziellas Geheiss hin zog er seine Socken aus.

Graziella verschwand im angrenzenden Badezimmer. Armando vernahm, wie sie Wasser einlaufen liess. Sie kam mit einem Becken zurück, stellte dieses vor ihn hin und bat ihn, seine Füsse einzutauchen.

«Nichts lieber als das», schmunzelte er und harrte der Dinge, die Graziella für ihn vorzubereiten schien. Wieder verschwand sie im Badezimmer. Er hörte sie mit verschiedenen Gegenständen hantieren. Als sie zurückkam, hatte sie einen weissen, mit Wasser gefüllten Kunststoffbeutel bei sich, den sie vor seinen Augen ins Becken kippte.

Armando zog vor Überraschung die Füsse heraus. Denn auf das, was nun im Wasser schwamm, war er weder gefasst noch vorbereitet gewesen. Gerade noch rechtzeitig konnte er einen infantilen Schrei unterdrücken, während Graziella ihn anstrahlte. «Keine Angst, die tun Ihnen nichts. Das sind Flussbarben. Strecken Sie die Füsse ruhig wieder ins Wasser. Die Fische werden sich nun an Ihrer Hornhaut gütlich tun. Ich werde Ihnen unterdessen alle Ihre Fragen beantworten.»

Zaghaft tauchte Armando seine Füsse wieder ein. Er war ja kein Weichei, doch froh darüber, dass sich die Fische an den Füssen und nicht anderswo an die Arbeit machten. Kurz dachte er daran, dass diese Methode der Hornhautentfernung Tierquälerei sei und die Tierschützer, wüssten sie davon, bestimmt keine Freude daran hätten. Kribbeln an den Füssen und ein leises Plätschern: Hätte er die Augen geschlossen, hätte er sich am Meer gewähnt.

Er lehnte sich zurück. Zu seiner Überraschung war die Prozedur gar nicht unangenehm.

«Kommen wir zu Tarek Husseini», lenkte er ab.

Graziella hatte sich ihm gegenüber auf einen Hocker gesetzt. «Ich habe Ihrem Kollegen bereits alles erzählt, was ich weiss.»

«Bevor Frau Schumann in sein Leben trat, wohnten Sie mit Tarek Husseini zusammen?»

«Nein, das wollte ich nicht. Seine Wohngewohnheiten waren sehr gewöhnungsbedürftig. Zudem malte er fast Tag und Nacht.»

«Nachdem er sich Koks reingezogen hatte?», provozierte Armando. Er hatte Thomas' Bericht gelesen.

«Hören Sie: Bringen Sie mich nicht in Zusammenhang mit Koks. Ich habe nie welches konsumiert. Aber fragen Sie Tiziana. Die kann Ihnen da bestimmt besser Auskunft geben.»

«Apropos Tiziana: Als Sie wussten, dass sie Ihnen den Freund ausgespannt hatte, da mussten Sie doch ziemlich böse auf sie gewesen sein. Kann es sein, dass Sie mit dem Wissen um diesen Seitesprung zu Schumann gingen?»

«Wie meinen Sie das?» Graziella verdrehte ihre Augen. «Ach so. Ja, ich habe mit Tizianas Mann Kontakt aufgenommen. Ich dachte, dass ich ihm damit einen Gefallen tue und dass er das Recht hat, von der Affäre seiner Frau zu erfahren. Ich rief ihn an und verabredet mich mit ihm.»

«Wann war das?»

«In der ersten Januarwoche.»

«Und er hat dies einfach so akzeptiert?»

«Das wusste er schon lange. Sein Sohn habe ihn darauf aufmerksam gemacht. Ich erklärte ihm meine Verbindung zu Tarek.»

«Nur das war der Grund, weshalb Sie Herrn Schumann treffen wollten?»

Graziella verzog ihren Mund. «Nein, nicht nur ...» Sie zögerte, « ...ich sagte ihm, dass sich mein Kundenkreis vergrössert habe.»

«Das interessierte ihn?»

«Es interessierte ihn offensichtlich, als ich den Namen seines Flittchens preisgab: Valentina Polanski. Mehr noch, als ich ihm mitteilte, wie gesprächig sie sei und dass sie mir von seinen hellgrünen Wunderpillen erzählte habe.»

«Was für Pillen?» Armandos Instinkt war geweckt. Er vergass, dass sich zwei Duzend Fische an seinen Füssen zu schaffen machten.

«Potenzpillen wahrscheinlich. So genau weiss ich es auch nicht. Doch Schumann hat es arg in Rage versetzt. Er fragte mich dann, ob er sich erkenntlich zeigen könne, damit ich den Mund halte.»

«Warum den Mund halten?»

«Valentina hat durchblicken lassen, dass die noch gar nicht zu haben sind.»

«Nicht zugelassen?»

«So in die Richtung … Auf jeden Fall war es für Schumann sehr wichtig, dass ich schweige.»

«Sie haben sich erpressen lassen?»

«Nun ja, es kam mir sehr gelegen. Ich hatte schon lange vor, meinen Salon zu erneuern.»

Deshalb dieser Geruch. «Er hat Ihnen also Geld angeboten?»

«Er hat mir die Renovation des Salons finanziert und dies, weil ich ihm erklärte, wie viele unglückliche Frauen es gebe und ich in meinem Kundenkreis einen reissenden Absatz hätte …»

Armando schüttelte ungläubig den Kopf. «Dann ging es doch um Potenzpillen?»

Graziella lächelte spitzbübisch. «Valentina hat mir so einiges erzählt. Schliesslich geht sie schon eine Weile mit diesem alten Sack. Ihr Etablissement muss eine wahre Experimentierhöhle sein.»

Graziella rutschte mit dem Hocker in Armandos Nähe. Sie griff nach zwei Tüchern, die sie auf ihre Knie legte. «So, jetzt geben Sie mir mal den rechten Fuss und keine Bange, die Barben bleiben nicht hängen. Hat es Ihnen gefallen?»

Während sie Armandos Fuss trocknete erzählte sie von der Möglichkeit, ein Ganzkörperbad zu nehmen. «Selbstverständlich setze ich dann das Dreifache an Fischen ein.»

Armando griff nach seinem rechten Fuss. «Tatsächlich, das fühlt sich gut an. Aber für eine Ganzkörperbehandlung würde ich mich nicht begeistern können. Woher haben Sie denn diese Idee mit den Fischen?»

«Ich habe sie in einem Kosmetikstudio auf Mallorca entdeckt.»

«Um noch einmal auf die Pillen zurückzukommen: Ich verstehe nicht, weshalb Sie mir davon erzählen, wenn Sie für Ihr Schweigen Geld erhalten haben.»

«Nun ...», Graziella überlegte, «... ich dachte, das sei Teil der Ermittlungen. Es geht doch um Mord, oder?»

«Kann es sein, dass Tarek mit diesen Pillen etwas zu tun hatte?»

«Schwer zu sagen. Aber wenn ich mir überlege, dass er über seine Verhältnisse gelebt hat ... Von irgendwoher muss er Geld gehabt haben. Ich kann mir nicht vorstellen, dass er vom Verkauf seiner Bilder leben konnte.»

Armando blieb über eine Stunde bei Graziella und fragte sie über Dinge aus, die sie unter normalen Umständen keinem Menschen anvertraut hätte. Doch Armandos Charme gefiel ihr. Zudem hatte sie an diesem Sonntag keine anderen Verpflichtungen.

Später liessen sie den Nachmittag bei einigen Gläsern Rotwein ausklingen, was Graziella die Zunge löste.

***

Auch an diesem Tag war es ungewöhnlich warm für die Jahreszeit. Thomas ging den Weg zu Fuss, was ihm ein bisschen frische Luft bescherte und für seinen fahlen Teint von Vorteil war. Er hatte sich nach dem Aufstehen lange im Spiegel betrachtet und erschrocken festgestellt, wie blass er aussah. Der Klimawechsel, die Arbeit und die unruhigen Nächte standen ihm ins Gesicht geschrieben. Das Aussehen, hatte er immer befunden, war Nebensache, für einen Mann sowieso. Auf den Charakter kam es an, auf die Männlichkeit, mit der er seines Erachtens von Natur aus gesegnet war. Jetzt merkte er, dass ihm sein Äusseres doch nicht so gleichgültig war. Er sah nicht schlecht aus. Er hatte ein gutes Auftreten, seine Grösse überzeugte und seine Haare, graumeliert und glatt, hatten trotz seines Alters nichts von der früheren Festigkeit eingebüsst. Seine Augen wirkten erotisch, was Isabelle zumindest fand. Doch ihre Meinung unterschied sich oft von andern, was demzufolge nicht unbedingt massgebend war. Er hatte schöne Zähne, auf die er schon in jungen Jahren stolz gewesen war, und die ihm – abgesehen von der momentanen Blässe – ein gesundes Aussehen gaben. Aber er hätte mehr tun können.

Thomas stiess das schmiedeiserne Tor an. Zu seiner Verwunderung war es unverschlossen. Er vergewisserte sich, ob nicht irgendwo eine Kamera installiert war, die seine Anwesenheit aufzeichnete. Er kannte sich nicht aus mit dieser Art von Luxushäusern. Sein Verdacht war völlig unbegründet. Langsam öffnete er das Tor und schob sich auf den dahinterliegenden Weg. Er betätigte die Klingel und wartete. Nichts geschah. Er klingelte noch einmal. Als sich wieder nichts rührte, nahm er sich vor, auf die Rückseite zu gehen.

Eine einsame Palme fiel ihm auf. Er duckte sich zwischen den Gebüschen, die den Weg zu einem Pool säumten, an dessen Hinterseite sich eine schwach beleuchtete Glasfront befand. Er teilte die Zweige eines mannshohen Strauches, um einen besseren Blick auf das Haus zu bekommen. Eine hohe Glasfront gab die Sicht auf einen Innenpool frei.

Dann sah er sie. Sie erhob sich von einer Liege am Bassinrand und schälte sich aus dem weissen Bademantel. Ihre Bewegungen waren anmutig. Die dunklen Haare hatte sie hochgesteckt. Sie trug einen weissen, knappen Bikini, der ihre weiblichen Formen nicht verdeckte. Thomas wurde unruhig. Er liess die Zweige zusammenfallen. Er verliess sein Versteck und ging auf die Glasfront zu. Er entdeckte die Tür, die sich links davon befand, und näherte sich ihr. Tiziana liess er keinen Moment aus den Augen. Auch diese Türe war unverschlossen. Wie leichtsinnig, dachte er und trat geräuschlos hinein. Gleich schlug ihm feuchtheisse Luft entgegen. Der Geruch nach Chlor, nach Schwimmbad – nach Geld. Er stand einen Augenblick wie benommen da. Gleichzeitig wandte sich Tiziana um und stiess einen unterdrückten Schrei aus.

«Wo kommen Sie denn her?» Sie schien jedoch nicht sonderlich geschockt zu sein, was Thomas wiederum überraschte. Tiziana wandte sich von ihm weg, nahm den Bademantel auf und legte ihn sich um.

«Wir haben auch einen Eingang», sagte sie kokett und bat Thomas, diesen zu benützen. «Ich werde mich umziehen. Ich nehme an, Sie sind nicht zum Vergnügen hier.» Sie wies ihn zur Tür. «Das nächste Mal warten Sie draussen, okay?»

Sie trug wieder Jeans, diesmal eine rosa Bluse dazu, deren oberste beiden Knöpfe wohl absichtlich offen standen. Thomas wartete vor der Tür und lächelte Tiziana an, setzte aber sofort eine ernste Miene auf, was ihm schwer fiel, um sich keine Blösse zu geben und seinem Besuch die Ernsthaftigkeit zu vermitteln, die er für angebracht hielt.

«Was verschafft mir erneut die Ehre, Sie auf meinem Schloss zu empfangen», scherzte Tiziana, und Thomas hörte einen zynischen Unterton heraus. Sie trug jetzt die Haare offen, was sie noch jugendlicher aussehen liess. Sie war zweifelsohne eine sehr schöne Frau. Und wenn sie lachte, und das tat sie jetzt, erstrahlte sie in einem umwerfenden Charme. Wahrscheinlich hätte ich den Liebhaber auch umgebracht, wenn ich ihr Mann wäre, dachte Thomas. Und gleichzeitig überlegte er sich, wie er wohl reagierte, wenn ihm Isabelle eines Tages eine heimliche Affäre beichtete. Wäre er selbst imstande, eine solche Niederlage zu ertragen?

Tiziana holte ihn wieder auf den Boden der Realität zurück. Nicht indem sie ihn ansprach. Ihre ungesprochenen Worte waren es, die ihn skeptisch machten. Der belustigte Ausdruck in ihren Augen, weit entfernt von einer tiefen Traurigkeit, die er erwartet hatte. Tiziana schien nicht zu trauern. Nicht nach aussen. Sie hielt ihm die Türe auf und liess ihn eintreten.

Thomas schritt ins Wohnzimmer und nahm unaufgefordert auf einem der altmodischen Sofas Platz. Die Räume, die er düster in Erinnerung hatte, waren mit Sonnenlicht durchbrochen und verloren etwas von der Bedrücktheit.

«Sind Sie schon weiter gekommen?» Tiziana setzte sich, auf die äusserste Kante wie gehabt, ihm gegenüber.

«Wissen Sie, wo sich Ihr Mann am letzten Donnerstagmorgen aufgehalten hat?», begann er und sah, wie ihre Augen flackerten, kurz nur, aber es genügte, um ihn misstrauisch zu machen.

«Leider nein. Aber vielleicht rufen Sie mal in der Firma an. Seine Sekretärin kann Ihnen bestimmt Auskunft geben. Die notiert alle seine Termine.»

«Wusste jemand, wohin Sie verreisen?»

«Ich kann es mir nicht vorstellen.»

Er machte sich Notizen, während er weiterfragte. «Hatte Herr Husseini Feinde?»

Tiziana überlegte. Zwischen ihren Augen entstand eine steile Falte. «Mein Gott, ich habe mir alles noch einmal durch den Kopf gehen lassen.» Sie machte eine Pause, seufzte tief. Thomas liess ihr Zeit. Er spürte, dass es ihr plötzlich schwer fiel weiter zu sprechen. «Ich glaube, ich muss Ihnen etwas gestehen. Ich ...» Er schwieg immer noch. «Ich lernte vor einem Jahr einen jungen Fussballer im Internet kennen ...»

Thomas fand es erforderlich, nun doch das Diktafon zu installieren. «Im Chatroom?» Das Internet war auch bei der Polizei ein brisantes Thema. International verknüpft, gelangte viel Schrott in die Büros und Zimmer von den Verwendern. Zum Teil unzensuriert, wie Thomas wusste. Zugänglich für jeden, was bei der Polizei von besorgten Eltern fast täglich beanstandet wurde. Dennoch konnten nicht die Massnahmen ergriffen werden, die man wünschte. Eine Umweltverschmutzung von besonderem Ausmass war im Gange. Ein unkontrollierbarer Übergriff von Zuständen, die nicht nur die Behörde ins Schwitzen brachte.

«Erzählen Sie.» Thomas behielt sich seine Vorurteile zurück.

«Folgen Sie mir.» Tiziana ging ihm voraus ins Schlafzimmer. Im dahinterliegenden Büro standen ein weisslackiertes Pult, darauf ein Bildschirm und die Tastatur eines modernen Rechners. Tiziana liess sich auf dem Drehstuhl nieder und startete den Computer. Was sie interessierte, waren die Mails, die sie jetzt über den Browser abrief. Und da wiederum suchte sie nur nach der Post mit dem sinnigen Kürzel *m-79*. Tiziana öffnete den letzen Eintrag und sah sich zwei Pobacken gegenüber. Darunter zwei Zeilen: *Wann kann ich dich endlich natural erleben? Habe Sehnsucht nach deiner Reife*. Thomas las, über ihre Schultern blickend, sichtlich beschämt.

«Das ging über ein Jahr so», sagte Tiziana ohne jegliche Regung auf ihrem Gesicht. «Ich hatte den jungen Mann, der sich Andy nennt, nie wirklich getroffen. Aber ich pflegte mit ihm schon eine so innige Beziehung, dass ich bereit war, auf sein Flehen hin ein paar brisante Bilder von mir zu schicken. Wohl war mir nicht dabei gewesen. Was, wenn Jürgen dahinter gekommen wäre?»

Thomas schwieg.

«Es war eine ganz besondere Art der Kommunikation», fuhr Tiziana fort. «Andy war gewieft, unterhaltsam und lustig. Wir schrieben einander beinahe täglich, kamen uns auf eine verrückte Art näher. Erst als Tarek in mein Leben trat, wurden meine Mails rarer. Ich verschwieg Tareks Existenz. Andy hätte es nie verstanden. Doch mit seiner Hartnäckigkeit hatte ich nicht gerechnet. Er drohte mir, mich zu besuchen und behauptete, dass er meine Adresse schon herausfinden könne.» Tiziana zögerte. «Ich vertröstete ihn mit erotischen Fotografien, in der Annahme, dass ich künftig Ruhe vor ihm haben würde.» Sie entschuldigte sich, was das Versenden ihrer Fotos betraf, rechtfertigte sich aber auch wieder: «Sie wissen gar nicht, wie unmotivierend es manchmal allein zuhause ist.» Sie haderte mit sich selbst, weil sie sich beinahe hatte erpressen lassen und beendete schlussendlich ihre Geschichte mit den Worten: «Ich wollte das alles nicht, glauben Sie mir.»

Thomas dachte, dass sie wohl eher eine Bestätigung für ihren offenen Umgang mit Männern gebrauchte. Doch er hatte die Frau nicht dermassen eingeschätzt. In seinen Augen hatte sie es nicht nötig, ihre Freunde im Internet zu suchen, schon gar nicht in einem Chat-Raum.

«Hat er Sie besucht?»

«Er stand irgendwann vor meiner Tür.»

«Wie bitte?»

«Ja! Was weiss ich, wie er meine Adresse herausgefunden hat. Er drohte mir, die Fotos meinem Mann zu zeigen, wenn ich ihm nicht augenblicklich Bares gäbe.»

«Er wollte Geld von Ihnen?»

«Er hat mich mit meinen eigenen Bildern erpresst. Ich habe ihn bloss ausgelacht.»

«Warum ausgelacht?»

«Er war um einiges kleiner, als ich angenommen hatte. Er kam mir wie ein … ein Würstchen vor.» Tiziana schniefte. «So kann man sich täuschen. Im Internet kann sich wohl jeder grösser machen, als er in Wirklichkeit ist. Das habe ich in der Zwischenzeit gelernt.»

«Wurde er handgreiflich?»

Sie zögerte. «Ich liess mich nicht einschüchtern. Ich jagte ihn weg.» Sie unterstrich den Satz mit einer abwertenden Geste. «Er drohte aber, dass er meinem Freund die Kehle durchschneiden würde. Ich kann mir heute noch nicht erklären, weshalb er wusste, dass ich …» Sie stockte. «Wider Erwarten kapierte er dann sehr schnell. Auf der gegenüberliegenden Strassenseite stieg er in einen dunkelgrünen Wagen und brauste davon.»

«Denken Sie, dass er allein vor Ort war?»

«Das kann ich Ihnen nicht sagen. Es kann sein, dass jemand im Auto auf ihn gewartet hatte. Ich erachtete es als nicht wichtig. Auf jeden Fall hatte ich danach Ruhe.»

Thomas machte einen tiefen Seufzer. Befand er sich tatsächlich am Rand eines Riesenkraters, in den er absteigen musste, um die Zusammenhänge zu erfahren? Er kam auf die Bilder zurück. «Könnten Sie mir die Fotos ausdrucken?»

Tiziana sah ihn erstaunt an. Dann erhob sie sich und ging in einen Nebenraum. Als sie zurückkam, war Thomas am Schreiben. Sie legte ihm die Bilder hin. Er liess noch eine Weile der Stille verstreichen, ehe er das Wort ergriff. «Ich danke Ihnen für Ihr Vertrauen. Wir werden», damit meinte er sich und Armando, «der Sache nachgehen.» Er notierte die E-Mail-Adresse von diesem Andy und nahm sich vor, diese der EDV-Spezialistin nach Luzern zu schicken. So anonym, wie viele glaubten, war das Internet nicht.

Kurz, bevor Thomas sich zum Gehen entschloss, kam Tizianas Sohn nach Hause. Thomas fing ihn ab, bevor er in sein Zimmer schleichen konnte, und stellte sich ihm in den Weg. «Ich würde gern ein paar Worte mit dir sprechen», sagte er, was Lars mit einem knurrenden Laut quittierte. «Unter vier Augen, versteht sich.» Thomas zwinkerte ihm kameradschaftlich zu, was Lars aufmüpfig machte.

Nur widerwillig liess er sich in der Küche nieder. Immerhin. Thomas schloss die Türe hinter sich und setzte sich ebenfalls. «Wir sollten einmal von Mann zu Mann miteinander reden», sagte er und fixierte sein Gegenüber. Er gleicht seinem Vater wie ein Tropfen Wasser, dachte er. Ob er auch den gleichen Charakter besass?

«Ich sehe hier keinen Mann.» Lars lachte verächtlich.

Thomas sah darüber hinweg. «Na, wie geht es in der Schule?» begann er.

«Was geht Sie das an?» murrte Lars.

Thomas war perplex. Also doch erblich bedingte Arroganz. Er liess sich seine Enttäuschung nicht anmerken. «Hast du gewusst, dass deine Mutter zur Fasnacht in die Zentralschweiz fährt?»

«Nein!», kam es knapp zurück. «Ich muss jetzt gehen. Lassen Sie mich also in Ruhe.»

Thomas sagte, dass er ihn sofort gehen lasse, falls er ein bisschen kooperativer sei. «Ich würde mir gern dein Zimmer anschauen.» Er erhob sich.

«Warum?» fragte Lars ohne seine Miene zu ändern.

«Du hast doch bestimmt eine Playstation.» Thomas rang sich ein Lächeln ab, obwohl ihm alles andere als danach zumute war. «Mein Neffe», schummelte er mit der Absicht, den Jungen aus der Reserve zu locken, «hat zu Weihnachten die neusten Spiele erhalten.» Eigentlich besass Thomas selber eine. Eine bescheidene Passion für einen Polizisten, wenn er sich vor Isabelle rechtfertigen musste. Er fuhr fürs Leben gern Formel-1-Rennen. Es gab keinen Grund, dies gegenüber Lars zuzugeben.

«Wollen Sie nun mein Zimmer sehen oder nicht?» fragte Lars grob.

Thomas gab es auf. «Gern.»

«Meine Mutter kennt den Weg.» Mit diesen Worten erhob er sich, schaute kurz in den Kühlschrank, nahm einen Schokoriegel heraus, machte die Türe wieder zu und wollte aus der Küche verschwinden. Thomas stellte sich ihm in den Weg. Er schlug jetzt einen härteren Tonfall an. «So nicht, Bürschchen!»

Lars stand bocksteif da. «Und jetzt? Wollen Sie mich hindern, die Küche zu verlassen?»

«Du kannst die Küche verlassen, wenn du mir gesagt hast, was ich von dir wissen muss.»

«Pah», rief Lars verächtlich. «Von mir müssen Sie gar nichts wissen»

Thomas blieb unbeeindruckt. Er kannte sich mit pubertären Söhnen aus. Auch wenn Stefan nicht ganz so garstig gewesen war – zwischen ihnen hatte es manch heftigen Streit gegeben. «Warst du am letzten Donnerstagmorgen in Luzern?»

«Nein!», kam es rasch zurück.

«Wusstest du, dass deine Mutter am letzten Donnerstag in Luzern war?»

«Nein!»

Thomas liess ihn gehen.

Tiziana hatte im Wohnzimmer gewartet. Als Thomas zu ihr zurückkehrte, kam sie auf ihn zu. «Lars sagte mir, ich soll Ihnen sein Zimmer zeigen.»

Sie schritt ihm voraus die Treppe hinauf und öffnete eine Türe links der Galerie. Thomas betrat den Raum. Ein Durcheinander an technischen Geräten beherrschte das kleine Zimmer. Ein Laptop war vorhanden, dazugehörige Boxen, Spiele in Kassetten, die wahllos neben- und übereinander lagen. Es gab eine Stereoanlage, die hinter einer Flut von CDs fast verschwand und einen Verstärker. Ein Discjockey hätte sich die Finger geleckt, wenn er einen solchen besessen hätte. Das Bett war zerwühlt, ein paar Kleider lagen verstreut auf dem Boden.

«Entschuldigen Sie die Unordnung», sagte Tiziana sichtlich geschockt. Thomas sah ihr an, dass sie mit diesem Chaos nicht gerechnet hatte. «Er ist in einem schwierigen Alter.» Und die Mutter eindeutig überfordert, dachte Thomas und schob ein paar CDs und Bücher zur Seite. Er wusste nicht genau, was er suchte oder zu finden hoffte. Tiziana hatte mit dem Aufräumen begonnen.

«Haben Sie keine Haushaltshilfe?» wagte er zu fragen.

«Zur Zeit nicht.» Sie schüttelte die Bettdecke. «Die letzte verliess uns vor zwei Wochen.» Sie wischte sich eine Strähne aus dem Gesicht. Er sah sie fasziniert an. «Es ist immer dasselbe. Die fühlen sich allesamt von der Arbeit überfordert in dieser Villa.»

Oder von den Personen, die darin leben, überlegte Thomas und widmete sich dem Stapel mit den Spielkassetten. Nebst

Autorennen, Fussball und Hockey gab es Spiele mit Schiessübungen, Mörderspiele und Totentänze, ein ganzes Arsenal von Games, die nicht in Kinderhände gehört hätten. Zuunterst fand Thomas einen Prospekt, der für die Fasnacht in der Zentralschweiz warb.

Hatte er soeben ein erstes Indiz gefunden?

«Kann es sein, dass Ihr Sohn doch wusste, dass Sie an die Fasnacht fahren?» Er hielt Tiziana den Prospekt hin. «Scheinbar hatte er sich dafür interessiert.»

«Unmöglich», sagte sie, immer noch beim Bett stehend. «Die Kinder verbrachten die letzte Woche bei meiner Schwiegermutter.»

Er liess sich die Anschrift von Hildegard Schumann geben. Er wollte nichts versäumen und die Kreise mit den verschiedenen Berührungspunkten erweitern. «Ich werde Sie jetzt alleine lassen», sagte er. «Falls Ihnen irgendetwas in den Sinn kommen sollte, worüber wir noch nicht gesprochen haben, lassen Sie es mich wissen.»

Tiziana begleitete ihn nach draussen. Sie hielt ihm beide Hände hin, als er sich von ihr verabschieden wollte, und schaute ihn länger an, als ihm lieb war. «Finden Sie den Mörder meines Geliebten», sagte sie leise. Ihre Augen glitzerten verdächtig. Thomas spürte ein Kribbeln vom Kopf bis zu den Lenden. «Finden Sie den, der mir mein Leben genommen hat.» Sie wandte sich abrupt um, ging in die Wohnung, schloss die Türe hinter sich und liess ihn mit gemischten Gefühlen zurück. Er staunte über ihre stoische Ruhe. Er kam dabei nicht ganz klar mit der Situation, dachte, dass hier irgendetwas vor sich ging, in das er keinen oder zumindest nur einen kleinen Einblick hatte. Er nahm sich vor, doch ein Seelenvoyeur zu werden. Die Geschichte begann verworren zu werden. Er würde mit Tiziana in Verbindung bleiben. Im hintersten Winkel seines rationalen Denkens ahnte er, dass er die Antwort auf seine vielen Fragen doch hier in dieser Villa finden würde. Zumindest einen Teil davon.

Es dämmerte bereits, als er die Promenade entlang zurück zu seiner Pension schritt. Auf der Piazza Giuseppe Motta herrschte dasselbe Bild wie Tage zuvor. Die Asconesi hatten ihre eigene Art zu feiern. Thomas war in seine Gedanken versunken. Tiziana, durchfuhr es ihn. Er holte ihre Fotos aus der Innentasche seiner Jacke und betrachtete sie. Es war die Art ihres Feuers, das sie in sich trug, das sie erstrahlen liess. Auf den Bildern. In Wirklichkeit. Sie hatte etwas Verruchtes an sich, etwas einzigartig Wildes, in einer wunderschönen Schale verpackt, wie er es so noch nie zuvor bei einer Frau gesehen hatte.

Machte sich so etwas wie Sehnsucht bemerkbar? Erregung? Gier? Die Versuchung, wenn er sie als solche benennen konnte, in seiner Vorstellung, nicht wirklich, aber dennoch gefährlich, war gross. Vielleicht würde er zum ersten Mal während seines Zusammenlebens mit Isabelle fremd begehren. Bereit sein fremdzugehen? Er tadelte sich für seine Abtrünnigkeit, in die er zu sinken drohte und was gar nicht zu ihm passte.

In der Pension angekommen, holte ihn der gesunde Menschenverstand wieder ein. Und als ihn Armando schon freudig erwartend unter der Türe zu dessen Zimmer begrüsste, hatte sich die letzte Spur eines Gedankens an Tiziana verflüchtigt.

Später stellte er Lucilles Nummer ein, weil er wusste, dass sie Dienst hatte. Doch aus Luzern gab es nichts Neues.

***

Die beiden Türsteher schauten nicht sehr freundlich, als

Thomas und Armando vor dem *Ponte Clara* ankamen. Die Polizisten gingen grusslos an ihnen vorbei in einen schummrigen Vorraum, wo sie ihre Jacken abgeben konnten. Thomas blieb zögernd stehen, um sich an das diffuse Licht zu gewöhnen. Ein Saal breitete sich vor ihnen aus mit gewölbter Decke und einer Empore, die an eine Kirche erinnerte. Über ihnen hingen Kronleuchter. Eine pompöse Sitzlandschaft war – umgeben von Palmen – in die Mitte eingebettet. Links davon die Bar, rechts ein Orchester, bestehend aus drei Männern in Elvis-Presley-Anzügen, die im Rotlicht rosa schimmerten, auch ihre Gesichter. Rot waren auch die viel zu weichen Sitze, auf die sie jetzt von einer aufreizenden Dame verwiesen wurden.

«Ich habe mir das hier genauso vorgestellt», gestand Armando. «Es erinnert mich irgendwie an die schwülstigen Freudenhäuser in Paris, an ein billiges Etablissement.» Er räusperte sich. «Hm… ja, Paris, dies gehört zur Bildung, da bin ich lückenlos, sozusagen.»

Thomas rang sich ein Schmunzeln ab. Wenn Armando in seinem Element war, konnte ihn fast nichts bremsen. Sie bestellten zur Einstimmung des Abends zwei Whiskys und eine Flasche Barolo.

Auf einer leicht erhöhten Bühne am anderen Ende des Saales tanzte ein Mädchen mit straffem Bauch und spriessenden Brustknospen, die durch einen dünnen Stoff schienen. Wie eine Katze tänzelte es um die Stange, die aus der Decke kam, als diente die Stange dazu, die Decke vor dem Einsturz zu bewahren.

«Wie ist dein Tag verlaufen?» fragte Thomas, als ein leicht bekleidetes Mädchen den Wein gebracht und er die Umgebung in seiner neugierigen Manier inspiziert hatte. Alle, die hier bedienten, schienen fast nichts auf sich zu tragen.

«Ich habe Graziella Albertini ausgequetscht wie eine überreife Zitrone», gestand Armando. «Du hättest wohl nicht mehr aus ihr herausgebracht. Sie sagte, dass sie sich gegenüber Husseini sehr verpflichtet gefühlt habe. Sie habe sein Talent erkannt und ihn damit an die Öffentlichkeit gebracht.

«Nichts Neues.» Thomas trank aus seinem Glas. «Sie hat mir auch schon allerhand erzählt.»

Armando liess sich nicht aus der Ruhe bringen. «Anfänglich habe sie ihm die Wohnung finanziert und erste Ausstellungen organisiert.»

«Und? Hatte er Erfolg mit seinen Bildern?»

«Erfolg schon. Aber die Geizhälse hätten für seine Gemälde nicht viel bezahlt. Als dann diese Tiziana Schumann in sein Leben trat, bestand Graziella darauf, dass er ihr alle Schulden zurückbezahlte. Schlussendlich blieb ihm dann nicht mehr viel zum Leben. Und das, was er im Nachhinein verdiente, reichte gerade aus, um seine Wohnung und das Atelier zu behalten.»

«Nicht sehr erbaulich für einen Mann wie ihn», meinte Thomas. «Ich wüsste nur zu gern, ob Tiziana Schumann ihm ebenso unter die Arme gegriffen hat.»

«Es war wohl umgekehrt, was ich von Graziella erfahren habe. Husseini muss Tiziana so verfallen gewesen sein, dass er zum Teil über seine Verhältnisse gelebt hatte.»

«Ich habe seine Wohnung gesehen», sagte Thomas. «Da ist nichts drin, was nur den Anschein macht, dass er überbordet hat.»

«Er habe versucht, sich gegenüber Tiziana sehr grosszügig zu zeigen.» Armando schniefte. «Er wollte wahrscheinlich mit teuren Geschenken Eindruck erheischen.»

«Wie ist es mit Feinden?»

«Da konnte Graziella nichts weiter sagen, als das, was wir schon wissen. Selber tituliert sie sich als rettenden Engel, was immer sie damit gemeint hat.»

«Sie muss tatsächlich sehr darunter gelitten haben, als Husseini sie verliess», sagte Thomas. «Graziella ist eine Frau, die solche Schläge nicht einfach so einsteckt.»

«In zwei- drei Monaten kann sich etwas in ihr entwickelt haben», meinte Armando, «das sich später wie von selbst entlud.»

«Sie hat kein typisches Täterprofil», belehrte ihn Thomas.

«Weil sie eine Frau ist? Da täuschst du dich vielleicht. Sie hat noch ganz andere Dinge ausgeplaudert.

«Was denn?»

«Tiziana sei als Jugendliche von ihrem eigenen Vater vergewaltigt worden ...»

«Was hat das mit unserem Fall zu tun?»

«Die beiden Frauen müssen sich einmal sehr nahe gestanden haben. Graziella hat so ziemlich alles ausgeplaudert, was mit dieser Dreiecksbeziehung zu tun hat.»

«Du nennst es Dreiecksbeziehung?» Thomas hob die Augenbrauen. «Ich möchte nicht erfahren, auf welche Weise du die Dame weichgeklopft hast.»

«Du weisst, ich mag Rotwein.» Armando schmunzelte. «*In vino veritas*.»

Das halbnackte Mädchen von vorhin brachte eine neue Flasche Roten, während auf der Bühne die Unterhaltung weiterging. Ein Mädchen trippelte in einen Mantel gehüllt auf das Podest. Anzügliche Pfiffe aus Männermündern begleiteten es. Die Musiker stimmten ein schwülstiges Stück an. Das Mädchen streifte den Mantel wie eine zweite Haut von sich ab.

Armandos Blicke hatten sich vom Teller in Richtung Bühne verschoben.

«Du solltest nicht so gierig schauen», tadelte Thomas. «Deine Nora hat das nicht verdient. Oder heisst sie schon wieder anders?»

Armando zuckte mit den Schultern. «Ich habe jemand anderen im Visier, als du denkst», rechtfertigte er sich. «Wenn du deinen Blick ganz langsam gegen links drehst, wen siehst du da?»

Thomas traute seinen Augen nicht. Links neben der Bühne standen Schumann und Tettamanti und unterhielten sich gestenreich.

«Du hast mir nicht geglaubt, was ich über die korrupte Mentalität einiger Bewohner hier erzählt habe.» Armando lachte leise auf. «Wer ist der Mann neben Tettamanti?»

«Schumann», zischte Thomas. «Aber ich erkenne nichts, was deine Behauptungen bestätigen würde. Ich sehe zwei Männer, die sich unterhalten. Solange wir nicht wissen worüber, dürfen wir keine falschen Schlüsse ziehen. Ich schätze zwar dein Tempo in gewissen Dingen, was aber die Akribie in den Ermittlungen betrifft, musst du schon mich machen lassen.»

«Du wirst mich nicht zurückhalten können», sagte Armando. «Ich werde meine Ohren in ihre Richtung verlängern. Es sieht nicht danach aus, dass Tettamanti beruflich hier wäre.»

«Tue, was du nicht lassen kannst», sagte Thomas beschwichtigend. «Und vergiss nicht, dass auch Polizisten ein Privatleben haben.» Er lehnte sich in den weichen Samtsessel und sah unauffällig zu Schumann und Tettamanti hinüber. Diese fühlten sich absolut sicher und unbeobachtet.

Als das tanzende Mädchen auf der Bühne sein letztes Dreieck von sich riss, entfernten sich Schumann und Tettamanti und setzten sich an einen runden Tisch. Wenig später erschien eine junge Frau aufgepeppt und in einen Pelzmantel gehüllt. Thomas tippte auf Blaufuchs, was bei ihm – das Tier betreffend – so etwas wie Mitleid hervorrief. Sie küsste Schumann und setzte sich ebenfalls dazu. Thomas nahm an, dass sie Schumanns Freundin war. So sah diese Valentina also aus. Sie unterschied sich nicht sonderlich von den Irinas und Olgas, die sonst noch umherschwirrten. War Tettamanti ein Freier? Thomas sah zwar von dieser Möglichkeit ab, weil er an die Fotografie mit der lachenden Frau und den zwei Kindern auf dessen Bürotisch dachte. Trotzdem stiess ihm übel auf. Jetzt verstand er auch, weshalb Tettamanti Schumann so in Schutz genommen hatte. Über die Köpfe der beiden Männer hinweg sah er Armando, der so tat, als sähe er sich nach jemandem um. An ihm ist ein Detektiv verlorengegangen, dachte Thomas und hätte alles gegeben, um mit ihm die Position zu tauschen und zu erfahren, was da gesprochen wurde. Er beugte sich über den Tisch, nahm das Weinglas und trank es in einem Zug aus.

Die Frau mit den hochgesteckten Haaren hatte eine Zigarette im Mund, die nicht brannte, und kam behände auf ihn zu. Unaufgefordert nahm sie neben ihm Platz, schlug ihre festen Beine mit einer Wildheit übereinander, dass Thomas das Blut gefror. Er machte keine Anstalten, ihr die Zigarette anzuzünden, obwohl er immer Streichhölzer mit sich trug.

«Wie ich sehe, sind Sie allein», sagte die Frau in gebrochenem Deutsch. Ihr Blick war obszön.

Thomas wusste nicht gleich, was er darauf erwidern sollte und blickte die Dame mit zugekniffenen Augen an. Das rote Licht im Raum liess nicht klar erkennen, in welchem Jahr sie geboren worden war. Ihre üppige Statur straffte ihre Falten, das dicke Make-up auf ihrem Gesicht verfälschte ihre wahre Identität. Dennoch ging eine bizarre Erotik von ihr aus. Sie war eine gestandene Dame mit Erfahrung. Ein schamloses Weibsbild. Sie liess sich überhaupt nicht aus der Ruhe bringen. Sie hatte sich, wie Thomas vermutete, ein Ziel gesetzt; er war die Zielscheibe. Und schon war die erwartete Frage da. Sie bat um eine Flasche Champagner, die sie in dieser, «ach so reizvollen Umgebung» mit ihm zusammen geniessen wolle. «Ich stehe zu Ihren Diensten», sagte sie mit einer tiefen, gehaltvollen Stimme. «Heute Abend ist ausnahmsweise alles erlaubt.» Sie lachte. «Ich bin Paulina.»

Thomas grinste schief. «Alles erlaubt? Auch der anschliessende Besuch in Ihrem Zimmer?» Er wolle keine Zeit verlieren. Sie nickte verheissungsvoll. «Dann können wir gleich nach oben gehen.» Er stand auf.

Vielleicht war sie jetzt verdattert, liess es sich aber nicht anmerken. Sie schwang die Beine voneinander und erhob sich rasch. Ihre Brüste wogten in dem tiefen Ausschnitt, was ganz bestimmt Absicht war, Thomas jedoch kalt liess. Er mochte keine grossen Brüste.

Ihr Zimmer befand sich ein Stockwerk höher. Noch bevor er aus seiner Jacke geschlüpft war, sass Paulina auf ihrem französischen Bett, das in Rot gehalten, nicht wirklich Thomas' erotische Fantasien ankurbelte. Sie blickte ihm mit halbgeschlossenen Augenlidern entgegen. Mit Gummi koste es zweihundert, ohne dreihundert, weil da immer ein gewisses Risiko bestehe, und wenn sie ihm einen blasen sollte, fünfhundert. Sie duzte ihn.

«Sie werden weder das eine noch das andere tun müssen», sagte Thomas, der es vorzog bei der distanzierten Anrede zu bleiben.

Paulinas Augen weiteten sich. «Ein Voyeur bist du also?» Sie lachte dunkel. «Willst du es mit oder ohne Spielzeug? Mit kostet ...»

Thomas winkte ab. Er wolle lediglich ein paar Informationen. Er zeigte ihr den Ausweis. Sie blieb vollkommen ruhig, sagte nur, dass sie mit so etwas gerechnet habe. «Heute ist nicht mein Glückstag.» Sie grunzte und hangelte nach einem Schal, den sie sich über die Schultern legte.

«Wissen Sie», sagte sie nach einer Weile, einen anständigeren Ton anschlagend, «solche Abende wie diesen gibt es ein- oder zweimal pro Monat, meistens an Sonntagen.» Sie verzog ihren Mund. «Draussen toben die Narren und hier drin diejenigen, die sich dazu machen. Das reinste Narrengesinde.» Wieder schnitt sie eine Grimasse. Thomas bezweifelte, dass sie unter normalen Umständen eine solche Bemerkung hätte fallen lassen. «Die Gäste dürfen über den Verlauf der Nacht bestimmen», fuhr sie fort. «Ansonsten herrschen hier strikte Regeln. Körperkontakt ist während der Öffnungszeiten nicht erlaubt. Für das, was danach geschieht, trägt jedes Mädchen selber die Verantwortung und ist Privatsache. Der Wirt will sich die Hände nicht schmutzig machen.»

«Er könnte sich eine Menge dazu verdienen», provozierte Thomas.

«Der ist clever genug und holt sich das Geld von der horrenden Miete.» Paulina zog den Schal enger um ihre Schultern. Sie wirkte dennoch alles andere als keusch. «Aber alles in allem geht die Rechnung auch für uns auf.»

«Wie steht es mit Ihren Kontakten zu den Kunden?» fragte Thomas. «Gibt es Stammgäste im Lokal?»

«Selbstverständlich», sagte sie. «Was denken Sie, wovon der Laden da funktioniert und rentiert?» Sie lachte wieder ihr dunkles Lachen. Dabei bebte ihr ganzes Gesicht. Es schien, als hätte sie Vertrauen gegenüber Thomas gefasst. «Unter uns gesagt, die gestandenen Herren kommen meistens aus reichem Haus. Sie haben das Gefühl, dass ihnen alles erlaubt sei. Wer zahlt, befiehlt. Der Besuch im Nachtclub mit anschliessenden heimlichen Treffen mit ihrer Angebeteten ist für die nichts anderes als ein Geschäft. Das sehen auch die Mädchen so.» Sie seufzte: «Für Geld gewöhnt man sich ... an fast alles.»

«Sagt Ihnen der Name Jürgen Schumann etwas?» Thomas beobachtete Paulina, während er die Frage stellte. Sie blieb vollkommen ruhig.

«Ja, aber ich kann Ihnen keine Auskunft geben», sagte sie.

«Und wenn ich Ihnen sage, dass ich in einem Mordfall ermittle und dazu Ihre Aussagen brauche?»

«Dann ist das etwas anderes.» Paulina erhob sich, um ein Feuerzeug zu holen. Sie zündete die Zigarette an, die sie während des ganzen Gespräches im Mund gehalten hatte. «Schumann sagten Sie?» Sie setzte sich wieder auf ihr Bett, zog an ihrer Zigarette und verdrehte amüsiert die Augen. «Der ist beinahe jeden Abend hier und tut so, als gehörte ihm der Laden. Ich kann das nicht ganz nachvollziehen, weil ich weiss, welche Stellung er in unserer Gesellschaft einnimmt. Immerhin ist er einer der ganz Grossen. Er hat hier eine Freundin. Valentina heisst sie, und sie tanzt in diesem Club. Verwundert mich auch, weshalb er die Kleine noch nicht aus diesem Milieu herausgeholt hat.»

«Er ist verheiratet», bemerkte Thomas.

«Das sind sie alle», belehrte ihn Paulina.

Thomas erkundigte sich nach Tarek Husseini und ob sie ihn kenne.

«Nicht als Kunden», erwiderte sie. «Das ist ein ganz tragischer Fall.» Sie hielt einen Moment inne, zog kräftig an der Zigarette, liess den Rauch eine geraume Zeit in ihrer Lunge, bevor sie ihn schnell wieder ausblies. «Der hat mich mal gemalt.» Der Dunst hüllte sie eine kleine Ewigkeit lang ein, und im Widerschein des Lichtes, das von einer roten Glühbirne ausging, sah Paulina darin wie eine mystische Figur aus. «Sie sagten, dass Sie in einem Mordfall ermitteln?» Sie war nicht dumm. «Ich sehe da keinen Zusammenhang.»

Thomas fragte sie nach Tiziana Schumann. Nicht, dass er eine präzise Antwort zu erfahren gedachte. Aber er musste jede Möglichkeit ausschöpfen, um sich ein Bild von Husseinis

Umfeld zu schaffen.

«Ich kenne sie flüchtig», sagte Paulina. «Die Frau tut mir irgendwie leid. Sie ist hübsch und intelligent und sehr sozial eingestellt. Sie unterstützt jede Veranstaltung im Dorf und engagiert sich an der Seite ihres Mannes. Schumann weiss es nur nicht zu schätzen. Ich weiss nicht, warum man eine Frau wie sie mit einem Flittchen betrügen kann.» Sie machte wieder eine Pause. Von Tizianas Liaison mit dem Maler erwähnte sie nichts. Thomas überlegte sich, ob Tiziana ihren Geliebten heimlich getroffen hatte. «Die Gesellschaft ist krank», sinnierte Paulina. «Ich verdiene zwar mein Geld mit diesen Psychopathen, aber es gibt mir doch jedes Mal zu denken, was da heimlich abläuft. Glauben Sie mir, Herr Kramer, an uns Huren sind echte Psychiaterinnen verloren gegangen.» Sie verzog ihren roten Mund. «Wir sehen in die tiefsten Winkel dieser Geschöpfe. Können Sie sich vorstellen, dass der Geschäftsmann von nebenan, tagsüber in Anzug und Krawatte, in einsamen Nächten zum Hündchen mutiert, das man an der Leine Gassi führen muss?» Jetzt lachte sie schrill auf. Und nach einer Weile: «Entschuldigen Sie, falls ich Ihre Gefühle verletzt haben sollte. Ich kann nicht wissen, zu welcher Gattung Mann Sie gehören.»

Thomas wollte intervenieren und Paulina darüber aufklären, dass es durchwegs auch abartige Frauen gebe, behielt es dann aber für sich. Er räusperte sich. Er reichte ihr eine Karte und bat sie, ihn anzurufen, falls ihr doch etwas Aussergewöhnliches in den Sinn kommen sollte. Zufrieden darüber, dass er an diesem Abend ein paar Informationen mehr gewonnen hatte, verabschiedete er sich und nahm noch einmal ein Auge voll von der üppigen Erscheinung auf dem französischen Bett. Sie sind wie Stossdämpfer, diese Frauen, die dazu da sind, die Öffentlichkeit vor unkontrollierten sexuellen Übergriffen zu bewahren, dachte er.

Er kehrte direkt zu seiner Pension zurück, nachdem er Armando nicht mehr angetroffen hatte. Die Feierlichkeiten auf der Piazza waren ausgeklungen.

Thomas hatte es wieder versäumt, Isabelle anzurufen. Anstatt zu telefonieren, schnitt er weitere Notizen aus und klebte sie – zusammen mit den alten – auf ein A2-Blatt, das er am Samstag in einer Papeterie gekauft hatte. Der Kreis der involvierten Personen hatte sich vergrössert. Er umrandete mit einem roten Stift den Namen *Husseini*, darunter schrieb er *Kokain*. Er rätselte, wo er die Verbindungslinien ansetzen musste. Zu Graziella? Zu Tiziana? Oder gab es einen unbekannten Dritten, der bis anhin nicht aufgetaucht war?

Gemäss Bericht der Spurensicherung gab es keine neuen Anhaltspunkte. Man hatte sogar einen Drogenhund eingesetzt, der für diesen Einsatz aus Zürich hergebracht worden war.

Montag, 4. Februar

Er steckte mit dem Wagen fest. Die Räder drehten durch, und je mehr er auf das Gaspedal drückte, umso tiefer versank die Karosserie im Schlamm. Während er vergeblich versuchte, das Gefährt auf den sicheren Boden zu lenken, sah er durch das Seitenfenster, dass die braune Brühe bereits halb über die Autotür reichte. Er verwünschte die alte Karre und nahm sich vor, sie nach überstandener Katastrophe in die Müllhalde zu stellen. Er konnte seine Füsse nicht mehr bewegen. Er schaute seinen Hosenbeinen entlang auf die Schuhe, die allmählich von einem übelriechenden Morast aufgesogen wurden. Der Wagen musste irgendwo ein Loch haben. Er steckte ganz eindeutig in einem Sumpf fest. Er erinnerte sich nicht, wie er hierher geraten war, aber ihm war bewusst, dass er in Gefahr schwebte. Erneut versuchte er durchzustarten, mit klumpenden Füssen, schwer wie Blei. Der Motor stotterte. Das Getriebe rumpelte, und entlang der Achsen klopfte es sonderbar.

Es klopfte auch noch, als Thomas versuchte, seine Augen zu öffnen. Er badete in seinem eigenen Schweiss. Der Gestank verflüchtigte sich, doch das Klopfen blieb. Kräftiger jetzt als je zuvor. In das Klopfen drang eine Stimme, die seinen Namen rief.

«Tom, aufstehen. Es ist halb neun.»

Es verging eine Weile, bis Thomas bei klarem Verstand war. Er atmete erleichtert auf. Er hatte bloss geträumt. Einen verdammten Traum. Und vor seiner Zimmertüre stand Armando und rammte sich die Faust wund. Thomas sprang auf die Beine, eilte zur Tür und befahl Armando, seinen Mund zu halten und im Frühstücksraum auf ihn zu warten.

Er hatte eine Genickstarre. Seine Hände schmerzten, wo er unlängst krampfhaft das Steuer gehalten hatte. Er versuchte, sich den letzten Abend in Erinnerung zu rufen, den schweren Rotwein, den er in dieser Menge nicht hatte trinken wollen. Den Whisky, der ihm nachts schwer im Magen gelegen hatte; seine Därme hatten rebelliert. Er sah das Mädchen vor sich, in einem tosenden Ozean von gierigen Männern, zu denen er sich nicht hatte zählen wollen. Paulina, die obszöne, nicht sehr schöne, dafür umso interessantere Dame aus dem Rotlichtmilieu. Sein Albtraum, glaubte er, war aus diesen schweren Momenten psychischer Überforderungen entstanden, und es verwunderte ihn nicht, dass er diese Eindrücke nachts während des Schlafens hatte verdauen müssen.

Unter der Dusche erst fühlte sich Thomas wohler. Langsam kehrten die gesunden Lebensgeister zurück. Sein Verstand gewann an Klarheit. Als er sich anzog, war er wieder ganz der Alte.

Das erste, was er im Frühstücksraum erkannte, war die antike Dame. Als hätte sie auf ihn gewartet, starrte sie ihm entgegen und öffnete ihren Mund, sodass Thomas einen Moment glaubte, ihr Halszäpfchen zu sehen. Er starrte eine Weile zu lange. Dann sah er es: Die Dame war nicht echt. «Ein Fake?», wunderte er sich und blieb wie angewurzelt vor ihr stehen.

Mit einem Dreh zog sie die Maske vom Gesicht. Darunter kam ein spitzbübisches Gesicht zum Vorschein, das einer jungen Frau gehörte. Nach dem ersten Schock liess Thomas eine Lachslave los und beobachtete noch eine Weile, wie die Frau sich die Haare zurechtdrückte und das Schmunzeln nicht mehr loswurde.

Thomas setzte sich an den Tisch, an dem Armando Rührei mit Speck verzehrte. Thomas verdächtigte ihn, angesichts des deftigen Frühstücks, dass er die vergangene Nacht nicht alleine verbracht hatte.

«Wo warst du denn?», fragte Armando, der sich am vorausgegangenen Schauspiel ebenso amüsiert hatte. «Ich suchte dich den ganzen Rest der Nacht.» Was natürlich übertrieben war.

Thomas erzählte von seiner Begegnung mit der Prostituierten und darüber, was sie ihm über die Schumanns erzählt hatte. Dann lauschte er Armandos Neuigkeiten.

«Du wirst es nicht glauben, wofür ich gestern Abend eingeladen wurde.» Er legte Messer und Gabel neben den Teller und holte ein weisses Briefchen aus seiner Hosentasche. Er hielt es Thomas unter die Nase.

«Kokain?»

«Sieh selber nach.»

Die Pillen waren hellgrün und sahen aus wie einfarbige, mit Zuckerguss überzogene Schokoplättchen.

«Fällt dir dazu etwas ein?»

«Wahrscheinlich ein Stoff, der die Schliessung des Lokals nach sich ziehen wird.» Thomas gähnte, rieb sich den Nacken und bat Armando, ihn endlich aufzuklären.

«Potenzpillen aus erster Hand!» Armando lobte sich selber für seine detektivische Arbeit. «Ich fand nur nicht heraus, ob dieses Zeug legal im Umlauf ist oder ob man in dem Schuppen da heimliche Versuchskaninchen hält.»

«Mir war doch», sagte Thomas mit ernster Miene, «deine Körperhaltung habe sich in den letzten zwölf Stunden verändert. Schon einen Erfolg verzeichnet?»

«Ich bin meiner Nora absolut treu.» Armando widmete sich wieder dem Rührei. Mit vollem Mund meinte er: «Ich dachte mehr an ein Überprüfen des Stoffes und woher die Pillen kommen.»

«Das ist wahrlich interessant», sagte Thomas. «Doch gehört es nicht unmittelbar in unseren Ermittlungsbereich.» Er trank seinen Kaffee. «Oder hast du den Verdacht, dass diese Pillen im Zusammenhang mit dem Kokain stehen?»

«Beides törnt an.» Armando grinste. «Zudem sind die Pillen auch im Zusammenhang mit Graziella aufgetaucht. Scheinbar, so hat sie mir im Weinrausch erzählt, habe Schumanns Freundin Valentina aus dem Kabäuschen geplaudert. Schumann habe ihr jedoch verboten, darüber zu reden und sie mit der Finanzierung von Renovationsarbeiten in ihrem Kosmetikstudio zum Schweigen genötigt.»

«Das darf doch nicht wahr sein! Das hat sie dir erzählt?» Thomas' Stimme wurde leiser. «Da muss doch mehr dahinter stecken. Ich meine ... er verteilt im *Ponte Clara* grosszügig solche Pillen, und Graziella sollte darüber schweigen? Geht es da nicht um mehr? Um Kokain zum Beispiel? Vielleicht sind die Pillen nur ein Vorwand. Wenn wir tiefer graben, kommen noch ganz andere Dinge zum Vorschein.»

«Lass mich an Graziellas Fersen kleben», schlug Armando vor, was in Thomas einen schalen Nachgeschmack verursachte. «Du bist liiert», wies er ihn darauf hin. «Halte dich zurück.»

Armando quittierte dies mit einem schrägen Lachen.

«Und, hast du von dem Gespräch zwischen Schumann und Tettamanti etwas erfahren?» Thomas stellte die Kaffeetasse zurück.

Er sei zu spät gekommen, bedauerte Armando. Wegen des Lärmes, der in der Bar geherrscht hatte, sei es unmöglich gewesen, etwas zu hören. «Ich sah jedoch, wie Schumann unserem Tettamanti ebenso ein Päckchen aushändigte. Ich konnte jedoch nicht erkennen, was es enthielt.»

Thomas liess sich seine Enttäuschung nicht anmerken. «Eines geht mir nicht in den Schädel. Warum kann Schumann so fahrlässig sein. Ein Mann seines Kalibers. Warum tut er es so offensichtlich? Entweder ist der so idiotisch oder er hat ganz eindeutig etwas vor, von dem er uns ablenken will. Ich habe den Verdacht, dass der genau weiss, dass wir ihn im Auge haben. Das ist ein ganz skrupelloser Hund.»

«Und ist vielleicht auch zu einem Mord fähig.»

«Oder lässt ihn von einem andern ausführen. Aber was ist der Grund? Und wo liegt das Motiv? Doch bei den Drogen?»

«Vielleicht hat Husseini als Kurier gearbeitet. Es muss sich nicht zwangsläufig um Kokain handeln. Es könnten ebenso gut diese Pillen sein, die er unters Volk bringt. Graziella erwähnte etwas von nicht registrierten Pillen.» Armando schlug sich an die Stirn. «Mensch Tom, das wird eine Nummer zu gross für uns. Wir sollten noch einmal mit der Abteilung für Betäubungsmitteldelikte Kontakt aufnehmen. Hier geht es wahrscheinlich um eine ganz andere Sache.»

«Wir ermitteln immer noch in einem Mordfall, der damit zusammenhangen könnte» bemerkte Thomas. «Aber wir sollten unseren Job tun und dabei keinen Tunnelblick bekommen.» Er schlug vor, den nächsten Schritt zu Schumanns Mutter zu tun.

Für einmal waren sie beide der gleichen Meinung. Bevor sie zum Polizeirevier gingen, hielten sie sich eine geraume Zeit auf der Piazza auf und lauschten der kleinen Formation einer Guggenmusik. Ein venezianisches Liebespaar harrte am Strassenrand. Thomas packte ein wenig Wehmut.

***

Der San Salvatore sei für einige der Luganesen das, was der Zuckerhut für die Einwohner von Rio ist. Ein Berg von unglaublicher Anziehungskraft mit einer einzigartigen Schönheit und Aussicht auf die Bucht von Lugano und über einen weiten Teil Oberitaliens. An den gegenüberliegenden Hängen des Monte Brè, dem sonnigsten Teil des Ortes, im Nobel-Viertel der reichen Tessiner, wohnte Hildegard Schumann. Sie hatte hier eine Eigentumswohnung in einem dieser Flachdachhäuser mit den Sprossenbalkonen und den Hängegärten. Im Sommer blühten hier die üppigsten Zierpflanzen, die man sonst nur in den Tropen findet: Bougainvilleas, Hibiskus, duftende Jasminstauden und Bananenpalmen. Im Winter zierten übergrosse Terracottatöpfe, in die man Stechpalmen und Tannenzweige gesteckt hatte, die Terrassen. Grün war es immer.

Hildegard Schumann galt als eine aussergewöhnliche Dame und war schon über achtzig. Trotz ihres Alters war sie erstaunlich vital und gesund bei Verstand. Eine rüstige Rentnerin, die von den medizinischen Errungenschaften ihres Sohnes profitierte. Das jedenfalls behauptete Schumann. Er zitierte seine Mutter stets als beispielhafte Vorzeigealte an den Apothekerkongressen, wo er seine ausschweifenden Reden über die Zukunft in der Biochemie abhielt, insbesondere die Entwicklung und Lancierung eines Mittels gegen Altersdemenz, an denen auch seine Mutter – ohne es zu wissen – nicht unwesentlich daran beteiligt war.

Im zweiten Weltkrieg von den Nazis verfolgt – ihr Vater war Jude und 1944 im Konzentrationslager von Majdanek ums Leben gekommen – wurde sie in München von einer deutschen Ärztefamilie aufgenommen, wo sie später ihren Mann kennen lernte und ihn Ende der Vierzigerjahre heiratete. Aus dieser jungen Ehe entsprangen zwei Kinder: eine Tochter, die gleich nach der Geburt starb und ein Sohn, der über den Verlust des ersten Kindes hinweghelfen sollte. Diesen traurigen Umständen zufolge, hatte sich Hildegard Schumann krankhaft an ihren Sohn geklammert und heute, mit achtzig, war diese Situation nach wie vor unverändert.

Sie war eine dominante Übermutter, die alles in ihrer näheren Umgebung unter Kontrolle hielt, die theoretisch jeden Schritt, den ihr Sohn tat, verfolgte und ihm beratend zur Seite stand, obwohl sie von Schumann selbst – aber das erfuhr sie nicht – lächelnd übergangen wurde. Mit einer angeborenen Neugierde beobachtete sie die familiären Gepflogenheiten ihres Sohnes und machte es sich zum Spass, ihre Enkelkinder darüber auszuhorchen. Selbstverständlich mit äusserster Diplomatie.

Lars und Delia waren über Nacht bei ihr zu Besuch, nachdem sie schon die letzte Woche bei ihr gewesen waren. Die Enkelkinder waren ihr grosser Stolz, der Beweis dafür, dass es ihr Sohn zu etwas gebracht hatte, obwohl die Beziehung zur Schwiegertochter von einer permanenten Unterkühlung beherrscht wurde. Aber man begegnete sich so, wie es sich für eine angesehene Familie gehörte: mit Respekt und Anstand.

Sie war früh aufgewacht. Jetzt stand sie am Fenster und blickte auf den See. Sie liebte diese Aussicht, dieses auf die anderen Herunterschauenkönnen, dieses Demonstrieren, dass sie es im Leben zu etwas gebracht hatte und auch als alternder Mensch vermögend war, wo andere mit gleichem Jahrgang bereits von der Sozialhilfe abhängig waren, weil die AHV nirgends hinreichte. Ihr Mann hatte ihr eine beachtliche Summe hinterlassen. Sie lebte allein von den Zinsen gut.

Lars, der die ruhigeren Momente ohne seine Schwester sehr genoss, denn diese schlief noch, trat neben sie. Hildegard Schumann legte ihm die faltige Hand auf die Schulter. «Ich weiss», sagte sie, ihr Lieblingsthema beginnend, «ihr habt es nicht leicht mit euren Eltern. Aber du musst wissen, dass sie euch von Herzen lieben. Was immer geschehen wird, sie lieben euch.»

«Das ist nicht unbedingt der Trost, den ich von dir hören möchte, Oma», sagte Lars altklug und schaute ebenfalls auf den See hinunter. Hildegard Schumann wusste genau, was Lars beschäftigte.

«Komm und trink mit mir eine Tasse heissen Tee», sagte die Achtzigjährige und zog die Vorhänge halb zu. Dann ging sie in die Küche zum Herd, wo sie eine Pfanne mit Wasser aufsetzte.

Lars folgte ihr und liess sich am Tisch nieder.

«Du hast grossen Kummer, mein Kind», sagte die Alte und versuchte ein mitfühlendes Gesicht zu machen. «Ich sehe es an deinen traurigen Augen.»

Lars zögerte noch.

«Du kannst mit mir reden», sagte sie. «Ich bin dazu da.»

«Ich mache mir Sorgen um Mami», platzte Lars heraus. «Sie ist irgendwie unglücklich. Ich weiss nicht, ob es wegen Papa ist. Er ist so oft unterwegs, hat nur seine Firma im Kopf. Mami ist einsam. Und uns nimmt sie kaum mehr wahr. Delia versteht das noch nicht, aber ich merke es. Ich habe Angst, dass Mami irgendwann von Papa weggeht.»

Hildegard Schumann sah ihren Enkel lange schweigend an, während hinter ihr das Wasser im Kochtopf sprudelte. Dann wandte sie sich um und goss das siedende Wasser in den bereitgestellten Teekrug. Sie suchte nach den richtigen Worten. «Erwachsene», sagte sie zögernd, «sind manchmal merkwürdige Menschen.»

Lars hob die Augenbrauen, lauschte interessiert.

«Sie sind nie zufrieden. Sie haben ein schönes Zuhause, eine Familie, Kinder, die sie lieben, und trotzdem suchen sie nach andern Möglichkeiten. Sie sind sogar bereit, alle Sicherheiten zu opfern, um ihren Launen nachzugeben. Wir leben leider in einer Zeit, in der Entbehrung ein Fremdwort ist.»

Lars blieb stumm.

«Wir wollen alles. Wir trachten nach dem andern, das uns nicht gehört. Entsprechend gross ist das Leid, das wir einander damit zufügen.» Hildegard Schumann hielt inne. Lars schaute sie an. «Dein Vater ist in der Forschung tätig», fuhr sie fort. «Dies erfordert Zeit und Arbeit. Deine Mutter hat dies gewusst, als sie ihn geheiratet hat. Sie müsste ihm zur Seite stehen. Aber sie tut es nicht.» Sie wartete, ob Lars reagieren würde.

«Ich verstehe Mami.» Er erhob sich. Es war nicht das, was sie hören wollte. «Ich weiss, dass es sie noch nie interessiert hat, welche Präparate in Papas Fabrik entwickelt werden.»

«Sie hat einen andern Mann», sagte Hildegard Schumann plötzlich, kaum bewusst, wie das auf ihren Enkel wirkte. Ihr Kopf war rot, die Adern an ihren Schläfen schwollen an. Sie zog Lars' Tasse über den Tisch und goss den Tee ein. «Ich habe sie zusammen gesehen.»

«Ich weiss.» Lars schossen Tränen in die Augen. «Ich werde verhindern, dass unsere Familie auseinander geht», sagte er schnell, liess die Teetasse stehen und verliess die Küche, ungehalten, aufgebracht und weinend.

Hildegard Schumann stand still da und senkte den Kopf. Wie konnte sie nur die Gefühle ihres Enkels dermassen verletzen. Sie wünschte, sie könnte es ungeschehen machen. Ihre Gewissensbisse plagten sie. Sie fragte sich, warum sie sich das Recht herausnahm, dem Jungen eine solche Demütigung ins Gesicht zu sagen. Ob es daran lag, dass sie alt wurde? Und böse? Noch berechnender als früher? Was war nur aus ihr geworden! Sie erinnerte sich auf einmal an die hellgrünen Pillen, die ihr Jürgen verschreiben liess, von einem Arzt, dessen Namen sie noch nie gehört hatte. Seit der Einnahme, während einem halben Jahr ungefähr, hatte sich ihr Gesundheitszustand nicht verändert, aber irgendetwas Merkwürdiges ging in ihr vor. Erschöpft liess sie sich auf den Küchenstuhl fallen. Sie musste es um alles auf der Welt verhindern, dass Lars eine Dummheit anstellte. Seine

Äusserungen vorhin waren Zeichen genug. Langsam ging sie ins Zimmer, wo Delia im Bett war. Sie lag da wie ein kleines scheues Reh, zusammengerollt und ein Bein über die Decke gelegt. Vielleicht war sie die Einzige, die keine Ahnung hatte.

Sie griff nach ihrem Telefon, das auf einer Ablage neben dem Küchenbord stand, und stellte Tizianas Nummer ein. Als sich ihre Schwiegertochter meldete, sagte sie nur, dass sie die Kinder *subito* wieder abholen könne. Tizianas Intervention ignorierte sie und setzte ihr eine Frist von einer Stunde. «Soviel ich weiss, hat dein Sohn heute Nachmittag Unterricht.»

***

Thomas fuhr mit Tettamantis Auto Richtung Lugano. Der Wind des Vorabends hatte Regen gebracht. Einen Regenschauer, der schon den ganzen Vormittag anhielt. Die Fahrbahnen waren überflutet. Die Landschaft zog grau an ihnen vorbei. Nackte Bäume. Blosse Sträucher. Dunkle Wiesen. Riesige Neubauten und moderne Gebilde waren Zeichen für eine rege Bautätigkeit, obwohl es, wie Thomas bemerkte, überall leerstehende Gebäude gab. Auf Plakaten wurde ersichtlich, weshalb man baute. Firmen würden hier einziehen. Büros und Praxen.

«Man müsste den Gemeinden hier mal auf die Finger schauen», sagte Thomas, der sich masslos darüber aufregte, dass Geld unnötig verschwendet und dadurch am falschen Ort gespart wurde, denn finanzielle Mittel würden vor allem in diesen Dörfern hier fehlen. «Da redet man von sozialem Wohnungsbau, und was kommt dabei heraus? Die Architekten sanieren sich mit utopischen Monumenten. Schaue dir diese übertriebenen Glassilos an.» Er ereiferte sich dermassen, dass ihn Armando beruhigen musste. Das kurble die Wirtschaft an, erwiderte dieser. «Sei froh, dass überhaupt etwas getan wird dafür.»

«Aber nicht, wenn parallel dazu Entlassungen vorgenommen werden.» Thomas bog in die Serpentinen zum Monte Bré ein. Der Motor spuckte, als er ihn drosselte. Das Geräusch kam ihm bekannt vor. «Wir leben in einer übersättigten Gesellschaft, aber das will niemand wahrhaben. Heute wird restlos alles ersetzt, was auf dem Mark noch grösser, noch schöner und moderner daherkommt. Letztendlich auch die Dinge, die noch nicht einmal ausgedient haben.»

«Ich glaube nicht, dass das Problem allein von der Wirtschaft abhängt.» Armando beäugte den Hang wie ein Sperber.

«In erster Linie schon», belehrte ihn Thomas. «Das ist auch ein Grund dafür, weshalb die Politiker in den Verwaltungsräten von namhaften Firmen sitzen.» Er fuhr auf einen Parkplatz. «Denen da oben wird es immer gut gehen.» Mit einem stotternden Blubb erstarb der Motor.

«Das Volk kann immer noch mitbestimmen», sagte Armando, bevor er die Autotür öffnete.

«Wenn die Demokratie von jedem Einzelnen nicht wahrgenommen wird, sind diese Rechte nicht von grossem Nutzen.»

«Gehst du abstimmen und wählen?» fragte Armando.

«Nicht immer», gab Thomas zu.

«Siehst du. Aber du reisst den Mund am weitesten auf.»

Als sie auf das Haus zuschritten, in dem Hildegard Schumann lebte, hatte sich zwischen den beiden Männern ein heftiger Streit entbrannt, der auch dann noch weiterschwelte, als sie bei der Wohnungstür ankamen.

«Siehst du diese Luxushütte?» fragte Thomas. «Hier wohnen alle die Reichen, die nebst ihrem eigenen stattlichen Vermögen auch noch die Altersvorsorge ausschöpfen.»

«Das ist wohl eine Generation, die sich von ihren eigenen Kindern tragen lässt», sagte Armando gereizt. «Würden wir uns heute um den Nachwuchs kümmern, hätten wir, wenn wir alt sind, keine finanziellen Sorgen.»

«Sprichst du auf meine Einkind-Ehe an?» brummte Thomas und stand unschlüssig vor der Tür. Er wusste nicht, ob er die Klingel schon betätigen sollte.

Armando grinste frech. «Ich für meinen Teil habe vorgesorgt. Nora erwartet Zwillinge.»

Thomas war vorerst sprachlos. Er wandte sich Armando zu. «Das ging aber schnell. An Weihnachten warst du doch noch mit Kathy zusammen, oder war es Camilla?»

«An Weihnachten übten Nora und ich bereits für die Zwillinge», gestand Armando. Er war es, der bei der alten Dame klingelte.

Nach einer Weile erst wurde die Türe einen Spalt breit geöffnet und ein zerknittertes Gesicht – geschminkt zwar, was ihm etwas Vogelähnliches verlieh – kam zum Vorschein. Hildegard Schumann war von erstaunlich grossem Wuchs, sie musste einmal in jungen Jahren die Masse eines Models gehabt haben.

«Ich kaufe keinen Staubsauger», sagte sie auf Italienisch. Mit Kleiderbürsten und Kämmen sei sie eingedeckt und Schnürsenkel verwende sie seit Jahren nicht mehr.

Thomas und Armando wechselten einen belustigten Blick. Sie erklärten Hildegard Schumann ihren Besuch und baten sie um Einlass.

«Ach ist das aber interessant», sagte sie, jetzt in deutscher Sprache, und stiess die Türe zu ihrer Wohnung weit auf. «Endlich läuft wieder mal etwas. Sie können sich gar nicht vorstellen, wie langweilig es manchmal hier oben ist.» Sie seufzte. «Vor allem im Winter. Setzen Sie sich ins Wohnzimmer und geniessen Sie die feudale Aussicht. Ich bin sicher, Sie trinken einen Tee mit mir.»

Thomas winkte ab. Er ging vor und nahm, nachdem er eine Porzellanpuppe zur Seite geschoben hatte, auf dem Sofa Platz. Hinter ihm und neben ihm gab es Dutzende von Plüschbären. Es rang ihm ein Lächeln ab. «Ihre Grosskinder sind ab und zu bei Ihnen zu Besuch», sagte er. «Ich nehme an, dass sie Ihnen Ihre Langeweile ein bisschen vertreiben.» Er stellte sich vor, dass Schumanns Sohn auch bei der Grossmutter kein besonders einfaches Kind war.

«Das letzte Mal waren sie heute Morgen hier», sagte Hildegard Schumann. «Ihre Mutter hat sie vor zehn Minuten abgeholt. Wären Sie früher hier gewesen, hätten sie sie noch gesehen. Aber jetzt erzählen Sie mir, was Sie auf dem Herzen haben. Falsch geparkt habe ich nicht.» Sie lachte. Tausend Falten tanzten um Mund, Nase und Augen. «Ich fahre schon seit Jahren nicht mehr. Als ich damals meinen Führerschein machte, war ich fast die Einzige auf der Strasse. Stellen Sie sich das mal vor. Autofahren durften nur die Privilegierten und solche, die es sich leisten konnten.» Sie hob stolz ihr Kinn an.

Armando versicherte ihr, dass sie keine Verkehrssünde begangen habe.

«Waren Sie mit den Kindern während der ganzen Zeit hier in Lugano», fragte Thomas. «Oder unternahmen Sie irgendwelche Ausflüge?» Er sah ihr an, dass sie über die Frage nachdachte. Er liess ihr Zeit.

«Ich reise sehr gern», sagte sie endlich. «Aber mit zwei Kindern ist das immer so eine Sache. Das ist recht anstrengend.» Sie stöhnte theatralisch. «Wenn ich fliegen könnte, wäre das ja was anderes. Aber mit der Bahn reisen, diese ewige Umsteigerei, ach wissen Sie, das ist nichts mehr für eine alte Frau wie mich. Nein, nein. Da bleibe ich wohl lieber zu Hause. Wenn ich in die Stadt fahren will, so bestelle ich Giorgio.» Sie schmunzelte. «Mein Taxi. Das ist sofort zur Stelle, wenn man es braucht.»

«Waren die Kinder die ganze Woche bei Ihnen?» ergriff Armando das Wort.

«Nein, natürlich nicht», sagte sie. «Das wäre den Kindern dann doch zu langweilig. Lars verbrachte mal eine Nacht bei seinem Freund.»

«Wann war das?» Thomas versuchte ruhig zu bleiben.

«Müssen Sie das so genau wissen? Jetzt machen Sie mich aber neugierig.»

Armando erklärte ihr die Dringlichkeit ihres Besuches und warum sie Teil davon war.

«Es war der letzte Mittwochabend», sagte Hildegard Schumann. «Lars verliess mich schon am Mittag.»

«Nahmen Sie mit der Familie des Freundes Kontakt auf, bevor Lars Sie verlassen hat?»

«Nein, natürlich nicht. Mein Enkel wird bald sechzehn. Es reicht, wenn ihm seine Mutter dauernd vorschreibt, was er zu tun oder zu lassen hat. Da soll er sich wenigstens bei seiner Oma wohl fühlen.»

«Wo waren Sie am Mittwochabend, respektive am Donnerstagmorgen?»

Die alte Dame verzog den Mund. «Wollen Sie mich verhören?» Sie schüttelte den Kopf. Die Falten in ihrem Gesicht hüpften mit. «Nein, dass mir so was in meinem hohen Alter noch passiert. Worum geht es überhaupt?»

Wieder wechselten Thomas und Armando einen verheissungsvollen Blick.

«Möchten Sie uns sagen, wo Sie waren?»

«Ich glaube, ich habe ferngesehen und bin dabei eingeschlafen.» Sie machte eine Pause. «Wie jeden Abend», fuhr sie fort. «Ach, diese Programme haben aber auch eine einschläfernde Wirkung. Die heutigen Sendungen reflektieren exakt unsere Übersättigung. Die wissen nichts mehr Neues. Da werden Laien von der Strasse geholt, die dann ihre Lebensgeschichten erzählen. Nichts Interessantes. Aber die Betreffenden glauben dann, sie hätten den Vogel damit abgeschossen und würden demnächst nach Hollywood reisen.» Sie lachte verschmitzt. «Oder sie singen Kinderlieder mit diesen Kinderstimmen. Mein Gott, was war dagegen ein Frank Sinatra ...»

Die beiden Männer erhoben sich. Vielleicht wäre es doch nicht nötig gewesen, hierher zu kommen. Thomas rückte die Porzellanpuppe und Armando die Plüschbären wieder zurecht.

«Ach ja», rief Hildegard Schumann ihnen nach, als sie bereits den Weg zum Auto unter die Füsse genommen hatten. «Meine Enkelkinder wollten zuerst unbedingt an die Fasnacht. Sie hätten es bald geschafft, mich zu überreden. Aber dann hatten sie doch Mitleid mit ihrer alten Oma.»

Thomas blieb stehen. «Kann es sein, dass Lars mit seinem Freund wegfuhr?» rief er ihr zu.

«Das müssen Sie ihn schon selber fragen», antwortete sie und verschwand in der Wohnung.

«Verdammt», sagte Thomas. «Was war das soeben? Künstliche Arbeitsbeschaffung? Warum sagt sie uns nicht einfach, was sie weiss?»

«Sie macht sich wichtig.» Armando blieb stehen. «Schliesslich ist sie Schumanns Mutter. Von irgendwoher muss er seinen Charakter ja haben.»

«Ich bin sicher, die Alte wüsste mehr zu berichten. So senil, wie sie sich stellt, ist die bei weitem nicht. Hast du gehört, wie sie sich über die Unterhaltungssendungen im Fernsehen geäussert hat? Ich sage dir, die ist hellwach.»

«Vielleicht liebt sie es, solide Polizisten wie uns an der Nase herumzuführen.» Armando schmunzelte. «Das ist auch ein Zeitvertreib.»

Sie stiegen beide gleichzeitig in den Wagen.

Der Weg zurück nahm weniger Zeit in Anspruch. Es regnete nicht mehr, und Thomas versuchte, aus dem Auto die letzte Reserve herauszuholen, was Armando wiederum vermuten liess, dass der Motor das nicht mitmachen würde. Wenigstens hatten sie dann ein Thema, dem sie leidenschaftlich frönen konnten.

«Komische Familien gibt es», stellte Armando fest, nachdem er Thomas damit provoziert hatte, dass er auch zuhause eine schrottreife Karre fahre.

«Und wir dringen immer mehr ein ins Dickicht dieser Kuriositäten. Wenn wir lange genug graben, werden wir vielleicht auf etwas stossen, was bis anhin verborgen geblieben ist. Andererseits erklimmen wir gerade ein Lügengebäude, als wäre es untereinander abgesprochen worden.»

Sie trafen Tettamanti im Büro an. Er sah blass aus. Monica sei krank, sagte er, es sei das *fine del mondo*, gerade jetzt, wo er so viel zu tun habe. Alle seine übrigen Mitarbeiter seien schon anderweitig beschäftigt und auch keine grosse Hilfe für ihn. Wenn dies so weiterginge, würde er sich überlegen, den Job zu wechseln.

Thomas und Armando schauten einander nur an und verschwanden dann in ihr Zimmer.

«Der sieht ja wirklich mitgenommen aus, der Ärmste.» Thomas setzte sich.

«Willst du ihn auf den gestrigen Abend ansprechen?» fragte Armando. «Vielleicht wird er in Zukunft als Pillenkurier arbeiten.»

«Das hat Zeit.» Thomas grinste über Armandos Ansinnen. Er stellte die Nummer der Informatik-Abteilung ein. «Ich erwarte die Informationen über den Internetanschluss eines gewissen *m-79*.»

Er war mit dem Technischen Dienst der Luzerner Polizei verbunden. Am anderen Ende vernahm er eine junge Stimme, die Thomas' Meinung nach einem Spross in Ausbildung gehörte. Er bemerkte bald, dass sein Gegenüber in der Leitung nicht viel mit seinen fachlichen Ausdrücken anzufangen wusste, was ihn wiederum in einen persönlichen Konflikt brachte. Er fragte sich, warum man solche Anfänger an die Front stellte, wo rationelles Arbeiten und Effizienz gefragt waren. «Geben Sie mir jemanden, der die angemessene Kommunikation in einer Kriminalabteilung beherrscht.» Thomas verlor die Geduld. Er wechselte den Blick mit Armando, der ihn belustigt ansah.

«So kenne ich dich ja gar nicht», meinte dieser und konnte sich vor Lachen kaum mehr erholen.

Es dauerte wieder eine Weile. Thomas vernahm ein Knistern in der Leitung, wo er kurz zuvor nur ein schüchternes «Ja, mache ich» vernommen hatte.

Endlich klickte es.

«Comizzoli», sagte barsch eine Frauenstimme, die ihm nicht fremd war. Helena Comizzoli. Single, intelligent, kalt. Seit Jahren die versierte Informatikerin. Die Löwin in der Polizeigrube. Das Blümchen «rühr-mich-nicht-an», das Thomas am liebsten aus der Distanz sah. «Wo liegt das Problem?» Thomas brachte es erneut in Rage. Es verging eine geraume Zeit, bis er sich entsann, weshalb er angerufen hatte. Aufgebracht wie er war, erklärte er sein Anliegen und bat um Aushändigung der Unterlagen, die, wie er vermutete, sicher schon längst bereitlägen.

Danach musste er genau zehn Sekunden warten.

«Der Code *m-79* gehört einem Andy Hunkeler, wohnhaft in Luzern.» Helena Comizzoli machte eine Pause. «Falls es dich interessiert», und ob es Thomas interessierte, «wir haben seine Personalien überprüft. Er ist kein unbeschriebenes Blatt. Immer wieder mal kleinere Diebstähle, Einbrüche in Einfamilienhäuser, Entwenden von Autoradios und so weiter. Sass schon zweimal in der Jugendstrafanstalt. Sein Vater ist ein Ausgesteuerter. Seine Mutter verdient sich den Lebensunterhalt mit Heimarbeit. Andy Hunkeler selber ist zurzeit arbeitslos. Ich schicke dir die Unterlagen per Fax.»

Thomas bedankte sich und legte auf. Er lehnte sich zurück. «Das ist ja ein Ding. Der wohnt doch tatsächlich in Luzern. Endlich etwas, das uns weiterhilft. Es sieht ganz danach aus, als ob wir mit diesem Hunkeler einen Fisch an Land ziehen würden.» Er informierte Armando über Helenas Auskünfte.

Armando sah auf. «Soll ich uns schon mal ein Bahnbillet besorgen? Du willst ja wohl kaum mit dem Oldtimer fahren, um es gelinde auszudrücken.» Er lachte über seinen eigenen Humor. «Oder willst du Lucille delegieren?»

«Nein, wir werden uns den Hunkeler zu zweit vornehmen. Kannst schon mal den Fahrplan studieren. Doch vorerst müssen wir uns an Lars' Freund Marco wenden. Dies hat erste Priorität. Wir dürfen nichts dem Zufall überlassen. Bitte gehe du mal voraus. Ich werde nachkommen, sobald ich meine Pendenz erledigt habe.»

Er stellte die Nummer von Tiziana Schumann ein, die sich nach dem ersten Klingelton meldete. Thomas war verblüfft. Er hatte nicht damit gerechnet, dass er die Frau, die ihn unbewusst aus dem Konzept warf, so schnell sprechen würde. Vielleicht hatte sie neben dem Telefon gesessen.

«Können Sie mir den Namen und die Adresse vom Freund Ihres Sohnes mitteilen?»

«Und weshalb, wenn ich fragen darf, interessiert er Sie?»

Thomas schwieg.

Tiziana begriff schnell. « Sein Name ist Marco Follini und er ist schon seit Jahren Lars' bester Freund. Weshalb müssen Sie ihn denn sprechen? Geht es immer noch um das gleiche?» Ihre

Stimme klang bedrückt.

Sie bringt mich um den Verstand, dachte Thomas. «Kann ich Sie noch einmal sehen?» Er spürte, wie nervös er wurde. Er hatte keinen Grund, sie zu treffen. Trotzdem konnte er nicht anders. Er schloss die Augen und wünschte sich, dass ihn sein Mitarbeiter nicht in diesem Zustand sah. Tizianas Gesicht erschien ihm ganz nah. Die grossen melancholischen Augen, die halbgeöffneten Lippen. Ihr Charisma, dem er sich kaum mehr entwinden konnte. Er musste verrückt sein.

«Sind Sie jetzt zuhause?» Es sollte belanglos klingen. Als sie bejahte, legte er schnell auf. Seine Hände zitterten.

Armando hatte ihn die ganze Zeit angeschaut. «Hast du, was du suchst?»

Thomas überging diese Zweideutigkeit. Er schob Armando den Zettel mit Marcos Adresse hin. «Ich möchte, dass wir uns die Arbeit teilen. Du kümmerst dich um Lars' Freund. Ich werde noch einmal bei Schumann vorbeigehen.»

«Wohl eher bei seiner Frau», korrigierte Armando. Dann schwieg er, als er Thomas' verärgerten Blick bemerkte.

***

Für Lars Schumann war die Welt in Ordnung. Aber nur dann, wenn er zur Schule ging. Hier war er der coole Teenie mit den Markenjeans, der Intellektuelle, der Andersartige. Warum sie ihn alle akzeptierten, fand er nie heraus. «Er ist der Sohn des Pharmazeuten. Man kann ja nie wissen.» Solche Sätze kursierten ab und zu in seinem Kopf. Oder hatte er sie sogar schon einmal gehört? «Leg dich bloss nicht mit dem Schumann an. Sein Vater ist etwas ganz Grosses.»

Niemand ahnte, wie es in Wirklichkeit aussah. Keiner sah hinter die Kulissen seiner vornehmen Familie. Niemand erkannte die Risse auf den Fassaden der Versnobten. Wenn Lars' Mutter an den Besuchstagen im Unterricht erschien, so nahm sie, was ihr Lars hoch attestierte, ihre Pflichten wahr. Er wusste jedoch nie, ob sie seinetwegen da war oder, um ihre neue Garderobe zu präsentieren. Sie erschien ihm immer oberflächlich und nur mit sich selbst beschäftigt. Die langen, neidvollen Blicke der andern Mütter gaben ihm dennoch eine Genugtuung. Manchmal freute er sich darüber, dass er die schönste Mutter weit und breit seine eigene nennen durfte. Und er war bereit, alles dagegen zu unternehmen, was ihm diese Glorie zerstörte.

Früher hatte sie sehr viel Zeit mit ihnen auf dem Lago Maggiore verbracht. Früher, dachte Lars traurig. Früher ist schon lange her. Seit er seine Mutter mit diesem albernen Kerl gesehen hatte, verfolgte er fast alle ihre Bewegungen. Er belauschte sie am Telefon und durchsuchte heimlich ihre Schränke und die Kommoden. Bis jetzt hatte er allerdings nichts Verdächtiges finden können ausser die aufregende Unterwäsche, an denen er manchmal schlechten Gewissens roch. Er liebte seine Mutter. Er empfand starke Emotionen ihr gegenüber und konnte es nicht verkraften, dass sie einem andern Mann gehörte. Seinen Vater hatte er über die Tatsache einweihen müssen, dass ihn die eigene Frau betrog, obwohl er sich nicht ganz sicher war. Von Mann zu Mann. Vaters Reaktion hatte ihn enttäuscht. Er habe keine Zeit, sich darum zu kümmern, hatte er sich geäussert und war zum nächsten Termin gehetzt. Vielleicht war auch das der Grund, weshalb sich seine Mutter in einen andern Mann verliebt hatte. Er hätte es noch verstanden. Aber er empfand es auch als Verrat ihm gegenüber. Früher war sie in sein Zimmer gekommen, hatte ihm Gutenachtgeschichten erzählt und ihn in den Schlaf gestreichelt. Plötzlich hörten diese abendlichen Rituale auf. Sie kam nicht mehr, wo es doch so schön geworden war und er das Prickeln in seinem ganzen Körper gespürt hatte.

Lars' Gefühlswelt geriet durcheinander. Er spürte, dass er nicht mehr Kind war und sich sein Körper veränderte. Seine Psyche war gefordert. Das Leid, das ihm seine Mutter in seiner schwierigen Lage zufügte, war für ihn unfassbar. Sie half ihm nicht, sich in seiner neuen unbekannten Situation zurechtzufinden. Seine Leistungen in der Schule waren stetigen Schwankungen ausgesetzt. Er wusste, dass es seine Lehrer nicht nachvollziehen konnten. Lars war intelligent, selten arbeitsscheu, aber auch sensibel. Er hatte gelernt, dass man diese Schwäche, gerade als Mann, nicht gegen aussen zeigen durfte. Sein Vater lebte ihm den Macho vor. Und Lars wollte sein wie er. Sein Vater vermittelte ihm, dass er über alles erhaben war und sich durch nichts einschüchtern liess. «Das ist wie in der Natur», pflegte er stets zu sagen. «Das Schwache geht zugrunde, damit das Starke überleben kann. Ein Schumann, mein Sohn, ist immer bei den Stärksten.» Das prägte und liess Lars keinen Freiraum, sich selber zu entwickeln. Zudem verbot ihm der Name Schumann zu weinen, was er oft am liebsten getan hätte. Er litt darunter. Seine Ängste steigerten sich. Der Druck gegen innen, weil nach aussen nicht losgelassen, überforderte seine Jugend. Irgendwann entwickelten sich dunkle Vorstellungen. Nachts träumte er von fremden Gestalten, die er mit einem Messer durchbohrte, die er zerfetzte und fürchterlich zurichtete. Schweissgebadet wachte er jeweils auf. Immer wieder. Nacht für Nacht. Manchmal sah er das Gesicht eines Unbekannten. Er wusste, dass es das Gesicht des Malers war, des Geliebten seiner Mutter. Er hatte sie gesehen. Einmal nach der Schule. Seine Mutter hatte sich nicht beobachtet gefühlt, als sie einander küssten und der dunkle Mann ihr die Zunge in den Hals steckte. Es war so demütigend und widerlich gewesen, dass Lars zuhause angekommen, sich im Waschraum übergeben musste.

«In dir befinden sich die Gene eines Mädchens», sagte sein Vater, wenn Lars überreagierte. «Du musst kreativ und nicht destruktiv sein. Für einen Schumann gibt es immer Lösungen.»

Nach einer solchen Lösung suchte Lars während der Pause auf der Parkbank sitzend, sein belegtes Brot kauend, weil er nicht zu Mittag gegessen hatte und jetzt Hunger verspürte. Er wollte gegen den Notstand in sich ankämpfen. Nur der Schritt nach vorne würde ihm helfen, aus diesem Dilemma herauszugehen. Die Flucht nach vorne, wie ein Kind, wenn es Angst verspürte und gegen deren Ursache loslief.

Tatsächlich hatte er das Brot verschlungen, als die Schulglocke ertönte und er, wie er hoffte, sich im Unterricht, frisch gestärkt, besser konzentrieren konnte. Die Jugendlichen stürmten ins Schulhaus.

«Ich würde dich gerne sprechen», sagte sein Klassenlehrer, während er Lars in der Garderobe abfing. Er stand hinter ihm. Lars fühlte seine fleischigen Hände auf seinen Schultern. Er zuckte zusammen. «Deine Grossmutter hat mich heute angerufen.»

Lars stellte sich instinktiv mit dem Rücken an die Wand. Verlegen griff er mit beiden Händen an seinen Nacken. Er erwiderte nichts.

«Sie macht sich Sorgen um dich», fuhr der Lehrer fort. Er hiess Giuseppe Trento und lehrte Mathematik. «Hast du irgendetwas dazu zu sagen?»

«Nein», antwortete Lars, ohne zu überlegen. Er spürte, wie etwas hoch kam in ihm und nach aussen drängte. Jetzt nur nicht daran denken, schalt er sich.

«Geht es um deine Eltern?» Trentos Stimme war sehr einfühlsam, was Lars missfiel. Was ging es seinen Lehrer an?

«Nein», wiederholte er und stiess sich mit dem linken Fuss von der Wand ab. Vielleicht würde er seinen Lehrer einmal erschiessen. Warum, dachte er, müssen die Erwachsenen immer bei den Erwachsenen um Hilfe betteln, wenn sie nicht imstande sind, etwas Fremdes zu überwinden? Warum glauben sie, ihre Verantwortung, und als eine solche sah es Lars, abschieben zu müssen, in diesem Fall an seinen Lehrer, der nicht im Entferntesten etwas damit zu tun hatte? Warum sind die Erwachsenen immerzu so kompliziert? Warum auch seine Grossmutter?

In meine Welt wird niemand eindringen, zuallerletzt ein Mathematiklehrer! Lars entfernte sich wortlos, ging ins Klassenzimmer und setzte sich ans Pult. Während zweier Stunden beschäftigte er sich mit Tangenten und war auf diese Weise seine andern Sorgen los. Als der Unterricht zu Ende war, blieb er sitzen. Absichtlich. Trento reinigte die Schiefertafel, nachdem die anderen Schüler das Zimmer verlassen hatten.

«Was bedrückt dich?» Er fragte, ohne sich von der Tafel abzuwenden, ohne den Kopf nach Lars umzudrehen. «Ich bin da, um dir zu helfen», bot er noch einmal an.

Lars blieb wie auf dem Stuhl kleben. Er packte seine Schulsachen in den Rucksack. Seine Augen funkelten. Schwarze Augen, deren Pupillen man kaum sehen konnte. Schumanns Augen. Der Lehrer stand plötzlich in voller Grösse neben seinem Pult. Warum liess er ihn nicht in Ruhe?

«Soll ich mit deinem Vater sprechen?»

«Warum?» Lars' erstes Wort.

«Weil mir auch deine Leistungen zu denken geben», sagte Trento. «Ich weiss, was in dir steckt. Du bist talentiert. Mir ist nur nicht klar, weshalb du deine Möglichkeiten nicht ausschöpfst.»

«Ich will ja kein Mathematiker werden», sagte Lars.

«Aber vielleicht Chemiker oder Biologe.»

«Wie mein Vater? Wollten Sie doch sagen.» Lars erhob sich jetzt. «Da täuschen Sie sich. Mein Vater ist weder Biologe noch Chemiker noch ein richtiger Forscher. Er versteht es einfach, die Begabungen der einzelnen Mitarbeiter sinnvoll für sich zu nutzen.»

Trento schwieg betroffen.

«Mein Vater hört das Gras wachsen», fuhr Lars fort und gestikulierte heftig mit den Armen, um seine Worte zu unterstreichen, Trento zu demonstrieren, dass seine Meinung nicht gefragt war. «Er denkt voraus. Er lebt zwar in Visionen, doch er realisiert sie. Das möchte ich auch können. Mit Zahlen umgehen kann jeder, wenn er nur lange genug lernt. Aber die Zusammenhänge erkennen, auch solche, die noch nicht vorhanden sind, das ist genial.»

«Weichst du mir aus?» Trento setzte sich auf Lars' Pult. «Fühlst du dich wohl zuhause?»

Lars bockte wieder. Er schloss seinen Rucksack und warf ihn sich über die Schultern. Wenn Sie wüssten, wie saumässig ich mich fühle, dachte er. «Meine Oma macht sich unberechtigte Sorgen. So sind halt Grossmütter. Sehen Sie das nicht so eng.» Er schlenderte aus dem Schulzimmer.

Lars hatte den Zug verpasst. Auf den nächsten musste er warten. Es störte ihn, dass er nicht mit seinen Mitschülern nach Hause fahren konnte. Seine Mitschüler – das waren Michele, Marco und Gina. Drei Kinder aus der Nachbarschaft. Ihre Eltern waren nicht so reich wie seine Eltern, dafür auch nicht so anstrengend. Bei denen konnte er ein- und ausgehen, wann er wollte. Immer waren sie anständig zu ihm. Manchmal hatte Lars das Gefühl, als hätte er an allen Enden irgendwelche Ersatzeltern. Aber war es das, was er wollte?

Beim Reisebüro, an dem Lars' Weg vorbeiführte, prangerte noch immer das Plakat, das für die Fasnacht in der Zentralschweiz warb. Monströse Gestalten mit farbigen Kostümen und Blasinstrumenten standen vor einer alten Brücke. Ganz im Hintergrund überragte ein Berg die Stadt. Dasselbe Plakat – wesentlich kleiner und im Prospektformat – hatte Lars in seiner Kommode zuhause.

***

Das Tor zum Garten war weit geöffnet und unter der Eingangstür stand Tiziana und erwartete ihn bereits. Thomas' Puls schlug schneller als sonst. Er rügte sich für sein Benehmen. Ich bin beruflich hier, und Tiziana gehört zum Kreis der Verdächtigen. Verdammt, was war los mit ihm? Als er ihre Hand, die sich kühl anfühlte, in seine Hand nahm, schoss ein Strom heissen Verlangens durch seinen Körper. «Sie sind eine schöne und begehrenswerte Frau.» Die Worte entglitten ihm unwillkürlich.

Tiziana schaute ihn überrascht lächelnd an. Sie bat ihn einzutreten.

Hatte er nicht eine gewisse Unsicherheit bemerkt? Eine feine zarte Röte auf ihrem Gesicht? Er betrachtete sie, als sie ihm voraus in Richtung Wohnzimmer schritt. Sie bewegte sich wie auf Federn, mit einer Leichtigkeit, die er noch nie zuvor bei einer Frau gesehen hatte. Sie trug ein einfaches Kleid, das ihre schmale Gestalt umspielte. Ihre Beine waren wohlgeformt, ihre Hüfte, der Po. Die Haare fielen glatt und lang über die Schultern. Sie blieb mitten im Raum stehen, drehte sich um. Er konnte ihren Körper fast berühren und glaubte, ihren Atem zu spüren. Verwirrt räusperte er sich. Ich bin Polizist und bin beruflich hier, schalt er sich wieder. Ob sie merkte, was da zwischen ihnen ablief? Oder verdrängte sie es? Lächelnd setzte sie sich jetzt.

«Sie wollten mich sehen?» In ihrer Stimme lag diese Zweideutigkeit.

«Ich habe noch ein paar Fragen an Sie.» Thomas kannte aber die Fragen noch nicht. Er steckte in einer Zwangslage, und es ärgerte ihn. Wie konnte er sich bloss so gehen lassen? «Wann hat Ihr Mann herausgefunden, dass Sie einen Geliebten haben?» In dem Augenblick, als er die Frage stellte, wusste er, wie wichtig sie war.

«Er hat mich observiert», sagte Tiziana schnell. Sie senkte ihren Blick, sah auf ihre Hände.

«Wissen Sie von wem?»

«Ich kenne seinen Namen nicht.» Tiziana blickte ihn wieder an. «Aber es fiel mir auf, dass mir innerhalb weniger Tage immer wieder der gleiche Mann unter die Augen kam. Er hatte einen Koffer bei sich. So einen, wie man sie für Kameras gebraucht. Auf jeden Fall keinen normalen Koffer.»

«Seit wann hatten Sie das Gefühl, dass Sie beobachtet werden?»

«Das begann im letzten Oktober.»

«Könnten Sie den Mann beschreiben oder würden Sie ihn wieder erkennen, wenn Sie ihn sähen?»

Tiziana nickte. «Er sah ungewöhnlich aus. Für sein Alter hatte er einen unmöglichen Haarschnitt, blond und zerzaust. Zudem war er gross, mindestens 1.85.»

Thomas machte sich Notizen. Er war froh, dass er das Gespräch in eine nüchterne Bahn geleitet hatte. Jetzt war er wieder ganz der Polizist. Er erschrak, als sein Mobiltelefon *Saties Gymnopédie* spielte. Mit ihm kam ein schneller Gedanke an Isabelle.

Armando meldete sich. «Du solltest vorbei kommen», sagte

dieser. «Mir ist da etwas sehr Interessantes zu Ohren gekommen.» Er könne aber unmöglich am Telefon mit ihm darüber sprechen.

«Du hast Nerven, brauchst du mich unbedingt?»

«Ich habe weder Notizblock noch Diktafon dabei», gab Armando zu.

Thomas verstand. Er erhob sich, was er einerseits bedauerte, auf der andern Seite fast dankbar zur Kenntnis nahm. «Wir werden uns wiedersehen», sagte er und reichte Tiziana die Hand.

«Da bin ich mir ganz sicher», erwiderte sie lächelnd. Sie begleitete ihn zur Tür. «Mit diesem Blitzbesuch habe ich nicht gerechnet. Das nächste Mal sollten wir uns länger unterhalten.»

Thomas wandte sich brüsk um. Jetzt nur keine Sentimentalitäten, dachte er. Sein Blut pulsierte.

Er hetzte zu Fuss über die Via Moscia, die Piazza Giuseppe Motta entlang. Die frische Luft kühlte seine Hitze, seine wirren Gedanken. Er zweigte bei seiner Pension in die Via San Sebastiano ab. Innerhalb des Dorfes zog Thomas es vor, den Wagen auf dem Parkplatz vor dem Polizeiposten stehen zu lassen.

Die Wohnung der Familie Follini fand er an der Via delle Capelle. Armando erwartete ihn bereits unter der Tür zu einem einfachen Mietshaus. «Das Ganze wird immer verwirrender.»

«Jetzt erzähl schon», forderte Thomas seinen Kollegen auf.

«Gleich wirst du es hören.»

Sie stiegen eine Treppe hoch. Sie traten in eine spartanisch eingerichtete Küche. Es roch nach Gekochtem und nach mindestens zehn Knoblauchzehen, was Thomas die Spaghetti bei Martha Ponte neulich in Erinnerung rief. Um den runden Holztisch sassen eine Frau und drei Kinder. Thomas stellte sich vor und nannte seinen Namen, was Bewegung in die Vierergruppe brachte. Die Frau erhob sich und kam auf ihn zu.

«Theresa Follini», sagte sie mit einem ungewöhnlichen Akzent, den Thomas nicht zuordnen konnte. Die Frau war gross, rund und hatte rosa Wangen. «*Devo raccontare tutto di nuovo*?» Ihr Blick hetzte zwischen den beiden Polizisten.

Thomas wandte sich an Armando. «Was hat sie gesagt?»

«Ob sie alles noch einmal wiederholen müsse.»

Thomas schätzte sie so ein, dass sie es gerne noch einmal wiederholte. Er bejahte und holte seinen Notizblock und das Diktafon hervor. Er stand vor den Stuhl, den ihm eines der Kinder hingeschoben hatte, und bat Armando zu dolmetschen.

«Mein Sohn kennt Lars Schumann.» Theresa Follini zog nervös am Bändel ihrer Küchenschürze. «Marco ist mit ihm befreundet. Sie besuchen beide das Gymnasium.»

Vom Tisch löste sich ein schmächtiger Junge und stellte sich vor Thomas auf. Ein wohlerzogenes Bürschchen, das genau wusste, wann es zum Einsatz kommen durfte. «Ich bin Marco», sagte er in perfektem Deutsch, streckte seine rechte Hand zum Gruss aus und entblösste grinsend ein fürchterlich entstelltes Gebiss, dass es Thomas graute. Er verwünschte die Versicherungen, die Zahnkorrekturen nicht im Grundtarif verankert hatten.

«Was ist so wichtig, das wir unbedingt von dir wissen müssen?» Er ermunterte Marco zum Sprechen.

«Lars hat einen Revolver.» Marcos Augen sprühten.

Thomas überhörte den Stolz aus seiner Stimme nicht. Er wechselte schnell einen Blick mit Armando, bevor er sich wieder dem Jungen widmete. «Bist du sicher?»

«Ich habe ihn gesehen. Lars hat ihn mir gezeigt.»

«Wann war das?» Thomas blinzelte.

«Nach Weihnachten.» Marcos Augen verengten sich. Er erinnerte sich genau an den Tag, als Lars bei ihm aufgetaucht war.

«Und was hat er dir erzählt? Wozu brauchte er den Revolver?»

«Ich weiss nicht, aber wenn ich mir überlege, dass dieser Mann erschossen wurde …»

Thomas liess nicht locker. «Könntest du dir denn vorstellen, dass Lars eine Dummheit gemacht hat?»

«Nein», entgegnete Marco. «Das kann ich mir nicht vorstellen.»

«Was hat er sonst noch erzählt?»

«Dass er den Kram zuhause nicht mehr aushalte und wie man über seine Mutter spricht. Er muss sehr darunter gelitten haben.»

«Was hat man denn über seine Mutter erzählt?» Thomas versuchte es auf die einfühlsame Art.

Marco schluckte leer. «Dass sie mit einem fremden Mann zusammen sei. Das hat Lars ganz schön mitgenommen. Dann zeigte er mir den Revolver.»

«Und den Revolver hat er einfach so mit sich getragen?»

Marco nickte heftig. «Lars sagte, dass er damit umzugehen wisse, weil er zuhause auf der Playstation üben könne. Er habe wieder ein paar geile Spiele zu Weihnachten bekommen.»

Thomas wusste, dass solche Spiele nicht zu unterschätzen waren. «Bist du sicher, dass es ein Revolver war? Hatte er eine Trommel oder ein Magazin?» Thomas sah, wie verunsichert Marco plötzlich wirkte.

«Ich kenne den Unterschied nicht», gab er zu, was Thomas erstaunt zur Kenntnis nahm.

Thomas griff nach seinem Notizblock und zeichnete die beiden Typen auf. «Hatte sie eine Trommel?» Er zeigte auf den Revolver.

Marco tippte auf die andere Zeichnung. «Dann war es eine Pistole.» Marco atmete befreit auf. «Aber die war nicht geladen.»

«Sie müssen wissen», mischte sich nun Theresa Follini ins Gespräch, «dass ich bei Schumanns angerufen habe, um ihnen mitzuteilen, dass ihr Sohn mit dieser ... ehm, Pistole bei uns aufgetaucht ist.» Sie sprach jetzt auch Deutsch.

Thomas warf zuerst Armando einen Blick zu und wandte sich dann an Theresa Follini. «Wem haben Sie es gesagt?»

«Herrn Schumann persönlich.»

«Also doch», flüsterte Armando, sich zu Thomas beugend.

Thomas blieb jedoch skeptisch. Er wandte sich wieder an Marco. «Als Lars letzte Woche bei dir zu Besuch war, habt ihr da irgendetwas unternommen?»

«Lars wollte unbedingt, dass ich mit ihm nach Luzern fahre.»

«Und, ward ihr in Luzern?»

Marco schluckte leer. Er blickte Theresa Follini an. «Nein, meine Mutter hat es uns verboten. Aber wir waren in Bellinzona.»

«Gibt es in Bellinzona auch eine Fasnacht?»

«Der Karneval in Bellinzona gibt es schon seit über 140 Jahren», belehrte Armando ihn, und Thomas wunderte sich, woher er dieses Wissen nahm.

«Der Karneval nach römischem Brauch beginnt am Donnerstag mit der Übergabe der Stadtschlüssel an König Rabadan», ergänzte Marco und grinste übers ganze Gesicht, froh darüber, von dem heiklen Thema von vorhin abzulenken. «Die wichtigsten Programmpunkte sind die drei Maskenumzüge durch die Strassen der Stadt. Es gibt einen Maskenwettbewerb, Theaterdarbietungen, ein Risotto-Essen für alle und ein Seilziehturnier ... Da waren wir, ... am Seilziehturnier.»

«Das kenne ich auch.» Armando nickte Marco lächelnd zu.

«Ich dachte, du interessierst dich nicht für Fasnacht», wandte sich Thomas an Armando.

«Ich habe mal einen Winter lang in Bellinzona gelebt und bin zwangsläufig mit der dortigen Kultur in Konflikt geraten», verriet Armando.

Thomas drehte sich wieder nach Marco um. «Hat Lars die Pistole noch einmal erwähnt oder sie dir in den letzten Tagen gezeigt?»

«Er musste sie zuhause abgeben», antwortete Marco. «Ich glaube, er hat richtig schön Zoff bekommen deswegen. Wissen Sie, Lars ist kein ungerader Typ. Er hat es nur nicht immer leicht.»

Thomas konnte dies nachvollziehen.

Schumann, dachte er, Schumann hat eine Pistole. Aber wo war Schumann zur Tatzeit gewesen?

«Ich muss mir diesen Cesare vorknöpfen», enervierte sich Thomas. «Es kann doch nicht sein, dass er mir Schumanns Aufenthalt am letzten Donnerstagmorgen verschweigt.»

Tettamantis Stöhnen hatte eine neue Dimension erreicht, was aber niemand so richtig ernst zu nehmen gedachte. Er sass im Büro und brütete über einem Stapel Akten. «Signora Schumann hat Sie gesucht», sagte er zu Thomas, der ihn mitleidsvoll anschaute.

«Hat sie den Grund dafür angegeben?»

«Nein, ich gab ihr die Adresse Ihrer Pension. Ich wusste ja nicht, dass ich Sie heute noch einmal sehen würde.» Er lehnte sich erneut seufzend über seinen Papierstapel. Thomas unterliess es, ihn nach Schumanns Akten zu fragen. Stattdessen ging er in sein Büro. Armando hockte bereits am andern Ende des Tisches und telefonierte. Thomas vernahm, dass er mit Nora sprach, was ihm in Erinnerung rief, dass er sich schon lange bei Isabelle hätte melden müssen. Er packte seine Sachen ein und gab Armando ein Zeichen, dass er sich auf den Weg ins Hotel mache. «Ich muss mich unter die Dusche stellen.»

Armando bedeckte den Hörer mit seiner Hand. «Ich melde mich, wenn ich hier fertig bin.» Er zeigte aufs Telefon. «Nora hatte eine erste Untersuchung. Den Zwillingen geht es gut.» Er strahlte übers ganze Gesicht.

«Ich bin in den nächsten zwei Stunden nicht erreichbar», sagte Thomas an Tettamantis Büro vorbei schleichend. Tettamanti hatte in diesem Moment einen Hustenanfall, und Thomas dachte, dass man den Polizeiposten bald schliessen konnte.

Es regnete wieder, und der Frühling war weit entfernt. Thomas rühmte sich selber, dass er warme Bekleidung eingepackt hatte. Ausholenden Schrittes marschierte er zu seiner Pension. Die frische Luft tat ihm wohl und befreite seinen Kopf.

Später duschte er ausgiebig. Zuerst heiss, dann kalt, was er immer tat und, Isabelles Meinung, ihn auch vor Erkältungen schützte. Heute schützte es ihn eher vor unliebsamen Regungen. Er fand es nicht angebracht, seinen Gelüsten nachzugeben. Danach schlang er sich das überdimensionierte Badetuch um die Hüfte. Mit dem A2-Blatt setzte er sich aufs Bett und ergänzte die vorhandenen Namen und Informationen mit neuen. Es gab zwei weitere Verbindungslinien – eine zu Hildegard Schumann und eine zu Lars und dessen Freund Marco. Er notierte: *Lars ist sensibler, als er sich gibt. Er liebt seine Mutter. Krankhafte Eifersucht nicht ausgeschlossen. Warum hatte Lars die Pistole?*

Inwieweit ist Marco Follini in die Sache eingeweiht?

Hildegard Schumann liegt viel daran, den schönen Schein zu wahren. Ob sie Kenntnis vom Umgang ihrer Schwiegertochter hat?

Wo war Schumann am Donnerstagmorgen? Was hat er zu verheimlichen? Kann man Cesare trauen?

Als jemand an die Türe klopfte, dachte Thomas, dass Armando früher als abgemacht eingetroffen sei. Widerwillig schob er die Blätter zusammen. Er ging zur Tür. Er öffnete heftig und wollte seinen Mitarbeiter rügen, weil er ihm keine freie Minute gönnte.

Draussen stand nicht Armando.

«Was ist geschehen?» Thomas blickte überrascht in Tizianas Gesicht. Er hinterliess einen dümmlichen Eindruck und ärgerte sich deswegen. Aber es fiel ihm nichts Gescheiteres ein. Er hatte sich eine solche Szene schon hundertmal ausgedacht, nachts, wenn er nicht hatte schlafen können. Dann war es nicht Isabelle, an die er seine Gedanken verschenkte, sondern Tiziana. Er hatte sie genau wie jetzt vor der Türe stehen sehen. Zügellos hatte er sie an sich gerissen und ihren Mund mit einem wilden Kuss bedeckt.

Jetzt stand er da wie ein Esel, nein, schlimmer noch.

«Das ist geschehen», sagte Tiziana, trat einen Schritt auf ihn zu und warf sich ihm blindlings an den Hals. Ihr Kuss war kühl, beinahe frostig, draussen mussten Minustemperaturen herrschen, und trotzdem glühte er vor Verlangen.

Alles war anders. Die Situation. Die Träume. Die Wirklichkeit.

Und Thomas.

Seine Eigeninitiative, für die er sich selbst immer sehr lobte, war der Initiative einer Frau gewichen, die genau ahnte, spürte, sogar wusste, wie es in seinem Innern aussah. War es Zufall, dass das Badetuch zu Boden fiel? Die Realität verschwamm in dem Augenblick, als ihn Tiziana berührte, ihre Hand über seine Brust streichelte und ihn sanft in Richtung Zimmermitte zurückstiess. Die Türe fiel wie von selbst ins Schloss. Thomas drehte schnell den Schlüssel um, was die Folge eines einzig klaren Gedankens war. Eines vorsätzlichen Gedankens.

Sie landeten beim Bett. Tiziana hatte ausser ihrem Pelz nichts abgelegt. Sie kniete jetzt auf dem Mantel vor ihm und bearbeitete ihn mit magischen Händen, mit ihrem weichen Mund, mit einer Leidenschaft und Hingabe, dass Thomas glaubte, den Verstand zu verlieren.

Ich bin Polizist, rügte er sich. Verdammt ich bin Polizist. Etwas unwirsch schob er Tiziana von sich. Er versuchte, einen klaren Gedanken zu fassen. Tatsächlich war sein Gehirn in die Lenden gerutscht. Er bemühte sich, an etwas anderes zu denken als an ihren warmen Mund, was ihm schwerfiel. Sein Körper hatte sich seit langem wieder einmal selbständig gemacht.

Tiziana erhob sich. War es eine gewisse Siegesgewissheit, die er in ihren Augen sah? Er verdrängte die Idee. Schwer atmend hob er das Badetuch auf und schlang es um sich.

«Das kannst du ruhig weglassen», sagte Tiziana. «Ich finde, du siehst gut aus.»

Natürlich sah er gut aus. Er schuftete auch dafür. Seit Dezember vergangenen Jahres dreimal wöchentlich morgendliche Körperertüchtigung im Fitness-Center. Als Polizist musste man in Form sein. Ausdauertraining. Krafttraining. Muskelaufbau. Selbstverteidigung. Nur wie man sich vor dem sexuellen Übergriff einer Frau wehrte, stand nicht im Programm.

Thomas war verlegen, liess es sich aber nicht anmerken. Jetzt nur nicht wieder den Idioten heraushängen. «Willst du etwas trinken?» Ausflucht. Blöde Frage. Seine Stimme bebte. Ich bin ein Idiot. Da steht die schönste Frau der Welt vor dir und du benimmst dich wie der letzte Mohikaner. «Prosecco? Ich habe noch welchen im Kühlschrank.» (Sie wollte dich gerade vernaschen.)

«Prosecco mag ich sehr.» Tiziana setzte sich auf den einzigen Stuhl im Zimmer. «Es tut mir überhaupt nicht leid, was soeben geschehen ist.»

(Ich weiss nicht einmal, wie sie sich anfühlt.)

«Du hast mich genauso durcheinander gebracht», gestand sie jetzt.

Thomas fand, dass sie endlich frauliche Züge bekam. Er holte die 2-dl-Prosecco-Flasche und zwei Gläser hervor, entkorkte die Flasche und goss ein. Ich habe mir das immer so gewünscht, dachte er. Kindisch! Ich finde, dass du ein Wahnsinnsweib bist. Abgedroschen!

«Recht und Gegenrecht», sagte er laut, um die Unsicherheit in seiner Stimme zu überspielen, und reichte Tiziana das Glas. Das ist mir noch nie passiert, dachte er. Das wollte er nicht zugeben. Frauen wollen Kerle sehen.

Und er war ein Kerl!

Das Sanfte und Gutmütige, für das er vielfach gerühmt wurde, verschwand in seiner harten Schale, die er jetzt gegen aussen demonstrierte. Dabei war er zerronnen wie ein rohes Ei.

«Wir könnten das fortsetzen, was wir soeben begonnen haben.» Er hob das Glas. Endlich hatte er, worauf er stolz war, die richtigen Worte gefunden. Und er wollte sagen, wo es langging.

«Ich kann nicht hier bleiben.» Tiziana trank, was Thomas überrascht zur Kenntnis nahm, das Glas halb leer. «Meine Kinder sind zuhause. Eigentlich wollte ich nur mal kurz einkaufen gehen.»

«Und bist gerade mal zufällig an meiner Pension vorbei gekommen», ergänzte Thomas mit belegter Stimme. «Was soll ich davon halten?»

«Vielleicht das, was du gefühlt hast.» Sie trank darauf den Rest des Süssweins. Als sie das Glas zurückstellte, meinte sie:

«Ich möchte nicht, dass du etwas Falsches von mir denkst.» Sie erhob sich. «Mein Gott, ich musste dich einfach sehen. Du hast mich neugierig gemacht.»

«Und? Ist deine Neugierde jetzt gestillt?» Thomas musste sich beherrschen, dass er nicht ungehalten wurde. In einer solchen Situation hatte er sich in seinem ganzen Leben noch nie befunden. Er machte einen Schritt vorwärts und riss Tiziana brüsk an sich. «So hast du vielleicht mit deinem jungen Freund umgehen können, aber nicht mit einem richtigen Mann!» Jetzt geriet er doch ausser sich, was er eigentlich hatte vermeiden wollen. In dem Moment, als er Tizianas verzerrten Gesichtsausdruck sah, als ihm bewusst wurde, dass er sie gegen ihren Willen berührte, liess er seine Arme sinken. «Du kannst froh sein», sagte er tonlos, «dass ich meinen Anstand wahre.» Er wusste nicht, ob er dabei lachen oder böse sein sollte. «Was geht in deinem hübschen Köpfchen vor?»

Tiziana wandte sich ab, nahm den Pelzmantel und zog ihn sich über. Sie hatte Tränen in den Augen.

«Das wollte ich so nicht sagen», rechtfertigte sich Thomas. «Aber du musst mich auch verstehen. Du kannst nicht einfach in mein Zimmer kommen, mich scharf machen und danach das Weite suchen.»

«Hat es dir nicht gefallen?» Sie tat so, als weinte sie. «Zudem hast du mich zuerst zurückgestossen. Es war also genau umgekehrt.»

Jetzt ist sie wie alle Frauen, dachte er.

«Natürlich hat es mir gefallen.» Und wie! «Aber warum? Du bist noch nicht über deine Trauer hinweg und lässt dich auf so etwas ein. Warum bloss?»

«Ist das so schwierig zu verstehen?» fragte sie.

«Ich wollte, ich könnte dich verstehen.» Thomas hob mit der linken Hand ihr Kinn an. «Mit Männern kann man genauso wenig spielen wie mit Frauen.» Er wollte ihr nicht sagen, dass sie seine Gefühle verletzt hatte.

«Ich konnte ja nicht ahnen, dass du nur das Tuch trägst.» Tiziana schniefte.

«Aha», Thomas verdrehte die Augen, «jetzt ist sogar das Badetuch schuld.» Er musste in sich hinein lachen, obwohl ihm alles andere als danach zumute war.

«Werden wir uns wiedersehen?» Tiziana nahm ein Taschentuch aus der Manteltasche und schnäuzte sich.

«Rufe mich an», sagte er, «wenn du es wünschst.»

Sein Mobiltelefon auf dem Nachttisch summte *Saties Gymnopédie*. Thomas warf einen Blick darauf und las Isabelles Nummer. Er zögerte.

«Antworte ruhig», sagte Tiziana. «Ich werde sowieso gehen.» Sie drehte den Schlüssel, öffnete die Tür und huschte auf den Korridor.

Thomas wartete. Nach einer Weile erschien *Anruf in Abwesenheit* auf dem Display. Es war der falsche Moment, um mit Isabelle zu sprechen.

Konsterniert ging er an diesem Abend zu Bett. Er hatte Armando mitgeteilt, dass er ihn nicht mehr besuchen solle. Seine Beweggründe verschwieg er ihm.

Er fühlte sich beschwingt und trostlos zugleich. Glücklich und traurig. Hoch und tief. Er wusste nicht, warum er Tiziana nicht gleich vor die Türe gestellt hatte.

«Lasse dich nie mit jemandem ein, der in den Fall verwickelt ist, an dem du gerade arbeitest», war oberstes Gebot bei der Kriminalpolizei. Und er hatte dies ganz eindeutig missachtet. Bei klarem Verstand. Und er hatte Isabelle betrogen. Nein, er hatte sie nicht betrogen. Tiziana war es, die ihn verleitet hatte. Seine Gefühle waren in Aufruhr. Hätte er Tiziana gleich vor die Türe gestellt, verleugnete er sich selbst. Sie war ihm nur zuvor gekommen. Früher oder später hätte er ihr gezeigt, was er für sie empfand.

Auch ein Polizist hat das Recht auf Gefühle.

Dienstag, 5. Februar

Tatsächlich befand sich am Dienstagmorgen ein Schild an der Tür zu Tettamantis Büro. *Wegen Krankheit geschlossen*! Dafür hantierte Monica in neuer Frische in ihrem Vorzimmer. Thomas verkniff sich zu sagen, dass sie sich erstaunlich schnell regeneriert habe.

«Geben Sie acht, dass dieser Virus Sie nicht befällt», sagte sie in gewohnt fröhlicher Manier, als Thomas am Morgen auf dem Polizeiposten erschien. Er hatte sich verspätet.

Er hat mich schon befallen. Aber der ist weit gefährlicher als der Grippevirus, dachte er und öffnete die Tür zu seinem Büro. Armando arbeitete, oder er tat so.

«Gut, dass du endlich kommst», sagte er. «Linder hat angerufen. Er habe schon gestern versucht, dich zu erreichen. Er wünscht umgehenden Bescheid.»

Thomas setzte sich. Er schaute aus dem Fenster zu dem Kirschbaum ohne Blätter. Er meinte, bereits die ersten zarten Knospen zu sehen.

«Ich nehme an, dass du ihm das Gewünschte hast berichten können», sagte er und dachte, dass es nicht gut war, wenn ihn Armando an Dinge erinnern musste, die er versäumt hatte.

«Habe ich selbstverständlich schon erledigt», erwiderte Armando. «Im Übrigen hat man in der Zwischenzeit das Geschoss und die Patronenhülse gefunden. Es handelt sich um das Kaliber 6,25.»

«Es gibt etwa ein Dutzend verschiedene Pistolentypen, die mit diesem Kaliber bestückt sind.», sagte Thomas. «Wobei wir keinen Schritt weiter sind.» Er räusperte sich. «Wann fährt der Zug?»

«In zwei Stunden.» Armando gab ihm die genaue Zeit an.

«Treffen wir uns am Bahnhof?», fragte Thomas. «Ich muss

vorher noch etwas erledigen.» Er bepackte seinen Aktenkoffer mit einem Schreibblock, einem Diktiergerät und einer Digitalkamera. «Was ist?», fragte er, als ihn Armando neugierig musterte. Er dachte an den gestrigen Abend und hätte ihn am liebsten rückgängig gemacht, bis zu dem Moment, als es an die Türe geklopft hatte.

Er hätte das Drehbuch gern geändert.

«Du scheinst irgendwie abwesend.» Armando packte auch seine Sachen. «Ist es, weil wir nicht weiterkommen?»

Thomas schüttelte den Kopf.

«In der Vergangenheit gab es Fälle, an denen wir recht lange gearbeitet haben», fuhr Armando fort. «Was macht dich so nervös? Hier handelt es sich offensichtlich nicht um einen Serienkiller ...»

«Musst du mich daran erinnern?» Thomas blieb mitten im Raum stehen. «Ich habe Isabelle versprochen, dass ich mit ihr in die Karibik fliege. Doch wie es aussieht, wird nichts daraus.» Er ertappte sich dabei, dass er es sich wünschte.

***

Über Nacht war eine Kaltfront aus dem Westen herangezogen.

Orkanartige Böen fegten durch das Land und rissen die verbliebenen Blätter des letzten Herbstes von den Bäumen.

Andy Hunkeler schleuderte seine Trainingstasche über die Schulter und schlug die Tür zum Fitnesscenter zu. Zwei Stunden hartes Training hatte er hinter sich, obwohl er nie genau wusste, weshalb er diese Plackerei auf sich nahm. Zähneknirschend überquerte er die Strasse. Er hasste diese Jahreszeit.

Der letzte Sommer war lang, schön und trocken gewesen. Ein Bilderbuchsommer, den es sehr selten gab. Dies hatte

Andy wenigstens einen Aushilfejob im Krienser Schwimmbad beschert. Morgens die Anlage von Abfall säubern. Mittags Büffetdienst. Abends Generalreinigung. Mit dem Verdienten trainierte er im Kraftraum und in der örtlichen Fussballmannschaft, obwohl er alles andere als ein talentierter Fussballspieler war. Überhaupt schien sein junges Leben nur von Niederlagen geprägt zu sein. Als Unmotivierter war er während der Schulzeit zweimal sitzen geblieben und als es darum ging, einen Beruf zu erlernen, wollte ihn niemand haben. Sein Charakter sei zu labil, hiess es, und er habe kein Durchhaltevermögen. Viel freie Zeit verleitete Andy oftmals zu kriminellen Handlungen. Er hatte es einfach im Blut.

Er stammte aus zerrütteten Verhältnissen. Sein Vater war Alkoholiker und hatte die Familie schon früh verlassen. Die Mutter beschäftigte sich, dabei sich dauern im Jammertal befindend, mit Heimarbeit für einen Versandhandel. Andy lernte damit umzugehen, meinte es zumindest. Er hatte sich eines in den Kopf gesetzt, nie so zu werden wie seine Eltern. Er wollte aus dem Elend ausbrechen und schaffte an seinem Ego. Wenn er rückfällig wurde, dann nur, wenn es um sein Überleben ging.

Andy trat in den geheizten Raum im Restaurant gegenüber. Sein Stammlokal. Ein abgestandener Mief schwappte ihm entgegen. Von Rauch und Biergeruch geschwängert. Er setzte sich an die Bar, grüsste Mara, die junge Kroatin, die hinter dem Tresen stand, und bestellte sich ein Glas Orangensaft. Sein Blick war auf den Eingang gerichtet. Er erwartete seinen Freund, mit dem er sich verabredet hatte. Bis jetzt war der Winter langweilig gewesen und der Frühling würde noch langweiliger werden. Es war an der Zeit, sich wieder einmal etwas einfallen zu lassen. Nach dem letzten Fiasko mit seinem Freund Jack, gierte er geradezu nach einer neuen Schandtat. Er wohnte noch immer bei der Mutter, was nicht unbedingt

Spass machte.

Er bemerkte seinen Freund erst, nachdem eine als Hexen kostümierte Mädchenschar an ihm vorbei gegangen war, eine Wolke aus billigem Parfum nach sich ziehend.

Eine rote Mütze tauchte auf. Sie gehörte Joe. Andy kannte ihn seit der Schulzeit. Ein nicht sehr beflügelter Mann. Er war lange Zeit als Überlandchauffeur im Ausland tätig gewesen. Vor drei Monaten hatte er die Stelle verloren und war nach Luzern zurückgekehrt. Andy sah, wie Joe zögernd stehen blieb, sich mit beiden Händen an die Brille griff, weil sich diese beschlagen hatte, und sie flüchtig mit seinem Schal reinigte. Andy winkte ihn herbei. Er hatte ihm vor ein paar Tagen eine Andeutung auf eine mögliche neue Arbeit gemacht. Er wusste, dass Joe in seinem moralischen Tiefstand für jede Idee empfänglich war und war sie noch so abwegig. Er zog ihn an die Bar und klopfte ihm auf die Schultern.

«Saukälte!» Joe schüttelte seine Jacke, bevor er sie auszog und sie über die Stuhllehne warf. «So, und jetzt zur Sache.» Er rieb seine Hände und schniefte. «Meine Zeit ist beschränkt.» Und nach einer Pause: «Du hast also einen Job für mich?»

Andy erwiderte nichts. Stattdessen entnahm er seiner Jackeninnentasche ein Paket und legte es auf den Tresen. Hinter der Bar wischte Mara den Bierausschank trocken. Sie warf den Männern einen neugierigen Seitenblick zu.

Joe griff nach dem Bündel und öffnete eine Lasche. Ein paar Fotografien kamen zum Vorschein. Auf jeder war dieselbe Frau in gewagt anzüglicher Manier zu sehen. Joe schaute zuerst die Bilder, dann Andy an. «Was soll das?»

«Geil, was?» Andy lehnte sich mit durchgestrecktem Rücken zurück und schlug sein linkes Bein lässig über das rechte hin und her wippende Knie. «Ich habe über ein Jahr gebraucht, um an diese zu kommen.»

Joe schwieg, während er die Bilder kritisch ansah.

«Und?» Andy wurde ungeduldig.

«Willst du mich verarschen?» Joe schob die Fotografien Andy zu. «Noch einmal: Was soll das?»

«Eine scharfe Venus, sage ich dir. Hat zwar lange gedauert, bis ich sie soweit hatte.» Andy kicherte. «Das war Schwerstarbeit. Musste mir ihre ganze verdammte Kacke anhören, von wegen Ehemann und so.»

«Ich dachte, du hast einen Job für mich.» Joe war aufgebracht.

«Interessanter Jahrgang», fuhr Andy fort, ohne auf Joe einzugehen. «Unglücklich verheiratet, aber heiss wie ein Bügeleisen.» Er machte eine Pause, griff nach dem Glas und führte es schmunzelnd zum Mund. «Die stinkt vor Geld», sagte er leise, als er das Glas auf den Tresen zurückstellte. «Kapierst du?»

«Erhoffst du dir teure Geschenke?» fragte Joe und bestellte sich Hahnenwasser. Er hatte sich wieder beruhigt. «Das gibt es sicher gratis», sagte er ernst und wandte sich Mara zu. «Ich bin leider pleite.»

Andy schüttelte heftig den Kopf.

«Das ist was für Anfänger», meinte er lakonisch und sah Mara ebenfalls kurz an, um ihr zu deuten, dass sie das Glas Wasser, obwohl er Joes Bestellung idiotisch fand, hinstellen möge. «Mit den Bildern da werden wir das ganz grosse Geld machen.»

«Wie meinst du, das grosse Geld?» Joe verzog seinen Mund. «Bei einer Modellagentur? Rocktime für Grossmütter?» Er lachte über seinen eigenen Humor. «Ich glaube nicht, dass du einen Fotografen findest, der sich dieser Amsel annimmt. Jetzt mal ehrlich, gefällt sie dir?»

«Ich stehe auf ältere Frauen», schwärmte Andy theatralisch. «Was ist denn schon dabei? Die sind erfahren und wissen, was sie wollen.»

«Gut, für eine Nacht vielleicht, mit Betonung auf Nacht. Da musst du nicht hingucken. Und, hast du sie angemacht? Steht sie auf dich?»

«Und wie.» Andy hüpfte vom Barhocker. «Ich habe ihr die Ansicht von meinem Knackarsch geschickt. Weisst du welches Bild?»

«Das vor dem Klo?»

«Ja. Da ist sie voll darauf abgefahren. Ihr Mann ist schon sechzig. Hat vielleicht einen Bierbauch und einen flachen Hintern. Du weisst schon, umgekehrte Anatomie. Kannst dir vorstellen, wie mein Foto auf die Lady gewirkt hat?»

«Du bist pervers.» Joe drehte sich angewidert nach Mara um. «He, Süsse, sag' ihm, dass er ein perverses Arschloch ist.»

Mara kicherte. Sie hatte es nicht verstanden.

«Sieh dir dieses Mädchen an.» Joe stand auf. Mit beiden Händen ergriff er den Kopf seines Freundes und zwang ihn, über den Bar-Tisch zu sehen. «Das ist etwas für unser Alter. Du musst nur richtig hinschauen.»

«Ja, echt niedlich.» Andy griff nach seiner Jacke. «Aber auch sehr anstrengend.» Er zwinkerte Mara zu. Er wusste, dass sie Mühe hatte, die deutsche Sprache zu verstehen.

«Gehst du gleich nach Hause?» Joe legte einen Geldschein auf den Tresen. «Stimmt so. Das Glas Orangesaft kannst du auch mir berechnen.»

«Ich dachte, du bist pleite.» Andy stiess Joe mit der Faust in die Seite.

Joe lachte, seine Mundwinkel verächtlich nach unten ziehend. «Ich weiss nicht, was du vorhast mein Freund, aber ich rieche irgendwie Kohle.» Er nickte Mara zu. «Falls ich in den nächsten Tagen reich werden sollte, müssen wir uns unbedingt näher kennen lernen.»

Andy schlug seinem Kumpel auf die Schultern. «Wusste ich doch, dass du mitmachst.»

Sie schwiegen dann eine Weile. Andy hatte sich hohe Ziele gesteckt. Er wollte Geld. Und da es ihm auf legalem Weg nicht möglich war, an dieses zu kommen, musste er sich etwas einfallen lassen. Zuhause verschaffte er sich, trotz Mutters Einwänden, Zutritt ins Internet. Er lernte Frauen kennen und benützte ihre Naivität, die sie manchmal mit Sympathie verwechselten, um sie über alles Mögliche auszufragen. Dank seinem Charme hatte er bald ihr Vertrauen gewonnen. Andy hatte es auf unglückliche Frauen abgesehen. Die waren bereit, offen mit ihm über ihre Problembeziehungen zu reden. Er hatte nie gedacht, dass es so viele unbefriedigte Frauen gab. Er wurde ihr Seelenklempner, der platonische Tröster in einsamen Nächten. Der geduldige Zuhörer. Es war ein Leichtes, seine Opfer zu umgarnen. Es war ein Spiel, mit dessen Ernsthaftigkeit er vorerst nicht gerechnet hatte. Und es war ein Weg, seinem trostlosen Dasein zu entrinnen.

«Was genau hast du vor?» Auch Joe zog seine Jacke an.

Andy blieb stehen. «Die Fotos, Mensch, verstehst du, als Repressalien sozusagen. Ihr Alter wird bestimmt keine Freude haben. Ich habe herausgefunden, dass er ein ganz hohes Tier in der Öllobby ist. Er hat eine Fabrik in Basel. So einer schwimmt doch im Geld.»

«Spinnst du?»

«Nee, warum? Willst du warten, bis du den beruflichen Durchbruch im LKW-Fahren hast?» Andy lachte. «Das kann vielleicht lange dauern, Joe. Und jetzt, wo du sowieso keinen Job mehr hast. Wir werden uns die Kohle teilen. Zudem merkt so einer nicht, wenn ihm ein paar Tausender fehlen. Der verbucht das als Sponsoring oder als Taschengeld seiner Frau. Machst du mit?»

«Und was spiele ich dabei für eine Rolle? Ich nehme an, dass du alles schon eingefädelt hast. Ich kenne dich doch.»

«Wenn du mal den Wagen deines Vaters kriegst, werden wir eine kleine Spritztour machen.»

Joe schwieg bedrückt.

«He, jetzt mache nicht so ein Gesicht», tadelte ihn Andy. «Ich sage dir, die wird bezahlen. Die gehört zu der Sorte Gesellschaft, die den Dreck auf ihre Weise entsorgt. Stell' dir vor, ihr Mann würde mitbekommen, dass seine Frau einem wildfremden Jüngling», Andy lachte leise, «solche Fotos zukommen lässt. Das wäre ein Skandal für ihn. Wir werden denen ganz schön einheizen, das verspreche ich dir.»

«Wie naiv bist du denn!»

«Was jetzt, machst du mit?»

Joe kratzte sich am Haaransatz. Er überlegte sich die Alternativen und kam zu keinem Entschluss. «Na klar. Ich werde sehen, ob ich die Karre meines Alten bekomme.»

Draussen vor der Tür trennten sie sich. Andy rieb sich die Hände. Aus dem Nebel hatte es angefangen zu schneien. Eine bissigkalte Bise hatte eingesetzt. Er schlug den Kragen seiner Jacke hoch und beeilte sich, nach Hause zu gehen. Er hatte Hunger. Er würde das Mittagessen schweigend einnehmen und genervt Mutters Geschichten anhören, ihre ewigen Nörgeleien gelassen entgegennehmen und danach ins Zimmer verschwinden. In das Zimmer, welches er mit der Mutter teilte. Doch das durfte niemand erfahren.

***

Die Sonne hatte es geschafft, die grauen Wolken zu zerfleddern. Wie von Zauberhand verschwanden die letzten Kumuli und liessen dem sengenden Himmelskörper den Vorrang.

Gleich wurde es für die Jahreszeit ungewohnt warm. Der rasante Temperaturwechsel hatte Thomas veranlasst, sich in einer teuren Herrenboutique mit einer leichten Hose und einem neuen Hemd einzudecken, obwohl er sie in Luzern kaum anziehen konnte. Doch es war nicht bloss aufgrund des Tessiner Wetters. Er wollte gefallen. Er entschuldigte sich gegenüber sich selbst, als er die Geldscheine auf den Tresen legte und dachte gleichzeitig, dass er für den Urlaub sowieso eine neue Garderobe hatte kaufen wollen. Dass er dies nun ohne Isabelles Beratung tat, überzeugte ihn, dass er eigentlich schon immer gewusst hatte, durchwegs imstande zu sein, für sich selber zu sorgen. Mit einem zufriedenen Grinsen auf dem Gesicht kam er am Bahnhof an, wo ihn Armando sichtlich nervös erwartete. Er hatte sich mit Zeitungen und Journalen eingedeckt.

Später sassen sie allein in einem Abteil. In einem von diesen ausgedienten Erstklassabteilen internationaler Schnellzüge. Es roch nach kaltem Rauch. Thomas schaute aus dem Fenster. Die Landschaft flog vorbei. Er konzentrierte sich auf die näheren Dinge neben der Schiene. Die Gegenstände verschwammen in der Geschwindigkeit. Ein Film, viel zu schnell gedreht, verwischte die Realität eine zeitlang. Thomas bekam Kopfweh und wandte den Blick weiter nach hinten. Dorthin, wo die schneebedeckten Kuppen der Alpen unter einem kitschig blauen Bogen zu sehen waren. Wälder davor. Häuser mit rauchenden Kaminen. Während der ganzen Fahrt beschäftigte er sich in Gedanken mit Tiziana. Seine Reaktion war wohl kein Zufall gewesen als viel mehr die Bestätigung dafür, wie sehr er sich nach körperlicher Zuneigung sehnte. Wann hatte er zum letzten Mal die berühmten Flugzeuge im Bauch gespürt? Wann dieses Kribbeln in den Lenden? Ja, er war verheiratet. Ja, er hatte Isabelle Treue geschworen – bis dass der Tod sie scheidet. Sie lebten eine gute Partnerschaft, das musste er sich eingestehen. Sie konnten sich aufeinander verlassen. Sie schafften es auch, nonverbal miteinander zu kommunizieren. Er mochte ihre geistreichen Gespräche. Doch das Feuer war erloschen, zumindest hatte es sich auf eine schwache Glut reduziert. Thomas schüttelte in Gedanken versunken den Kopf. Zum Glück sah Armando ihn nicht in diesem Zustand. Sein Kollege schlief an die Scheibe gelehnt. Tiziana hatte diese Glut offensichtlich entfacht. Langsam entwickelte sie sich zum Feuer, drohte sogar, zum Flächenbrand zu werden. Nein, er gehörte noch nicht zum alten Eisen. Er war ein gesunder Mann mit ebenso gesunden Reflexen. Einmal ist keinmal! Nur einmal – warum nicht?

Im Gegensatz zu den Agglomerationsgemeinden der Stadt, wo diverse Fasnachtsumzüge stattfanden, schien an diesem Dienstag Luzern im Vergleich zu den letzten Tagen wie ausgestorben. Die Reinigungsmaschinen hatten ihr Soll erfüllt – die Strassen lagen vorübergehend frei von Konfetti und weggeworfenen Getränkeflaschen. Von den Guggenmusiken der Vortage waren ein paar ganz abgehärtete übrig geblieben. Man traf sie auf wenigen Plätzen, wo sie ihre eingeübten Stücke schmetterten, doch längst nicht mehr so kraftvoll wie in den Tagen zuvor.

Thomas und Armando hatten Lucille beauftragt, sie mit dem Dienstwagen vom Bahnhof abzuholen. Jetzt wartete sie, eingemummt in eine dicke Lammfelljacke, vor dem Ausgang.

Thomas hätte sie gern gefragt, ob sie bei Isabelle bereits ein Stelldichein hatte in Bezug auf die Möbel auf dem Dachboden. Er fand den Kommentar nicht angebracht und liess es sein. Stattdessen küsste er sie dreimal auf die Wange. Schliesslich war sie fast schon seine Schwiegertochter.

«Schön, dass ihr wieder da seid.» Sie meinte es ehrlich. «Auch Elsbeth hat euch schon vermisst. Und Dr. Blum hat dich gesucht.» Lucille wandte sich an Thomas. «Sie hat mir verraten, dass sie ihre neue Praxis in der Innenstadt eröffnet hat und darum eine Einweihungsparty machen werde.»

«Einweihungsparty? Hat sie das so gesagt?»

Lucille zog die Schultern hoch. «So etwas Ähnliches.»

«Das kann ja heiter werden.» Er erinnerte sich an den Fall im letzten November, der ohne Julias Hilfe nie zu seinem Erfolg geführt hätte. Und er erinnerte sich an die Feste zu ihrer Gymnasiumszeit, wenn Julia ein paar Leute zu sich in die Studentenbude eingeladen hatte. Viel zu trinken hatte es gegeben und für den Hunger eine Tüte Chips. Am Morgen war ihre Bar leer geräumt gewesen und die Studenten kurz vor dem Kollabieren. Thomas konnte sich nicht vorstellen, dass das heute anders bei ihr war. Sie gehörte zu den Blitzgescheiten – doch wenn es um Handwerkliches ging oder um die Bewirtung von Gästen, hatte sie nicht das geringste Talent.

Lucille öffnete den Wagenschlag. Die Männer stiegen beide hinten ein.

«Kennt ihr die Adresse?» Die Polizistin wandte sich nach hinten, bevor sie den Motor startete.

Thomas nannte den Namen und beschrieb den Weg. «Es ist eine Parallelstrasse zur Zürichstrasse.»

Sie fuhren über die Seebrücke, über die der Verkehr wieder reibungslos lief, nachdem am Montag aufgrund des Fasnachtsumzugs der *Weyzunft* die Strasse beidseitig gesperrt gewesen war. Den noch verbliebenen Guggenmusiken und Kostümierten fehlte es mittlerweile an Dynamik. Auf der Höhe des Kapellplatzes schweiften Thomas' Blicke ab. «Was hat sich eigentlich aus dem Gespräch mit diesem Costic ergeben?»

«Er war dabei, als vor fünf Jahren in Kriens ein serbischer

Landsmann auf offener Strasse erschossen wurde.» Lucille schaute Thomas im Rückspiegel an. «Hast du denn den Rapport nicht gelesen?»

«Ach, doch ja», gab Thomas zu. «Die Zusammenfassung liegt bei mir auf dem Pult. Nur hatte ich noch nicht genügend Zeit, mich damit auseinanderzusetzen. Inwieweit war er involviert?»

«Er hatte nicht geschossen», entgegnete Lucille zögernd, «aber es war seine Waffe, die man beim Täter fand. Eine serbische Tokarev-Pistole, ein seltenes Modell.»

Vor der Treppe vor der Hofkirche lagen ein paar Schnapsleichen. Die Hälfte einer Guggenmusik trotzte der Kälte. Die Töne aus ihren Instrumenten klangen falsch.

«Morgen ist Gott sei Dank Aschermittwoch», kommentierte Armando den Anblick. «Dann kehrt endlich wieder die Normalität ein.»

«Wir sind bald da.» Lucille musste vor der Ampel beim Bourbaki-Theater anhalten. Ein Trompeter quälte sich über den Zebrastreifen.

«*Che cretino*!» Armando rümpfte die Nase.

Lucille fuhr an und kam hinter einem Traktor mit Anhänger nur schleppend voran. Aus dem Wagen, der eine Alphütte darstellte, winkten zwei Frauen den Polizisten zu. Sie trugen Gewänder, die an Bäuerinnen des letzten Jahrhunderts erinnerten. Nach dem China-Restaurant bogen sie links auf den Parkplatz ab. Lucille folgte ihnen und stellte ihr Auto in eine Parklücke.

«So, da wären wir. Ich muss leider wieder zurück. Habe noch eine Befragung.» Sie liess die beiden Männer aussteigen. «Soll ich euch wieder abholen?»

«Wir rufen dich an.» Thomas streckte sich und sah sich um.

Die gesamte Häuserzeile erinnerte in ihrer Art an die Zuckerbäckerhäuser der Karibik. Das Gebäude, das die Ermittler anpeilten, war hellblau angemalt. Armando öffnete eine unverschlossene Tür. Die Fassade hatte mehr versprochen. Der Mief im Treppenhaus war der eines alten Weinkellers. Feucht und unbeleuchtet. Thomas suchte nach einem Lichtschalter.

Knarrende Stufen führten ins obere Geschoss. Als sie an der Tür geklopft hatten, denn eine Klingel gab es nicht, wurde sie nach einer Weile geöffnet, und eine Frau in Lockenwicklern erschien, sichtlich überrascht, sich tausendmal entschuldigend, als sich Thomas nach ihrem Namen erkundigte, liess die beiden aber gleich eintreten. «Ich bin Britta Hunkeler», stellte sie sich vor. Thomas hatte selten zuvor eine so hässliche Frau gesehen. Ihr Mausgesicht und die borstig geschnittenen grauen Haare erinnerten ihn an eine Geisterbahnfigur.

Das Innere des Hauses fiel wider Erwarten grosszügig aus. Von einem quadratischen Entree aus gingen vier Türen weg, die alle offen standen und die Räume dahinter mit all ihren Intimitäten bloss legten. Ein Schlafzimmer mit zwei nebeneinander stehenden Betten, die ungemacht waren, eine Küche, auf deren Tisch sich allerlei schmutziges Geschirr befanden, ein Badezimmer, das ein üppiges Innenleben zutage förderte und das Wohnzimmer, doppelt so gross als alle andern Räume, in welches Britta Hunkeler die beiden Polizisten nun führte. Hier gab es zwei lange Tische, auf denen Kartonschachteln, gestapelt und zusammengefaltet, Pullover, Hosen, Jacken, teils in Plastikhüllen verpackt, Socken, Handtaschen und Schuhe lagen. An mehreren Ständern dahinter hingen Damenkleider und Mäntel.

«Entschuldigen Sie die Unordnung», sagte Britta Hunkeler und wuchtete zwei grosse Kisten vom verblassten Sofa auf den Boden. «Ich arbeite hier.»

Thomas merkte, dass er das Staunen noch nicht verlernt

hatte. Er musste niesen, weil ihm irgendetwas in die Nase gekommen war. «Kann ich Ihren Sohn sprechen?»

«Der ist kurz ausser Haus, weil ich ihn zum Einkaufsladen geschickt habe», sagte Britta Hunkeler. «Worum geht es? Hat er wieder etwas angestellt?»

Thomas liess die Frage unbeantwortet. «Haben Sie einen Computer mit Internetanschluss in diesem Haus?»

«Der steht im Schlafzimmer. Ich bekomme täglich Bestellungen per Internet und muss dann entsprechendes einpacken, adressieren und an die Kunden ausliefern», sagte sie. Stolz. Ungefragt.

«Benützt Ihr Sohn den Computer auch?» Armando hatte sich in der Zwischenzeit neben das Sofa gestellt. Thomas schaute sich ungeniert um. An den Geruch hatte er sich mittlerweile gewöhnt, an das Durcheinander nicht. Die Antwort blieb offen.

Später ging die Wohnungstür auf, und Andy Hunkeler kam nach Hause. Als er die beiden Männer entdeckte, wollte er rechtsumkehrt machen und wieder verschwinden. Thomas, der damit gerechnet hatte, war jedoch schneller und versperrte ihm den Weg. «Nur nicht so hastig, mein Junge.» Er zog Hunkeler am Ärmel zum Sofa. «Wir würden gern ein paar Worte mit Ihnen sprechen.»

«Bullen?» Hunkeler machte einen nervösen Eindruck. Er stellte die Papiertüte mit den eingekauften Lebensmitteln auf den Boden und wechselte einen Blick mit seiner Mutter.

«Ja, Bullen!» sagte Thomas. Er sieht gut aus, dachte er. Eine hübsche Schale für das kriminelle Innere. Das pure Gegenteil seiner Mutter. «Haben Sie solche erwartet?»

«Immer mal wieder», sagte Britta Hunkeler an Andys Stelle. Thomas entging nicht der vorwurfsvolle Blick, den sie ihrem Sohn zuwarf. «Er ist wie sein Vater», fuhr sie fort und zog eine

Schnute. «Ein Taugenichts, der auf meine Kosten lebt. Er ist seit zwei Jahren volljährig.»

Thomas winkte ab und wandte sich an Hunkeler. «Ich habe Ihre Akten gelesen. Sie sassen zweimal sechs Monate wegen Diebstahls in der Jugendstrafanstalt.»

«Ja und?» Hunkeler lief rot an. «Ich habe die Strafe abgesessen. Heute bin ich ein freier Mensch, um es gleich vorweg zu nehmen.»

«Wissen Sie, wie viele Monate Zuchthaus für Erpressung anstehen?»

«Habe ich es doch gewusst», mischte sich Britta Hunkeler ins Gespräch. Armando gebot sie zur Ruhe.

«Ich weiss nicht, wovon die Rede ist.» Hunkeler trat nervös von einem Fuss auf den andern. «Kann ich gehen? Ich habe noch Training.»

Das könne und müsse warten, sagte Thomas. «Ist Ihnen der Name Tiziana Schumann bekannt?»

«Nicht, dass ich wüsste», bluffte Hunkeler. «Habe ich irgendetwas verpasst?»

Thomas blieb ruhig. «Jürgen Schumann?»

«Nein!»

«Tarek Husseini?»

«Nein, verdammt noch mal.» Hunkeler geriet ausser sich. «Woher sollte ich diese verfluchten Namen kennen?»

«Aus dem Internet zum Beispiel.» Thomas beobachtete den jungen Mann ruhig, was diesen erneut aus dem Konzept brachte.

«Mann, Sie sind an der falschen Adresse.»

Armando bat Britta Hunkeler, den Rechner einzuschalten, was diese, nachdem sie ins Schlafzimmer gegangen war, mit sichtlichem Vergnügen machte. «Du kannst dich nicht mehr verstecken», sagte sie triumphierend zu ihrem Sohn. «Ich habe gewusst, dass du irgendetwas im Schilde führst.» Und zu Thomas: «Andy sitzt andauern am Computer. Ich werde Ihnen zeigen, womit er sich beschäftigt.»

«Das tust du nicht!» Hunkeler riss sich vom Sofa und von Thomas' Nähe los. Diesmal war Armando schneller.

«Hier sehen Sie», sagte Britta Hunkeler. «Alles ist gespeichert. Jeder Brief. Jede E-Mail-Adresse.» Und an ihren Sohn gewandt. «Du musst mich wohl für sehr blöd halten.»

«Hast du dich an den Briefen aufgegeilt, he?» Hunkeler schäumte vor Wut. «Ich wollte, du hättest nur ein winziges Stück von diesen Frauen, die ich kennen gelernt habe.»

Thomas bemerkte Britta Hunkelers Beschämung. Sie schwieg.

«Wir wissen», fuhr Thomas fort, «dass Sie Tiziana Schumann erpresst haben.» Er öffnete seinen Koffer und holte die Fotografien heraus. «Mit diesen Bildern hier.»

«Die kenne ich», sagte Britta Hunkeler und drückte ein paar Tasten. «Das sind sie.» Auf dem Monitor erschien Tiziana.

«Ich weiss von nichts.» Hunkeler schmollte.

«Der Freund von Frau Schumann, Tarek Husseini, wurde ermordet», fuhr Thomas fort. «Frau Schumann belastet Sie, weil Sie ihr gedroht hätten, im Nichterfüllen Ihrer finanziellen Forderung, ihrem Freund die Kehle durchzuschneiden. Sie hätten sie sogar besucht.»

«Die lügt», rief Hunkeler erregt. Seine Mutter sah er nicht mehr an.

«Ich kann eine Gegenüberstellung arrangieren», meinte Thomas gelassen. «Frau Schumann sagte mir auch, dass sie auf Ihre Forderung nicht eingegangen sei.» Er machte eine kurze Pause, fixierte Hunkeler mit strengem Blick. «Haben Sie Tarek Husseini umgebracht?»

Hunkeler sank blass auf das ungemachte Bett. Thomas

wusste in diesem Augenblick, dass er sich ergab. «Ja, ich habe sie erpresst», rückte Hunkeler endlich heraus. «Die hätte es ja nicht einmal gemerkt, so reich wie die ist.» Er schluchzte plötzlich. «Aber ich habe niemanden umgebracht. Sie können meinen Freund fragen. Nach zwei Tagen sind wir zurückgefahren. Unerledigter Dinge. Ich meine, ohne Geld und so ...»

«Wo waren Sie am letzten Donnerstagmorgen?» fragte Armando.

Hunkeler fasste sich allmählich wieder. «Hier, in diesem Zimmer.»

«Ich kann es bezeugen», sagte Britta Hunkeler. «Ungern zwar. Aber ich war immer schon dafür, dass man die Wahrheit sagt. Er schafft es nicht einmal an der Fasnacht, früh aufzustehen.»

Jetzt nimmt sie den Mund zu voll, dachte Thomas. Aber er glaubte ihr. Sie meinte dies aus Überzeugung und nicht, weil sie ihren Sohn damit schützen wollte.

«Sie müssen uns sämtliche Mails ausdrucken», sagte er.

«Muss ich jetzt in den Knast?» Hunkeler wischte sich mit dem Ärmel über die Augen.

«Das kommt auf Ihre Einstellung an», sagte Thomas. «Zudem gibt es noch etwas, worüber wir uns noch unterhalten sollten».

«Ich werde Ihnen die Briefe ausdrucken.» Hunkeler erhob sich und stiess seine Mutter vom Computer weg. «Alle?»

«Die von Frau Schumann», sagte Thomas.

«Sie hat mir ihre ganze Lebensgeschichte erzählt», sagte Hunkeler, nun ganz in seinem Element. Thomas merkte, dass er ihn ablenken wollte. «Ihr Ehemann ist ein ganz grosses Arschloch.»

Eine Weile schwieg Thomas betroffen.

«Eines ist noch nicht klar», fuhr er fort. «Im Dezember vergangenen Jahres wurde Husseinis Atelier angezündet, nachdem man eingebrochen hatte. Können Sie mir etwas darüber berichten?» Er sah, wie Hunkeler zum wiederholten Mal rot anlief.

«Hast du noch nicht genug?» kreischte Britta Hunkeler dazwischen und bewegte sich in Richtung ihres Sohnes. «Das wäre nicht das erste Mal.»

Hunkeler schluckte leer.

«In Ihren Akten steht, dass Sie wegen vermehrten Diebstahls in der Jugendstrafanstalt waren.»

«Diebstahl ja.» Hunkeler fuchtelte mit den Armen. «Aber ich habe noch nie einen Brand gelegt.»

Thomas sah ihm an, dass er sich in die Enge getrieben fühlte. «Es gibt immer ein erstes Mal», sagte er.

«Das war mein Kumpel Jack.» Hunkelers Flüstern ging fast unter.

«Sieh' an, sieh' an.» Thomas winkte Armando zu. «Wie heisst denn dieser Jack mit Nachnamen?»

«Werder. Jack Werder», antwortet Hunkeler.

«Wie ist denn das passiert?»

«Jack war sauer», gab Hunkeler zu. «Ich hatte ihm versprochen, dass wir nicht ohne Moneten zurückfahren. Als dann diese Henne nicht bezahlte, rastete er aus.» Hunkeler liess die Arme hängen. Er hatte aufgegeben. «Damit habe ich aber nichts zu tun. Jack ging alleine hin. Später fuhr er noch einmal in dieses Mondänenkaff. Er hat damit geprahlt, weil er noch ein Bild mitnahm.»

«Er war also in Husseinis Atelier und nicht bei Frau Schumann?»

«Das habe ich doch gesagt.» Hunkeler verzog die Mundwinkel zu einem schiefen Grinsen. «Selbst das haben wir aus dieser Tussi herausgequetscht, dass sie einen jungen Lover hat.

Jack hat die Alte verfolgt, als sie auf dem Weg zu diesem Farbigen war. Darum wusste er dann ziemlich schnell, wo sich sein Atelier befindet.»

«Dann hat er gewartet, bis Frau Schumann das Atelier wieder verlassen hat?»

«Jack erzählte mir, dass er nicht lange habe warten müssen. Er habe einen lauten Wortwechsel mitbekommen. Auf jeden Fall sei sie nach einer Viertelstunde wieder draussen gewesen.»

«Wissen Sie, um welche Zeit das war?»

«Gemäss Jack kurz nach Mitternacht.»

«Und er ist dann eingebrochen?» Thomas stenografierte.

«Durch die Hintertür, so hat es mir Jack geschildert. Der Idiot hat Benzin ausgeleert. Doch scheinbar nicht genug ...»

«Er hat also ein Bild mitgenommen.» Thomas war noch nicht fertig. «Hat er auch Drogen gefunden?»

«Nein, davon hätte er mir erzählt.»

«Wir müssen uns diesen Jack vorknöpfen.» Thomas wandte sich an Armando.

Dann liess er sich Werders Anschrift geben.

«Aha, der wohnt also in Hergiswil?» Und wieder an Armando: «Nimmst du das in die Hand?»

Armando grinste gequält. Thomas holte sein Mobiltelefon aus der Jackentasche und liess sich von der Auskunft die Nummer der ortsansässigen Polizei geben. Er spürte eine leichte Anspannung in sich, als er an die langen Erklärungen in Bezug auf ihren Fall gegenüber der Nidwaldner Kollegen denken musste. Die Geschichte über die Brandstiftung, die nicht, wie angenommen, mit dem Mord an Husseini zu tun hatte. Und trotzdem müsste er denen alles erzählen, um die Zusammenhänge ins richtige Licht zu rücken. Zusammenhänge, die letztendlich doch nichts miteinander zu tun hatten. Und doch eine und dieselbe Person betrafen. Aber vielleicht war Jack Werder ein wichtiger Zeuge, ohne es zu wissen. Manchmal war es recht kompliziert. Er würde diese Arbeit ohne schlechtes Gewissen seinem Mitarbeiter überlassen.

«Kann ich jetzt gehen?» Hunkeler wurde ungeduldig.

Thomas gab ihm Lucilles Anschrift. «Melden Sie sich am nächsten Montag auf dem Revier unserer Kollegen.» Er notierte Datum und Zeit. «Das ist eine offizielle Vorladung. Ich rate Ihnen dringend vorbeizukommen. Im Unterlassungsfall wird es eng für Sie.»

Während der Drucker die Mails ausspuckte, sassen Thomas und Armando im Wohnzimmer hinter einer Flut von Kisten, Kartons und Kleidern, tranken Kaffee und erfuhren Britta Hunkelers Lebensgeschichte.

Endlich redete er mit Isabelle.

Nach dem Besuch bei Hunkelers hatte Lucille ihn zum Sonnenberg gefahren. Armando aber nahm sie gleich wieder mit.

«Ist auch besser so», meinte Thomas, weil er ahnte, dass Isabelle ihm eine Szene machen könnte. Er brauchte keine Zeugen dafür. «Wir werden uns spätestens auf dem Bahnhof wiedersehen. Es gibt noch Arbeit in Ascona.» Er wusste, unter welchem Zeitdruck er stand.

Isabelle war enttäuscht, sogar wütend, weil er sich so lange nicht gemeldet und auf ihre vielen Anrufe nicht geantwortet hatte. Thomas verstand sie. Er hätte auch so reagiert. Nur würde ihm die Arbeit über den Kopf wachsen, das ganze nähme psychologische Formen an, liess er sie wissen, was immer dies bedeutete. Doch es klang intelligent.

«Ich werde keine Rücksicht auf dich nehmen», gestand Isabelle. «Ich habe die Tickets bezahlt. Das Schiff ist gebucht. Allenfalls werde ich allein reisen ... oder mit Stefan.»

Sie sprach Klartext, während sie kaum Anstalten machte,

Thomas in irgendeiner Form zu bekochen. Dabei verspürte er grossen Hunger.

«Wir haben die Option offen gelassen, dass ich mitgehe», wehrte er sich. «Du hast keinen Grund, auf mich böse zu sein.»

«Das ist es nicht», seufzte Isabelle. «Ich habe dich vermisst. Ein Anruf bloss, damit ich weiss, ob es dir gut geht, wäre das Mindeste gewesen, was du hättest tun können.»

Sie hatte recht. Er schämte sich für sein Versäumnis. «Ich schlafe schlecht», gestand er, ohne ihr in die Augen zu sehen. «Zudem habe ich ein extrem anspruchsvolles Aktenstudium hinter mir.»

«Wie hat sich doch unser Leben verändert, seit du Chef des Ermittlungsdienstes bist.» Isabelle stellte sich mit verschränkten Armen vor den Kühlschrank. Dabei hätte Thomas gerade jetzt liebend gern nach etwas Essbarem gesucht. Sie blieb hart mit ihm.

Unser Leben hat sich lange vor meiner Beförderung verändert. Das sagte er aber nicht. «Ich muss dich heute Abend schon wieder verlassen. Wir werden hoffentlich den Fall zu einem Ende bringen. Aber dazu muss ich noch einmal in den Süden fahren.»

«Den Golf lässt du aber hier.»

«Keine Bange! Ich werde wieder mit dem Zug reisen.» Es fiel ihm auf, wie sehr sich Isabelle auf die unwesentlichen Dinge konzentrierte.

Sie verliess dann ihre strategisch wichtige Position. Thomas wartete, bis sie in einem Zimmer im oberen Stockwerk verschwunden war, und stürzte sich daraufhin auf den Kühlschrank. Natürlich fand er nichts, was ihn gelüstete. Nicht einmal Trauben – seine Lieblingsfrüchte. Aber das verwunderte ihn nicht. Wenn Isabelle alleine war, hielt sie es nicht für nötig zu kochen – also kaufte sie auch nicht ein.

Enttäuscht packte er Hunkelers Mailblätter aus. Über hundert Seiten Lebensgeschichte. Er würde sich diese für die Nacht aufsparen. Für die Reise hatte er sich etwas anderes vorgenommen. Er würde sich im Speisewagen verpflegen. Während er noch überlegte, dass er zum Seelenvoyeur würde, kam Isabelle zurück. «Ich kann dich zum Bahnhof bringen», meinte sie beiläufig und erhaschte einen Blick auf die beschriebenen Seiten. «Was ist das?» Und schon hatte sie die Blätter in den Händen.

«Isabelle, bitte, das ist Beweismaterial in den laufenden Ermittlungen. Gib mir die Blätter sofort zurück.»

«Vielleicht sollte ich wissen, weshalb du nur noch in meinem Kopf existierst.» Wider ihre verbale Attacke reichte sie Thomas die Blätter. «Am Sonntag fliegen wir.» Klang es wie eine Drohung? «Und ich hoffe sehr, dass dieser Fall bis dahin aus der Welt ist.»

«Ich versuche es.» Thomas wandte sich ab. «Und bemühe dich nicht. Ich komme schon irgendwie zum Bahnhof.»

Thomas griff daraufhin zum Telefon und benachrichtigte Lucille.

Thomas hatte den Besuch bei Linder eingerechnet. Lucille holte ihn vor der Haustür ab, worauf Isabelle pikiert reagierte. Gern hätte sie sich mit ihrer Schwiegertochter in spe über diverse Möbelstücke unterhalten. Mit verschränkten Armen stand sie unter der Tür, als Lucille keine Anstalten machte, aus ihrem Wagen zu steigen.

Unterwegs brachte Thomas das Thema selbst zur Sprache. «Seid ihr schon fertig eingerichtet?»

Lucille lächelte. «Ja klar. Bis auf ein paar Kleinigkeiten haben wir unsere Möbel beisammen.»

«Neue Möbel?»

«Selbstverständlich. Ich musste Stefan zwar überreden, weil er … auf Isabelles Vorschlag eingehen wollte.» Sie spitzte ihren Mund. «Aber das Schönste an einer gemeinsamen Wohnung ist doch das Einrichten. Und eigentlich leben wir gerne modern.»

Thomas fiel ein zentnerschwerer Stein von der Seele. Er schwieg.

«Ich meine, ich habe für einen solchen Augenblick gespart.» Lucille hob schuldbewusst die Schultern. «Entschuldige, deine antike Stehleuchte steht jetzt in unserem Keller.»

«Es ist nicht meine Stehleuchte», belehrte Thomas sie und musste auf einmal laut herauslachen. «Die hat Isabelle schon in die Ehe gebracht.» Er zögerte: «Wie ist Linder drauf?»

«Seit deiner Reise nach Ascona, habe ich ihn erst einmal gesehen. Er wird mir je länger desto sympathischer.» Lucille lächelte.

Den Polizeichef traf Thomas in dessen Büro. Marc Linder bat ihn, sich zu setzen. Er eröffnete das Gespräch gleich mit einer Frage: «Wann kann ich mit Ihrem Gesamtbericht rechnen, Herr Kramer? Der Staatsanwalt wird langsam ungeduldig.»

Thomas kannte niemanden in der Abteilung, der den Untersuchungsrichter Anton Galliker Staatsanwalt nannte, ausser Linder. «Leider kommen wir mit den Ermittlungen im Tessin nur schleppend voran.»

«Und was ist mit diesem Hallodri, dem Hunkeler? Tut sich da etwas?»

«Er hat ein Alibi.» Thomas unterrichtete Linder über die eingeleiteten Vorkehrungen in Bezug auf den Kleinkriminellen. «Er ist ein armes Schwein. Wen wundert's, dass er abtrünnig geworden ist.»

«Wie wollen Sie jetzt weitermachen?» Linder liess Thomas

erst gar nicht zu Wort kommen. «Es ist wohl besser, wenn Sie in Luzern bleiben und von hier aus die Fäden ziehen. Vielleicht sollten Sie Frau Mathieu zusammen mit Bartolini nach Ascona schicken. Ich brauche Sie hier vor Ort. Es war keine so gute Idee von Ihnen, zu den Südschweizern zu fahren.»

«Ich hielt es für angebracht, vor Ort eine Lagebeurteilung zu machen.» Thomas wollte dies nicht auf sich beruhen lassen. «Es gibt diverse Ungereimtheiten, denen wir nachgehen müssen. Geben Sie mir noch etwa zwei Tage Zeit.»

«Gut, wie Sie wollen, Herr Kramer.» Linder fuhr mit der flachen Hand auf sein Pult, während er sich vornüber gebeugt erhob. «Zwei Tage und nicht mehr.» Er lachte etwas. «In zwei Tagen werden Sie so oder so Ihren Urlaub einziehen, oder irre ich mich da?»

Thomas nickte schweigend. Dieser Urlaub schien für ihn noch in weiter Ferne.

***

Wieder zurück in Ascona verschanzte sich Thomas umgehend in seinem Zimmer. Trotz Armandos Einwänden, verzichtete er auf einen Schlummertrunk an der Bar, wo die letzten Fasnachtsverrückten sich einen Rausch antranken.

Er holte eine Flasche Mineralwasser aus dem Kühlschrank, riss eine Packung Erdnüsse auf und legte sich zusammen mit dem Geschriebenen auf das Bett. Tiziana hatte keine Ahnung von der Existenz dieser Briefe, und dass Thomas in deren Besitz war. Mit einem etwas beklemmenden Gefühl machte er sich an die ersten Seiten.

Tiziana hatte ohne jegliche Schönfärberei geschrieben. Prägnant, unverfälscht und hemmungslos. Anders, als sie sich gegen aussen gab. Hunkeler musste wahrlich die Begabung gehabt haben, diese Frau aus ihren Fesseln zu lösen. Dennoch traute ihm Thomas nicht zu, dass er mit dem Geschriebenen etwas anzufangen gewusst hatte, ausser, dass er den Freipass zu einer kriminellen Handlung bekommen hatte.

Schumann musste dagegen ein Schlitzohr erster Güte sein. Im Übermäntelchen des Pharmabetreibers machte er knallharte Geschäfte. Tiziana schrieb, dass er es sehr gut verstand, mehr zu scheinen, als er war, dass er ausser der Matura keinen Abschluss gemacht habe. Nach vier Semestern Medizinstudium habe er abgebrochen. Was aber die Firma betraf, habe er einfach gute Mitarbeiter und viel Glück gehabt.

So ging es seitenweise weiter.

Sie packte aus über die Skrupellosigkeit ihres Mannes, dass ihm sein Anwalt alle Gentlemandelikte, die irgendwo in Strafverfahren endeten, mühelos aus dem Weg räume und Schumann dadurch immer mit einer sauberen Weste dastand. Es würde wenige geben, die sich erlaubten, gegen ihn anzutreten; jeder sei ja irgendwie ins Netzwerk dieser Riesenspinne verknüpft und profitiere davon.

Thomas las diesen Abschnitt ein weiteres Mal.

Schumann stehle, lüge und betrüge, ohne dabei rot zu werden. Tiziana habe aber, wie sie schrieb, kaum eine Möglichkeit, dies zu ändern.

Die ganze Offenbarung hatte Hunkeler grünes Licht gegeben.

Tiziana erzählte von ihren beiden Kindern. Über die Geburt ihres Sohnes, welche ein einmaliger Höhepunkt in ihrem Leben gewesen sei. Die zweite, die von Delia, habe sie in sehr trauriger Erinnerung, weil die Zeit davor die ganze Beziehung zu ihrem Mann in Frage stellte. Der Suizidversuch sei nur eine von ihren vielen Depressionen gewesen, die sie durchgemacht habe, was in Thomas' Augen, angesichts des zu Ertragenden, völlig verständlich war. Sie beschrieb den Tag, als sie zur *Ponte de Salti* im Verzasca-Tal gefahren sei. Über alle die Dinge, die in Erwartung von Delia geschehen seien. Schumann habe keine Kinder mehr gewollt. Aber da sei Tiziana schon im vierten Monat gewesen. Sie erinnerte sich an Schumanns Befehl, die Schwangerschaft auf der Stelle abzubrechen. Und als sie sich weigerte, habe er sie zwei Tage später mit einem guten Bekannten aus der Westschweiz kompromittiert, einem Arzt, der die Abtreibung hätte durchführen sollen. Sie würden sich nach dem Eingriff im Fernen Osten erholen, habe er sie mit einem solchen Sarkasmus vertröstet, dass ihr das Herz gefror. Tiziana habe ihren damals vierjährigen Sohn ins Auto gepackt und habe nur noch eines im Kopf gehabt: so schnell wie möglich weg. Sang-, klang- und spurlos. Sie habe einen guten Platz ausgesucht. Die berüchtigte Brücke im Verzasca-Tal. Im Sommer stürzten sich wagemutige Jugendliche vom Geländer aus in die darunter liegenden Fluten. Der Fluss habe gefährliche Untiefen. Nicht selten gebe es Unfälle mit tödlichem Ausgang. Hier habe Tiziana sterben und ihre beiden Kinder mitnehmen wollen. Hinunterspringen und langsam ertrinken. Der Gedanke sei furchtbar gewesen. Sie sei lange im Auto gesessen und die enge Strasse ins Tal hinein gefahren. Lars habe sich hinter ihr im Kindersitz befunden und munter drauf los geplaudert. Er habe nichts von Mamis schrecklichen Gedanken geahnt. Mit jedem Meter, den Tiziana gefahren sei, sei ihr Entscheid ins Wanken geraten. Und als sie auf der Brücke gestanden, mit Lars auf dem Arm und in die Dunkelheit geblickt habe, habe sie gewusst, dass sie den Mut nicht haben würde, ihrem Leben ein Ende zu setzen.

Reumütig sei sie zu ihrem Mann zurückgekehrt.

Er habe sie dann genau vier Monate, eine Woche und fünf Tage in Ruhe gelassen, bevor er mit einer erneuten Attacke gegen sie vorging. Er sei betrunken nach Hause gekommen und habe sie ins Schlafzimmer zitiert. Er habe mit seinem Anwalt gesprochen. Sie seien beide der Meinung, dass er zu alt sei für erneuten Nachwuchs in der Familie. Sie könne dieses Kind nicht bekommen. Ihr Mann musste wahnsinnig geworden sein. Er solle nicht wieder damit anfangen, habe sie gesagt und sich kampfbereit vor ihren Mann gestellt.

Er habe sie beschimpft und sie um den Leib gepackt. Dann habe er sie gegen die Fensterscheiben geknallt. Es sei ein Wunder gewesen, dass sie sich von ihrem Mann habe befreien können. In der Küche habe sie Rossinis Nummer gewählt und ihn gebeten vorbeizukommen. Sie habe gegen ihren Mann Anzeige erstatten wollen.

Tiziana erinnerte sich, dass Rossini eine halbe Stunde später vor der Haustüre gestanden habe. Gemeinsam mit ihrem Mann habe er versucht, sie zu beruhigen. Ob sie gegen ihren eigenen Mann eine Anzeige machen wolle, habe der redegewandte Anwalt gefragt. Das ergäbe doch keinen Sinn. Zudem glaube ihr keiner.

Das sei vor elf Jahren gewesen. Als in der darauffolgenden Nacht die Wehen eingesetzt hätten, sei sie allein in die Klinik gefahren und habe eine Tochter geboren. Schumann habe sie erst nach drei Tagen besucht, daraufhin aber eine grosse Party arrangiert, um der ganzen Welt zu beweisen, wie stolz er auf seine Delia – auf *seine* Tochter – sei.

Bei der Passage, wo sie über Schumanns endlose Attacken, die sexuellen Übergriffe, Nötigungen, psychischen und physischen Missbräuche erzählte, musste Thomas innehalten. Er konnte es sich nicht vorstellen, dass ein einziger Mann zu solcher Grobheit gegenüber seiner eigenen Frau fähig war. Er fragte sich nur, was um Gottes Willen Tiziana daran gehindert hatte, sich von diesem Unmenschen zu trennen.

Über ihre Kindheit hatte sie kein Wort verloren. Auch nicht über Husseini, und das, fand Thomas, war äusserst sonderbar. Es gab Lücken im Text. Lücken vielleicht auch in ihrem Leben?

Er las über Mitternacht hinaus.

Er hatte die hundert Seiten zweimal durchgelesen, um sich ein Bild von der Frau zu machen, die er insgeheim so sehr begehrte. Sie blieb geheimnisvoll und undurchschaubar.

Später fiel er in einen unruhigen Schlaf. Manchmal schreckten ihn wirre Träume auf, in die er unruhig wieder zurücksank, ohne sich von ihnen gelöst zu haben.

Mittwoch, 6. Februar

Im Korridor roch es nach einem Einreibemittel gegen Erkältungen. Noch bevor Thomas Tettamanti sah, wusste er, dass dieser wieder da war. Er hätte ihn gern ein wenig ausgefragt, über die hellgrünen Pillen, die ihm womöglich den Atem verschlagen hatten, oder ob er sich beim Testen derselben erkältet und sonst wie verausgabt habe. Noch rechtzeitig wurde ihm bewusst, dass ihn das nichts anging. Eines störte ihn trotzdem: Warum wurde er das Gefühl nicht los, dass Tettamanti mit Schumann mehr als bloss eine gut nachbarliche Beziehung pflegte? Warum schützte er ihn? Verhielt sich Tettamanti mafiös, was Armando schon vermutet hatte? Er musste ihn sprechen. Er grüsste Monica, die ihn wie immer freudig anlächelte. Aber das tat sie auch bei Armando. Es war eine kollektive Freundlichkeit, die in ihren Genen lag. Damit kam sie ganz bestimmt weiter, als nur über die italienische Grenze hinaus, anders als ihr Boss. Thomas klopfte an Tettamantis Bürotür. Diese war nur angelehnt und liess sich leicht mit einem Fingerstoss öffnen.

Der Polizeichef sass an seinem Pult, vor ihm demonstrativ eine angebrochene Packung Kleenextücher, und schnäuzte sich geräuschvoll die Nase. Er sei noch nicht über den Berg, bemerkte er mit hochrotem Kopf, bevor Thomas etwas sagen konnte. Vielleicht schirmte er sich dadurch ab, prophylaktisch sozusagen, dass man ihn nicht mit irgendwelchen Aufgaben betraute, die er nicht bewältigen wollte. Weil er einfach zu faul dazu war. Thomas blieb stehen und wartete, bis Tettamanti die Erkältungsattacke im Griff und das schmutzige Papiertaschentuch im Papierkorb neben dem Pult versenkt hatte. Tettamanti schnüffelte. Thomas sah ihm an, dass er Mühe hatte, durch die Nase zu atmen.

Thomas wusste nicht recht, wie er beginnen sollte. Wenn er zugab, dass er – eigentlich hatte es ja Armando getan – Schumanns Unterlagen während seiner Abwesenheit in seinem Büro gesucht hatte, war schon von vornherein klar, dass sich Tettamanti dagegen stellen würde, aus Trotz, wie er vermutete. Andererseits wusste Tettamanti, dass er nicht zum Vergnügen hier war und er in einem Mordfall ermittelte und Schumann zu den Mitverdächtigen gehörte. Wenn Tettamanti sich nicht kooperativ zeigte, hiesse das, dass er wichtige Beweisakten unterschlug. Die Akten, die in seinem Pult fehlten oder nicht mehr vollständig waren. «Ich brauche sämtliche Unterlagen über Jürgen Schumann», sagte Thomas. «Auch die, die Sie haben verschwinden lassen.»

Dies verfehlte die Wirkung nicht. Tettamanti bekam einen Hustenanfall, aber mehr zu seinem Selbstschutz und nicht als Folge der Erkältung.

«Ich ehm ...» Tettamanti hangelte nach einem neuen Kleenex.

«Es ist ganz einfach», bemerkte Thomas, Tettamantis Stöhnen ignorierend. «Wenn Sie mich in den Untersuchungen behindern, und das tun Sie offensichtlich, muss ich das dem Untersuchungsrichter melden. Ich nehme an, Sie wissen über die Konsequenzen Bescheid.

«Ich fühle mich gegenüber Herrn Schumann verpflichtet», gab Tettamanti kleinlaut zu.

Damit hatte Thomas allerdings nicht gerechnet. «Also sind Sie mit ihm befreundet.»

«Das habe ich nie bestritten.» Tettamantis Gesicht verfärbte sich erneut. «Sie haben mich auch nie danach gefragt.»

Was er sich dabei denn gedacht habe, wollte Thomas wissen. «Was steht in den Akten, was Schumann belasten könnte?» Thomas setzte sich. Er liess sein Gegenüber nicht aus den Augen. Es war ihm nicht ganz wohl dabei. Polizist gegen Polizist. Das versprach nie Gutes. Und gerade jetzt, wie es schien, steckte Tettamanti in einer ziemlich heiklen Situation. Ob sie mit dem Mord an Husseini zu tun hatte, war sekundär. Wichtig war die Tatsache, dass Tettamanti überhaupt Akten zum Verschwinden gebracht hatte, in welchem Zusammenhang auch immer. «Irgend einen triftigen Grund müssen Sie ja gehabt haben», sagte Thomas, «um mich im Ungewissen zu lassen.»

Tettamanti putzte sich von neuem die Nase. Seine Augen tränten. Er tat Thomas leid, wie er so dasass, nach Worten rang und sich anstrengte, nichts Falsches zu sagen. «Meine Frau erkrankte vor vier Jahren an Krebs.»

Thomas sah instinktiv auf die gerahmte Fotografie mit der lachenden Frau und den zwei Kindern. Er schwieg betreten. Worte waren jetzt unangebracht.

«Herr Schumann versorgte sie mit Medikamenten.»

«Illegal?» Thomas rutschte es prompt heraus.

«Nein. Ganz legal. Aber die Krankenkasse übernahm die Kosten für dieses neue Medikament nicht. Zudem bin ich nicht genug versichert. Und für mich waren die Pillen einfach zu teuer.»

Das also frass Tettamantis Gehalt auf. Thomas schämte sich für seine wüsten Gedanken, die er gehabt hatte.

Mein Mann tut nie etwas, um nicht selber davon zu profitieren. Er scheint zwar sehr sozial und hilfsbereit eingestellt. Aber mehr Schein als Sein. Er nützt die Leute skrupellos aus, hatte Tiziana an Hunkeler geschrieben.

«Welche Gegenleistungen mussten Sie ihm erbringen?» Thomas hatte die Mitleidphase überwunden.

Tettamanti hustete. «Dass ich über kleinere unlautere Dinge hinwegsehe.»

Wenigstens war er ehrlich.

«Ich möchte, dass Sie mir bis morgen ausnahmslos alle Unterlagen von Schumann bereitlegen.» Thomas erhob sich und beim Hinausgehen fügte er hinzu, «das mit Ihrer Frau tut mir leid. Geht es ihr wieder besser?»

«Sie ist auf dem Weg der Besserung, soweit man das sagen kann. Aber ihre Psyche ist schwer angeschlagen. Sie leidet an Depressionen.» Tettamanti hustete wieder. Das Husten hatte bei ihm mittlerweile eine chronische Dimension angenommen. «Und an Unlust.» Das musste er offensichtlich auch noch loswerden.

Deswegen die Besuche im Nachtclub, dachte Thomas, als er sich umwandte. Armando kam ihm entgegen, als er das Büro verliess.

«Lucille hat soeben angerufen», sagte er ausser Atem und trabte hinter Thomas her, als dieser keine Anstalten machte, seine Schritte zu verlangsamen.

Thomas rügte sich selbst, dass er es wieder vergessen hatte, sein Team pünktlich zu informieren. «Und was wollte sie?», fragte er, obwohl er dachte, die Antwort darauf schon zu kennen. Er liess sich auf seinem Stuhl nieder.

«Man hat die Pistole gefunden.»

«Die Tatwaffe?»

«Das wird noch überprüft», sagte Armando. «Aber es handelt sich um eine silbergraue Beretta, Kaliber 6,25.»

«Wo?»

Armando blickte ihn irritiert an.

«Wo hat man sie gefunden?»

«Auf einem Gitter am Fluss, unweit der Kapellbrücke. Man nimmt an, dass der Täter die Waffe ins Wasser fallen lassen wollte und den schmalen Steg darunter nicht gesehen hatte.»

«Das ist ein Ding», sagte Thomas. «Fingerabdrücke?»

«Zwei verschiedene, wobei die ziemlich verwischt seien.»

Armando gähnte. Thomas grinste ihn an. «Wann liegt der endgültige Bericht vor?»

«Morgen», sagte Armando.

«Warum haben wir eigentlich nie nach einer Waffe gefragt?» Thomas schüttelte den Kopf. Er rügte sich für seine unsachgemässe Arbeit. Er war froh, dass er nicht in Linders Nähe war. Armando sagte, dass er ihn etwas Leichteres fragen solle. «Eine Waffe kam ja auch erst vor zwei Tagen ins Spiel.»

«Aber wir wissen, dass Husseini erschossen wurde.» Thomas ärgerte sich masslos. Die Frau hat mein Gehirn endgültig aufgeweicht, ging es ihm durch den Kopf.

Er schaute auf die Uhr, griff zum Telefon und stellte Tizianas Nummer ein. Um diese Zeit würde sie sicher alleine zuhause sein und er konnte in aller Ruhe mit ihr reden. Eine Minute später wusste er Bescheid.

Es war Aschermittwoch und ein Feiertag in Ascona, im gesamten Kanton. Die Glocken der Kirche *Santi Pietro e Paolo* bimmelten zur Andacht.

Tiziana hatte einen weissen Bademantel um, und das erstaunte Thomas. Sie empfing ihn lächelnd im Entree. Er wusste nicht, wie er reagieren sollte. Hatte sie die Situation absichtlich ausgenützt? Hatte sich das Drehbuch doch noch geändert? Nicht jetzt, dachte er. «Hat dein Mann eine Pistole?» Eine sachliche Frage würde keiner Emotion Platz lassen. Er bemerkte ihr Zögern.

«Eine Beretta, glaube ich.» Sie wandte sich ein wenig zur Seite. «Möchtest du etwas trinken?»

Thomas ging nicht darauf ein. Sie weicht mir aus, dachte er. «Weisst du, wo sie sich befindet?»

Ihre Antwort kam zu schnell. Sie habe keine Ahnung. Thomas fragte sie nach Lars. Ob sie von seinem Besitz einer Waffe gewusst habe. Natürlich nicht. Eine überflüssige Frage. Ihr Sohn schien für sie irgendwie nicht zu existieren.

«Du musst die beiden selber fragen.» Tiziana lächelte wieder dieses verklärte Lächeln, eine Mischung zwischen Belustigung und Begierde. «Trinken wir etwas in meinem Schlafzimmer? Ich habe Champagner kalt gestellt.» Das nahm sie wichtiger. Oder lenkte vom Wesentlichen ab. Warum überhaupt?

Da würde er mit ihr bestimmt nicht hingehen, in das Bett, das sie mit ihrem Mann teilte, und Alkohol würde er im Dienst auch nicht trinken. «Nein!»

«Ich habe ja nicht gesagt, dass ich mit dir ins Bett will.» Sie lächelte wieder. Thomas wurde unruhig. Tiziana stand da wie eine Göttin. Er brauchte nur die Arme nach ihr auszustrecken und sie an sich zu ziehen. Zwanzig Zentimeter trennten ihn von der Befreiung seines Verlangens. Er hätte ihr den Bademantel von der Schulter streifen können, um das in Wirklichkeit zu sehen, was er auf den Fotografien angeschaut und was ihm gefallen hatte. Ihr schöner Hals, das Grübchen, das in der Mitte zu den Brüsten verlief, wenn auch bedeckt auf den Bildern mit einem winzigen Stück Stoff, der flache Bauch, die schmalen und doch so wohlgeformten Hüften, die weiche Vertiefung unter dem Nabel ... Weiter konnte er nicht denken. Er räusperte sich. Was ihn denn daran hindere, sie zu berühren, fragte sie. Ihre Augen glühten.

«Es ist Vormittag. Kein guter Zeitpunkt, um Champagner zu trinken», fand er.

«Wir können den Champagner weglassen.»

Irgendetwas sagte Thomas, dass er es sein lassen solle, Tiziana anzufassen. Er bemühte sich, das Thema zu wechseln und kam auf das unauffindbare Kostüm zu sprechen.

«Ich habe es gefunden», sagte Tiziana so emotionslos, als wäre ihr die Wichtigkeit dieses Fundes nicht bewusst. «Stell dir vor, es war in meinem Koffer.»

«Den du erst kürzlich ausgepackt hast?» Thomas zweifelte am Wahrheitsgehalt ihrer Aussage.

«Es befand sich im Deckelfach», rechtfertigte sich Tiziana. «Ich habe es schlichtweg vergessen. Ich ... stand ja auch unter Schock.»

«Kannst du es mir mitgeben?»

«Es ist seit gestern Abend in der chemischen Reinigung.»

Das lange Schweigen hatte etwas Bedrohliches. Thomas stand da, als wäre er zur Säule erstarrt. Zögernd fand er seine Worte wieder. «Ich muss die Adresse von diesem Geschäft haben.»

Tiziana nannte sie ihm. Minuten später war Thomas mit Armando verbunden.

Tiziana schmollte. «Habe ich etwas falsch gemacht?»

Thomas wusste nicht, ob er lachen oder eine ernste Miene aufsetzen solle. «Eine reine Routineangelegenheit», sagte er. «Ich darf nichts ausser acht lassen.»

«Ein anstrengender Job», erwiderte Tiziana, wobei sie untröstlich wirkte.

«Können wir uns heute Abend bei mir sehen?» Thomas wusste nicht, ob er sie damit besänftigen konnte.

Sie werde um acht Uhr bei ihm sein, sagte sie schnell und wandte sich ab.

Fünf Minuten später stand Thomas vor dem schmiedeisernen Tor. Es war der Moment, in dem Delia nach Hause kam. Sie machte einen grossen Bogen um ihn, grüsste ihn jedoch mit den wohlerzogenen Worten, die ihr Tiziana eingetrichtert haben musste. Über ihrer Stirn, auf dem Ansatz ihrer dunklen Haare, lag Asche. Thomas täuschte sich nicht. Tiziana erschien hinter ihm. «Oh Delia, da bist du ja», sagte sie und an Thomas gewandt: «Sie war mit ihrer Klasse in der Kirche. Die streuen hier nach alter Väter Sitte noch immer Asche auf die Häupter der Gläubigen.» Sie lächelte und stiess ihre Tochter in den Korridor. «Die sind noch immer erzkatholisch hier. Aber das ist jetzt ja zum Glück vorbei.»

Thomas kehrte absichtlich erst am Mittag ins Büro zurück, weil er wusste, dass Punkt zwölf alle zum Mittagessen gingen. Auch der Polizist Giorgio De Boni, der Bereitschaftsdienst hatte. Thomas setzte sich an den Laptop und suchte unter *search.ch* das Telefonbuch heraus und da wiederum alle Privatdetektive im weiteren Umkreis des Ortes. Es gab über zwei Dutzend, was ihm die Arbeit erschwerte. Thomas überlegte, ob er die Namen alphabethisch durchgehen solle, von hinten nach vorn, von vorne nach hinten oder nach dem Zufallsprinzip. Er entschloss sich für die herkömmliche Variante. Er begann mit *Aegerter Bruno*. Er stellte gleich die Nummer ein und wartete. Nach mehrmaligem Läuten vernahm er die Stimme eines Mannes, der den Namen der Detektei und dann seinen eigenen Namen nannte. Es waren zwei verschiedene Namen. Der erste klang unverständlich, der zweite ähnlich wie Aegerter, aber auch nicht sehr deutlich. Ob er eine telefonische Auskunft haben könne, fragte Thomas und erklärte ihm, weshalb er anrief. Telefonisch würde er sich nicht über heikle Angelegenheiten unterhalten, äusserte sich Aegerter, und Detektivarbeit sei delikat.

«Sie müssen mir nur sagen, ob Sie für einen Jürgen Schumann arbeiten oder gearbeitet haben, mehr will ich nicht von Ihnen wissen.»

Die Antwort fiel kurz und negativ aus.

Dasselbe hörte er von Fabrizio Arnet. Auch er hatte nichts mit Schumann zu tun, wusste aber, um wen es sich handelte. Er würde sich aber hüten, von dem jemals einen Auftrag anzunehmen, gestand er. Den Grund dafür verschwieg er aber.

Bei Attenhofer schaltete es auf den Telefonbeantworter um: *Zurzeit bin ich ausser Haus. Wenn Sie eine Mitteilung haben, reden Sie diese bitte nach dem Piepston aufs Band*, was Thomas ärgerte. Er sagte, dass man ihn sofort zurückrufen solle. Er gab seinen Namen und die Mobiltelefonnummer an.

Am frühen Nachmittag – die andern kehrten von der Pause zurück – war Thomas alle durch. Von den erreichten Detektiven hatte niemand mit Schumann zu tun. Zwei Pendenzen standen noch aus.

Thomas rief Armando zu sich, der sich in Monicas Vorzimmer aufhielt. Es kam jetzt öfters vor, dass er sich lange mit der Sekretärin unterhielt und im Nachhinein mit allerlei Ausreden zur Stelle war.

«Wir sollten Schumann zusammen aufsuchen», sagte Thomas. «Vorsorglich habe ich Tettamantis Geschwader mobil gemacht. Es wird uns in sicherem Abstand begleiten.»

«Das tönt ja gerade so, als wolltest du Schumann heute einbuchten.» Armando band instinktiv das Halfter mit der Pistole um die Schulter.

«Das habe ich nicht vor», gestand Thomas. «Ich werde ihm aber heute die Fragen stellen, die ihn bei seiner eventuellen Schuld veranlassen könnten, das Weite zu suchen oder eine andere Dummheit zu machen.»

«Der gibt sich keine Blösse.» Armando zog seine Jacke an. «Das ist einer von der Sorte, die bis zuletzt durchhalten. So lange, bis ihnen das Wasser am Hals steht. Es wäre nicht das erste Mal.»

«Ich weiss, du hast dich über ihn informiert. Vielleicht hätte ich dies auch tun sollen.» Thomas glaubte dennoch, ohne Vorurteil an die Sache herangehen zu müssen. Er hatte seine eigenen Methoden.

Noch bevor sie das Büro verliessen, klingelte das Telefon.

«Soll ich umschalten?» Armando blickte ihn fragend an.

Er würde es noch nehmen, da sie noch genügend Zeit hätten, meinte Thomas und nahm den Hörer zur Hand.

Flavio Monti meldete sich. «Ich habe soeben auf dem Anrufbeantworter Ihre Nachricht abgehört. Ich bin Detektiv.»

Thomas setzte sich und stellte die obligaten Fragen, die er schon am Mittag vielfach wiederholt hatte.

«Ich selber habe Herrn Schumann nie bedient», sagte Monti. «Aber ein Bekannter von mir. Roy Attenhofer ist sein Name.» Kurze Pause. «Wir pflegen sonst keinen Kontakt», erklärte er ungefragt. «Roy prahlte damit, wie gut er bei dem Typen da verdiente.»

Thomas schrieb alles auf. Endlich, dachte er, bin ich dem Ziel wieder ein Stück näher.

Er beauftragte Armando, der etwas unbeholfen neben dem Tisch stand, damit, dass er Tettamantis Polizisten zurückpfeifen und sie auf einen späteren Zeitpunkt bestellen sollte. Sie würden schon noch erfahren wann. «Wir fahren nach Bellinzona.»

Thomas sah, dass Armando sich nicht getraute, etwas zu erwidern.

***

Das Haus war ein Bau aus der vorigen Jahrhundertwende.

Es stand inmitten der Altstadt neben andern Häusern aus derselben Epoche. Die graue Farbe bröckelte. Die Fassade, die sich über sechs Etagen erstreckte, trug wüste Narben. Ein Gemäuer, das die dunklen Geheimnisse dahinter nach aussen reflektierte. Wie riesige trübe Augen, in denen man kein Leben vermutet, starrten die Fenster auf die Strasse hinab.

Es hatte schon den ganzen Nachmittag geregnet. In den schmalen Gassen bildeten sich Pfützen, wo sich das spärliche Licht der Strassenbeleuchtung spiegelte. Es herrschte eine düstere Atmosphäre.

Attenhofers Büro war im Estrich angesiedelt. Er hatte dort ein Mansardenzimmer ausbauen und zeitgemäss einrichten lassen, nicht was den Trend betraf, sondern zu seinem Alter passte. Attenhofer war fünfzig und alles andere als ein moderner Mensch. Ein Mann, der das Äussere als sekundär betrachtete. Doch er hatte durchwegs innere Qualitäten.

Unter dem Büro lag seine Wohnung, mit einer schmalen Treppe verbunden, in der er zusammen mit seiner Frau lebte. Es war seine Maisonette, seine Penthouse, wie er jedem voll ironischem Stolz erklärte. Mitten im oberen Raum stand klobig und schwer ein brauner Holztisch, dahinter ein drehbarer Ledersessel und davor zwei weitere Stühle in der gleichen Farbe. Drei von den vier Wänden waren mit Büchergestellen aus Chromstahl verdeckt, in denen es Ordner und Bücher jeder Dicke und Grösse gab. Lektüren aus fernen Ländern, Geschichten fremder Kulturen. Träume auf Papier handgeschrieben, vom Verfasser sorgfältig in all den Jahren zusammengetragen, in denen er rund um den Globus unterwegs gewesen war. Andere Träume, die er verwirklichen würde, sobald er die nötigen Mittel dazu hatte. Alles war blitzblank gereinigt und roch nach Putzmittel. Eine grelle Lampe schien gnadenlos auf ein Pult herunter und warf gespenstische Schatten auf das Dahinter.

Roy Attenhofer sass vor dem gewaltigen Bildschirm eines alten Computers, den er billig erstanden hatte, und tippte einen Text auf den Monitor, einen neuen Traum von Sonne, Wärme und endlosen Stränden. Von atemberaubenden Sonnenuntergängen an einem tropischen Abend. Es war eine von Attenhofers Leidenschaften, Bildbände zu gestalten.

Als es an die Türe klopfte, schaute er nur kurz auf. «Bist du es Tao?»

Eine zierliche Frau schob sich durch den Türspalt und zog unaufgefordert einen Stuhl näher ans Pult. Anstatt sich zu setzen, stellte sie sich vor Attenhofer hin und trommelte mit ihren langen schlanken Fingern auf den Schreibtisch. Tao war Burmesin. Attenhofer hatte sie vor Jahren von einer Reise in den Fernen Osten mitgebracht, so als brächte man ein Geschenk oder ein Souvenir mit. In der Zwischenzeit hatte er sie geheiratet. Sie war seine Sekretärin, weil sie eine günstige Arbeitskraft und bescheiden war, und vor allem, weil sie es gewollt hatte.

Tao stand unschlüssig, die Arme verschränkt. «Mir gefallen deine Freunde nicht», sagte sie wie aus heiterem Himmel.

«Mir auch nicht», erwiderte Attenhofer schwer atmend, der wusste, was seine Frau meinte. In letzter Zeit hatte er Dinge gemacht, zu denen er sich nicht für fähig gehalten hatte. Er hatte dabei viel Geld verdient. Aber er hatte sich vorgenommen, sich aus diesem Geschäft zurückzuziehen. Er konnte es mit seinem Gewissen nicht mehr vereinbaren.

Später ging er zum Tresor und öffnete ihn. Er tolerierte Taos Anwesenheit, als er ein Bündel Geldscheine zum Vorschein brachte. «Das könnte unsere Zukunft sein.» Es lag sehr viel Zärtliches in seiner Stimme. «Wir werden nach Burma reisen, wenn das hier vorbei ist.»

«Wovon sprichst du?» Tao schmiegte sich an ihren Mann. Sie strich ihm liebevoll über den Kopf, über seine blonden, zerzausten Haare. «Gefällt dir dein Job nicht mehr?»

«Die Welt ist korrupt. Und ich bin ein Rad in diesem üblen Getriebe», sinnierte Attenhofer vor sich hin. «Wir tun alles für Geld, weil uns das Geld beherrscht. Diese verdammten Scheine machen», und er hielt das Geldbündel mit verkrampften

Händen vor sein Gesicht, «dass wir einander umbringen.»

«Das war schon immer so», sagte Tao ruhig. «Wenn es ums Überleben geht, hat noch nie jemand nach der Moral gefragt.»

«Ich mache die Drecksarbeit für ein paar Kröten», fuhr Attenhofer fort, «weil ich diese brauche. Die eigentlichen Drahtzieher kommen meistens unbescholten davon. Die sind so reich, dass sie sogar einen Mörder kaufen können. Die sitzen irgendwo zuoberst auf der Erfolgsleiter und stellen ihre Fabriken als Tarnung in den Vordergrund. Sie bewegen sich selbstbewusst und erhaben in dieser Welt und werden für ihre Deals auch noch beklatscht und belohnt. Dabei sind diese die Kriminellen.»

«Von wem sprichst du denn?» Tao sah ihren Mann fragend an. «Sollte ich sie kennen?»

Attenhofer seufzte: «Ich kann dir keine Namen nennen.»

Vor ein paar Tagen hatte ihm Schumann ein Couvert zukommen lassen. Als er es öffnete, traute er seinen Augen nicht. Er dachte noch, wie fahrlässig von ihm, als er daraus ein Bündel Tausender entnahm. Die Forderungen dazu standen jedoch schwarz auf weiss auf einem Bogen Schreibpapier. Und, was ihn am meisten ärgerte, die Anweisung, sich an die Abmachung zu halten, bei einem eventuellen Unterlassen sei sein Leben gefährdet, war dick unterstrichen. Also kein Geschenk, kein Almosen für einen unglücklichen Privatdetektiven. Für Attenhofer war der Augenblick der Entscheidung gekommen. Mit seinem Ersparten und Schumanns Tausendern hätte es ein Leichtes werden können, ein neues Leben irgendwo im asiatischen Raum zu beginnen. Er nahm sich vor, gleich anderntags zwei Flugtickets zu besorgen. Trotz oder gerade aufgrund von Schumanns Insistieren.

«Es ist an der Zeit», sagte er, «dass wir aus diesem Loch hier verschwinden. Es gibt nichts, was mich zurückhalten könnte.

Zuallerletzt diese Wohnung in diesem halbzerfallenen Schuppen.»

Seine Frau legte ihm zärtlich die Hände auf die Schultern. «Wir Asiaten», sprach sie», haben Antennen dafür, wenn es andern Menschen schlecht geht.» Sie setzte sich Attenhofer gegenüber. «Und wenn der eigene Partner Probleme hat, so springen die energetischen Funken gleich über.» Als Attenhofer schwieg, fuhr sie fort: «Seit dem Besuch von diesem Wolf geht es dir nicht besonders gut. Ich würde gern erfahren, weshalb.»

«Wir werden nächste Woche nach Burma ausreisen», wich Attenhofer, Taos Feststellungen ignorierend, aus. Dabei schaute er seine Frau nicht an. Er wusste, dass sie die Art und Weise, wie er zu dem Geld gekommen war, um eine solche Reise erst zu ermöglichen, nicht akzeptierte.

«Wovor bist du auf der Flucht?» fragte sie. Er ahnte, dass sie ihn längst durchschaut hatte. Er seufzte tief und erzählte ihr, womit er sein Geld verdiente.

«Du solltest die Polizei informieren», sagte sie, als er ihr die Geschichte mit Schumanns heimlichen Aufträgen an ihn und mit dem Deal, den er mit dem dubiosen Kollegen eingegangen war, erzählt hatte.

«Ich stecke genauso in der Klemme», sagte er.

«Dann schicke Schumann das Geld zurück und sage ihm, dass du in Zukunft nichts mehr für ihn tun wirst.» Und nach einer Weile. «Weisst du etwas Konkretes über den Verlauf des letzten Auftrages?»

Attenhofer beugte sich über den Tisch. «Ich weiss gar nichts. Ich kenne den Mann nicht einmal. Ein Freund der Familie, wie Schumann sagte. Aber das meinte er wohl sarkastisch.»

«Seit wann arbeitest du denn für ihn?» fragte Tao.

«Schon seit Jahren», antwortete er. «Immer mal wieder etwas, kleine Spionagefälle», er lachte. «Das war wie in einem Film. Aber er hat immer gut bezahlt. Du weisst, wie dringend wir das Geld benötigen.»

«Dann musst du dir gut überlegen, was du tust. Wir können nicht einfach abhauen. Früher oder später würde uns die Interpol suchen.»

«Nicht, wenn wir es geschickt anstellen.» Er erhob sich schwankend, was er schaudernd zur Kenntnis nahm. Tao tätschelte ihm liebevoll die Wangen. «Komm, lass uns essen gehen. Danach sieht die Welt anders aus.»

Attenhofer wünschte sich die Gelassenheit seiner Frau herbei. Doch das war ein frommes Wunschdenken. Er steckte eindeutig in einem Dilemma. Wollte er Schumanns Geld behalten, so musste er dessen Auftrag ausführen. Schumann würde ihn immer finden. Schumann liess sich nicht übers Ohr hauen.

***

Es grenzte fast an ein Wunder, dass Tettamantis Wagen seinen Dienst noch nicht versagt hatte. Der schrottreife Punto holperte gemächlich über die Überlandstrasse. Einzig Armando ärgerte sich, dass sie von andern schnelleren Autos im Minutentakt überholt wurden, selbst an unübersichtlichen Stellen, was zu einer schweisstreibenden Angelegenheit wurde.

Attenhofers Adresse fanden sie schnell. Sie standen jetzt vor einem Stadthaus, das die finanzielle Lage des Ortes mit einer himmelschreienden Ehrlichkeit zutage brachte. Das Gebäude schien auf den ersten Blick unbewohnt. Die Fassaden sahen aus, als hätten sie mit letzter Not einem Erdbeben standgehalten. Man hatte weder Geld zum Abreissen, noch Geld für eine Totalrennovation. Thomas konnte sich nicht vorstellen, dass hier jemand lebte. Trotzdem ging er auf den Eingang zu. Die

Tür war unverschlossen und gab beim Öffnen ein Geräusch von sich wie ein Kammerorchester während des Einstimmens seiner Instrumente. Zwei afrikanische Kinder rannten an ihnen vorbei. Thomas sah ihnen nach. Gleich nahm ihn ein dunkler Treppenhausschlund gefangen. Armando folgte ihm.

Gemeinsam stiegen sie die Treppe hoch und gelangten nach sechs Stockwerken an eine rote Tür, an der ein hellrotes Schild genagelt war. *Roy Attenhofer* stand darauf, *stets zu Ihren Diensten*. Wenigsten hatte dieser Mann Humor. Thomas drückte den kleinen Knopf, der sich neben dem Türrahmen befand, und wartete. Armando stand hinter ihm.

Er musste ein weiteres Mal klingeln, bis die Tür geöffnet wurde.

«Sie wünschen?» Thomas sah eine grazile Asiatin, die ihm wie eine exotische Erscheinung in diesem Gebäude vorkam. Wie etwas schönes Unwirkliches im Rattenloch. Er wies sich aus und erkundigte sich nach Attenhofer.

«Mein Mann ist in seinem Büro.» Sie versuchte, die Worte auf Italienisch richtig zu formulieren. «Ich werde Sie zu ihm bringen.»

Thomas und Armando folgten ihr in einen engen Korridor, von dessen linker Seite aus eine Wendeltreppe steil nach oben führte. Sie fanden sich in einem grosszügig konzipierten Raum wieder. Der Unterschied zur Aussenseite des Hauses hätte nicht grösser sein können.

Der Mann, der sich hinter dem Pult befand und mit losen Fotografien hantierte, blickte kurz auf und widmete sich wieder den Dingen davor. «Ich nehme keine neuen Aufträge mehr an», sagte er, ohne Thomas oder Armando anzuschauen. «Ich werde den Laden hier nämlich dicht machen.»

Thomas konnte ihn durchwegs verstehen. Aber er fragte sich, ob der Mann ihm das auch mitgeteilt hätte, wenn er gewusst hätte, aus welchem Anlass sie hier waren. Thomas legte seinen Ausweis hin. «Hören Sie den Anrufbeantworter nie ab?»

Attenhofer hielt mit seinen Bewegungen inne. Jetzt schaute er auf, direkt in Thomas' Gesicht. Dann suchte er den Blickkontakt zu seiner Frau, die fragend ihre Schultern hob.

«Habe ich etwas ausgefressen?» Er fragte es auf Deutsch. Thomas entging nicht sein gekünsteltes Lachen. «Ich nehme nicht an, dass Sie den Weg in diese Höhle freiwillig gewählt haben.» Sein jetziges Lachen war echt. Er schob die Fotografien auf seinem Pult zu einem Haufen zusammen. «Setzen Sie sich.» Im Übrigen sei er heute noch gar nicht dazugekommen, die eingegangenen Anrufe abzuhören.

Thomas liess sich auf dem Stuhl nieder. Armando bestand darauf stehen zu bleiben.

«Ich habe gehört, dass Sie für Jürgen Schumann arbeiten.» Thomas zog vor, ohne langes Drumherum gleich zum Punkt zu kommen.

«Das ist nur zur Hälfte richtig.» Attenhofer ergriff ein Foto und drehte es in seinen Händen um.

Er machte einen nervösen Eindruck. Thomas wartete.

«Ich habe für ihn gearbeitet. Aber das ist schon eine Ewigkeit her.»

«In welcher Angelegenheit?»

Attenhofer lehnte sich zurück und stiess einen langen Pfiff durch den halbgeöffneten Mund aus. «Wenn Sie es genau wissen wollen. Ich habe Werkspionage betrieben.» Er räusperte sich. «Das praktizieren hier alle namhaften Firmen. Man schleust sich ein, als Computerfachmann, als Sekretär zum Beispiel, bleibt eine bestimmte Zeit, in der man Zugriff zu allen möglichen Daten findet, tut seine Arbeit und verschwindet wieder, mit der Ausrede, dass einem der Job nicht gefalle. So einfach ist das.»

«So genau will ich das nicht wissen.» Der hatte wirklich mit dem Rest der Welt abgeschlossen, so wie der daher redete. «Kann es sein, dass Sie Schumanns Frau observiert haben?» Er sah, wie Attenhofer zusammenfuhr, kaum bemerkbar, Armando war dies gewiss nicht aufgefallen. Aber ihm. Er hatte ein Auge dafür.

«Ich nehme an, dass Sie das schon wissen», sagte Attenhofer. «Es war eine unschöne Arbeit, zumal Schumann in der gleichen Zeit auch seine eigene Frau betrogen hat.» Er kippte den Stuhl weit nach hinten. «Was also bedeutet Ihr Besuch?»

«Der Mann, den Sie in Schumanns Auftrag beschattet haben, ist ermordet worden.»

«Ich verstehe nicht.» Attenhofer stellte den Stuhl, auf dem er sass, in die richtige Position zurück. «Ich hatte lediglich seine Frau im Visier.»

«Und deren Geliebten.»

«Der ist jetzt tot, sagen Sie?» Er warf seiner Frau wiederum einen Blick zu. Von da an gab er sich bedeckt.

«Wann haben Sie mit dem Observieren von Frau Schumann begonnen?»

«Im Oktober letzten Jahres.»

«Ist es bei der Observierung geblieben?»

«Wie meinen Sie das?»

«Haben Sie Schumann noch andere Gefälligkeiten angeboten?

«Nein!»

Thomas traute Attenhofer nicht. Er war sich sicher, dass der Detektiv mehr wusste, als er zugab. Und doch schien es, als wäre er mit dem Latein am Ende, nachdem er vergeblich versucht hatte, auf seine Fragen ehrliche Antworten zu bekommen. Mit jeder weiteren Frage wurde Attenhofer wortkarger.

Schlussendlich antwortete er nur noch mit Ja oder Nein. Erst als Thomas auf den Überfall in Zürich zu sprechen kam, was er mehr routinemässig als angebracht zum Thema machte, bemerkte er eine vage Veränderung in Attenhofers Mimik. Thomas zapfte sofort an. «Könnte es sein, dass Sie Schumann doch irgendwelche zusätzlichen Dienste erwiesen haben?»

Seine Frau kam ihm zuvor. «Sag es ihm, Roy», bat sie. Thomas entging nicht der verzweifelte Unterton, der in ihrer Stimme mitschwang. Es dauerte eine Weile, bis sich Attenhofer dazu durchrang zu beichten. Denn als eine Beichte sah es Thomas an. Und was er in der nächsten halben Stunde zu hören bekam, erhärtete seinen Verdacht, dass es Schumann faustdick hinter den Ohren hatte.

«Glauben Sie mir», schloss Attenhofer, «ich kam durch eine kleine Gefälligkeit, die ich Herrn Schumann anfangs erweisen wollte, immer tiefer in seinen Sog. Ich brauchte Geld, und er bezahlte gut. Ich wusste wirklich nicht, dass der Denkzettel, den ich einem Freund Schumanns erteilen sollte, mit einem Mord enden würde. Es war das erste Mal, dass ich überhaupt einen solchen Auftrag annahm.»

Thomas glaubte ihm nicht. «Wie heisst denn Ihr Kumpel, der den Auftrag ausgeführt hat?»

«Leo Wolf.» Attenhofer kritzelte etwas auf einen Zettel und reichte ihn dann über den Tisch. «Ich glaube, er selber hat diese Drecksarbeit auch delegiert.»

Thomas seufzte. Er steckte den Zettel Armando zu. «Das überlasse ich dir», sagte er. «Ich habe heute Abend noch einen Termin. Du wirst an meiner Stelle zu diesem Wolf fahren.»

Armando grinste.

«Mach jetzt deinen Mund nicht auf», drohte Thomas leise, worauf sich Armando Attenhofer zuwandte. «Wann haben Sie Schumanns Auftrag entgegengenommen?»

Seine Frau kam ihm zuvor. «Das war vor Weihnachten», sagte sie schnell. «Den letzten haben wir zurückgeschickt.»

Thomas schaute interessiert auf. «Was wollte er denn?»

«Er wollte Husseini einen weiteren Schlag versetzen. Einen, bei dem er nicht mehr aufsteht, sondern für eine Weile krankenhausreif würde.»

«Einen Schuss ins Bein zum Beispiel?» Thomas fixierte sein Gegenüber. «Der dann rein zufällig mitten ins Herz ging?»

«Nein, so war es nicht», sagte Attenhofer. Thomas sah, dass er schwitzte. Winzig kleine Schweissperlen standen ihm auf der Stirn.

«Hat Schumann Sie telefonisch kontaktiert?»

«Nein, er hat geschrieben. Das Geld kam per Post.»

«Dieser Schweinehund!», entsetzte sich Armando. «Auf diese Weise ist er sogar sein Schwarzgeld losgeworden.»

Thomas notierte. «Kann ich das letzte Begleitschreiben einmal sehen?»

«Habe ich weggeworfen», gestand Attenhofer.

«Was stand denn darin?»

«Datum, Ort und Zeit, wann man Husseini verprügeln sollte.» Attenhofer wirkte fahrig.

«War das zufällig der Donnerstag, 31. Januar um fünf Uhr?»

«Nein!»

Thomas brannte noch eine Frage auf der Zunge. «Wie haben Sie Husseini damals nach Zürich gelockt?»

«Ich bat ihn, ein Bild mitzubringen.»

«Warum ausgerechnet nach Zürich?»

«Weil Wolfs Kumpel von Zürich aus agierten.»

«Wo waren Sie von Mittwoch, den 30. Januar auf Donnerstag, den 31. Januar?»

«Er war hier in der Wohnung», antwortete Tao an Attenhofers Stelle. Sie hatte dem Gespräch zwischen den beiden Männern interessiert gelauscht. «Um diese Zeit schlafen wir noch.»

«Wann hätten Sie Husseini einen weiteren Denkzettel verpassen sollen?»

«Am letzten Montag.»

«Vor zwei Tagen?»

«Ja, aber ich sagte doch schon, dass ich den Auftrag nicht mehr ausgeführt habe.»

«Ja, das dürfte schwierig gewesen sein. Da war Husseini nämlich schon tot. Haben Sie es nicht erfahren?» Thomas überlegte. Irgendwo hatte die ganze Sache doch einen Haken.

«Nein. Ich habe den Auftrag nicht angenommen.»

«Sie haben also abgelehnt», stellte Thomas fest. «Was hätten Sie denn für die Durchführung kassiert?»

«Genug, um ein neues Leben in Asien zu beginnen», sagte Attenhofer.

«Sie wollen uns verlassen?» Thomas schaute sich um. Im Büro sah es wirklich nach Aufbruchstimmung aus. Neben dem Büchergestell standen Kisten mit Ordnern. Die Regale selbst waren teilweise ausgeräumt.

«Ja, wir tun es trotzdem», sagte Attenhofer. «Auch ohne Schumanns Geld. Das habe ich ihm nämlich zurückgeschickt, hmm …», er räusperte sich, «wir wollen es ihm zurückschicken.»

«Ich muss Sie trotzdem mitnehmen.» Thomas bedauerte es, da er keine klaren Indizien vorfand. Die Gefahr aber, die von Attenhofer in Bezug auf die weiteren Ermittlungen ausging, veranlasste ihn zu diesem Schritt. Zuerst musste er Wolf und weitere Personen inhaftieren, bevor er Attenhofer wieder auf freien Fuss setzte. Er merkte, dass ihm Armando nicht ganz folgen konnte. «Ein taktischer Zug», sagte er ihm beim Hinausgehen und zu Attenhofer gewandt: «Nehmen Sie ein paar Sachen mit, das übliche, was man so braucht. Wenn alles zu

Ihren Gunsten verläuft, werden Sie in 24 Stunden wieder frei sein.»

Tao Attenhofer sah ihn mit verkniffenen Augen an. «Mein Mann ist unschuldig. Er hat nichts mit einem Mord zu tun.» Und nach einem Zögern: «Wie soll er wissen, was er braucht?»

«Das abzuklären, überlassen Sie besser uns», sagte Thomas. Immerhin hatte sich Attenhofer zu kriminellen Handlungen verleiten lassen. Ganz unbescholten würde er nicht davonkommen.

Er und Armando warteten, bis sich Attenhofer zum Gehen bereit gemacht hatte. Seine Frau wehrte sich vehement und drohte, dass sie Roy auf jeden Fall begleiten würde. «Da wo er ist, bin auch ich.» Und wehe, es wagte jemand, sie daran zu hindern, dann würde sie so laut schreien, dass man sie gleich mit einsperren müsste.

Thomas blickte beschämt auf den Boden. Waren die asiatischen Frauen wirklich so, wie man ihnen nachsagte? Plötzlich das Gesicht von Tiziana. Die Gedanken an sie waren fast zwanghaft.

Nach der Festnahme brachte Thomas Attenhofer in Tettamantis Keller. Der letzte Inhaftierte war in der Zwischenzeit wieder in den Alltag zurückgekehrt. Monica hatte zwei Betten frisch bezogen und ein bisschen Ordnung gemacht, sodass Thomas kein schlechtes Gewissen haben musste. Er reservierte für Tao Attenhofer ein Zimmer in seiner Pension, weil sie sich von ihrem Entscheid, ihren Mann zu begleiten, unter keinen Umständen hatte abbringen lassen. «Ich weiss, dass er unschuldig ist», hatte sie in Tettamantis Büro laut geheult und dafür gesorgt, dass es innerhalb weniger Minuten zu einem Menschenauflauf gekommen war. Der ganze Polizeiposten war zugegen, ein paar Nachbarn schauten zusätzlich vorbei.

Ein uraufgeführter Shakespeare hätte nicht dramatischer sein können. Zum Glück hatte dies Armando nicht mitbekommen

Die Zeit bis zu Tizianas Ankunft verbrachte Thomas vor dem Fernseher und zappte sich durch alle Programme. Die Auswahl beschränkte sich auf einen Smalltalk mit einem Schriftsteller, der aufgrund seiner grün positionierten Einstellung dauernd der Öffentlichkeit ausgesetzt war, einer Talkshow mit jungen Sängern und einem Smalltalk mit einem Politiker. Die Sprachen auf den andern Kanälen verstand er nicht. Erst jetzt entdeckte er Lucilles Nummer auf dem Display. Er meldete sich umgehend. «Entschuldige, dass ich dich erst jetzt anrufe. Hier ist einiges los.» Thomas berichtete über seine heutigen Schritte und die Überzeugung, der Auflösung des Falles einen grossen Schritt nähergekommen zu sein.

«In Luzern dagegen läuft das Übliche.» Lucille erzählte von ein paar Randalierern, die man nach einem Fussballmatch auf der Allmend habe festnehmen müssen. «Die lernen das nie. Wir sitzen wieder mal Überstunden ab. Elsbeth schreibt seit dem Nachmittag Protokolle.»

«Apropos Protokolle», sinnierte Thomas, «ich werde dir den heutigen Bericht erst morgen mailen.»

Er beendete das Gespräch.

Vielleicht hat sie es sich anders überlegt, dachte Thomas, als halb neun vorbei und weit und breit keine Spur von Tiziana zu sehen war. Er hatte in einer heimeligen Nische des Restaurants einen Tisch reservieren lassen und darauf bestanden, dass eine Flasche Champagner kaltgestellt und Kerzen angezündet würden. In der Zwischenzeit hatte er die Wirtin kennen gelernt. Sie hatte dabei viel Verständnis für sein Anliegen gezeigt.

Um neun Uhr sass Thomas immer noch allein am Tisch. Das

beigefarbene Hemd hatte er wieder ausgezogen und mit einem schlichten Pulli eingetauscht, die Krawatte in den Schrank gehängt. Ist vielleicht besser so, dachte er. Tizianas Besuch vor ein paar Tagen war ein einmaliger Ausrutscher gewesen. Einmal war keinmal. Und er würde Isabelle gegenüber kein schlechtes Gewissen haben müssen. Er liess sich den Rehrücken servieren, den er schon am Morgen bestellt hatte, und las endlich die Zeitung, um sich über die Tagesaktualitäten zu informieren.

Als *Saties Gymnopédie* summte, verfluchte er sein Mobiltelefon, weil er es nicht abgestellt hatte. Aber er wollte Tizianas Anruf, falls sie anrufen sollte, nicht verpassen. Die Gäste im Restaurant schüttelten voller Abscheu ihre Köpfe. Thomas blieb noch lange im Visier seiner unmittelbaren Tischnachbarn, die seinetwegen ein abendfüllendes Thema hatten.

Armando meldete sich.

«Es war ein Zufall, dass ich den Kerl gefunden habe», sagte er. «Leonardo Wolf ist bereits aktenkundig. Liegt zwar zehn Jahre zurück. War einmal», er räusperte sich verhalten, «nun rate mal, warum», Thomas meinte, er solle sich sachlich ausdrücken, «wegen sexuellen Übergriffs auf minderjährige Knaben im Knast.»

Thomas erhob sich, weil seine Tischnachbarn vergassen weiter zu essen, und verliess das Restaurant.

«Tettamanti hat mir dabei geholfen», fuhr Armando fort. Er hat noch etwas gutzumachen, dachte Thomas. «Es war ein leichtes, ihn abzuführen. Bin gleich mit ein paar Leuten bei ihm aufmarschiert.»

«Gute Arbeit», lobte Thomas.

«Er sitzt jetzt in Untersuchungshaft. Du kannst ihn dir morgen vorknüpfen.» Er machte eine Pause. «Bist du wenigstens in guter Gesellschaft?»

«Mit einem Reh und einer Flasche.» Es war ihm egal, wie Armando über ihn dachte.

«Das Kostüm ist auf dem Weg zur Technik», sagte Armando abschliessend. Thomas hörte nur halbherzig zu und beendete dann die Verbindung. Er ging zurück ins Restaurant und bezahlte die Rechnung.

Später wanderte er den See entlang. Es war jetzt wieder kühler geworden. Er begegnete einigen wenigen Passanten, die auf dem Heimweg waren. Bei der Schiffländе setzte er sich auf eine Bank und blickte hinaus auf den dunklen See. Am Sonntagmorgen würde er mit Isabelle nach Miami fliegen. Er hatte noch ein paar Stunden Zeit, um den Fall zu Ende zu bringen. Vielleicht war er ja endlich weitergekommen. Er merkte, dass seine Motivation auf einem Tiefpunkt angekommen war. Trotz der positiven Aussichten für die nächste Zeit. Er hatte wohl zuviel getrunken. Eine Flasche Champagner legte einen Mann wie ihn flach. Trotz seiner guten Körperkonstitution. Er trank sonst eher selten.

Er war ein guter Polizist. Er mochte seinen Beruf und nahm ihn ernst. Dank seiner Geradlinigkeit war er weiter gekommen. Man war zufrieden mit seinen Leistungen. Die Beförderung im letzten Dezember war die Bestätigung dafür gewesen. Beruflich war es ihm nie schlecht gegangen. Der Beruf, der auch sein Privatleben überlappte, war seine Existenz. Frühschichten, Mittelschichten, Spätschichten. Bereitschaftsdienst. Ordnung im Ungeordneten. Rhythmus im Antizyklus.

Gedanken an Isabelle. Sie brauche die körperliche Ertüchtigung im Bett nicht mehr dringend, war ihre Ansicht. Seit dem Abend im Dezember hatten sie nicht mehr miteinander geschlafen. Überhaupt seien sie aus dem Alter heraus, wo sie es wie Karnickel treiben müssten, hatte sie ihm erst kürzlich gesagt.

Er liebte sie trotzdem. Und war lange in sie verliebt gewesen. Sie hatte andere sehr gute Qualitäten, die er nicht mehr missen wollte. Ihre Fröhlichkeit zum Beispiel. Ihre positive Einstellung zum Leben. Die Gabe, immer einen gewissen Überblick zu halten, was ihm manchmal im Lösen seiner Fälle eine grosse Hilfe war. Ihre Ruhe und manchmal die Sorglosigkeit.

Die Positionslampen eines Flugzeuges tauchten am Horizont auf.

Vielleicht würde er in drei Tagen auch da oben in den Wolken sein. In der Business Class am Fenster. Isabelle hatte ihm gesagt, dass sie für den schlimmsten Fall Reisetabletten besorgt habe. Die hätten eine einschläfernde Wirkung. Eine Kreuzfahrt in der Karibik. So weit war er noch nie gereist. Und jetzt sollte er dies mit einer Frau tun, die bloss noch Händchen hielt und im Palast auf hoher See glücklicher war als in einem erotischen Höhenrausch. Sah so das Alter aus? War die Lebensmitte vergleichbar mit einem Keuschheitsgürtel? Ging es nur noch bergab?

Thomas bekam Schweissausbrüche. Der Gedanke daran lähmte ihn. Und es beunruhigte ihn, dass er überhaupt solche Gedanken hegte. Sein Leben war bis anhin in einigermassen geordneten Bahnen verlaufen. Ausser dem Fall des letzten Jahres hatte ihn nichts wirklich aus der Fassung bringen können. Und niemals war er auf dumme Ideen gekommen. Schliesslich war er ein gestandener Mann, der wusste, was sich gehörte. Er nahm einen Stein auf, warf ihn nach vorne und wartete, bis er ihn auf dem Wasser aufschlagen hörte. Tiziana hatte ihm den Kopf verdreht, ausgerechnet ihm. Dabei kannte er sie gar nicht. Ob es dieses Geheimnisvolle an ihr ausmachte, dass er so vernarrt in sie war? Dieser Rückzieher im letzten Moment? Warum hatte sie ihn überhaupt geküsst? Warum hatte er sie anfänglich abgewiesen? Was wäre geschehen, wenn er sie hätte gewähren lassen? Es erregte ihn.

Zurück in seinem Zimmer, stellte er Tizianas Telefonnummer ein. «Hast du unsere Abmachung vergessen?»

«Ich dachte morgen Abend.»

«Nein, wir verabredeten uns für heute Abend.»

«Ich bin mir sicher, es ist morgen Abend.»

«Gut – morgen Abend! Schlafe gut.»

Donnerstag, 7. Februar

Seit dem Mord auf dem Kapellplatz war eine Woche vergangen. Der Fall blieb verworren. Es gab Verdachtsmomente, die jedoch zu keinem ganzen Indiz zusammengefügt werden konnten. Dazu kam, dass sich Thomas in etwas verstrickte, das ihm die klare Sicht vernebelte.

Er war verkatert. Aus allen seinen Poren strömte der abgestandene Alkoholmief. Er hatte am Morgen mindestens fünfmal die Zähne geputzt und mit Pfefferminze nachgespült. Es nützte nichts.

«Du kannst Wolf gleich verhören», begrüsste ihn Armando, was seine Stimmung auch nicht positiv beeinflusste. Spätestens jetzt musste dieser feststellen, was für eine Fahne von ihm ausging.

Wer war schon wieder Wolf?

«Bring ihn ins Zimmer», sagte Thomas. Monica lächelte ihm entgegen. Er fand dieses Lachen albern. Die weissen Zähne. Überhaupt ging die Frau ihm je länger desto mehr auf die Nerven.

Im Büro riss er die Fenster weit auf. Schnappte nach Luft wie ein Verdurstender nach Wasser. Der Kirschbaum trug tatsächlich Knospen. Es wurde Frühling, und Thomas spürte ihn. Er blieb stehen und hörte, wie hinter seinem Rücken jemand ins Zimmer geführt wurde. Thomas schloss das Fenster. Er drehte sich um.

Leonardo Wolf, fünfunddreissig, vorbestraft.

Breitbeinig sass er da. Ein Koloss von einem Mann. Ein rotes Gesicht unter windzerzausten braunen Haaren. Seine wasserblauen Augen lagen tief und erinnerten an den Blick eines alt gewordenen Bernhardinerhundes. Über seine rechte Wange zog sich eine Narbe bis zum Mundwinkel. Thomas setzte sich ihm gegenüber. «Allem Anschein nach haben Sie vom letzten Gefängnisaufenthalt nicht genug. Ich habe mich vor Ort erkundigt. Die hiesigen Zellen sind nicht so luxuriös ausgestattet, wie diejenige, die Sie kennen.»

«Wer hat gesagt, dass ich wieder in den Knast gehe?»

«Sie wissen den Grund nicht? Beihilfe zum Mord wäre so einer.» Thomas rückte näher an den Tisch heran. Er forderte Wolf auf, ihm in die Augen zu sehen.

«Ich möchte meinen Anwalt sprechen.» Wolf schwitzte. Unter den Armen seines bunten Hemdes zeichneten sich dunkle Flecken ab. Ein säuerlicher Geruch ging von ihnen aus.

«Den bekommen Sie schon noch rechtzeitig», entgegnete Thomas. «Wenn Sie bei der Wahrheit bleiben und uns sagen, wem Sie Ihre Aufträge weitergeben, werde ich ein gutes Wort für Sie einlegen.»

«Das sagt ihr doch immer.» Wolf rutschte auf dem Stuhl hin und her. Thomas sah ihm an, dass er angestrengt nachdachte. «Leckt mich doch!»

Thomas liess sich nicht aus der Ruhe bringen. «Wer hat im letzten Dezember Tarek Husseini an der Bahnhofstrasse in Zürich verprügelt?»

«Wer ist Husseini?»

«Wissen Sie wenigstens etwas über das Bild, das man bei diesem Maler bestellt hat? Wer hat die Bestellung aufgegeben?» Thomas wollte sich Attenhofers Aussage sicher sein.

«Ich weiss es nicht.»

«Die Bestellung war wohl als Lockvogel gedacht», fuhr Thomas unbeeindruckt fort. «Wer also hat Husseini niedergeschlagen?»

«Null Ahnung und null Bock auf Ihre Anschuldigungen», bemerkte Wolf sinnentfremdet.

Was glaubte dieser Brocken eigentlich, wer er war? Thomas

rügte sich, dass er nicht Armando damit beauftragt hatte, die Befragung zu führen. Er musste sich erst daran gewöhnen, dass er jetzt Chef des Ermittlungsdienstes und nicht mehr nur Ermittler war. Er würde in Zukunft besser delegieren müssen. Es konnte nicht sein, dass er die Arbeit von seinen Untergebenen übernahm. Er starrte Wolf weiterhin schweigend an. Dessen Arroganz brachte ihn langsam zur Weissglut. Sein überhebliches Getue. Wieder verstrich wertvolle Zeit, in der Thomas seine vorhergehenden Fragen wiederholte. Irgendwann, dachte er, würde er den Kerl soweit haben, dass er mit seinem Wissen herausrückte.

«Ismail Jevtic.» Endlich kam doch noch etwas Brauchbares aus dessen Mund. «Aber geben Sie sich keine Mühe. Der ist seit Januar wieder in Montenegro. Mit einem Mord hat der auch nichts am Hut. Aber wissen Sie was?» Wolf erhob sich schnell, was den Wachposten in der Zimmerecke alarmierte. Thomas gab diesem ein Zeichen, sich ruhig zu verhalten. «Es sind nicht immer die Balkanesen, die Scheisse bauen.» Wolf setzte sich wieder.

«Da haben Sie vollkommen recht», sagte Thomas müde. «Ich nehmen an, dass Sie ein Schweizer sind.»

Dies hatte die Wirkung nicht verfehlt. Wolf machte ein verdriessliches Gesicht.

«Sie haben ihn doch dafür bezahlt, um das mit Husseini zu erledigen?» fragte Thomas.

«Ich tat auch nur meinen Job.»

Wieder schwieg Thomas, sich an Wolfs Dummheit ergötzend.

«Das sind so arme Schweine, dass die für ein bisschen Geld alles tun», fuhr Wolf fort.

Denen geht es manchmal finanziell besser, als manchen Landsleuten, dachte Thomas. Er sah davon ab, sich darüber weiter Gedanken zu machen oder sich sogar zu äussern. «Haben Sie von Roy Attenhofer in diesem Jahr neue Aufträge entgegengenommen?»

Wolf schüttelte heftig den Kopf. «Der Spinner will aussteigen. Der macht doch tatsächlich seine krankhafte Idee wahr. Er will nach Burma auswandern.» Er lachte verächtlich. «Von dort kommt ja auch sein Frauenzimmer her.»

«Gibt es Zeugen für den Donnerstagabend?» Thomas war aufgestanden und wanderte nun neben Wolfs Stuhl.

«Einen dämlichen TV-Moderator», grölte Wolf, «wenn der mich hätte sehen können. Ich sass nämlich die ganze Nacht vor der Glotze. War eingeschlafen.»

«Sie bleiben vorerst bei uns.» Unzufrieden verliess Thomas das Zimmer. Auf dem Korridor übergab er Armando ein paar Dinge zum Abklären. Blieb ihm also nur noch Schumann. Den würde er sich nach dem Mittagessen vornehmen.

Die Wirtin seiner Pension hatte die Tische auch heute vor dem Restaurant gedeckt. Thomas und Armando konnten sich gerade noch rechtzeitig einen Platz ergattern. Sie waren eine Spur schneller als das betagte Ehepaar, das dann fuchtelnd mit dem Spazierstock das Weite suchte.

Eine blasse Sonne schien aus einem hellblauen Himmel, der in der Ferne mit einer Bergkette verschmolz. Darunter lag der Lago Maggiore, dunkelblau, tiefgründig und klar. Ein Motorboot durchpflügte das Gewässer, Segelschiffe und ein Raddampfer. Auf der Piazza flanierten Mütter mit ihren Kinderwagen, Pensionäre führten ihr Hündchen an der Leine. Ein Gold besprayter Pantomime stand auf seinem mitgebrachten Sockel und unterhielt die Leute mit imitierenden Bewegungen. Gelächter bei den Zuschauern, solange es nicht sie selber betraf. Auf dem Asphalt lag ein Zylinder, in dem ein paar Münzen glänzten.

«Schumann hat einen Prozess am Hals», sagte Armando, nachdem sie das Tagesmenü bestellt hatten. Hähnchen an einer Weissweinsauce und Tagliatelle mit Champignons.

Woher er denn diese Informationen wieder habe, wollte Thomas wissen und biss herzhaft in ein Brötchen, das mit dem Gedeck gebracht worden war.

«Tettamanti hat sie mir endlich ausgehändigt», sagte Armando. «Du bist hoffentlich nicht sauer auf mich, weil ich sie entgegen genommen habe.»

Er sei es sich gewohnt, dass er dazwischen funke. Thomas grinste. «Sonderbar ist es ja schon, dass da nichts an die Öffentlichkeit gedrungen ist. Was steht im Bericht?»

«Die Ärzte einer Nervenheilanstalt haben ausgepackt. Schumann hat die Menschen dort als Versuchs ...», er suchte nach dem richtigen Ausdruck und fand ihn dann doch nicht, ... Versuchstiere benützt.»

«Wie bitte?»

«Es kommt noch schöner. Die Medikamente waren noch gar nicht zugelassen.»

«In einem solchen Fall müsste er seine Firma gleich schliessen.»

«Aber nicht Schumann», sagte Armando. «Späteren Medienberichten zufolge sei es ein Missverständnis gewesen.»

«Ein Missverständnis!» Thomas kniff die Augen zusammen.

Armando nickte zustimmend. «Die Zeitung hat das ganze dementiert.»

«Etwas bleibt immer zurück», meinte Thomas. «Vielleicht ist Geld geflossen», vermutete er.

«Das wird es wohl. Zudem hat Schumann scheinbar erstklassige Anwälte, die das immer wieder zurechtbiegen.»

Thomas erinnerte sich an den jungen Juristen, der Schumann beim letzten Besuch in sein Büro begleitet hatte. Der hatte nicht den Anschein nach viel Erfahrung gemacht. «Cesare?»

«Der Name Rossini war erwähnt.»

«Ach der», sagte Thomas, «den kennt man über die Kantonsgrenze hinaus. Staranwalt. Bekannt für seine Gratwanderungen. Muss etwa im gleichen Alter wie Schumann sein. Gerissen und wortgewandt. Hat tatsächlich schon manchen Wirtschaftskriminellen auf den sicheren Boden zurückgebracht. Würde mich nicht wundern, wenn er auch Schumanns Weste wieder weisswaschen würde.»

«Richtig. Rossini vertritt Schumann», erklärte Armando. «Bei dieser Sache soll Rossini auch ganz schön tief in der Kreide stecken. Es sind noch andere Namen erwähnt gewesen.»

«Der fährt mit grossem Geschütz auf.» Thomas schniefte.

«Das ist anzunehmen. Die stecken doch alle im selben Filz.»

«Der wird sich nicht so freuen, wenn wir noch andere Sachen aufdecken.»

«Den Mord an Husseini?»

«Zum Beispiel.» Thomas erzählte ihm von Tizianas Mails an Hunkeler. «Wir haben nicht sehr viel in den Händen, was diese Sache betrifft», schloss er.

«Hast du ihn nach der Pistole schon gefragt?»

«Das steht auf meiner Pendenzenliste.» Thomas meinte, dass es klüger sei, sich mit einer gewissen Zurückhaltung voranzutasten.

Das Hähnchen wurde gebracht.

«Ich nehme an, dass du Schumanns Observierung bereits veranlasst hast?»

«Der wird auf Schritt und Tritt beobachtet», sagte Armando.

«Kluges Kerlchen.» Thomas zerteilte schmunzelnd das

Hähnchen mit Messer und Gabel.

Armando strich sich wohlgefällig über die Stirn. «Ich sehe doch, unter welcher Anspannung du leidest.»

Die Sonne wechselte vom blassen Licht in noch blasseres, weil Dunst aufzog.

Der Pantomime klemmte seinen Sockel unter den Arm.

***

Jürgen Schumann schlug die Türe zu seinem Büro zu, warf den Aktenkoffer auf das Pult und schaute seine Sekretärin mit blitzenden Augen an. «Ich kann mir nicht vorstellen, dass ich an einem Donnerstag in meine Fabrik abkommandiert werde.» Er rückte den Sessel zurecht, auf den er sich breitbeinig schwang, um zu beweisen, wie dynamisch er noch war. «Was zum Teufel hat Sie veranlasst, mir meinen Donnerstag zu vermiesen? Ich wollte ihn mit Delia verbringen», hakte er nach. «Sie hat Ferien.» Zudem habe er sich für eine Golflektion eingetragen, den Lamborghini müsse er noch in die Garage bringen und am Abend sei eine Versammlung, bei der er nicht fehlen dürfe.

Claudia Luca zog ihre schmalen Augenbrauen hoch. Sie liess sich nicht beeindrucken. Schliesslich kannte sie ihren Chef – in der Firma allgemein als Ekel bekannt – seit Jahren und war entsprechend abgehärtet. «Ich stelle mir solche Typen immer ohne Kleider vor», hatte sie einmal einer Freundin anvertraut. «Dann werden sie alle zu kleinen Würmchen.»

«Dr. Bossi wird in einer Stunde hier sein. Er sagte, es sei dringend und er müsse unbedingt mit Ihnen sprechen.»

«Wann haben Sie das erfahren?»

«Erst heute Morgen, sonst hätte ich Sie schon früher informiert.» Sie seufzte. «Ich hätte sonst keinen Grund, Sie an

Ihrem freien Tag zu stören.» Sie machte einen Schmollmund. «An einem Donnerstag.»

«Hat er gesagt, worüber er mit mir sprechen will?» Schumanns Stimme nahm einen ruhigeren Klang an.

«Er wollte es nicht im Detail sagen. Aber ich glaube, es geht um das neue Medikament.»

Schumann strich sich mit beiden Händen durchs schüttere Haar. «Haben Sie die Unterlagen über das *asd17* schon herausgesucht?»

«Sie liegen auf Ihrem Pult.»

«Dann lassen Sie mich jetzt allein. Wenn ich Sie brauche, rufe ich sie.»

«Herr Bossi wird nicht alleine kommen», sagte Claudia, bevor sie den Raum verliess. «Herr Montalbino wird ihn begleiten.»

«Montalbino?» Der hatte ihm gerade noch gefehlt. Schumann fuhr mit der flachen Hand heftig auf sein Pult. Die Tastatur seines Rechners hüpfte auf und ab. Er liess sich immer wieder aus der Ruhe bringen. Aber dagegen war noch kein Kraut gewachsen. Zumindest nicht in seinen Labors. Das habe, so seine Mutter, mit den Genen zu tun. Sein Grossvater mütterlicherseits sei schon ein Choleriker gewesen.

Nur verbal war Schumann stark. Er besass Charisma und Überzeugungstalent. Es war eine seiner Stärken, die Zuhörer durch seine Stimme zu fesseln und treffend zu argumentieren. Was andere in seiner Position erst durch Seminare und Kurse erlernen mussten, war Schumann angeboren. Sein Vater hatte ihm ein grosses und schwieriges Erbe hinterlassen. Von einem Tag auf den andern musste der junge Schumann den Pharmabetrieb mit über dreissig Mitarbeitern übernehmen, obwohl er kaum eine Ahnung davon hatte. «Die Zigeuner tauchen ihre Kinder auch gleich nach der Geburt ins kalte Wasser», hatte ihm die Mutter gesagt, so würden sie abgehärtet und lernten schwimmen, und ihm gleichzeitig gedroht, im Falle eines Widerstandes gegen den letzten Willen seines Vaters, die Firma zu übernehmen, würde sie ihn mit den Mitteln vernichten, die ihr zur Verfügung stünden. Schumann wusste nicht, von welchen Mitteln die Rede gewesen war, aber er hatte keinen Augenblick gezögert, Vaters Erbe anzutreten.

Das war vor vierzig Jahren gewesen. Zwischenzeitlich waren alle Mitarbeiter, die Schumann senior einmal beschäftigt hatte, ausgetauscht, entlassen, pensioniert worden oder weggestorben. Junge Biologen und Chemiker kamen nach. Und Schumann gehörte nun ganz dazu. Niemand hinterfragte seine Ausbildung. Nur noch ganz böse Zungen behaupteten, dass sich Schumann mit fremden Federn schmücke, dass er ein Luftballon sei, der irgendwann einmal zerplatzen würde, dann nämlich, wenn ihn die Vergangenheit einholte. Es war besser, darüber zu schweigen. Auch Schumann schwieg. Die Wahrheit zu vertuschen hiess nicht gleich viel wie lügen. Solange die Zahlen stimmten, kümmerte es niemanden.

In den vierzig Jahren hatte er die Anzahl der Mitarbeiter verdoppelt und den Gewinn verzehnfacht. Seine Mutter verdankte es ihm, in dem sie über seine gelegentlichen Fehltritte grosszügig hinwegsah.

Schumann griff zum Telefon und wählte eine Nummer. Nach zweimaligem Summen meldete sich sein Anwalt.

«Kannst du in einer halben Stunde hier sein?» Er erklärte ihm weshalb.

«Es ist Donnerstag und ich habe meiner Frau versprochen, mit ihr einkaufen zu gehen.» Alfredo Rossini gab einen zischenden Laut von sich.

«Ich habe auch versprochen, dass ich mit meinem Mädchen etwas unternehme», sagte Schumann kalt.

«Mit deiner Tochter?»

Schumann schniefte verächtlich. «Das hier ist jetzt wichtiger. Du weisst hoffentlich, worum es geht.»

«Ich befürchte es.» Rossini atmete hörbar tief. «Ich habe dich gewarnt, Jürgen. Es wäre besser gewesen, du hättest mit ihm das Gespräch gesucht.»

«Ich glaube, dass wir dies in meinem Büro besprechen sollten», meinte Schumann.

«Ich sollte mich auf das Treffen vorbereiten», entgegnete Rossini.

Das sei nicht nötig, sagte Schumann. «Wir sollten ihn einfach mal anhören. Vielleicht können wir uns ja einigen. Zudem habe ich den besten Anwalt, der das alles immer wieder zurechtbiegt.»

«Diesmal wird es ein schwieriges Unterfangen», erwiderte Rossini. «Aber ich werde das bestmögliche daraus machen.» Er lachte gequält.

«Das hoffe ich doch sehr. Du kostest mich ja auch ein Vermögen.» Schumann beendete das Gespräch, nachdem er sich nach dem Befinden von Rossinis Frau erkundigt und er mit ihm noch ein paar Lappalien ausgetauscht hatte. Schumann musste seinen Anwalt bei Laune halten. Er warf einen Blick auf seine Armbanduhr. Er würde noch genug Zeit haben, um seine Füsse zu vertreten.

Er stand vor die Glasfront, die einen ungehinderten Blick auf den Flugplatz freiliess. Seine Fabrik nahm fast die gesamte Länge der Startbahn ein. Schumann wusste nicht, wer zuerst da gewesen war. Die Startbahn oder die Fabrik. Das Huhn oder das Ei. Jedes Mal, wenn ein Flugzeug startete oder landete, vibrierten die Fenster.

An der Wand neben dem Bürotisch hing ein Bild mit Tiziana und den beiden Kindern. Die Kinder waren sein Stolz. Sie lieferten ihm die Gewissheit, dass er – auch nach seinem Tod – unsterblich bleiben würde. Nebst seinen beiden Sportboliden, der Yacht und den Freunden aus dem Golfclub – in der Reihenfolge – waren es die Kinder, mit denen er die meiste seiner Freizeit verbrachte. Es war ihm ein Anliegen, dass man sah, welch vorbildlicher Vater er war.

Als es an die Tür klopfe, fuhr er herum. Wieder sah er auf die Uhr. Er hatte noch Zeit.

«Die Herren Bossi und Montalbino sind jetzt eingetroffen», hörte er seine Sekretärin sagen.

«Die sollen im Foyer auf mich warten.» Es war der falsche Zeitpunkt, seine Gewohnheiten zu ändern. Erst zehn Minuten später öffnete er die Tür und trat in die Kampfarena. Er schritt auf die beiden Männer zu, die auf zwei schweren schwarzen Fauteuils Platz genommen hatten, unterliess es jedoch, die Hand zum Gruss entgegenzustrecken. Das war eine von Schumanns Taktiken. Den Gegner, und Bossi sah er im Moment als solchen, erst gar nicht in seine astrale Nähe zu lassen. Montalbino warf er nur einen verächtlichen Blick zu.

«Mein Anwalt wird gleich eintreffen.» Er machte eine abwehrende Geste gegen die Anwesenden. Bossi und Montalbino wechselten Blicke.

«Wir können ja schon mal in eines von meinen Büros gehen.» Schumann ging voraus und öffnete eine Milchglastür, hinter der sich ein weiter in Grau gehaltener Raum erstreckte. Riesige Topfpflanzen, aus denen der Geruch von feuchter Erde ging, verhinderten zuerst den Blick auf den langen Sitzungstisch. Die Rollläden an der Fensterfront waren heruntergelassen, das Büro in ein schummriges Licht getaucht. Schumann drehte eine Stehleuchte an, die gleich ein konfuses grelles Muster an die Decke warf.

«Setzen Sie sich.» Schumann zog selber einen der grauen

Sessel unter dem Tisch hervor. «Es kann nur noch Stunden gehen.» Er lachte über seinen eigenen Scherz.

«Vielleicht können wir das ohne Ihren Anwalt erledigen.» Es war Bossi, der das Wort ergriff, «da es ja um interne Probleme geht. Zudem bin ich Ihretwegen hier, Herr Schumann. Herr Rossini wird Ihnen, wenn ich bemerken darf, nicht alle Probleme lösen können. Vielleicht sollten Sie sich besser beraten lassen.» Bossi setzte sich Schumann gegenüber.

Schumann räusperte sich. Das hatte er nicht erwartet, zuallerletzt von Bossi. Laut sagte er: «Das ist doch lächerlich.» Es ärgerte ihn, dass ihn Bossi da getroffen hatte, wo er es am wenigsten mochte. Rossini beriet ihn immer in heiklen Dingen. Das hiess aber noch lange nicht, dass Schumann jeden Rat befolgte. Er wandte sich ab und schwieg.

Später trat Claudia mit Alfredo Rossini ins Büro. Schumann bemerkte, dass sein Anwalt sich offensichtlich sehr beeilt hatte. Die Krawatte fehlte. Das kam sonst nie vor. Sogleich erhob sich Schumann und stellte sich Besitz ergreifend neben ihn. «Dr. Rossini, gut, dass Sie endlich gekommen sind.» Im Beisein seiner Mitarbeiter unterliess es Schumann, seinen Freund beim Vornamen zu nennen. «So wie es scheint, haben wir ein kleines Problem.»

Rossini reichte den Anwesenden widerwillig die Hand.

Bossi erhob sich. Er war ein bescheidener Mensch, der Mühe hatte, sich gewählt und sachlich auszudrücken. Manchmal wirkte er unsicher. Seine Augen jedoch sahen intelligent und wach aus. Er arbeitete seit Jahren in Schumanns Firma und war in der Forschung tätig. Eine Kapazität in der Entwicklung neuer Medikamente. Der medizinische Guru, wie man ihn nannte. Ein Genie auf dem Gebiet der Biotechnologie.

Schumann wusste natürlich, was er an Bossi hatte und dass er ohne seinesgleichen nie den Erfolg erreicht hätte, auf den er so stolz war. Bossi war ein begnadeter Forscher. Seine Arbeit war höchst ethisch und verantwortungsvoll, was sich in seiner Person widerspiegelte.

«Vor gut vier Jahren haben wir *asd17* patentieren lassen», begann er und setzte sich wieder hin. «In den darauffolgenden Monaten hätte es nicht fortschrittlicher laufen können. Alle Phasen sind vorschriftgemäss durchschritten worden. Ich habe damit gerechnet, in ein paar Wochen mit dem Medikament bei der Registrierungsbehörde antreten zu können.»

Schumann und Rossini warfen sich gleichzeitig einen einvernehmlichen Blick zu.

«Sie sprechen in Rätseln.» Schumann sah über Bossis Kopf hinweg. «Wo liegt Ihr Problem?»

«Es sind Probleme in der Verträglichkeit des Medikamentes aufgetreten.»

«Unverträglichkeiten?» Schumann gab sich unbeeindruckt. «Drücken Sie sich verständlicher aus!»

«Wie Sie wollen.» Bossi wirkte fahrig, suchte nach Wörtern. «Wir müssen mit der Registrierung zuwarten. Zudem habe ich etwas vernommen, das ...»

Schumann schnitt ihm das Wort ab. «In den Zeitungen wird viel geschrieben, was sich mit der Wahrheit nicht vereinbaren lässt.» Schumann strotzte vor Arroganz. «Von welchem Medikament reden Sie denn?» Er versuchte, seiner inneren Erregung Meister zu werden, sein Gegenüber vom Thema abzulenken.

«Ich rede von *asd17*, oder sollte ich besser *rh531* erwähnen? Wie ich informiert bin, ist der Prozess noch hängig.» Bossi räusperte sich. «Nach der Nervenheilanstalt rückt nun ein Altersheim in den Fokus.»

«Sie irren sich! Die Geschichte mit den Seelenklempnern ist im Sand verlaufen. Und was haben Sie gesagt? Was soll mit dem Altersheim sein?» Schumann räusperte sich. «Ich habe Ihren diesbezüglichen Bericht gelesen. Jetzt sollen auf einmal Probleme aufgetaucht sein?»

Rossini neigte seinen Kopf Schumann zu und befahl ihm im Flüsterton, seinen Mund zu halten. Schumann schob den Anwalt zur Seite. «Ich habe bereits über fünfzig Millionen in dieses Medikament investiert», sagte Schumann gereizt. «Meine Investoren wollen endlich ihr Geld zurückerhalten. Ich wirke nicht mehr glaubhaft, wenn sich alles immer wieder verzögert.»

«Ich kann Ihren Ärger durchwegs verstehen», erwiderte Bossi ruhig. Er hatte sich offensichtlich gefasst. «Es sind Nebenwirkungen aufgetreten. Meine Probanden klagten über eine anhaltende ...» Er hüstelte gehemmt. «Über eine anhaltende Erektion.»

Das Schweigen danach hatte etwas Bedrohliches. Dies hatte nicht nur Bossi herausgefunden. Schumann musste sich zusammen reissen, um nicht laut heraus zu lachen.

«Kommen wir auf den Punkt.» Es war Rossini, der wieder redete. «Was erwarten Sie von uns?»

«Wir haben einschlägige Informationen», meldete sich nun Montalbino zu Wort.

Du bist gerade der Richtige, dachte Schumann und fixierte Montalbino so, dass dieser verlegen zu Boden blicken musste. Du verdammter Arschkriecher!

«Eine Verzögerung können wir uns nicht leisten», sagte Schumann laut und sprang auf. «Ich habe Ihre Dossiers studiert. Jeden Punkt bin ich durchgegangen. Nirgends sind irgendwelche Nebenwirkungen beschrieben, die für die Patienten gefährlich werden könnten. Sie liegen immer noch im Rahmen des Erträglichen.»

«Genau das ist der springende Punkt», sagte jetzt Bossi.

«Am Anfang sah es positiv aus. Die Frauen haben überaus gut reagiert. Die männlichen Probanden hingegen klagten schon nach wenigen Tagen über entsprechende Wirkungen.» Bossi legte eine kurze Pause ein. «Wären diese Nebenwirkungen nicht aufgetaucht, so hätten wir weitermachen können.» Er hustete und griff nach dem Glas Wasser, das Claudia Luca unbemerkt hingestellt hatte. Als er es wieder abstellte, fuhr er fort: «Alte Leute waren für die Tests vorerst nicht vorgesehen. Vielleicht erklären Sie mir, weshalb Sie die Pillen an dieses Altersheim ausgehändigt haben.»

«Unterstehen Sie sich», enervierte sich Schumann. «Ich habe gar nichts.»

Bossi zögerte, schätze ab, ob er weiterfahren oder schweigen sollte. «Ich befürchte, dass die Pillen auf dem Schwarzmarkt aufgetaucht sind.»

«Welche Pillen?» Schumann gab sich naiv.

«Diejenigen, von denen wir reden. Die Pillen mit den Nebenwirkungen.»

Schumann verzog den Mund. Auch er kannte die Nebenwirkungen. Aber er betrachtete sie nicht als Nebenwirkung, denn viel mehr als einen schönen Nebeneffekt. Er hatte das Medikament selbst als Proband benützt, heimlich, nachdem ihn ein alter Freund aus dem Altersheim darauf aufmerksam gemacht hatte. «Ich schlage vor, dass wir das in aller Ruhe noch einmal überdenken», sagte Schumann deshalb.

Die einkehrende Ruhe war gespenstisch. Nur das Ticken der Standuhr, ein antikes Stück aus der Zeit von Schumann senior, in einer Ecke wenig beachtet, war zu hören und leise, pfeifende Atemgeräusche der sichtlich aufgeregten Anwesenden.

«Verlegen wir die Besprechung auf einen andern Tag.» Schumann erhob sich, etwas vor sich hinmurmelnd. «Ich muss mich mit meinem Anwalt beraten, was in diesem Fall zu tun ist.» Er wandte sich Montalbino zu. «Und Sie können Ihre Sachen gleich packen. Sie sind entlassen!»

Alle drei schauten ihm offenen Mundes nach. Selbst Schumanns Anwalt begriff diesen Rundumschlag nicht.

«Ja meine Herren, wenn das so ist.» Rossini vertröstete Bossi auf einen der nächsten Tage. «Wir werden uns schon einig. Lassen Sie Ihrem Chef Zeit. Und vor allem», er schaute dabei Bossi an, «unternehmen Sie nichts, was unserer Firma schaden könnte. Sie wissen, dass der Job von sechzig Angestellten auf dem Spiel steht.»

Draussen wartete Schumann auf seinen Anwalt. Er hatte den Blick abgewandt, die Hände auf dem Rücken verschränkt und trat nervös von einem Fuss auf den andern. Er wandte sich rasch um, als ihn Rossini an den Schultern berührte. «Was war das soeben?»

«Einen korrupten Hund kann ich in meiner Firma nicht gebrauchen. Zwar halte ich viel von seinen Fähigkeiten, aber er ist ersetzbar.»

«Was rechtfertigt diesen Schritt?» Rossini zog eine Zigarette aus einem Lederfutteral.

«Vielleicht gefällt mir seine Nase nicht.» Somit war für Schumann das Thema erledigt. «Es scheint, als hätten wir mit *asd17* den Durchbruch schneller als geplant», sagte er. «Vielleicht müssen wir die Indikation ändern.»

«Ich ahne, was in deinem Kopf vorgeht.» Rossini schritt auf die hohe Fensterfront zu und sah einem Flugzeug auf dem Landeanflug zu. «Aber du bist dir hoffentlich im Klaren, dass das nicht du allein entscheiden kannst.»

«Wir haben noch gemeinsame Arbeit vor uns.» Schumann erinnerte Rossini an die horrende Summe, die er Ende Monat jeweils auf sein Konto überwies. «Ich bin dein bester Klient,

Alfredo. Ich weiss nicht, was deine Frau dazu sagen würde, wenn du ihr auf einmal keine teuren Pelzmäntel und hochkarätigen Schmuck mehr schenken könntest. Was ich hier mache, ist immer mit einem gewissen Risiko verbunden. Du hast das von Anfang an gewusst. Und hast es nie hinterfragt. Im Gegenteil, du hast mir meinen Rücken gestärkt und dich dabei nicht unwesentlich bereichert. Willst du jetzt aussteigen, nur weil du dich von einem kleinen Forscher unter Druck fühlst?»

«Es geht um Illegalität», entgegnete Rossini.

«Das klingt in meinen Ohren sehr, sehr krass. Es geht um ein Medikament, das ich gratis an ein paar alte Menschen abgegeben habe», korrigierte Schumann. «Selbst meine Mutter hat mitgemacht. Sie lebt noch, wie du siehst.»

«Du verrennst dich da in etwas. Dir gehört zwar die Fabrik, aber von den Dingen, die du nicht verstehst, solltest du die Finger lassen.»

Es kam selten vor, dass Schumann nichts entgegensetzte.

«Ich bin dein Anwalt, der dich immer wieder aus dem Sumpf ziehen muss», konterte Rossini. «Ohne Bossi bist du ein erfolgloser Mann. Wenn die ganze Sache auffliegt, wirst du untergehen und nie mehr aufstehen. Auch meine Möglichkeiten sind beschränkt. Ich kann mich nicht dauernd am Rand des Legalen bewegen.»

«Zeichnet dies letztendlich nicht die Qualitäten eines guten Anwalts aus?» Schumann grinste ihn an.

«Habe ich dir das in den letzten Jahren nicht oft genug bewiesen?» Rossinis Gesicht färbte sich rot. «Immer wieder musste ich dich aus dem Dreck ziehen, wobei ich meinen guten Ruf aufs Spiel gesetzt habe. Das soll hier einmal gesagt werden. Und vergiss nicht, dass es im Verwaltungsrat noch drei Herren gibt, denen dies auch bald zu Ohren kommen könnte.» Danach schwieg er. Er gab es auf, gegen den Obergott Schumann zu intervenieren. Er konnte ihn nur mit Fakten auf dem Niveau halten, auf dem er sich zu bewegen gedachte.

«In ein paar Wochen wird niemand mehr darüber spekulieren, auf welche Weise dieses Medikament getestet worden ist.» Schumann verzog sein Gesicht zu einem schiefen Grinsen.

«Er wird hartnäckig bleiben», entgegnete Rossini. «Seine ethische Denkweise steht über der finanziellen.»

«Zahlen wir ihm einen angemessenen Betrag», meinte Schumann. «Es wird ihn beruhigen und ihn von kontraproduktiven Gedanken abbringen.»

«Wir können es versuchen», meinte Rossini, der realitätsbezogener war als Schumann. «Ich weiss nicht, ob er sich kaufen lässt.»

Er fand seine Fassung wieder. Endlich zündete er die Zigarette an, zog den Rauch ein und liess ihn eine ganze Weile im Mund, bevor er ihn hastig ausblies. «Wir sollten uns nicht heute entscheiden», meinte er.

«Ich kann nicht warten», sagte Schumann dumpf. «Es geht hier um ein Milliardengeschäft. Ich will endlich vorne dabei sein.»

«Dann solltest du es entsprechend angehen, nämlich seriös.»

«Ich habe andere Ziele», sagte Schumann und nach einer Pause. «Sag' mal, wie läuft es eigentlich zwischen dir und Giulia?»

Ob das eine Anspielung auf die Intimsphäre sei, wollte Rossini wissen und hielt sich mit der Antwort zurück. In solchen Momenten verwünschte er seinen Freund. Er wich absichtlich vom Thema ab. «Du solltest auf Bossi hören.» Er räusperte sich. «Das ist die einzig vernünftige Idee.»

«Vielleicht, vielleicht aber auch nicht», sagte Schumann. «Ich wittere ein Riesengeschäft.»

«Das wird dich Kopf und Kragen kosten», sagte Rossini.

«Wir kennen jetzt die Nebenwirkungen.» Schumann ignorierte Rossinis Einwand. «Obwohl ich dies ja nicht unbedingt als Nebenwirkung betrachte. Es ist mehr als ein angenehmer Nebeneffekt. Wenn du willst, werde ich dir von den Wunderpillen einige aushändigen.» Er verschwieg, dass er genau diese Pillen im *Ponte Clara* auch schon an verschiedene Kunden verteilt hatte.

Rossini stand am Fenster und blickte über den Flughafen. «Deine Euphorie könnte dich in arge Schwierigkeiten bringen.»

«Ich trage die Verantwortung. Und nur ich.» Schumann fuhr herum.

«Ein Vorschlag unter Freunden», sagte Rossini ruhig. «Das Frühjahr könnte eine Gelegenheit sein, die Stellung in deinem Betrieb einmal gründlich zu überdenken. Du verrennst dich da in irgendetwas. Ich habe dich noch nie so unüberlegt handeln sehen. Du stellst dich gegen alles quer. Es geht mir einfach nicht in den Schädel, dass es wegen *asd17* ist.»

«Natürlich geht es um *asd17*», konterte Schumann. «Die Konkurrenz forscht auch auf diesem Gebiet. Die sind daran, ein Mittel zu kreieren, das weniger Nebenwirkungen hat, als das letzte, das auf den Markt kam. Und dann geht es um die Investitionen. Ich will endlich Geld! Geld! Geld! Wenn die schneller sind als wir, haben wir Millionen in den Sand gesetzt. Das kann ich mir nicht erlauben. Wir sollten deshalb umdenken ... umdenken, verstehst du?»

«Du solltest bei den Dingen bleiben, wofür du seit Beginn arbeitest.» Rossini wandte den Blick nicht vom Fenster ab.

«Siehst du, Alfredo», sagte Schumann. «Das ist der Unterschied zwischen uns beiden. Du bist einfach nicht flexibel genug. Du siehst entweder Schwarz oder Weiss. Es gibt aber eine ganze Palette von Nuancierungen. *asd17* ist nicht das erste Medikament, das im Anfangstadium für einen andern Zweck erforscht wurde. Du weisst, worauf ich anspreche?»

«Ja», sagte Rossini ermüdet. «Sonst noch etwas?»

Schumann machte ein paar Schritte. «Tiziana hat mich betrogen.»

Rossini hob nur die Augenbrauen. Es verwunderte ihn nicht, aber das konnte er seinem Freund gegenüber nicht gestehen. Er kannte Schumann seit dem Besuch des Gymnasiums. Rossini hatte nach der Matura das Jura-Studium in der Landeshauptstadt absolviert, wogegen es Schumann an die medizinische Fakultät gezogen hatte. Ihre Wege hatten sich getrennt, Freunde blieben sie dennoch. Später lebten sie wieder am selben Ort, sie besuchten die gleichen Vereine, sie frönten beide dem Golfen und arbeiteten bald auch beruflich eng zusammen. Schumann nannte es zwangsläufig. Für Rossini wurde es zu einem Lebenswerk. Es gab dennoch ein paar heikle Themen, die sie nie miteinander besprachen. Eines dieser Themen war Schumanns erste Ehe mit der Schauspielerin Annette Rosenheim. Diese hatte gerade mal zwei Jahre gedauert. Danach hatte die junge Frau ihre Sachen gepackt und Schumann in einer Nacht- und Nebelaktion verlassen. Den wirklichen Grund für diese überstürzte Flucht kannte niemand. Damals hatte Annette eine hohe finanzielle Abfindung bekommen, was wiederum Schumann fast den Kragen kostete. Er war nicht liquide genug gewesen.

«Hörst du mir überhaupt zu?» fragte Schumann in die Stille hinein und schaute jetzt ebenfalls aus dem Fenster. Das Flugzeug war gelandet und stand nun am Rand des Rollfeldes. Die Reisenden verliessen die Maschine über eine Brücke und betraten die Halle dahinter.

«Das kommt mir irgendwie bekannt vor», meinte Rossini

beiläufig.

«Annette hat mich nie betrogen», konterte Schumann. Er ahnte Rossinis Gedanken.

«Weiss Tiziana, dass du es weisst?»

«Dieses Luder glaubte sich absolut sicher», sagte Schumann. «Und stell dir vor, ich wäre nie darauf gekommen, hätte mir mein eigener Sohn nicht gewisse Andeutungen gemacht.»

«Glaubte?»

«Er ist erschossen worden. Das Problem hat sich also von alleine gelöst.»

«Müsste ich etwas wissen, das ich noch nicht weiss?» Rossini warf seinem Freund einen forschen Blick zu.

«Tizianas Fehltritt rumort in meinem Innern», sagte Schumann. «Früher oder später wird diese Geschichte zwar vorbei sein. Aber sie nagt, wenn du verstehst, was ich meine.»

«Willst du etwas dagegen tun?»

«Vielleicht muss ich mir mehr Zeit für die Familie nehmen!»

«Oder du lässt deiner Frau ihre Hobbies», schlug Rossini vor.

«Wie stellst du dir das vor? Meinst du, ich will mich unter der Bevölkerung zum Affen machen lassen?»

«Der Affe bist du doch schon längst. Glaubst du, mir ist nicht zu Ohren gekommen, dass du dich ständig im *Ponte Clara* herumtreibst? Das spricht sich herum: Firmenboss legt Gogo-Tänzerin flach. Mensch Jürgen, wo führt das hin?»

Schumann schluckte leer. Für einmal gab er sich geschlagen. «Es ist alles nicht so einfach», gestand er seinem Freund. «Verdammt, ich ...», er zögerte, «... liebe Tiziana. Jetzt kommt sie mit so einem jungen Beau daher, wie widerlich. Das nagt, zeigt es mir, dass ich alt geworden bin. Sie interessiert sich einfach nicht mehr für mich. Dabei hat sie alles.»

«Aber du betrügst sie doch auch?» Rossini hatte sich nach

dem ersten Erstaunen wieder gefasst. Es kam selten vor, dass Schumann seine Seele vor ihm entblösste. Dies hiess, dass es ihm schlechter ging als angenommen.

«Betrug kann man das nicht nennen. Valentina ist zärtlich, verwöhnt mich und hat keine grossen Ansprüche. Bei ihr kann ich Mann sein.»

Rossini zog eine Schnute. «Ich kann davon ausgehen, dass du nicht irgendeine Dummheit gemacht hast.»

«Wie meinst du das?» Schumann sah den Anwalt mit zusammengekniffenen Augen an.

«Ich hoffe, dass du nichts mit dem Mord an diesem Künstler zu tun hast.»

***

Gerade als sie ins Fabrikgelände fuhren und parkten, startete eine zweimotorige Cessna auf der Rollbahn. Die Triebwerke heulten auf. Die Maschine zog an, preschte über die Piste. Weit vorne zog ihre Nase steil nach oben und stach ins Blaue. Der Ton hallte noch lange nach.

Thomas und Armando fuhren mit dem Aufzug ins obere Geschoss, wo Schumanns Büro lag.

Claudia Luca führte die beiden Polizisten zu ihrem Chef.

Er tat wirklich so, als hätte es niemals Anklagen gegen ihn gegeben, keine wüsten Angriffe auf seine Person. Schumann war Weltmeister im Ignorieren. Cesare war nicht zugegen. Thomas dachte an seinen letzten Auftritt auf dem Posten. Der ganze Aufwand war Zweck einer Zweimann-Show gewesen. Vielleicht, um vom Wesentlichen abzulenken.

Schumann sass stolz in seinem Clubsessel, die Beine mit gekreuzten Füssen auf dem Tisch und schaute Thomas und Armando mit seinem üblichen arroganten Gesichtsausdruck entgegen. Ob er den nie Ruhe habe vor ihnen, fragte er mit herablassendem Ton in der Stimme. Sie seien ja noch schlimmer, als die sensationsgeilen Medienleute von den Tagblättern, die ihm jeden Morgen auflauerten. «Wenn über einen geschrieben wird, so weiss man, dass man noch nicht vom Fenster weg ist.» Schlagzeilen seien zudem werbewirksam. «Aber Sie, meine Herren, stehlen mir meine kostbare Zeit.»

Thomas beeindruckte er damit nicht. «Sind Sie im Besitz einer Waffe?» Er blieb in der Nähe der Türe stehen. «Oder mehrerer?»

«Natürlich besitze ich Waffen.» Schumann nahm schnell die Füsse von seinem Pult. «Ein Jagdgewehr, wenn Sie es genau wissen wollen. Mit diesem dezimiere ich im Herbst in den Tiroler Alpen die Wildbestände.» Schumann zog seine Mundwinkel verächtlich nach unten. «Selbstverständlich legal.»

Thomas konnte sich ein Grinsen nicht verkneifen.

Dann habe er noch eine Schrottflinte, um unliebsame Tauben von seiner Villa fernzuhalten. «Die kacken einem sonst die Bootsabdeckung voll.»

Thomas trat näher. «Eine Pistole?» Er sah, wie sich Schumanns Mimik schlagartig veränderte.

«Eine registrierte Beretta.» Seine Stimme behielt nach wie vor den überheblichen Klang.

«Und wo ist die jetzt?»

«Im Keller. Dort, wo sie hingehört.» Schumann lehnte zurück. Thomas stellte eine kleine Unsicherheit fest.

«Haben Sie die Waffe in der letzten Zeit zur Hand genommen? Gebraucht?»

Schumann schoss wie von der Tarantel gestochen auf. Thomas lobte seinen Entscheid, ein paar Leute unten auf dem Hof platziert zu haben. «Verdammt noch mal. Sie können die Pistole morgen bei mir abholen, wenn es Sie dermassen interessiert. Heute habe ich keine Zeit, weil ich in einer Viertelstunde zu einem Meeting fahren muss.» Er drückte einen Knopf neben seinem Pult.

«Sie müssen uns auf den Posten begleiten», sagte Thomas. «Wir brauchen Ihre Fingerabdrücke.»

«Soll das ein Witz sein?» Schumann war empört. «Und wo ist der Gerichtsbeschluss?»

«Den brauchen wir nicht. Ich appelliere an Ihre Vernunft. Wenn Sie unschuldig sind, haben Sie nichts zu befürchten.» Thomas liess sich nicht einschüchtern.

Claudia Luca erschien.

«Sie können die Herren vor die Türe bringen", sagte Schumann und zu Thomas gewandt, «Falls es Sie beruhigen sollte. Ich werde nach der Sitzung auf den Posten kommen.»

«Nein, jetzt, Herr Schumann. Sie werden von uns begleitet.»

Armando sah ihn düster an. Thomas winkte ab. «Kommen Sie Herr Schumann.»

Armando wandte sich in der Folge an Claudia Luca.

«Als Sekretärin von Herrn Schumann dürften Sie über seine Termine sicher im Bilde sein.»

Claudia nickte etwas irritiert. «Ich koordiniere jeden Termin. Schliesslich verwalte ich Herrn Schumanns Agenda. Worum geht es denn?»

Armando beugte sich über das Pult. «Sehen Sie bitte einmal nach, wo sich Ihr Chef am Donnerstag, den 31. Januar aufhielt.»

«Am Donnerstag, sagten Sie?» Claudia öffnete die Agenda im Outlook. «Da befand sich Herr Schumann auf einer Geschäftsreise in Luzern. Er fuhr schon am Mittwoch dort hin. Ich habe ihm im Hotel Palace ein Zimmer reservieren müssen.»

Armando entging nicht, wie Schumann beim Vorbeigehen kurz stehen blieb. Ob und welchen Blick er seiner Sekretärin zuwarf, konnte er nicht sehen. Er hatte ihm den Rücken zugewandt. Claudia aber wurde kalkweiss im Gesicht. Thomas befreite die Beteiligten aus dieser misslichen Lage. Er stiess Schumann vor sich her, dass dieser gezwungen war, sich Richtung Eingang zu bewegen.

Armando notierte den Namen. «Können Sie mir die Telefonnummer geben?»

Claudia reagierte zuerst nicht. Armando wiederholte sich.

«Was sagten Sie …?» Verdattert sah sie Schumann nach. «Die Telefonnummer? Selbstverständlich.»

«Erinnern Sie sich, ob Ihnen bei der Rückkehr von Herrn Schumann irgendetwas Aussergewöhnliches aufgefallen ist?»

«Nein!» Und nach einer Pause: «Jeder Tag mit Herr Schumann ist aussergewöhnlich.»

Wider Erwarten stieg Schumann in den Polizeiwagen, der bereit stand. Thomas hatte ihm versichern müssen, dass er nur aufgrund der Fingerabdrücke auf den Posten gebracht werde. «Es wird keine zehn Minuten dauern, wenn Sie sich kooperativ zeigen.» Trotzdem war er froh, dass er mit Tettamantis Wagen da war. Noch auf dem Rückweg rief Thomas Tiziana an und bat sie, ihren Sohn auf den Posten zu begleiten. «Wir brauchen seine Fingerabdrücke.»

«Freiwillig wird er nicht mitkommen», bezweifelte Tiziana.

«Dann müssen wir ihn abholen. Du kannst es ihm mitteilen. Ob er dieses Aufsehen um seine Person will? Darüber kann er selber entscheiden.»

Tiziana seufzte. «Ach Thomas, in was für eine Situation hast du uns denn gebracht? Mein Sohn kann keiner Fliege etwas zuleide tun. Er macht zwar auf Macho … wen wundert's. Aber er ist zahm wie ein Lamm.»

Thomas schwieg Stirne runzelnd. Wie ein Lamm war er ihm

nicht vorgekommen.

Er machte einen Abstecher ins Dorf, wo Martha Ponte ihr Restaurant betrieb. Doch das Schild an der Türe wies ihn zurück. Sie hatte geschlossen.

Tettamanti war aufgebracht, als Thomas ins Büro zurückkehrte. Armando war schon früher vorausgegangen. Er wisse nicht, was er mit Frau Attenhofer anstellen müsse. «Seit dem frühen Morgen sitzt sie im Keller und benimmt sich schlimmer als ein Duzend Hühner im Stall.» Er habe die Männer, die sich eine Asiatin zur Frau nehmen, noch nie begreifen können. «Jetzt kann ich den Mist ausfressen.»

Armando, der in seine Nähe trat, beruhigte ihn. Und zu Thomas gewandt: «Wir haben die Fingerabdrücke von beiden Schumanns.» Er schüttelte den Kopf. «Die haben sich so kolossal aufgeführt, dass ich mich schämen musste. Die können schon deswegen den Verwandtheitsgrad nicht verleugnen.»

Thomas ging nicht darauf ein. Er dachte sich bloss seine Sache.

«Ich habe die Abdrücke zur Analyse gleich nach Luzern gesandt.»

«Frau Mathieu hat Sie gesucht», sagte Monica, ins Büro kommend, mit vollem Mund. Sie knabberte an einem Buttergipfel.

«Wann?»

Sie schaute auf die Uhr. «Vor zehn Minuten.»

«Warum haben Sie mir das nicht gleich gemeldet?»

Monica verzog ihren Mund zu einer Grimasse. «Ich dachte …»

«Überlassen Sie mir das Denken.» Thomas stellte Lucilles Nummer ein.

«Sie sind ja ein richtiges Ekel.» Monica wandte ihm schmollend den Rücken zu.

Während Thomas es läuten liess, dachte er über Monicas Äusserung nach. Dies hatte ihm noch nie jemand zuvor gesagt. Hatte er sich etwa negativ verändert?

Marion verband ihn mit Lucille. Die Pistole sei eindeutig die Tatwaffe, wurde aus Luzern berichtet. «Es besteht kein Zweifel mehr», sagte Lucille. «Auch die Fingerabdrücke stimmen mit denen von den Schumanns überein.»

«Für Lars' Alibi gibt es Zeugen», gab Thomas zu bedenken. «Bleibt also nur noch einer.» Er hielt den Atem an.

«Die Spuren sind ein wenig verwischt», sagte Lucille. «Da waren noch ein paar Wollflusen darauf.»

«Die vielleicht von einem Tuch stammen», bemerkte Thomas. «Schumann hat sie vielleicht geputzt.» Es klang nicht sehr überzeugend. Dennoch wusste er, was er zu tun hatte. Er bedankte sich und legte auf.

Er winkte Armando zu sich. «Hole Schumann aus der Fabrik und bringe ihn in seine Villa. Er soll uns den Zulassungsschein zeigen. Wenn dann seine Waffe noch fehlt, machen wir ihn dingfest.» Irgendwann, dachte Thomas, kann auch ein Schumann sich nicht mehr über Wasser halten. Es nahm ihn wunder, welche Ausreden er diesmal benützen würde.

Thomas händigte Monica den Zettel aus, auf dem Armando die Adresse des Palace notiert hatte. «Rufen Sie da an und lassen Sie sich bestätigen, ob Jürgen Schumann am letzten Donnerstagmorgen um fünf im Hotel gewesen ist, allenfalls mit wem.» Monica verdrückte den letzten Rest Gipfel. «Und passen Sie auf, dass Sie keine Brosamen fallen lassen.» Fettflecken auf dem Papier seien jetzt das letzte, was man gebrauchen könne.

«Ich bin immer noch Tettamantis Sekretärin.» Monica war aufgebracht. «Ich weiss nicht, weshalb ich mich von Ihnen so herumkommandieren lassen muss. Ihr Ton gefällt mir auch nicht. Sie kommen hierher und stellen das friedliche Büro auf den Kopf, gerade so, wie es Ihnen gefällt.»

Thomas erinnerte sich an ihre Bereitschaft, sein Zimmer einzurichten. An ihre, wenn auch etwas selbstgefällige, freundliche Art. Er hatte keinen Grund, sich ihr gegenüber so flegelhaft zu benehmen. Er brummelte eine Entschuldigung.

«Warum auf einmal so im Stress?» Armando trat neben ihn und grinste ihn fröhlich an. «Ich bin ja auch noch da.»

Thomas verschwieg ihm sein bedrückendes Gefühl. «Das geht alles irgendwie zu glatt», äusserte er dennoch seine Bedenken.

«Wir haben einfach gute Arbeit geleistet», bestätigte Armando und verabschiedete sich, als Tettamantis Eskorte auftauchte. «Wir sehen uns bei Schumanns.»

Im Normalfall hätte Thomas Erleichterung verspürt, wenn ein Fall sich dem Ende zuneigte und er seine Arbeit abschliessen konnte. Endlich zurücklehnen, abschalten, aufatmen können. Vorsorglich hatte er Linder schon mal darüber informiert, dass er, wenn es die Umstände zuliessen, gleich von der Südschweiz aus nach Zürich-Airport und von da aus in die Ferien fliegen würde.

Die Karibik rückte plötzlich näher. Vor seinen Augen der Luxusdampfer, der durch die karibische See glitt. Ein majestätischer Riese in den Gewässern der Antillen. Anlegen an den schönsten Traumstränden der Welt. Guadeloupe. Barbados. Trinidad. Er sah schon die Steelbands mit ihren verbeulten Fässern. Die schwarzen Musiker einer andern Welt. Menschen, die er nie begreifen konnte, dass sie trotz ihrer Armut eine solche Lebensfreude besassen. Die hatten ihm eindeutig etwas voraus. Curaçao, die holländische Kolonie nördlich von

Venezuela. Atolle. Felseninseln, Korallenriffe und Sandbänke, so weit das Auge reicht. Isabelle hatte ihm vorgeschwärmt und Prospekte gezeigt.

Übermorgen früh wollten sie abfliegen. Für den Notfall hatte sie Reisetabletten besorgt, weil sie wusste, unter welcher Flugangst Thomas litt.

Tiziana hatte ihn kommen sehen. Sie hielt die Eingangstüre weit offen und liess ihn eintreten. «Schön, dass du da bist.» Sie hauchte einen Kuss in die Luft.

Sie zu sehen war ein Segen an diesem Tag. Gleich war Thomas' schlechte Laune verflogen. Die karibischen Träume in den Hintergrund gerückt.

«Ich habe nicht damit gerechnet, dass du mich hier besuchen kommst», sagte sie.

Thomas schob sie ins Entree. «Ich bin nicht zum Vergnügen hier», gab er zu. «Es ist vielleicht besser, dass du dich zurückziehst, wenn meine Männer kommen.»

Sie schaute ihn überrascht an. «Sucht ihr denn etwas?»

Thomas schwieg.

Vor der Villa fuhren die beschrifteten Wagen der Polizei vor. Die roten Streifen auf der Karosserie leuchteten in der grellen Spätnachmittagsonne. Aus dem hintersten Auto stiegen Armando und Schumann. Sie kamen beide schnurstracks auf das Haus zu. Schumann wie immer mit hocherhobenem Haupt. Wer getraute sich schon, ihm etwas anzutun?

Thomas erwartete ihn im Wohnzimmer, wo er sich widerwillig an eines der weichen Sofas gelehnt hatte. Schumann blieb vor ihm stehen. «Sagen Sie mir, was Sie wollen.» Seine Stimme hatte etwas Krächzendes an sich. «Sie haben mich mitten aus einer wichtigen Sitzung holen lassen.» Er hielt die Hände in die Höhe und drehte die Handflächen Thomas entgegen.

Die Fingerkuppen waren blau. «Das wird noch Konsequenzen nach sich ziehen», drohte er.

«Wir brauchen Ihren Waffenschein», sagte Thomas ruhig, sah über Schumanns Zorn hinweg und warf einen Seitenblick nach hinten. Tiziana hatte sich zurück gezogen.

Schumann schritt aufgebracht auf einen alten Sekretär zu – 18. Jahrhundert, schätzte Thomas – und zog eine Schublade auf. «Den hätte Ihnen meine Frau auch aushändigen können.» Er holte eine Klarsichtmappe heraus und entnahm ihr mit einem Griff die gewünschten Dokumente. Er knallte das Papier auf den Salontisch.

Thomas vergewisserte sich mit einem Blick über die Echtheit und reichte dann das Zertifikat an Armando weiter, mit der Bitte unumgänglich Elsbeth zu kontaktieren. «Und jetzt die Pistole.»

«Die ist im Keller», knurrte Schumann und schritt voran. Thomas folgte ihm. Er und ein bewaffneter Polizist.

Der Keller war kein Keller im wörtlichen Sinne. Zumindest nicht so, wie Thomas sich das vorgestellt hatte. Es war ein Gewölbe von erstaunlicher Sauberkeit, vom Boden bis zur gebogenen Decke mit Gestellen versehen, in denen sich liegende Weinflaschen stapelten, säuberlich mit Etiketten überklebt, damit der Jahrgang ersichtlich war. In der Mitte des Raumes gab es einen Tisch und vier Stühle. Eine Einladung für eine abendfüllende Weindegustation, so kam es Thomas vor. Eine Präsentation von einem überwältigenden Reichtum.

Schumann öffnete einen Schrank, der neben den Weingestellen in die Wand eingelassen war. Auch hier das Schönste und Feinste. Ein Mahagonispind mit Messingknöpfen. Er entnahm ihm eine Schachtel und machte sie auf.

Die Schachtel war leer.

«Sagen Sie jetzt nur nicht, das würden Sie nicht verstehen.»

Thomas schniefte siegessicher.

«Ich verstehe das tatsächlich nicht», sagte Schumann, sichtlich verblüfft. «Ich versichere Ihnen, dass die Pistole nach Weihnachten an diesem Platz da war.» Er zog ein dunkelgrünes Samttuch daraus hervor und betrachtete lange die Unterseite, als würde er die Pistole dort finden.

«Sie können noch lange suchen», meldete sich jetzt Armando, der jetzt auch in den Keller gekommen war. «Die wird nicht zum Vorschein kommen. Mir wurde soeben von unserer Sekretärin in Luzern bestätigt, dass die Nummer der Waffe, die man in der Nähe des Tatortes gefunden hat, mit der registrierten Nummer auf dem Dokument hier übereinstimmt.»

«Auch Ihre Fingerabdrücke sind eindeutig», spottete Thomas. «Alles spricht gegen Sie.»

«Aha, und ich soll mit meiner eigenen Pistole einen Neger erschossen haben? Machen Sie sich doch nicht lächerlich, Kramer. Logisch sind meine Fingerabdrücke darauf. Es ist ja auch meine Pistole. So wie's aussieht, wurde sie mir gestohlen.»

«Dann ist es Ihrer Meinung nach Zufall, dass Sie ausgerechnet zur Tatzeit in Luzern waren?»

Schumann lachte gekünstelt. «Ein bemerkenswerter Zufall, Sie haben recht. Es gibt Zeugen.»

Thomas ging nicht darauf ein. «Die Schlinge zieht sich immer enger um Ihren Hals.» Er hielt den Arm nach oben und schnippte mit dem Finger. Der Polizist hinter ihm griff an seinen Gurt. Thomas nahm ihm die Handschellen aus der Hand. Das Geräusch derselben hatte etwas Bedrohliches.

«Ich verhafte Sie aufgrund des dringenden Verdachts, Tarek Husseini ermordet zu haben. Alles, was Sie jetzt sagen, kann gegen Sie verwendet werden.» Thomas informierte ihn über die Rechte.

«Ich verlange auf der Stelle meinen Anwalt!» Schumann

wurde ungehalten. «Dr. Rossini ist sein Name. Rufen Sie ihn unverzüglich an, die Nummer ist …»

«Sie werden auf dem Posten Gelegenheit bekommen, ihn zu kontaktieren», unterbrach ihn Thomas, während er seinem Gegenüber die Hand in Schellen legte.

Zwei Polizisten nahmen Schumann in ihre Mitte.

Schumann wurde ohne weiteren Kommentar abgeführt. Er schwieg denn auch. Thomas war sich gewiss, dass er seine Rechte auswendig kannte. Es war ja nicht das erste Mal, dass er den Gang vor ein Gericht antrat.

Thomas blieb allein zurück. Er wartete, bis Tiziana wieder auftauchte. Er wusste, dass sie alles mitgehört hatte. In diesem Punkt schätzte er sie nicht falsch ein. Sie kam aus der Küche auf ihn zu. Die Vermutung stellte sich als richtig heraus. «Kommt er ins Gefängnis?»

«Ich befürchte es.» Er sah, wie sie erleichtert aufatmete. Endlich, so dachte er, ist ihr Peiniger aus dem Haus.

Thomas hatte eine Frage auf der Zunge, die er schon vorhin hatte stellen wollen. «Kann es sein, dass du deinen Mann in Luzern gesehen hast?»

«Wo denn?» Tiziana warf ihm einen hilflosen Blick zu.

«Am Morgen bei der Tagwache. Er müsste sich eigentlich in deiner Nähe aufgehalten haben, wenn ich von der Richtung des Schusses ausgehe.»

«Und wenn es so wäre, ich hätte keinen Grund, ihn mit einer Falschaussage zu schützen», sagte Tiziana monoton. «Ich habe ihn nicht gesehen. Die meisten der Leute waren ja auch verkleidet und trugen Masken.»

Thomas erklärte ihr, dass er gehen müsse.

«Sehen wir uns heute wie abgemacht?» Tiziana lächelte.

Dem stünde nichts im Wege, sagte er, obwohl ihm gewisse Zweifel kamen. Zweifel und ein Gefühl der Erregung.

***

Es begann zu dämmern, als Tiziana durch die engen Gassen hastete. Tiziana zählte jeden Schritt. Tiziana zählte immer. Sie zählte die Schritte morgens zum Briefkasten und wieder zurück, sie zählte, wenn sie im Badezimmer die Fliesen reinigte. Sie zählte jede Drehung, wenn sie die Markisen herunterliess. Früher hatte sie die Stösse ihres Mannes gezählt. Sie hatte ihm Zeit bis hundert gelassen, eine Gnadenfrist sozusagen, bevor sie einen Höhepunkt vortäuschte und ihn wegstiess.

Der Weg führte sie an der Vitrine mit Valentinas Bild vorbei. Sie hätte am liebsten darauf gespuckt.

Wenig später fand sie sich vor der Tür mit dem Polizeisiegel wieder. Enttäuscht und erschrocken zugleich blieb sie stehen und liess sich von Bildern überfluten. Die Begegnung mit Tarek. Damals. Eine Hitze des Fiebers war es gewesen. Ein Feuer der Ohnmacht. Wild und ungezähmt. Tiziana hatte sich vorgenommen, einen kühlen Kopf zu bewahren. Aber der Vorsatz war schon mit Tareks Augenaufschlag wie weggeblasen gewesen. Hinter dieser Tür hatten sie sich zum ersten Mal geliebt. In seinem Atelier, zwischen Leinwänden und Farbtöpfen. Der Klang seiner Stimme lag noch in ihren Ohren. Sie waren ineinander gestürzt. Die Sehnsucht war unerträglich gewesen. Der Moment der Umarmung heftig. Vergessen waren ihre Zweifel. Sie war in seine Wärme gesunken und hatte den Augenblick genossen.

Sie unterdrückte jetzt den Drang zu weinen. Den Schmerz in ihrer Kehle. Die Lust brach über sie herein – wie damals. Ein Gewitter, das sich stürmisch angemeldet hatte, in Tareks Armen, eine Vorahnung auf das Ungestüme, Unerklärliche, Irrationale, das sie jedes Mal, wenn sie bei ihm gewesen war, empfunden hatte.

Eine fast unmenschliche Erregung ergriff sie. Mit dem Fingernagel entzweite sie das Siegel. In ihrer Tasche hatte sie noch irgendwo einen Zweitschlüssel. Mit fiebrigen Bewegungen suchte sie danach. Sie fand ihn und schloss auf. Sie huschte ins dahinter liegende Zimmer, begab sich zum Bett, das noch genauso durcheinander war, wie sie es von früher kannte. Es hatte sie immer gestört, dass sich ein Mann dermassen gehen lassen konnte. Doch war es nicht wichtig. Nicht in diesen Momenten. Sie schwankte benommen, griff an den Hosenbund, öffnete ihn. Keuchte. Ihre Finger bohrten weiter. Die Erinnerung kehrte zurück. Bis sie seine Haut auf ihrer feuchten Haut spürte. Sie war an seiner Brust heruntergeglitten, über seinen Bauch, talwärts und zielsicher. Dann hatte sie ihn in wilder Leidenschaft verschlungen. Sie hatte ihre Augen aufgeschlagen, die sie während ihrer heroischen Reise geschlossen gehalten hatte, hatte ihn angesehen. Zu ihm empor. Zu ihrem Geliebten. Sie hatte unter seinem brennenden Blick geseufzt und sich von seiner Quelle überfluten lassen. Vom Leben. Und wie sie geglaubt hatte, von der Liebe. Vielleicht von der Liebe. Und sie hätte alles gegeben, im Augenblick zu verweilen. Und in ihm zu ertrinken. Zu vergessen. Zu sterben ... Sie hatte ihn geliebt und gehasst im Wechselbad ihrer Gefühle.

Sie kuschelte sich in die Laken. Es war ihr, als röche sie Tareks sich verflüchtigenden Geruch, das Herbe, fast Säuerliche. Sie inhalierte tief, während sie den Punkt fand, der sie in den Mikrokosmos katapultierte. Sie schloss die Augen, brauchte nicht viel, bis alles in ihr aufbrach. Den Schrei, der nach aussen drängte, unterdrückte sie.

Die Ernüchterung kehrte rasch zurück und mit ihr die schweren Gedanken. Manchmal glaubte sie, keine richtigen Perspektiven mehr zu haben. Sie dachte an die Frauen in ihrem Bekanntenkreis, die alle irgendwie eine Macke hatten.

Nach vierzig, meinten diese, wenn die Kinder aus dem Gröbsten heraus waren, würde die Zeit kommen, um sich selber zu verwirklichen. In der weiteren Umgebung des Dorfes schossen plötzlich Boutiquen wie Pilze aus dem Boden. Fitness-Zentren wurden eröffnet, esoterische Therapieräume eingerichtet. Nicht zuletzt fanden sich darin die gelangweilten Frauen der Schickeria wieder, die es noch einmal wissen wollten. Geld, um ihren langgehegten Traum in die Tat umzusetzen, lieferten die reichen Ehemänner, die wiederum froh waren, wenn sich ihre Gemahlinnen zu beschäftigen wussten und auf keine absonderlichen Gedanken kamen. Tiziana kam es manchmal vor, als bäumten sie sich verzweifelt noch einmal auf. Als wollten sie der Welt beweisen, dass ihre Hülle noch nicht ganz leer, ein bisschen Grips noch vorhanden war.

Welche Träume hatte sie eigentlich?

«Wenn du einmal vierzig bist», hörte Tiziana oft von ihren kriegsbemalten Altersgenossinnen, «dann ist das Leben gelaufen. Dann werfen sie dich auf den Müll. Dein Alter bekommt die Krise und sucht sich eine junge Gespielin oder lässt seinen Frust sonst wie an dir aus.»

Tiziana kannte dieses Gefühl. Trotzdem kämpfte sie dagegen an. Mit Tarek hatte sich der Zustand in ihren vier Wänden zwar nicht gebessert, aber es hatte plötzlich wieder einen Lichtblick gegeben. Doch jetzt schien jegliches Licht wie ausgelöscht.

Oder doch nicht?

Thomas Kramer war in ihr Leben getreten. Nicht mehr ganz so jung, nicht mehr so knackig. Doch für sein Alter in Ordnung. Eine neue Herausforderung. Sie übte Macht aus – allein durch ihre Anwesenheit, durch ihr Aussehen. Sie wusste, wie die Männer auf ihren perfekten Körper reagierten. Dann mutierten sie zu Schwanzgesteuerten. Tiziana seufzte.

Als sie die Wohnung verliess, hatten die Schatten der Vergangenheit sie wieder eingeholt.

***

Tettamanti hatte sich noch nicht beruhigt. Er würde denen da oben, wen immer er meinte, schon noch die Leviten verlesen und ihnen Beine machen, damit sie endlich einen grösseren, moderneren und der Zeit angepassten Polizeiposten erstellen würden. «Ich brauche richtige Verliese», beklagte er sich, «nicht diese provisorischen Kellerräume, bei denen man nicht weiss, was sich darunter befindet. Ich hoffe doch sehr, dass dies nach dem Umbau nebenan berücksichtigt wird.»

Monicas Präsenz schaffte noch mehr Nervosität herbei. Demonstrativ, weil man ihr nahegelegt hatte, auch am Abend auf dem Posten zu bleiben, verdrückte sie nun schon das zweite belegte Brötchen, das dick mit Lachs belegt, einen Geruch verbreitete, der an den Fischmarkt auf der Piazza erinnerte. Thomas vergewisserte sich nur kurz, ob alles in Ordnung war.

Es war ein anstrengender Tag gewesen. Thomas war müde und abgeschlagen und wünschte sich im Moment nur eines: den Polizeialltag abzuschalten.

«Ich nehme an, Schumann ist jetzt gut versorgt», sagte er beim Hinausgehen zu Tettamanti, der ihn finster anblickte.

«Der schon, aber da steht einer in meinem Büro, der möchte Attenhofer abholen. Er behauptet, sein Anwalt zu sein.»

«Sagen Sie das bitte Bartolini», erwiderte Thomas, nahm seine Jacke und ging. Daran hatte er nicht mehr gedacht. Er konnte Attenhofer nichts nachweisen, also musste er ihn wieder auf freien Fuss setzen. Nichts auf der Welt hätte ihn animieren können, noch einmal schweisstreibende Gespräche zu führen. Armando würde das schon erledigen. Armando, der erpicht darauf war, sich bei der Polizei zu profilieren.

Thomas selber hatte nur noch ein Ziel. So schnell wie möglich in seinem Zimmer abtauchen. Das Geschehen draussen zu lassen und es zu vergessen und sich auf einen schönen und geruhsamen Abend zu freuen.

Isabelles vergebliche Anrufe liess er unbeantwortet. Er schrieb ihr lediglich eine SMS, und bat sie, auch für ihn ein paar Sachen einzupacken, falls er es doch noch schaffen würde, pünktlich auf dem Flughafen zu sein. Er glaubte, sie damit zu beruhigen.

Bevor er den Polizeiposten verliess, lief Armando über seinen Weg. «Mir sind die Motive noch nicht ganz klar.»

«Wahrscheinlich war es Eifersucht.» Thomas hielt sich kurz.

«Könnte es sein, dass Graziella Husseini von den Pillen erzählt hat? Hat Husseini daraufhin Schumann mit seinem Wissen erpresst? Vielleicht war ihm zu Ohren gekommen, dass Graziella dasselbe mit ihm getan hatte.»

«Du suchst zu weit», sagte Thomas müde. «In den meisten Fällen geht es um Eifersucht, um die zwischenmenschlichen Beziehungen, auch wenn das Ganze nach etwas anderem aussieht.» Er klopfte seinem Mitarbeiter auf die Schultern. «Wir sehen uns morgen. Ich verziehe mich jetzt.»

Zurück im Hotel ging er unter die Dusche und blieb dort eine Weile.

Der Zeiger seiner Armbanduhr rückte auf halb Acht. Er hatte eine Flasche Champagner kalt gestellt und ein paar Erdbeeren dazu gekauft. Für Tiziana.

Oder würde sie ihn wieder versetzen? Wie gestern Abend? Trieb sie ein Spiel mit ihm?

Ein Blick in den Spiegel. Er würde ihr gefallen. Die Sonne der vergangenen Tage hatte sein Gesicht gebräunt. Achtundvierzig. Das war es noch lange nicht.

Acht Uhr. Die Glocke der Kirche Santi *Pietro e Paolo* schlug die volle Stunde. Es klopfte an die Tür. Noch einmal ein Blick zum Spiegel. Noch einmal tief durchatmen. Wenigstens war sie pünktlich.

«Tiziana, du bist schon da?»

«Lässt du mich noch lange vor der Türe warten, oder darf ich reinkommen?»

«Möchtest du nach unten gehen? Ich habe in einem separaten Raum einen Tisch bestellt.» Sie sah umwerfend aus. Sie trug ein rotes Kleid, das sie um Jahre jünger scheinen liess. «Ich habe auch Champagner kalt gestellt.»

«Ich trinke lieber kühlen Champagner.» Sie schob sich ins Zimmer. Ein Rosenduft streifte Thomas' Nase. Über ihr Gesicht huschte eine zarte Röte.

«Das Kleid steht dir gut.» Er rückte den einzigen Stuhl zurecht. «Oder möchtest du auf dem Bett sitzen?» Wie idiotisch. Sie war nicht gekommen, damit sie einander Händchen hielten. Er packte sie plötzlich. Er war ein Kerl. Ein echter. Sie wehrte sich. Er verschloss ihren Mund mit seinem. Ihre Stimme erstickte. Ihr Widerstand liess nach, während er sie zum Bett trug. Hastig entledigten sie sich ihren Kleidern. Er sah sie an. Zum ersten Mal sah er sie wirklich. Einen Moment lang hielt er inne. Sie wirkte zerbrechlich wie ein Mädchen. Er entdeckte ihren Leib mit den Händen. Und mit dem Mund. Sie seufzte. Ihre Beine liessen sich widerstandslos öffnen. Ihr Schoss zitterte. Nass jetzt und offen. Bereit. Bereit für ihn. Die zarten feinen Läppchen schmeckten nach ihr. Nach Pfefferminze, die rosa Knospe.

Thomas stand auf. Liess sein letztes Kleidungsstück zu Boden gehen.

Tiziana packte seinen Penis.

Freitag, 8. Februar

Am Morgen war sie verschwunden. Und er hatte es nicht gemerkt. Ein Blick auf den Wecker sagte ihm, dass er spät dran war. Mit einem Satz war er aus dem Bett. Er fühlte sich gut. Unter der Dusche sang er. Was für einen Nacht!

Als er ins Büro kam, warteten alle auf ihn. Armando, Tettamanti, Monica, zwei weitere Polizisten. Fünf Augenpaare, die ihn ins Visier nahmen. Eine ganze Armada. Thomas suchte vergeblich einen roten Teppich. Neben seinem Stuhl stand Armando.

Thomas' Überraschung war nicht zu übersehen. Was war hier los? (Sie hatte sich wunderbar angefühlt. So weich und warm.)

«Wir mussten Attenhofer gehen lassen.» Armando erhob sich und trat neben ihn. «Sein Anwalt war hier.»

«Das ist nichts Neues.» (Sie hatte unter seinen Stössen gestöhnt. War zergangen, zerronnen.)

«Wir haben Schumanns Alibi im Hotel Palace überprüft.» Armando machte einen Schritt vorwärts. «Das ist einwandfrei.»

«Ach», entglitt es Thomas. (Sie hatte geseufzt, gezuckt.) «Es war seine Pistole, die man gefunden hat.» (Sie waren gleichzeitig gekommen, zumindest hatte es sich so angefühlt. Sie hatte sich wie wild auf seinem Körper gebärdet. Hatte geschrien, sich gewehrt. Und ihn gebissen. Ein fulminantes Finale.) «Seine Fingerabdrücke waren auf der Pistole. Er war in Luzern. Er muss es gewesen sein.»

(«Weisst du», hatte sie gesagt, während er seinen Höhepunkt verebben liess. «Als man meinen Mann festnahm, hatte ich ein unbeschreiblich befriedigendes Gefühl. So wie jetzt. Endlich hat er das bekommen, was er verdient hat.»)

«Er muss es gewesen sein. Es war seine Pistole.» Thomas kam kurz der Verdacht auf, dass Dr. Rossini mit vollem Geschütz aufgefahren war, wie man das von ihm und von früher kannte. «War Schumanns Anwalt schon da?»

«Ich muss dich unter vier Augen sprechen», sagte Armando. Er schien etwas gehemmt.

«Etwas Wichtiges?» Thomas war es nicht geheuer. War es möglich, dass er von seiner Affäre mit Tiziana erfahren hatte? Würde er sich jetzt Vorwürfe anhören müssen?

Armando gebot Tettamanti und dem Rest, das Büro zu verlassen. Als sie alleine waren, fragte er: «Thomas, was ist mit dir los? Wo sind deine Gedanken?»

Thomas schüttelte den Kopf. Er fühlte sich euphorisch und elend zugleich. «Fängt die Suche also wieder von vorne an?» Er konnte sich nicht vorstellen, irgendwelche Fehler gemacht zu haben. «Hat man Wolf noch einmal überprüft?», fragte er in gemässigtem Ton.

«Er befindet sich immer noch in Untersuchungshaft», sagte Armando.

«Und diesen Jevtic?» Thomas gab nicht auf.

«Der wurde tatsächlich Anfang Januar ausgewiesen.»

«Aber dann hast du sicher auch Schumanns kriminelle Ader erkannt? Er ist ein Dieb, Lügner und Betrüger.» Thomas zitterte.

«Das ist mir schon lange bekannt», gab Armando zu. «Aber er ist kein Mörder.» Er legte Akten auf das Pult. «Lies die letzten zwei Zeilen aus Lucilles Bericht!»

Thomas schlug das Dokument auf. «Und?» Er las nicht. Er wollte nicht. Der Fall war abgeschlossen. Schumann war der Mörder. Im Grunde wollte er, dass er es war. Er, der Kriminelle, er hatte es verdient.

«Ja willst du nicht oder siehst du es nicht?» Armandos Stimme nahm einen lauteren Klang an.

Thomas merkte, wie Schweiss aus seinen Poren trat. Sein Nacken war feucht. Der ganze Rücken. «Schumann ist der Mörder. Alles spricht gegen ihn.»

Armando half Thomas auf die Sprünge. «Wir haben den Bericht des Agenturinhabers, mit dem sich Schumann getroffen haben soll. Er bestätigte, dass er bis in die frühen Morgenstunden mit Schumann in dessen Zimmer zusammen gewesen sei. Als er sich auf den Weg machte, sei es schon sechs Uhr gewesen.»

«Das ist doch eine abgekartete Sache», gab Thomas zu bedenken. «Was hat er ihm für seine Falschaussage bezahlt?»

Armando sah ihn konsterniert an. «Der Fall ist noch nicht abgeschlossen.»

Thomas blähte seine Lungen. Ein tiefer Seufzer entwich seiner Brust. «Dann werden wir hier unsere Zelte abbrechen und nach Luzern zurückfahren. Wo, hast du gesagt, hat man die Pistole gefunden?»

«Auf einem Gitterrost an der Reuss.» Armando war irritiert.

Thomas blickte aus dem Fenster. Der Kirschbaum hatte über Nacht eine weitere pralle Knospe entwickelt. Es hätte ein schöner Frühling werden können. Auch für ihn.

Armando liess ihn nicht aus den Augen. «Hast du dich am Ende in Tiziana Schumann verliebt?»

«Was soll dieser Kommentar?»

«Hast du oder hast du nicht?»

«Nein, wie kommst du denn darauf?» Thomas spürte eine Welle von Unbehagen in sich aufsteigen, und er fühlte sich von seinem Untergebenen in die Enge getrieben. «Nein», wiederholte er. «Du irrst dich!»

Armando sah ihn nachdenklich an, sagte aber nichts. Von draussen drangen gedämpft Stimmen. Von irgendwoher das

Geräusch eines Pressluftbohrers.

«Wir fahren nach Luzern zurück.» Thomas wirkte wieder gefasst. «Ich will vor Ort sein, wenn wir den Fall neu aufrollen. Vielleicht wurde am Tatort etwas übersehen.» Er rügte sich selbst, dass er als Ermittler nach Ascona gefahren war, wo er im Büro in Luzern wahrscheinlich mehr hätte ausrichten können. Er würde sich seine Zukunft als Chef des Ermittlungsdienstes überdenken müssen. Vielleicht würde er sich doch mehr der Administration widmen und seine Leute koordinieren müssen. Andererseits war er nun mal kein Bürogummi.

Die beiden Polizisten räumten ihr provisorisches Büro.

Tettamanti stand indessen an der Tür. «Ich habe doch gesagt, für Schumann würde ich die Hand ins Feuer legen.»

Thomas und Armando sahen einander nur an.

«Er mag für viele ein Krimineller sein», fuhr Tettamanti fort. «Für mich hat er Grösse.»

Auf eine Weise verstand Thomas ihn und dachte an dessen Frau.

«Ein moderner Robin Hood», flüsterte Armando.

«Im Gegensatz zu Schumann hat sich Robin Hood nicht für sich selbst bereichert.» Thomas klappte seinen Laptop zu und schob ihn in die mitgebrachte Hülle. Kurz dachte er an den Toten im Kostüm. «Aber da unser Gesetz Lücken hat, wird es immer wieder solche Scharlatane geben, die in unserem Land Immunität geniessen. Es liegt jedoch nicht in unserem Aufgabenbereich, diese Zustände zu verbessern. Wir suchen noch immer einen Mörder.»

Armando entging nicht der enttäuschte Unterton.

«Dass Sie hier waren, war somit für die Katze», meinte Tettamanti abschätzig, während er die Arme verschränkt haltend an den Türpfosten lehnte. «Sie haben vergebens für Unruhe gesorgt. Draussen lauert die Presse und bohrt mit Fragen, die ich nicht beantworten kann. Was meint Ihr Zentralschweizer eigentlich, unser beschauliches Leben auf den Kopf stellen zu müssen?»

«Gibt es ein Problem?» Über Thomas' Nase hatte sich eine Zornesfalte gebildet. «Ich erinnere mich, dass Sie sich vor nicht allzu langer Zeit sehr positiv über unsere Anwesenheit geäussert haben.»

«Der Eindruck hat getäuscht. Ich merkte bald, woher der Wind weht. Deshalb bin ich heilfroh, wenn Sie sich in Ihre eigenen polizeilichen Gefilde zurückziehen. Was bleibt?» Tettamanti schob sein rechtes Bein vor. «Ich kann die Suppe auslöffeln, die Sie mir eingebrockt haben.» Damit beendete er den Monolog und kehrte kurzerhand zurück in sein eigenes Büro.

«Was war das soeben?» Armando räumte weiter auf.

«Vielleicht haben wir unvermittelt einen schlafenden Hund geweckt.»

Thomas überlegte sich im Hotel, ob er Tiziana anrufen solle, wusste aber nicht, ob seine Idee erwünscht war, zumal er damit rechnen konnte, dass sich Jürgen Schumann zu Hause aufhielt. Er hatte den Gedanken nicht zu Ende gebracht, als sein Mobiltelefon die klassische Melodie spielte, die ihn daran erinnerte, dass er Isabelle schon längst hätte anrufen müssen. War sie ihm zuvorgekommen?

Auf der Leitung war Tiziana.

«Ihr habt ihn wieder laufen lassen?» Aus ihrer Stimme sprühte nichts als Empörung.

«Beruhige dich. Wir hatten keine andere Wahl. Das Alibi deines Mannes überzeugt. Zudem gibt es einen unmittelbaren Zeugen, dass dein Mann zur Tatzeit im Hotel Palace war.»

«Im Bett, natürlich.» Tiziana lachte verächtlich. «Bestimmt eine Zeugin. Das hätte ich mir denken können. Hat er ihr für ihre Lüge einen Pelzmantel versprochen?»

Thomas fand es seiner nicht würdig, den ganzen Sachverhalt zu erläutern. Und so kannte er Tiziana nicht. War sie gerade daran, ihm eine ganz andere Seite von sich zu präsentieren? «Ich fahre heute Abend zurück nach Luzern», sagte er nur.

Auf der anderen Seite blieb es eine Weile ruhig. Dann ein leises Seufzen. «Sehen wir uns nicht mehr?»

«Tiziana, hör zu: Das kann so nicht weitergehen.» Er wusste nicht, ob er darüber am Telefon sprechen sollte.

«Eine sehr billige Art, etwas zu beenden, das so schön angefangen hat. Du könntest es mir auch unter vier Augen sagen.» Da war es schon.

Thomas drückte sich herum. «Lass uns einfach wie zwei Erwachsene darüber reden.»

«Gerade eben vergesse ich, dass ich erwachsen bin. Ich möchte dich noch einmal sehen. Ist das so schlimm?»

«Es geht nicht. Die Pflicht ruft.»

«Die Pflicht?» Tiziana lachte schrill auf. «Deine Pflicht wäre es gewesen, meinen Mann zu verhaften. Stattdessen hast du ihn laufen lassen! Dieses Ungeheuer! Immer wieder kommt er davon. Thomas, du enttäuschst mich. Ich habe an dich geglaubt. Ich habe daran geglaubt, dass du ihm endlich die Riegel schiebst ... Aber nein, du lässt ihn laufen.» Sie wurde jetzt so laut, dass Thomas das Mobiltelefon von seinem Ohr fernhalten musste. Er wusste nicht, wie er es schaffen sollte, Tiziana zu beruhigen. Durchs Telefon war es nicht einfach. «Ich werde mich bei dir melden», sagte er, was letztendlich alles offen liess.

«Schade», war das einzige, was Tiziana hervor brachte. Sie legte auf. Thomas betrachtete eine Weile das Mobiltelefon in seiner Hand, als könnte er damit Tizianas letztes Wort einfrieren.

Mittlerweile war es früher Nachmittag. Die beiden Polizisten checkten aus. Die Wirtin bestand darauf, dass sie den angebrochenen Tag bezahlen müssten. Thomas gab es auf, darüber zu diskutieren. Nur Armando liess eine Salve italienischer Flüche los, die trotzdem nichts nützten. Die Dame am Empfang blieb stur. Sie bestellte ihnen jedoch ein Taxi, das sie zum Bahnhof nach Locarno fuhr.

Noch immer befanden sich die Temperaturen im zweistelligen Bereich. In Bellinzona mussten die beiden Polizisten umsteigen und hatten dazwischen genügend Zeit, sich im Bahnhofbuffet mit etwas Essbarem einzudecken. Nachdem sich Armando auch mit Journalen ausgerüstet hatte, bestiegen sie den Zug, der direkt nach Luzern fuhr. Sie fanden ein Abteil, wo sie ungestört waren. Thomas blickte aus dem Fenster an die grauen Betonzeilen. Irgendwo dort drüben würde Attenhofer jetzt sein Dachgeschoss räumen und der Tristesse den Rücken zuwenden. Thomas grübelte. Vielleicht müsste auch er sein eigenes Leben einmal überdenken. Aussteigen wie Attenhofer und all dem entfliehen, was den Sinn des Lebens in Frage stellte. Thomas bewunderte einerseits die Menschen, die es schafften, von einem auf den anderen Tag ihr Leben rigoros umzustellen, sich selbst den Gewohnheiten zu entreissen und in die Anonymität zu verschwinden. Andererseits schien für ihn genau daraus das gesellschaftliche Problem zu bestehen. Nicht nach rechts und nach links blicken hiess nicht zwangsläufig, dass es einem dadurch besser ging. Sich abschotten konnte auch das Gegenteil bewirken. Eine gesunde Gesellschaft konnte nur existieren, wenn jeder zu ihrem Gelingen beitrug. Attenfhofer war mit einem blauen Auge davongekommen. Ihn für die illegalen Geschäfte zur Rechenschaft zu ziehen, war nicht Thomas' Aufgabe, und so, wie er Tettamanti kannte, würde dieser davon absehen, rechtliche Schritte gegen Attenhofer einzuleiten. Solange es Verbindungen zu Schumann gab, würde er sich still verhalten.

Kaum passierte der Zug das Nordportal des Gotthardtunnels, legte sich ein grauer Schleier vor die Fenster. Regentropfen peitschten vorbei. Die Landschaft tauchte in undurchdringlichen Nebel ein. Von der dreimal anderen Ansicht auf die Kirche von Wassen, die sich bei schönem Wetter bot, hatten die Polizisten nichts.

Thomas hatte den Laptop vor sich und tippte die Protokolle der letzten Tage ein, die bis anhin nur in Stenografie vorhanden gewesen waren, ausser den Berichten, die er an Elsbeth und Linder geschickt hatte. Armando hingegen döste vor sich hin. Manchmal entwich ein sägendes Geräusch seinem Rachen, bis er selbst daran erwachte. «Und, was ist nun mit dieser Tiziana Schumann?» Armando rieb sich die Augen.

«Du lässt wohl nie locker.» Thomas blickte über den Rand des Laptops.

«Sie ist zugegebenermassen ein tolles Weib und für ihr Alter in Topform.» Armando schniefte anzüglich. «Wenn ich nicht liiert und bald Vater von Zwillingen wäre, hätte ich es mir auch überlegt.» Er verzog die Mundwinkel zu einem schiefen Grinsen. «Also, lass die Katze aus dem Sack: Hattest du etwas mit ihr oder nicht?»

«Warum ist das so wichtig?»

«Ich habe deine Augen gesehen. So, wie du sie angesehen hast, schaut nur ein verliebter Idiot.»

«Es ist nichts.»

«Komm schon, ich werde meinen Mund halten, Ehrenwort.»

«Es ist idiotisch. Vollkommen idiotisch.» Thomas wandte sich von Armando ab und sah durch die Fensterscheibe an die graue Nebelwand.

«Du kennst die Regeln», sagte Armando.

Thomas zögerte. «Ja, ich habe mich verliebt.»

Armando fuhr herum. «*Stramaledetto*! Ich hätte es wissen müssen. Deine Bemerkungen neulich, *porca miseria*!»

«Das konnten wir ja beide nicht ahnen», sagte Thomas schuldbewusst zum Fenster.

«Natürlich nicht», bemerkte Armando. «Und du hast offensichtlich deinen Moralkodex vergessen.» Er schniefte erneut. «Erlaubst du mir die Feststellung, dass die Dame dich für ihren Zweck nur benutzt hat?»

«Welchen Zweck?»

«Uns ihren Mann ins Netz zu katapultieren. Oder irre ich mich?»

«Das ist mir in diesem Moment gerade klar geworden.»

«Mensch Tom, in was hast du dich da verrannt!» Armando beugte sich nach vorn und legte ihm die Hand auf die Schultern. «Wenn ich nicht so grosse Achtung vor dir hätte, ich weiss nicht, was ich tun würde. Das hätte nicht passieren sollen.»

«Nun ist es geschehen.» Thomas schob Armandos Hand von seiner Schulter. «Ein Ausrutscher, ein nicht wieder gut zu machender Fehler. Ich nehme an, dass du Linder darüber informieren willst.»

«Ich denke, du hast diese kurze Liaison beendet.»

«Exakt.» Mehr wollte Thomas dazu nicht sagen. Er wusste, wo er hingehörte. Seine Ehe würde er zuallerletzt aufs Spiel setzen. Er war ein Mensch, der geordnete Verhältnisse brauchte. Isabelle schaffte ihm das Fundament, auf das er bauen konnte. Zwischen ihnen gab es zwar nicht mehr diese grosse Verliebtheit, doch eine tiefgründige Liebe. Sie waren ein eingespieltes Paar, das sich ohne viele Worte gut verstand, wenn er es genau nahm. Andererseits, wenn in seiner Ehe alles im Lot gewesen wäre, hätte er sich wohl nie auf dieses Abenteuer eingelassen. Er überlegte sich, ob er den Seitensprung gestehen sollte oder nicht.

Armando schaute auf die Uhr. «Eine ganze Woche haben wir umsonst geopfert. Der Mörder wird in der Zwischenzeit alle möglichen Spuren verwischt haben.»

«Haben wir etwas falsch gemacht? Wir sind den Indizien gefolgt. Mögliche Motive haben wir näher betrachtet. Vielleicht hat die Tat rassistische Hintergründe.»

«Dann beginnen wir wieder von vorne. Durch ...», er suchte nach den richtigen Worten, «... durch deine Hinhaltetaktik und alles wegen dieser Frau.» Er hielt Stirne runzelnd inne. «Warum haben wir Tiziana Schumann eigentlich nie verdächtigt?»

«Meinst du, mir sei diese Möglichkeit nicht auch schon durch den Kopf gegangen?», zögerte er, winkte jedoch gleich ab. «Vielleicht sollten wir diesen Yusef Costic noch einmal unter die Lupe nehmen.»

Armandos Augen formten sich zu kleinen Schlitzen. «Ich dachte, das habe Lucille bereits getan?»

«Bis anhin ist nichts Auffälliges zum Vorschein gekommen. Und Costics letzte Straftat liegt fünf Jahre zurück. Zudem war er nicht die unmittelbare Zielscheibe.» Thomas stiess Luft aus. «Doch es könnte ja sein, dass Husseini dazwischengeraten ist.»

«Du sprichst heute zum ersten Mal von dieser Möglichkeit.»

«Ja, weil Husseini im Vorfeld bereits nach dem Leben getrachtet wurde. Der Überfall in Zürich, der Brand in seinem Atelier ...» Thomas klappte den Laptop zu, nachdem er das Programm heruntergefahren hatte. «Ich habe unsere Abteilung schon mal zum Rapport aufgeboten. Heute Abend treffen wir uns im Sitzungszimmer.» Thomas hangelte nach dem Mobiltelefon.

«Wen rufst du an?»

«Julia.»

«Brauchst du Hilfe?»

Thomas überging es.

Nach dem zweiten Klingelton nahm sie ab. Thomas hatte sie im Verdacht, dass sie ihr Mobiltelefon Tag und Nacht auf sich trug.

«Tom, wie schön von dir zu hören. Ich dachte schon, dass du mich vergessen hast. Und jetzt, wo du einen Rang höher bist, willst du dich nicht mehr mit mir einlassen. Wie geht es dir, alter Knabe?»

«Schön, dass du mich auch zu Wort kommen lässt.»

«Hat dich Lucille über meine Party informiert? Du kommst doch auch?»

«Ich bin mitten in einem Fall», konterte Thomas.

«Das bist du immer, wenn wir miteinander telefonieren.» Julia lachte dunkel. «Was hast du auf dem Herzen? Umsonst rufst du mich ja nie an.»

War das soeben eine Kritik an seiner Person? «Ich möchte dir etwas zeigen, respektive mit dir reden.»

«Dann komme vorbei. Ich habe nun meine eigene Praxis in der Altstadt eröffnet.»

«Lucille hat mir davon erzählt. Und, läuft es gut?»

«Ich kann mich nicht beklagen. Also, wann kommst du vorbei?»

«Ich bin auf dem Weg nach Luzern. Ich werde erst in einer Stunde am Bahnhof sein. Dann treffe ich mich mit dem Polizeichef. Wir müssen einen Fall neu aufrollen. Ich glaube, vor morgen Mittag wird es nicht möglich sein.»

«Ich dachte, es sei dringend.» Julia teilte ihm ihre Adresse mit und beschrieb ihm den Weg dorthin.

«Ich werde mich nochmals bei dir melden.» Thomas verabschiedete sich. Als er sein Mobiltelefon in die Jackentasche sinken liess, bemerkte er, wie Armando ihn mit zusammengekniffenen Augen betrachtete. «Was?»

«Was willst du ihr zeigen?» Armando lehnte mit dem Oberkörper nach vorn.

«Das ist nicht relevant.»

«Vorhin hat es aber anders geklungen.»

«Warten wir es ab.» Thomas sah durch die Fensterscheibe auf eine graue Landschaft, die schemenhaft an ihnen vorbeizog. Weit unten bahnte sich die Reuss zwischen groben Felsbrocken ihren Weg. An den Hängen klebten Häuser, ein Wald, weiter oben Schnee.

Kurz vor fünfzehn Uhr fuhren sie in den Bahnhof Luzern ein. Auch hier bot sich ihnen das gleiche Bild. Es regnete Bindfäden. Die beiden Ermittler hetzten zum Ausgang. Zum Polizeikommando fuhren sie mit dem Taxi.

Thomas mochte es nicht, unvorbereitet zum Rapport zu erscheinen. Er hatte eine Stunde eingerechnet, um Ordnung in seine Akten zu bringen, seine Gedanken zu sammeln und sich zu überlegen, womit er beginnen sollte. Doch Marc Linder begrüsste ihn bereits auf der Schwelle zu seinem Büro und bat ihn, umgehend ins Sitzungszimmer zu wechseln, wo die anderen auf sie warteten.

«Galliker hat mir eine Rüge erteilt», meinte er lakonisch.

«Warum?» Thomas schloss die Türe ab, nachdem er seine Unterlagen unter den Arm geklemmt hatte.

«Warum wohl?» Linder trabte neben ihm her. «Ihm ist zu Ohren gekommen, dass Sie den Pharmazeuten Jürgen Schumann in die Mangel genommen haben.»

«Die Beweislage war erdrückend.»

«Nicht erdrückend genug, wie ich zwischenzeitlich in Erfahrung gebracht habe.» Linder machte eine nachhaltige Pause.

«Herr Kramer, ich habe grosses Vertrauen in Sie. Aber das, was Sie in Ascona geboten haben, das war irgendwie ...» Er suchte nach dem passenden Ausdruck, «... irgendwie neben den Schuhen. Das kommt einer Kurzschlusshandlung nahe.»

Thomas zuckte unmerklich zusammen. Hatte Armando den Mund nicht halten können? Hatte Linder über seine Liaison mit Tiziana erfahren? Oder was meinte er mit Kurzschlusshandlung?

«Unter uns gesagt: Heute erwarte ich von Ihnen einen fundierten, emotionslosen Vorschlag, wie wir weitermachen wollen.» Linder räusperte sich. «Ihr Urlaub in Ehren, aber bevor Sie abfliegen, will ich Lösungsansätze sehen, damit Ihr Team weitermachen kann.»

Sie waren beim Grossraumbüro angekommen. Linder öffnete die Türe und schob Thomas vor. «Ich werde mich zurückhalten, Herr Kramer. Aber machen Sie jetzt keinen Fehler.»

«Ich werde erst in die Ferien fliegen, wenn der Fall gelöst ist.» Thomas nickte Linder beleidigt zu. «Unterschätzen Sie mich nicht.»

Ein Vielfaches an Augenpaaren musterte ihn, als Thomas vor das Pult trat und in aller Ruhe seine Dokumente auspackte. Die Erfolgsgefühle der letzten Tage waren einem beinahe lethargischen Tief gewichen. Irgendwo musste er vom Weg abgekommen sein, eine völlig falsche Richtung eingeschlagen haben. Er betrachtete lange die Pinwand neben ihm, auf die seine Mitarbeiter den Fall Husseini detailliert und mit Bildern dokumentiert aufgezeigt hatten. Dies war unbestritten Elsbeths Handschrift.

Dass sie mit den Ermittlungen in einer Sackgasse standen, wollte Thomas so nicht aussprechen. Er nahm einen Stift zur Hand und stellte sich damit vor den Hellraumprojektor. Er begrüsste sein Team und bedankte sich für die effiziente Arbeit in Luzern während seines Aufenthaltes in Ascona.

«Wir haben zwei Opfer», begann er. Als er in die erstaunten Gesichter seiner Mitarbeiter sah, korrigierte er sich. «Selbstverständlich sind wir bis anhin von einem eigentlichen Opfer ausgegangen, und dies aus gutem Grund. Tarek Husseini war vor seinem Tod in Zürich überfallen und brutal zusammengeschlagen worden.» Thomas zeichnete einen Kreis auf die Folie und setzte den Namen *Husseini* darunter. «In der Zwischenzeit haben wir Täter und Anstifter.» Er zog eine Linie zu zwei weiteren Kreisen und beschriftete diese ebenfalls. «Ismail Jevtic und dessen Auftraggeber Leonardo Wolf. Dieser wiederum hatte den Auftrag von Roy Attenhofer, einem Detektiv, der auf Jürgen Schumanns Befehl hin in Aktion trat. Wir kennen auch das Motiv: Eifersucht. Nachdem Schumann seine Frau durch diesen Detektiven hatte überwachen lassen, wusste er, wer ihr Geliebter war. Der Überfall in Zürich soll ein Denkzettel gewesen sein. Leider hat der Brand in Husseinis Atelier nichts mit Schumann zu tun, wie wir zuerst angenommen hatten. Dies war ein Lausbubenstreich, auf den ich hier nicht weiter eingehen will.» Thomas zeichnete noch ein paar weitere Kreise, die er mit Linien verband. «Fällt euch etwas auf?»

«Wir sollten uns vielleicht mit diesem Andy Hunkeler doch noch einmal auseinandersetzen», schlug Elsbeth vor. «Oder mit Jack Werder, der den Brand gelegt hat. Er hat zur Tatzeit am Donnerstagmorgen kein Alibi.»

«Aber wie kommt Schumanns Pistole dann an die Reuss?» Lucille reckte ihren Hals und bemühte sich um Augenkontakt mit Thomas. «Es ist die Tatwaffe.»

«Vielleicht waren Hunkeler und Werder in Schumanns Haus und haben die Pistole mitlaufen lassen», mutmasste Elsbeth.

«Das sind Kleinkriminelle und keine Mörder», fuhr Armando dazwischen. «Wie hätten sie jemals wissen sollen, wo Schumann die Pistole versteckt hielt?»

«Kleinkriminelle, wie du es nennst, kennen sich in solchen Luxushäusern meistens besser aus, als ihre Besitzer es tun.»

«Dann hätten sie zwischen Weihnachten und der Fasnacht in Schumanns Villa einbrechen müssen.» Armando geriet ausser sich. «Haben sie aber nicht getan. Wie denn auch?»

«Im Protokoll steht, dass diese Frau Schumann dem Hunkeler sozusagen den Freipass in ihr Paradies gegeben hat ...» Es schien, als wollte Elsbeth auf keinen Fall klein beigeben.

«So kommen wir auf keinen grünen Zweig.» Thomas harrte mit seinem Stift auf Husseinis Kreis. «Wir müssen Hunkeler und Werder ausschliessen. Um auf meine vorherige Frage zurückzukommen: Was fällt euch auf?»

«Es gibt immer wieder Verbindungen zu den Schumanns», stellte Lucille erhitzt fest.

«Richtig. Schumann war in der fraglichen Zeit in Luzern.» Thomas erinnerte sich an Tizianas Aussage, an ihren Verdacht, nein, vielmehr an ihre Überzeugung, dass ihr Mann jeden kaufen konnte. Hatte er sich auch sein Alibi im Hotel Palace erkauft? «Wir sollten uns drei Dinge noch eingehender ansehen. Erstens will ich ein genaues Profil über die Werbeagentur, respektive über dessen Mitarbeiter, den Schumann in der Nacht vom Mittwoch auf den Schmutzigen Donnerstag getroffen hat. Zweitens will ich, dass der Fundort der Waffe in aller Gründlichkeit noch einmal erforscht wird. Nötigenfalls müssen wir die Seepolizei aufbieten. Und drittens sollte Yusef Costic noch einmal befragt werden. Er ist das zweite Opfer, das ich meinte. Vielleicht haben wir hier einen entscheidenden Fehler gemacht.» Thomas beauftragte Lucille damit. «Ich will alles über seine Familie wissen, über seine Freunde, seine Feinde, auch seinen Arbeitgeber. Nimm ihn noch einmal auseinander. Ich will auch alles über den Mord vor fünf Jahren wissen. Suche die Akten über diesen Mord heraus, in den er involviert gewesen ist. Du kannst dir jemanden aussuchen, der dich dabei unterstützt. Nur Armando sollte es nicht sein.» Er wandte sich an seinen Kollegen. «Ich habe es mir gerade überlegt: Du besprichst den morgigen Tag mit der Seepolizei. Ich will jeden Zentimeter der Reuss beim Aufgang zur Kapellbrücke absuchen lassen. Ich selber werde mir diesen Werber einmal näher ansehen.»

Dass sich Pankraz Schindler zu einem Gespräch hatte überreden lassen, kam Thomas gelegen. Isabelle hatte er mit einer dürftigen Ausrede vertröstet. Er schaffte es nicht, ihr in diesem Moment gegenüberzutreten. Vielleicht hätte sie ihn mit Fragen gelöchert oder hätte es ihm bestimmt angesehen, dass er die letzte Nacht mit einer anderen Frau verbracht hatte. Vielleicht ahnte sie etwas und würde nach verdächtigen Spuren suchen, sie auch finden, denn sehr vorsichtig war er mit den Kleidern nicht gewesen, die noch im Koffer lagen, und die Isabelle selbstverständlich ausräumen und waschen würde. Eifersüchtige Ehefrauen haben bekanntlich eine sensible Nase. Doch, war Isabelle eifersüchtig? Wahrscheinlich war sie mit den Ferienvorbereitungen zu sehr beschäftigt, als dass sie hinter verdächtigen Gerüchen herspionierte.

Es war nach zwanzig Uhr, als sich die beiden Männer im Hotel Schweizerhof an einem der runden Tische in der Bar trafen. Pankraz Schindler war Anfang fünfzig und trug einen dunklen Anzug. Hemd und Krawatte disharmonierten in einer Weise, dass sich Thomas provoziert fühlte. Seine halblangen grauen Haare waren zu einem Pferdeschwanz zusammengebunden, ein Schnurrbart fiel über beide Mundwinkel und unterstrich die Exzentrik des Mannes.

«Ich danke Ihnen, dass Sie sich die Zeit genommen haben»,

begann Thomas. «Ich will Sie nicht lange aufhalten.» Dabei erfuhr er, dass sein Gegenüber der Inhaber der Werbeagentur *Alpenrose* war.

Schindler setzte ein wohlgefälliges Grinsen auf und strich über den überlangen Schnauzer. «Meine Frau lässt sich gerade in der Kosmetikabteilung verwöhnen. Wir haben mindestens eineinhalb Stunden Zeit.» Er streifte seinen linken Ärmel nach hinten, was den Blick auf eine kostbare Uhr freigab.

Ein Kellner erkundigte sich nach ihren Wünschen. Die Männer bestellten Martini.

«Nun, wo kann ich Ihnen denn noch helfen? Ich war der Ansicht, dass ich alles bereits zu Protokoll gegeben habe.»

«Das ist richtig.» Thomas nahm Block und Schreibstift zur Hand und bereitete sich vor, ein paar Notizen zu machen. «Es gibt da noch ein paar Ungereimtheiten. Sie erwähnten, dass Sie und Herr Schumann in besagter Nacht in dessen Hotelzimmer waren. Gibt es da Zeugen?»

«Ich denke, dass ich der Zeuge bin.» Schindler runzelte die Stirn.

«Worum ging es denn bei Ihrer Besprechung? Und warum in einem Hotelzimmer und nicht an der Bar?»

«Wir sind disloziert.»

«Und haben sich dann mit den Getränken von der Minibar zugedröhnt?»

«Aber ich bitte Sie, Herr Kramer.» Schindler griff nach dem Glas, das der Kellner hingestellt hatte. «Bis zwei Uhr verbrachten wir an der Bar. Nachdem sie geschlossen hatte, setzten wir unsere geschäftlichen Gespräche im Zimmer fort.»

«Darf ich wissen, welcher Art?» Thomas prostete seinem Gegenüber zu. Er spürte in dessen Anwesenheit ein Unbehagen.

«Es ging um die Gesamtvermarktung eines neuen Medikamentes. Wir hatten den Agentur-Pitch gewonnen. Wir hatten diesbezüglich viel zu besprechen, und Schumann wollte mich daraufhin einfach besser kennenlernen. Das heisst, ich ihn. Zudem musste ich ihn von meinen Ideen überzeugen. In diesem Fall ging das nur, indem ich mich auf das Gegenüber mehr als üblich einliess.»

«Also doch auf freundschaftlicher Basis.» Thomas erinnerte sich an Schumanns arrogante Art und konnte es sich durchwegs vorstellen, dass es ein gewisses Talent erforderte, um diesen Egomanen zu überzeugen.

«Sagen Sie, Herr Kramer, wollen Sie mir etwas anhängen? Wollen Sie meine Zeugenaussage eventuell für nichtig erklären? Oder weshalb interessiert Sie das Gespräch zwischen Jürgen Schumann und mir?»

«Weil wir noch immer in einem Mord ermitteln.» Thomas seufzte. «Wir sehen uns leider gezwungen, jede Kleinigkeit noch einmal unter die Lupe zu nehmen. Herr Schumann war zur Tatzeit in Luzern, und dem müssen wir gründlich nachgehen. Überlegen Sie sich gut, ob Sie sich nicht doch in der Zeit geirrt haben, als Sie uns Schumanns Alibi bestätigten.»

«Ich befand mich mit Herrn Schumann während der ganzen Zeit in dessen Zimmer», erwiderte Schindler mit Nachdruck. «Wir besprachen das neue Medikament.»

«Um welches Medikament geht es denn?»

«Das kann ich Ihnen leider nicht sagen.»

Thomas wusste, dass diese Frage kaum von Bedeutung war. Dennoch liess er nicht locker. «Um ein Medikament gegen Erektionsstörungen?»

«Tut mir leid. Von mir werden Sie nichts erfahren.» Bemerkte er nicht ein kleines Zögern?

«Gut, warum war Schumann ausgerechnet an diesem Donnerstag in Luzern?»

«Er war bereits am Mittwoch hier.»

«Aber Ihre Unterredung dauerte bis in die frühen Morgenstunden. Wann haben Sie das Hotel verlassen?»

«Das habe ich doch schon gesagt. Um sechs Uhr.»

«Sie gehen nicht an die Fasnacht?»

«Diese hat mich noch nie interessiert», gab Schindler zu.

«Um sechs Uhr also.» Thomas drehte den Griffel nervös in seinen Händen. «Könnte dies eventuell Ihre Frau bezeugen? Ich kann gerne auf sie warten.»

«Ersparen Sie sich die Mühe. Ich bin gleich zur Agentur gegangen.»

«Gibt es dort Zeugen?»

«Nein.» Schindler war aufgebracht, liess es sich aber nicht anmerken. «Ich weiss nicht, weshalb ich auf einmal im Mittelpunkt Ihrer Ermittlungen stehe. Ich habe meine Aussagen gemacht. Es gibt einfach Zufälle, Herr Kramer.»

«Gerade an solche Zufälle glaube ich nicht. Und sollten Sie Herrn Schumann in irgendeiner Weise decken, wissen Sie, was Ihnen blüht. Wie war das mit dem Wettbewerb? Haben Sie diesen ... diesen Pitch gewonnen, nachdem Sie Schumann eine Gefälligkeit versprochen hatten?»

«Das muss ich mir nicht gefallen lassen.» Schindler stand abrupt auf. «Ich möchte bezahlen.» Er winkte den Kellner herbei und legte eine Note auf den Tresen. «Sie können von Glück reden, dass ich keine Anzeige gegen Sie erhebe, Herr Kramer. Für mich hat es keine Relevanz. Man kennt mich als integeren Geschäftsmann, der solches nicht nötig hat, was Sie mir soeben haben unterschieben wollen. Einen schönen Abend noch.» Dann war er weg. Thomas sah ihm nach, als er zwischen einer Gruppe von Leuten in Richtung Empfang steuerte.

Thomas liess seine Faust auf den Tisch krachen. Er wusste, dass er zu weit gegangen war.

Samstag, 9. Februar

Oliver Keller tauchte nicht nur in seiner Freizeit. Im Grunde genommen war er ein Berufstaucher. Über den Winter lebte er normalerweise auf den Malediven, wo er Touristen unterrichtete. Im Sommer traf man ihn am Vierwaldstättersee an. Dass er im Februar in der Zentralschweiz weilte, hatte damit zu tun, dass er wieder einmal an der Fasnacht teilhaben wollte. Zudem feierte seine Mutter den siebzigsten Geburtstag und seine Schwester hatte einen Sohn bekommen, von dem er Pate war.

Als das Telefon schnarrte, erwachte er aus dem Tiefschlaf.

«Bartolini am Apparat. Armando Bartolini. Erinnerst du dich?» Der Polizist hatte ihn anlässlich eines Tauchbrevets kennengelernt, das er jedoch nicht bestanden hatte. Über die näheren Gründe hatte er nie ein Wort verloren.

«Ich erinnere mich nicht einmal mehr, was ich vor sechs Stunden gemacht habe.» Keller griff sich an den Kopf. Sein Schädel brummte. Nicht nur der Alkohol, auch die Kälte der Fasnachtstage hatte ihm arg zugesetzt. Wahrscheinlich war jetzt eine Grippe im Anzug. «Mit wem spreche ich denn?»

«Ich bin's Armando. Kennst du mich nicht mehr? Hey Oli, schon lange nichts mehr voneinander gehört.»

«Ich war ja auch weg. Bis vor zwei Wochen wenigstens. Weshalb weckst du mich mitten in der Nacht auf?» Erst jetzt erkannte er den Italiener. «Wie kommst du zu meiner Privatnummer?»

«Die Seepolizei hat mir mitgeteilt, dass man dich ausnahmsweise in Luzern antrifft. Sie hat mir die Nummer ausgehändigt.»

«Und was verschafft mir die Ehre?»

«Wir brauchen einen erfahrenen Taucher.»

«Dann hast du es also nie mehr versucht?»

«Was versucht?»

«Das Tauchen!»

«Ich habe lieber festen Boden unter den Füssen», gab Armando zu.

«Was muss ich tun?» Keller war nicht sehr erfreut. Er zog kräftig Rotz hoch, was jedoch Armando nicht im Geringsten beeindruckte.

«Spurensuche.»

«Das ist ja ein Ding.» Keller brauchte eine Weile, um die Tragweite des Gesagten zu begreifen. «Muss ich davon ausgehen, dass ich nach Leichenteilen suchen muss?», scherzte er, wobei er einen Adrenalinstoss verspürte. «Und wohin, zum Teufel, muss ich kommen?»

Armando teilte ihm den Standort mit. «Kannst du in einer Stunde vor Ort sein?»

«Eigentlich hätte ich ja Urlaub», stöhnte Keller. «Und es gibt noch andere Taucher ausser mir.»

«Na ja, du bist mir eben eingefallen», entschuldigte sich Armando. «Du hast ein Gespür für ausserordentliche Schätze, nachdem du im Vierwaldstättersee dieses Wrack gefunden hast ...»

Keller lachte zum ersten Mal an diesem Morgen. «Und um welchen Schatz geht es diesmal?»

«Wir suchen Beweismittel im Mordfall von vorletztem Donnerstag. Du hast sicher davon gelesen.»

«Klar, das war ja in keiner Zeitung zu übersehen. Sucht ihr die Tatwaffe?»

«Nein!» Armando, der wusste, dass über laufende Ermittlungen nur selten etwas an die Öffentlichkeit gelangte, hielt sich nun zurück.

«Worum geht es denn?» Keller gab nicht auf.

«Das werde ich dir an Ort und Stelle mitteilen. Kann ich auf dich zählen?»

Keller räusperte sich. «Habe ich eine andere Wahl?»

«Nein!»

***

Vor dem Mittag trafen sich Lucille und Elsbeth in der Kaffeepause. Es kam nicht alle Tage vor, dass sich die beiden Frauen eine halbe Stunde Freiraum gönnten. Und der Zufall wollte es, dass beide zur gleichen Zeit auf dieselbe Idee gekommen waren. So sassen sie sich nun in der Kantine gegenüber. Elsbeth mit einer Tasse Kaffee und zwei Apfelkrapfen, die sie von zuhause mitgebracht hatte, und Lucille mit einem Tässchen Espresso.

«Ich dachte, du hast diesen Serben schon einmal durchleuchtet?» Elsbeth schob Lucille einen Krapfen über den Tisch zu.

Lucille hob die Schultern. «Ich weiss auch nicht, warum ich alles noch einmal wiederholen soll. Es könnte ja sein, dass ich etwas übersehen habe.»

«Das nenne ich künstliche Arbeitsbeschaffung», stichelte Elsbeth. «Ich habe Costics Akte auch gelesen. Über die Sache damals ist schon längst Gras gewachsen. Er wurde inhaftiert, weil es seine Waffe gewesen war, mit der das Opfer erschossen wurde. Diese Waffe war auf seinen Namen registriert. Sie war in legalem Besitz. Der Täter muss sie ihm gestohlen haben. Costic hat seine Strafe abgesessen. Ich meine, er hätte selbst genug Gründe gehabt, sich zu rächen. Hat er aber nicht. Seit drei Jahren ist er an seinem Arbeitsplatz voll integriert und nie mehr negativ aufgefallen.»

«Warum erzählst du mir das?» Lucille schob den Apfelkrapfen zurück. «Ich mag jetzt nicht essen.»

«Solltest du aber. Du siehst blass aus.» Elsbeth sah es nicht gern, wenn ihre Arbeitskollegin auf Sparflamme machte, wenn sie selber ihre übertriebenen Essgelüste kaum im Zaum halten konnte. «Ich meine, was Tom sich mit dir erlaubt, seit du mit seinem Sohn liiert bist …» sie lächelte vielsagend, «… dröhnt er dich mit sonderbaren Abklärungen zu. Ist dir das noch nie aufgefallen?»

Lucille erwiderte nichts.

«Und erkläre mir, warum Tom selber nach Ascona fährt und nicht seine Ermittler dahin schickt.»

«So viel ich weiss», verteidigte Lucille Thomas, «ist das eine abgemachte Sache zwischen dem Polizeichef und ihm.»

«Gut, lassen wir das. Für Costic würde ich auf jeden Fall die Hand ins Feuer legen. Der hat mit dem aktuellen Fall nichts zu tun. Was mir aber nicht in den Kopf geht, ist das Ausblenden von Hunkeler und Werder. Ich habe mich über die beiden einmal schlau gemacht.» Elsbeth machte eine Pause, in der sie sich einen grossen Bissen von dem Krapfen in den Mund schob. Lucille betrachtete sie nachdenklich.

«Ich habe eine Kollegin. Und diese wiederum hat eine … ach, du weisst schon, die Kollegin meiner Kollegin, die arbeitet auf dem Sozialamt. Die Hunkelers sind da Stammgäste, das heisst, Herr Hunkeler, der Vater von Andy. Ab und zu sei auch der Sohn vor Ort, wenn er wieder einmal keinen Job hat. In letzter Zeit habe er aber mit einem Deal geprahlt, und wenn dieser ihm gelingen würde, könne man ihn allemal. Es ist heutzutage nicht mehr ganz einfach, zumindest nicht in Luzern, das Sozialamt zu hintergehen. Auf jeden Fall hat die Kollegin meiner Kollegin auf Andy Hunkeler einen Detektiv angesetzt. Zufällig habe er ein Gespräch mitverfolgt, dass er mit einem sogenannten Joe führte. Er war Zeuge der Vorbereitung einer neuen Schandtat. Mensch Lucille, warum erzähle ich dir das?»

«Ich weiss nicht.» Lucille schüttelte müde den Kopf.

«Lass die Sache mit dem Serben. Da wirst du nichts Neues mehr herausfinden. Aber diesen Andy Hunkeler würde ich mir näher ansehen.»

«Warum hast du den Vorschlag nicht im Beisein von Tom gemacht?» Lucille kniff misstrauisch die Augen zusammen.

«Weil ich nicht möchte, dass du wie ein Besenwagen herumgestossen wirst.»

«Besenwagen?» Lucille rang sich ein Lächeln ab.

Elsbeth ging nicht darauf ein. «Lucille, wir alle schätzen deinen Einsatz. Aber seit Ende Dezember übergeht man dich in diesem Betrieb.»

«Ich glaube, du siehst Gespenster. Vielleicht vermittle ich selber eine gewisse Hilflosigkeit ...» Sie stockte. «Das hat aber nur mit mir selbst etwas zu tun, glaube es mir.»

«Willst du darüber reden?» Es war Elsbeth, die aufstand und um den Tisch herum kam. Sie legte ihrer Kollegin die Arme auf die Schultern.

«Später vielleicht.» Lucille atmete tief durch. Sie musste sich eingestehen, dass sie sich seit dem Unfall im letzten Jahr verändert hatte. Die Folgen davon waren ihr zwar erst um Weihnachten richtig eingefahren. Sie hatte gegenüber Thomas geschwiegen und nicht einmal Stefan eingeweiht. Warum sollte sie jetzt mit Elsbeth darüber sprechen? Andererseits hätte es ihr gut getan, von jemandem angehört zu werden. Vielleicht hätte es ihren Schmerz gelindert. Es tat gut, in Elsbeths Gegenwart zu sein.

«Ich will dich nicht bedrängen», meinte Elsbeth einfühlsam. «Ich habe manchmal einfach nur ein so verdammt sensorisches Gespür für Veränderungen. Wenn ich dich nicht kennen würde, wäre es mir auch egal. Aber früher hast du dich gegen eine solche Politik, die im Moment gegen dich betrieben wird, zur Wehr gesetzt. Heute schluckst du es runter. Lucille, versprich mir, dass du dich hier nicht zum Affen machen lässt. Auf jeden Fall ...» Elsbeth griff nach Lucilles Kinn und drehte deren Gesicht in ihre Richtung, «... wenn du reden willst, kannst du jederzeit zu mir kommen.» Und als Lucilles nichts erwiderte, setzte sie fort: «Also, gehen wir die beiden Kleinkriminellen an. Rücken wir dem Hunkeler auf die Pelle. Einverstanden?»

Lucille nickte einvernehmlich.

«Da ist noch etwas. Armando hat mir etwas zugeschoben, was mit dem Vater dieser Tiziana Schumann zu tun hat. Wollen wir uns die Arbeit teilen?» Elsbeth liess sich auf den Stuhl neben Lucille fallen. «Ich stöbere mal im Vorstrafenregister dieser Familie Hunkeler. Und du widmest dich dem Vater von dieser Tiziana Schumann. Wenn du nachher zu mir ins Büro kommst, werde ich dir die Akten aushändigen.»

«Hat Tom davon Kenntnis?»

«Armando meinte, dass wir es vertraulich behandeln müssten, was immer das heisst.»

«Du bringst mich damit aber tatsächlich in Bedrängnis. Ich kann Tom nicht in den Rücken fallen.»

«Er steht momentan ziemlich unter Druck, der Ärmste. Wir nehmen ihm nur Arbeit ab.»

***

Es kam selten vor, dass jemand in der Reuss tauchte. Unweigerlich zog die Aktion einen Auflauf von Schaulustigen an. Das erste Drittel der Kapellbrücke war mit Zuschauern belegt. Was da am Reussufer vor sich ging, konnte dennoch niemand so genau erklären. Einen Bagger hatte man in der Zwischenzeit abtransportiert. An seine Stelle fuhren drei Polizeiwagen und die Feuerwehr. Es herrschte ein reges Treiben.

Inmitten grauer Köpfe fiel ein Kopf besonders auf: Es war der von Tanja Pitzer. In ihrer berühmt-berüchtigten Montur – Fliegerjacke und Lederstiefel – boxte sie sich einen Pfad an den Ort des Geschehens frei. Thomas hatte das Unglück kommen sehen und stellte sich ihm in den Weg.

«Oh, Herr Kramer, was für eine Überraschung.» Tanja schien sichtlich erfreut, als Thomas ihr vor die Linse geriet. «Gibt's schon wieder eine Leiche? Oder ist der Narren-Mord von der Tagwache noch nicht aufgeklärt?»

Narren-Mord! Thomas erinnerte sich sehr gut an die Schlagzeilen in der Boulevard-Zeitung und den Bericht am Tag nach der Tat. Während sich die Redakteure der Luzerner Zeitung diskret zurückhielten und bloss schrieben, dass in der Mordsache unwesentlich Neues zutage gebracht wurde, glaubte Tanja, einiges mehr zu wissen. Seither spekulierten die Leser, ob man in Zukunft die Luzerner Fasnacht abschaffen sollte. Es hatte heftige Debatten darum gegeben, die sich über die Kantonsgrenze hinaus bewegten. Auch die Basler sahen sich neuerdings mit einem Problem konfrontiert. Für ihre närrischen Tage hatten sie bereits ein Aufgebot an Polizisten und Militär bestellt.

«Ich kann es nicht nachvollziehen, was Ihre Zeitung anstellt», liess Thomas die Bemerkung fallen. «Ihre ketzerischen Berichte bekommen dadurch immer eine Eigendynamik, was alles Vorhergegangene in den Schatten stellt. Eine Hiobsbotschaft löst die andere ab. Sie bauschen Gegebenheiten auf. Sie machen aus Mücken Elefanten.»

«Aha, Sie bezeichnen einen solch abscheulichen Mord als Mückenschiss?» Tanja hatte, wie nicht anders von ihr zu erwarten, die Wörter in Thomas' Mund umgedreht.

«Sie hören auch nur, was Sie wollen», beschwerte sich Thomas. «Es wäre besser, Sie würden die Dinge etwas fundierter angehen. Auf diese Schlagzeilengeilheit kann man verzichten. Erstens klingt es nicht seriös, und zweitens ist es einfältig. Vielleicht sollten Sie Ihre Präsenz an unseren Medienkonferenzen wahrnehmen.»

«Die Leser wollen nun mal durch kurze und prägnante Sätzen informiert werden.»

«Sie informieren nicht. Sie manipulieren!»

Jemand zupfte an Thomas' Ärmel. «Warum bist du auch so gereizt? Lasse die Zeitungstante sein und schau dir dies an.» Es war Armando, der ihn von Tanja Pitzer wegzog. Tanja indessen hielt den Mittelfinger ihrer rechten Hand hoch und machte eine anzügliche Bemerkung in Thomas' Richtung.

Unter dem Treppenaufgang zur Kapellbrücke schaukelte ein Boot. Darauf sassen zwei uniformierte Polizisten. Ihr Blick war in die Tiefe gerichtet. Gerade eben war Oliver Keller mitsamt seiner Taucherausrüstung in der Reuss verschwunden. Ein paar Luftblasen stiegen empor. Armando lehnte über das Geländer und dokumentierte die Aktion im Wasser. Und nicht nur das. «Ich weiss echt nicht, was du dir dabei erhoffst. Wonach suchen wir überhaupt? Etwa nach einer zweiten Waffe?»

«Ich will einfach nichts ausser Betracht lassen. Zudem zwingt man mich geradezu zu solchen Stupiditäten.»

«Linder?»

Thomas wich aus. «Ich muss mich ehrlich gesagt zuerst an seine Tipps in den Ermittlungsstrategien gewöhnen. Manchmal frage ich mich selber, wozu der ganze Aufwand gut ist. Himmeldonnerwetter noch einmal. Es kann doch nicht sein, dass wir etwas übersehen haben.» Er wandte sich frontal an Armando. «Hat man beim Kostümverleih noch einmal recherchiert?»

«Du kennst die Akten.» Armando blickte wieder ins Wasser.

Oliver Keller hatte in der Zwischenzeit einiges ins Boot befördert. Nebst Glasflaschen, Gläsern und Unrat brachte er sogar einen unversehrten Kunststoffkopf an die Oberfläche. Die zwei Polizisten im Boot spekulierten über den Fund und dass dieser noch nicht so lange im Wasser gelegen haben konnte.

«Hat ihn niemand vermisst?», witzelte Armando.

«Nun, den muss jemand mutwillig da hineingeschmissen haben. Der Hohlraum ist mit einem Sandsack gefüllt.» Einer der Polizisten zog einen Jutesack aus dem Kunststoffkopf und hob ihn hoch.

«Überprüft den Inhalt», forderte Armando auf. «Der Sack muss ins Labor.» Und an Thomas gewandt: «Könnte vielleicht Kokain drin sein.»

Thomas blieb nur ein Kopfschütteln. «Sucht einfach weiter.»

In diesem Moment surrte sein Mobiltelefon. Thomas hatte es endlich geschafft, *Saties Gymnopédie* auszuwechseln. Dies war fast zwangsläufig geschehen. Denn als er am Vorabend zu später Stunde nach Hause gekommen war, hatte er sich ins Gästezimmer verzogen, da er weder das Bedürfnis noch den Mut hatte, Isabelle zu begegnen. Er wusste auch nicht, ob er ihr jemals wieder in die Augen sehen konnte, ohne sich zu schämen. Schlafen war ein Ding der Unmöglichkeit gewesen. Obwohl er versucht hatte, die Gedanken in eine neutrale Richtung zu steuern, musste er unentwegt an Tiziana denken. Vielleicht steckte doch mehr als eine kurze Affäre dahinter. Sie hatte ihm die Seele aus dem Leib gerissen.

Er meldete sich.

«Ich bin's, Lucille.»

Sie hatte er am allerwenigsten erwartet. Hatte sie in der Zwischenzeit mehr über Yusef Costic erfahren? Thomas war zu müde, um danach zu fragen. Lucille kam auf etwas ganz anderes zu sprechen. «Die Ergebnisse in Bezug auf das Kostüm sind aus der kriminaltechnischen Untersuchung eingetroffen.»

Thomas war auf einmal wieder hellwach. «Und?» Wollte er es überhaupt hören?

«Nichts!»

«Was nichts?»

«Es wurden keine Schmauchspuren gefunden.»

Thomas wusste nicht, ob er aufatmen sollte.

«Man geht aber davon aus, dass das Kostüm nach dem Tragen gereinigt wurde», fuhr Lucille fort. «Es konnten einzig chemische Substanzen nachgewiesen werden. Mehr kann ich dazu nicht sagen. Genügt das?»

Thomas stiess Luft aus. Tausend Sachen gingen ihm durch Kopf. Zeitlich war es nicht möglich gewesen, dass das Kostüm gereinigt wurde. Das hatte man in der Reinigung auch so bestätigt. Also keine Schmauchspuren, das wäre auch überraschend gewesen. Die einzige Verdachtsmöglichkeit war somit ausgeschöpft. Weil nichts Gravierendes gefunden worden war, was mit Tiziana im Zusammenhang hätte stehen können, flammte seine Hoffung wieder auf. Zwar konnte er keinen Reim darauf machen, weshalb er überhaupt auf die Idee gekommen war, dass Tiziana dahinter stecken könnte. Es war gestern gewesen, während er mit Armando im Zug gesessen hatte. Da hatte sich eine vage Erkenntnis wie ein Schatten über sein Gemüt gelegt. Er würde nicht darum herum kommen, mit Julia zu sprechen. «Irgendwo muss ein Haken sein.»

«Wie bitte?»

«Alles in Ordnung. Ich wäre froh, wenn du mit Costic weitermachst. Wir sehen uns dann heute Abend.»

Lucille zögerte.

«Ist noch etwas?» Thomas spürte ihre Unsicherheit durchs Telefon.

«Costic können wir von jeglichem Verdacht ausschliessen.»
«Wie das? Hast du noch einmal in diese Richtung geforscht?»
«Nein!»
«Nein? ... Aber ich sagte doch ...»
«Tom, ich bin da auf etwas gestossen, das vielleicht nur sekundär mit unserem Fall zu tun hat, aber wir sollten es uns trotzdem näher ansehen.»
Thomas wurde ungeduldig. «Dann schiess mal los!»
«Ich kann das nicht auf die Schnelle am Telefon sagen. Sehen wir uns heute früher im Büro?»
Thomas, dem die Zeit davonzurasen schien, blies genervt Luft aus. Er begab sich zur Mauer vor der St. Peters-Kirche, um dem Menschenansturm zu entfliehen. «Ich kann dir nicht sagen, wann wir hier fertig sind. Ich werde mich aber melden.» Er beendete das Gespräch.
Er sah hinüber zur Kapellbrücke. Armando lehnte über die Brüstung, wild gestikulierend und rufend, was Thomas bei dem allgemein hohen Geräuschpegel nicht verstand. Ein paar Polizisten hatten sich dem Fluss weiter genähert. Den Schaulustigen auf der Brücke glubschten fast die Augen aus den Höhlen.
Was war dort vorne los? Thomas sprang von der Mauer und bahnte sich einen Weg zwischen den Neugierigen hindurch, die hinter der Polizeisperre standen. «Bitte lassen Sie mich vorbei.» Er erhielt einen Schlag auf den Rücken, taumelte einen Moment. Umständlich beförderte er seinen Ausweis zu Tage und den Freipass für ein unbehelligtes Vorankommen. Wo waren diese Leute plötzlich hergekommen? Er stiess eine Frau unsanft zur Seite. Mit knapper Mühe erreichte er die Plastikbänder, welche die Meute kaum zurückzuhalten vermochten. Thomas kam zum Geländer und sah, wie Armando auf das Boot kletterte. Thomas winkte ihm zu. «Habt ihr etwas

gefunden?»

«Ja, dies dürfte endlich unser Beweisstück sein.» Der Ermittler hielt einen Asservatenbeutel in die Höhe. Durch die durchsichtige Folie sah Thomas etwas Grau-Braunes schimmern. Er lehnte indessen etwas konsterniert ans Geländer. Sein unterschwelliger Verdacht, den er eigentlich nicht hatte wahrhaben wollen, bekam auf einmal konkrete Formen, sogar ein Gesicht. Er sah zu, wie Armando wieder aus dem Boot stieg und danach über den Steg stolperte, auf dem man vor drei Tagen die Pistole gefunden hatte. Ausser Atem kam er neben Thomas zum Stehen. Er hielt ihm den Beutel unter die Nase. Ein Damenschuh steckte in einer Suppe aus Schlick.

«Wie kommst du darauf, dass er ein Beweisstück ist?» Thomas griff nach dem Beutel, drehte ihn in der Hand und sah ihn sich genauer an.

«Es haben sich noch keine Algen gebildet», erklärte Armando, «was bestätigt, dass er noch nicht allzu lange im Wasser gelegen haben kann.»

«Der Schuh muss umgehend ins Labor. Zudem brauche ich die Fotos aus dem Kostümverleih. Dann müssen wir, ob wir wollen oder nicht, noch einmal Kontakt zu Tettamanti aufnehmen.» Thomas schob den Ärmel seiner Jacke über das Handgelenk und sah auf seine Uhr. «Es ist jetzt halb elf.

«Ich glaube, das ist keine so gute Idee», intervenierte Armando.

«Hast du einen besseren Vorschlag?» Thomas verfolgte den Taucher, der zwischenzeitlich aus dem Wasser zurück ins Boot gestiegen war. Er überlegte laut: «Wir dürfen jetzt einfach keine Zeit verlieren. Regle du das mit den Leuten hier. Ich werde ins Büro fahren. Ich nehme den Schuh gleich mit.»

«Du hast bald Urlaub.»

«Erst ab morgen. Zudem habe ich Linder versprochen, nicht

eher abzufliegen, bis der Fall gelöst ist.»

«Der Fall *ist* gelöst», bekräftigte Armando. «Ich erinnere mich sehr gut an die Bilder aus dem Kostümverleih. Es ist derselbe Schuh.» Der Ermittler zeigte auf die Lasche. «Ein so auffälliges Teil sieht man nicht alle Tage. Oder was denkst du?»

«Ich weiss nicht, was ich denken soll.»

«Ich werde den Fall zu Ende bringen», schlug Armando vor. «Du bist befangen.»

«Bin ich das?»

«Mache jetzt keine Dummheit. Ich kann die Vernehmung ganz gut ohne dich führen. Ich möchte es dir ersparen.»

«Nein, es ist mein Job, den ich zu Ende führen werde.» Und nach einem Zögern: «Was macht dich da so sicher, dass sie es ist?» Zum ersten Mal hatte er es ausgesprochen. «Willst du nach Ascona fahren und ihr den Schuh über den Fuss stülpen?»

«Genau, das sollten wir tun. Dann wissen wir, ob wir es mit Aschenputtel zu tun haben.» Armando grinste selbstgefällig.»

«Er wird ihr zu gross sein.»

«Vielleicht, doch gibt es noch einen zweiten Schuh, der mit Bestimmtheit irgendwo in der Wohnung sein wird.»

«Sie wird ihn weggeschmissen habe.»

«Die Verleiherin wird den Schuh als ihre Leihgabe erkennen.»

«Das ist mir alles noch zu wenig konkret», äusserte Thomas seine Bedenken. «Angenommen, Tiziana Schumann hat die Tat begangen und sie hat ihren Geliebten erschossen, warum geht sie dann zur Reuss, entsorgt dort die Pistole und verliert ihren Schuh?»

«Weiss ich, was in Frauenköpfen vorgeht?»

«Hat man die Fundstelle der Pistole genau inspiziert? Vielleicht gibt es dort noch andere Spuren.»

Armando nickte seufzend. «Alles klar. Wir suchen also nach

Fingerabdrücken. Erinnerst du dich, dass auf der Pistole ausser denjenigen von den beiden männlichen Schumanns, keine anderen identifiziert werden konnten? Das heisst, es waren keine weiteren vorhanden. Selbst wenn die Täterin sich am Geländer festgehalten hat, werden wir nichts finden. Sie muss Handschuhe getragen haben, daher die Fusel an der Pistole. Zudem hat es in der Zwischenzeit geregnet.»

«Es könnte doch sein, dass sie vom Mörder gejagt worden ist. Vielleicht hatte er es auf beide abgesehen.»

«Diese Möglichkeit haben wir tatsächlich noch nie in Erwägung gezogen. Es könnte genau so gewesen sein», pflichtete Armando ihm bei. «Sie ist vor Angst zur Reuss gerannt, ist dort gestolpert und hat ihren Schuh verloren.»

«Muss ich davon ausgehen, dass du es nicht ernst meinst?»

«Ich lasse mir einfach die Möglichkeiten durch den Kopf gehen», besänftigte Armando.

«Und der Mörder rennt ihr hinterher und entledigt sich der Pistole, indem er sie ins Wasser schmeisst, respektive auf den Steg, bevor er Tiziana Schumann ...» Thomas schniefte. «Nein, so kann es nicht gewesen sein. Zudem hätte sie es uns geschildert ... abgesehen davon, war es ein kaltblütig geplanter Mord, wenn man eine Pistole auf sich trägt und gezielt schiesst ...»

«Wir kommen immer wieder auf Frau Schumann zurück.»

«Nein, eben nicht. Ich kann mir diese Kaltschnäuzigkeit einfach nicht vorstellen. Und warum sollte sie ihren Geliebten umbringen?»

«Meinst du, ich kann es mir vorstellen? Bei Frau Schumann gehen meine Menschenkenntnisse verloren. Da muss mehr dahinterstecken.»

«Du hast recht.» Thomas zog Armando zur Seite. «Das Täterprofil verwirrt mich. Ich muss zu Julia.»

«Sollen wir hier abbrechen?»

«Nein, im Gegenteil. Ich biete die Spurensicherung noch einmal auf. Sie sollen den gesamten Bereich um die Fundstelle der Pistole untersuchen. Ich bin mir sicher, wir werden noch etwas finden, was uns den endgültigen Beweis liefert.»

«Der Schuh ist Beweis genug.» Armando gab nicht auf.

«Ja, vorerst wird es sogar für einen Haftbefehl reichen. Ich werde gleich Linder verständigen. Ich nehme an, dass er ein Gefolge nach Ascona schicken wird, um Tiziana abzuholen.» Thomas nahm das Mobiltelefon zur Hand und wählte die Nummer des Chefs. Als Linder sich meldete, wusste Thomas, dass noch sehr viel Unangenehmes auf ihn zukommen würde.

Schachteln und Schuhkartons versperrten Thomas den Weg, als er den Eingang zu Julias Praxis endlich gefunden hatte und die Treppe hochgestiegen war. Die Türe stand offen. Ein junger Mann kam ihm entgegen und musste ebenso wie Thomas ein paar Hindernisse umgehen.

Dann stand er in einem Korridor, von dem aus auf jeder Seite zwei Türen abgingen. Ganz vorne gab es einen Tisch, wo die Anmeldung war. Eine ins Alter gekommene Arztgehilfin sortierte Karteikarten. Thomas trat vor sie hin. Die Dame schaute kurz auf. Ihr faltiges Gesicht zeigte keine Spur von Freude. «Sind Sie angemeldet?» Dann blickte sie fragend auf den Computerbildschirm, wo sie den Namen des Patienten zu suchen schien, der vor ihr stand.

Thomas hätte jetzt seinen Ausweis zeigen können, um sich ungehinderten Eintritt in Julias Sprechzimmer zu ergattern; er liess es sein. Er stellte sich vor. «Ich würde gerne Frau Dr. Blum sprechen.»

«In welcher Angelegenheit?» Noch immer war der Blick der Dame auf den Computer fixiert, als würde dadurch doch noch ein Name sichtbar.

In diesem Moment ging rechtsseitig eine Türe auf, und Julia trat mit wallendem Arztkittel auf den Korridor. «Tom, was zum Henker …?» Sie schnippte mit dem Finger. «Frau Matter, Sie können gehen», sagte sie, worauf die Assistentin Thomas einen belustigten Blick zuwarf. Er dagegen rätselte, welche widerwärtigen Gedanken hinter ihrer Stirn soeben geboren wurden.

Julia zog ihn am Ärmel. «Willst du etwas zu trinken?» Sie stiess ihn in eine Küche. «Das hier ist eine Wohnung, wie du sicher bemerkt hast. Ich habe sie auf die Schnelle umfunktioniert. Die ersten Patienten rennen mir schon die Bude ein, deshalb diese Unordnung.» Sie wies auf die Kartons. «Alles Bücher. Komm setz dich!» Julia entnahm einem Kühlschrank zwei kleine Flaschen Mineralwasser. «Ich habe leider noch keine Gläser», entschuldigte sie sich. «Das wird meine nächste Investition sein.» Sie lachte dunkel. «Wie kann ich dir helfen?»

«Bist du immer noch daran interessiert, mit der Polizei zusammenzuarbeiten?»

«Was ich einmal versprochen habe, halte ich normalerweise.»

«Ich bin am Anschlag.»

«Geht es noch immer um den Mord am Schmutzigen Donnerstag?» Julia setzte die Flasche an den Mund.

«Ich dachte, auf dem richtigen Weg zu sein. Jetzt hat der Hauptverdächtige ein Alibi, an dem es nichts zu rütteln gibt.» Thomas erzählte, wie sie auf Schumann gekommen waren und von Pankraz Schindler, den er vorgängig in Verdacht gehabt hatte, den mutmasslichen Mörder zu decken.

«Pankraz, den kenne ich. Der lässt sich von niemandem erpressen und schon gar nicht einschüchtern. Er mag ein Schlitzohr erster Güte sein. Er hat manchmal unmögliche Ideen, um auf sich aufmerksam zu machen. Er ist ein Spinner, aber das sind die meisten Werber.» Julia schritt zum Fenster, durch das man an eine graue Hauswand sah. «Jetzt stehst du in einer Sackgasse?» Julia wandte sich Thomas zu.

«Je länger ich nachdenke, umso mehr kommt in mir der Verdacht auf, dass Schumanns Frau Tiziana etwas mit der ganzen Sache zu tun haben könnte.»

«Dabei stehst du dir selbst im Weg.» Julia formte ihre Augen zu kleinen Schlitzen.

«Wie kommst du auf diese Vermutung?» Thomas bemühte sich, Julias Blick standzuhalten.

«Ich bin Psychiaterin, aber ebenso eine Psychologin.»

«Dafür bewundere ich dich noch heute.»

«Es ist mein Beruf, meinen Patienten in die Seele zu schauen. Und diese offenbart sich oft in den Augen.» Sie räusperte sich. «Deine glänzen beim Aussprechen ihres Namens.» Sie machte ein paar Schritte weg vom Fenster. «Weiss es Isabelle?»

«Ich bin nicht deswegen hier.» Thomas spürte ein Unbehagen.

«Dass du mit deinem Fall zu keinem Ende kommst, hat aber eindeutig damit zu tun. Du willst es nicht wahrhaben. Du kannst es dir nicht vorstellen, dass die Frau, die du begehrst, imstande ist, einen Mord zu verüben.»

Thomas stellte die PET-Flasche unsanft auf den Tisch. «Du hast recht. Ich kann es mir nicht vorstellen.»

«Und das nur aufgrund einer vorübergehenden hormonell bedingten Unzurechnungsfähigkeit.» Julia presste ihre Lippen aufeinander. «Die Endorphine können einen ganz schön benebeln …»

Thomas überhörte es. «Aus welchem Grund könnte sie ihren Geliebten umgebracht haben?»

Julia hob ihre Augenbrauen. «Hat sie ihn denn geliebt? War er nicht eher eine Art Objekt für einen Rachefeldzug?»

«Gegen wen?»

«Weisst du, ob sie als junges Mädchen Opfer einer Vergewaltigung gewesen ist?»

Thomas überlegte. Latent schwebte irgendetwas von einer Vergewaltigung in seinem Kopf. In welchem Zusammenhang war es ein Thema gewesen? «Es gibt ein Schreiben von ihr, in dem steht, dass sie von ihrem eigenen Mann misshandelt worden sei.»

«Hm ...» Julia dachte nach, «... das müsste länger zurückliegen. Wenn sie von ihrem Mann misshandelt wurde, in welcher Form auch immer, hat dies in ihr Verdrängtes hervorgeholt.»

«Du bist dir der Sache ziemlich sicher», stellte Thomas fest.

«Es sind Vermutungen. Um Frau Schumanns Gemütszustand zu prognostizieren, müsste ich sie mir gegenüber haben. Ich müsste mit ihr sprechen, sie beobachten, ihre Reaktionen auf meine Fragen testen ...» Julia nahm Thomas' Hand. «Aus Dir aber, Tom, sprudelt es geradezu. Muss ich mir um Isabelle Sorgen machen?»

Thomas' Überraschung hielt sich in Grenzen. Er hatte damit gerechnet, dass Julia ihn durchschauen würde.

«Ich fliege morgen mit ihr in die Karibik.»

«Dann hoffe ich doch sehr, dass ihr wieder zueinander findet.»

«Das habe ich vor.» Thomas erhob sich. «Was nun?»

«Wo befindet sich Frau Schumann jetzt?»

«Noch immer in Ascona. Man wird sie heute Nacht ins Untersuchungsgefängnis bringen. Bartolini wird die Vernehmung führen, sofern Linder damit einverstanden ist. Dann wird es zum Prozess kommen.» Er schluckte hart.

«Linder? Ist das der neue Chef der Kripo?»

«Exakt. Ich werde dich mit ihm bekannt machen, sobald ich zurück bin.»

Sein Mobiltelefon surrte. Thomas griff in die Jackentasche und holte es hervor. Auf dem Display erkannte er Armandos Nummer. «Ja, was gibt's?»

Armando klang aufgeregt. «Vielleicht haben wir endlich weitere Beweise. An der Mauer, die zum Steg hin abfällt, hat man menschliche Ausscheidungen gefunden ... Kotze, um es konkret auszudrücken. Wir werden einen DNS-Abgleich machen.»

«Bis die Resultate da sind, wird es eine Ewigkeit gehen.»

«Nein, wir haben soeben von Linder grünes Licht bekommen. Galliker habe den Haftbefehl erteilt. Die Beweise reichen aus, um die Dame zu überführen.»

Thomas spürte, wie seine Beine einzusacken drohten. Tiziana! Warum? Und der eigentliche Täter würde unbescholten davonkommen und weiterhin sein Unwesen treiben im smarten Gewand des Schafes.

«Wir sehen uns zum Rapport, oder?» Armando liess ihn seine Ungeduld spüren. «Es ist sicher auch in deinem Interesse, dass wir jetzt vorwärts machen.»

«Punkt 17.00 Uhr im Sitzungszimmer», schloss Thomas.

Julia sah ihn eindringlich an. Sie ging nicht auf den Anruf ein. «Streiche die Affäre aus deinem Leben. Isabelle hat das nicht verdient. Überlege es dir gut. Jede neue Beziehung mag am Anfang erotisch prickelnd sein. Doch auch sie wird zur Routine mit der Zeit. Vertiefe lieber die Beziehung zu Isabelle. Da ist noch sehr viel Potenzial vorhanden, glaube es mir. Isabelle ist eine tolle Frau.»

Thomas schaffte es nicht, darauf etwas zu erwidern. Tiziana offenbarte sich ihm wie ein grosses Fragezeichen, welches er gerne weggewischt und an seiner Stelle einer klaren Antwort Platz gemacht hätte. Bei der ersten Begegnung in ihrem Haus war sie ihm sehr zerbrechlich und nicht sonderlich selbstbewusst vorgekommen; anders bei ihrem Besuch in der Pension. Sie hatte zwei verschiedene Seiten. Selbstschutz und Aggression hielten sich nicht zwangsläufig die Waage, sie waren im Gegenteil zwei grundlegend unterschiedliche Komponenten. Wäre sie Schauspielerin gewesen, hätte er es begreifen können. Andererseits musste ihr in ihrem Leben schon so viel Leid widerfahren sein, dass nur dies der Grund für ihre Labilität sein konnte.

Auf dem Weg zur Kasimir-Pfyffer-Strasse zog er Vergleiche zwischen Isabelle und Tiziana. Es gab keine sekundären. Isabelle kannte er als die geradlinige, bodenständige Frau, die er nicht nur als Partnerin, sondern auch als Rückhalt sah. Ihre einzige Schwäche des Mutterseins machte sie durch die Stärken wett, deretwegen er sie liebte. Selbst ihre neuerlich klimakterischen Unzulänglichkeiten, zu denen sie offen stand, verfälschten nicht den geradlinigen Charakter. Bei Isabelle wusste er immer, woran er war. Sie war wie ein offenes Buch, aus dem er las und in das er schreiben konnte.

War er Tiziana aufgrund ihres geheimnisvollen Wesens verfallen? Oder worin bestand die Anziehung, wenn er unter ihre schöne Schale blickte? Was sah er da? Er kannte sie nicht oder nur das, was sie ihm bis anhin von sich zu erkennen gegeben hatte. Die scheue Frau mit den Anzeichen einer Nymphomanin. Nein, das war die falsche Bezeichnung! Wohl eher musste er das Bild des missbrauchten Opfers in Erwägung ziehen, für das die Zeit gekommen war, sich zu wehren. War sie letztendlich eine schwarze Witwe?

Die Wolken um den Pilatus waren aufgerissen. Zaghaft schoben sich ein paar Sonnenstrahlen hindurch. Kalt blieb es trotzdem.

Seit Anfang Jahr teilte Lucille ihr Büro mit Armando und einem Azubi. Dass sich Lucille allein vor Ort aufhielt, kam Thomas gelegen. Vielleicht erfuhr er dabei wieder einmal, wie es seinem Sohn Stefan ging. Normalerweise vermied er es, sich mit Lucille am Arbeitsplatz über Privates zu unterhalten. Doch heute meinte er, sich von der freundschaftlicheren Seite zeigen zu müssen; in letzter Zeit hatte er sich alles andere als nett verhalten. Es lag nicht in seinem Bestreben, seine Mitarbeiter für seinen Fehltritt verantwortlich zu machen oder seine schlechte Laune an ihnen auszulassen. Lucilles Verhalten spiegelte nur ihn selbst. Ihre scharfe Intervention hatte ihm zwar zuerst massiv zugesetzt. Dahinter vermutete er jedoch eine vage Aufforderung, sein eigenes Verhalten zu überdenken.

Lucille sass vor ihrem Laptop und blickte kurz auf, als Thomas seine Mappe auf den Tisch legte.

«Du scheinst ja sehr beschäftigt zu sein.» Er stellte sich hinter seine Kollegin. Interessiert sah er auf den Computer. Das Vorstrafenregister war geöffnet. Ein vernarbtes Männergesicht nahm die Hälfte des Bildschirms ein. «Du arbeitest an einem anderen Fall?»

Lucille lehnte sich zurück. «Gian-Luca Marinelli ... sagt dir der Name etwas?»

«Nein, sein Gesicht kommt mir auch nicht bekannt vor.»

«Das ist ein älteres Bild von ihm. Heute ist er siebzig Jahre alt. Er lebt in der Ostschweiz, hat sich 1989 von seiner Frau getrennt, nachdem sie ihn aufgrund häuslicher Gewalt angezeigt hatte. Er sass dann während dreier Jahre ein. Kam nach guter Führung dann frühzeitig auf freien Fuss. Wenig später verging er sich an einer Dreizehnjährigen. Deren Eltern zeigten ihn an, nachdem ihn das vergewaltigte Mädchen hatte identifizieren können. Er kam erneut in den Knast, war aber bereits nach zehn Jahren wieder draussen. Nach mehreren psychologischen Gutachten hatte man ihn als geheilt befunden ...»

«Ist es das, worüber du mit mir hast sprechen wollen?»

Lucille drehte den Bürostuhl so, dass sie Thomas direkt ins Gesicht sehen konnte. «Gian-Luca Marinelli ist Tiziana Schmumanns Vater.»

Thomas wich instinktiv zurück. «Wer hat dir den Auftrag erteilt, in diese Richtung zu ermitteln?»

Lucille verzog ihre Lippen zu einem Schmollmund. «Indirekt Armando. Elsbeth hingegen hat mich darauf aufmerksam gemacht.» Als Thomas zum Sprechen ansetzte, liess ihm Lucille keine Gelegenheit, zu Wort zu kommen. «Bevor du mich stauchst, überlege dir, dass wir eine solche Arbeitsweise gerade unter deinem Patronat gelernt haben, stets auch die kleinsten Verdachtsmomente auszuschöpfen. Ich habe nichts anderes getan, als dies umzusetzen.»

Thomas warf die Hände über den Kopf. Es fehlte noch, dass seine zukünftige Schwiegertochter ihn merken liess, dass er auch hier versagt hatte. Er schluckte den Ärger herunter. «Gut! Das ist gut. Gib das zu Protokoll.»

Er wandte sich ab. Mehr konnte er dazu nicht sagen. Einen Moment lang schwindelte ihm. Er griff nach seiner Mappe und drehte sich zum Fenster um. Verdammt! Julia hatte recht. Tiziana hatte ihm den Verstand vernebelt. Er war nicht fähig gewesen, hinter ihre Fassade in ihr zuweilen krankes Inneres zu blicken. War sie letztendlich doch die Mörderin? Oder wer sonst?

Der Urlaub rückte mit jeder Stunde näher. Thomas hatte Isabelle versprechen müssen, die Zeit davor in Müssiggang zu betten. Bestimmt hatte sie zuhause den Champagner schon kaltgestellt. Gewiss würde es auch ein paar mit Roastbeef belegte Brötchen geben. Die Koffer würden gepackt und bereitgestellt sein. Er hätte nichts anderes zu tun, als sich zu entspannen und endlich den Ferienprospekt anzusehen.

Doch davon war Thomas noch weit entfernt.

Vor ihm lag der Rapport, den er eine um Stunde verschoben hatte. Bevor er sich zurücklehnte, musste er einen sauberen Abschluss hinlegen. In seinem Büro überprüfte er die Protokolle, die er seit dem Schmutzigen Donnerstag täglich geschrieben hatte. Jeder Schritt von ihm und seinen Mitarbeitern war akribisch beschrieben. Auch jetzt noch, nachdem die Beweislage zwar lückenhaft war, jedoch die Täterin aufgrund der Indizien verhaften werden konnte, brachte es Thomas nicht fertig, restlos an Tizianas Schuld zu glauben. Das Motiv lag im Schatten. Hing es mit ihrer Vergangenheit zusammen? Letztendlich mit ihrem Vater? Thomas würde nichts ändern können: Mord blieb Mord. Auch wenn er Tizianas Vergangenheit unter die Lupe nehmen und dort nach der Ursache suchen würde, änderte es nichts.

Vielleicht würde es die Möglichkeit geben, auf Totschlag zu plädieren. Es gab genug gute Anwälte, die diesen Fall wahrscheinlich gern übernehmen würden.

Im Grossraumbüro erwartete ihn sein Team. Auch Linder und Galliker waren anwesend. Ganz gegen seine Gewohnheit, hatte Thomas sich Beruhigungspillen in Form von weissen Kügelchen einverleibt, die er neuerdings mit sich trug, weil Isabelle ihn über deren positive Wirkung aufgeklärt hatte. Manchmal versetzte der Glaube auch bei ihm Berge. Er fühlte sich unwesentlich besser – aber immerhin.

Elsbeth hatte die A2-Blätter vergrössert und an die Leinwand geheftet. Thomas legte die Tagesrapporte vor sich aufs Pult. Weil Benno Fischer immer der Letzte und endlich eingetroffen war, eröffnete Thomas die Sitzung. Er begrüsste die Anwesenden und bedankte sich für ihren Einsatz.

«Seit dem Mord an Tarek Husseini sind mittlerweile zehn Tage vergangen, und wir können zum jetzigen Zeitpunkt auf mehr oder weniger erfolgreiche Recherchen zurückblicken.» Er griff nach einem Lineal und tippte auf die Leinwand. «Alle Verdächtigen wurden einer akribischen Befragung unterzogen, die Beweismittel sichergestellt und die Berührungspunkte zwischen den Beteiligten erforscht. Beim Toten wurde eine kleine Menge Kokain gefunden, doch können wir ausschliessen, dass die Tat unmittelbar mit Drogen zu tun hat. In unserem Fall handelt es sich um ein zwischenmenschliches Problem. Die Ursache herauszufinden, liegt jedoch nicht in unserem Ermessen.» Thomas schluckte ein paar Mal. «Obwohl die Beweismittel nicht zu hundert Prozent überzeugen, gibt es genug Indizien, um den Fall abzuschliessen und den Täter, respektive die Täterin zu überführen. Der gefundene Schuh wurde zudem von der Kostümverleiherin identifiziert. Anhand einer Fotografie, auf der die Täterin zu sehen ist, hat sie auch die Frau erkannt, die zusammen mit Husseini die Kostüme ausgeliehen hatte.» Thomas wandte sich an Galliker. «Sie haben den Haftbefehl gegen Tiziana Schumann bereits ausgestellt. Die ...» Er musste sich räuspern. «Die Dame wird heute Abend an ihrem Wohnort in Ascona von unseren Sicherheitskräften abgeholt und zum Erkennungsdienst gebracht. Am nächsten Montag wird sie dem Haftrichter vorgeführt. Die Pressekonferenz wird ebenfalls auf Montag verschoben.» Thomas sah in die Runde. «Gibt es noch irgendetwas, das ich ausgelassen habe?»

Elsbeth streckte die Hand hoch. «Was geschieht eigentlich mit den beiden Kleinkriminellen Hunkeler und Werder?»

«Was Jack Werder betrifft, hat die Nidwaldner Kantonspolizei erste Schritte unternommen», erläuterte Thomas. «Und Andy Hunkeler muss mit einer Anzeige rechnen. Sonst noch etwas?»

«Obwohl ich diesen Detektiven nie zu Gesicht bekommen habe, würde es mich interessieren, was mit ihm geschieht.» Lucille lehnte sich zurück und wechselte Blicke zwischen Thomas und Elsbeth.

«Tja, das ist Sache der Tessiner Polizei», zögerte Thomas, der in der Zwischenzeit erfahren hatte, dass Attenhofer definitiv ein freier Mann war. Er hatte mit der Vermutung recht behalten, dass Tettamanti ihn nicht würde belangen wollen. «Er wird auf dem Weg nach Südostasien sein.»

Eine Weile herrschte dann Schweigen, nicht zuletzt wegen Thomas, der schwer schluckend in seine eigenen Gedanken vertieft zu sein schien. Vieles war nicht nachvollziehbar. Bei einem Indizienmord blieb immer eine gewisse Unsicherheit zurück. Obwohl man zwar davon sprach, gab es keine wirklich triftige Beweislage. Dazu fehlte das Geständnis der Angeklagten. Thomas bezweifelte, dass Tiziana den Mord an Tarek Husseini zugeben würde. Schon ihrer Kinder wegen nicht. Er musste sich damit abfinden, dass das Verhör ein anderer übernehmen würde.

Marc Linder hatte sich erhoben. Vom Platz aus lobte er den Einsatz und dankte Thomas für die reibungslose Überwachung der Ermittlung.

Als die Sitzung zu Ende war, zitierte Linder Thomas vor die Tür. «Ich würde Sie gern persönlich in meinem Büro sprechen, Herr Kramer.»

Damit hatte Thomas allerdings nicht gerechnet. Er liess sich seine Verwunderung jedoch nicht anmerken. Wortlos folgte er seinem Chef. Vor dessen Bürotür blieben die beiden Männer stehen, da Linder keine Anstalten machte, sie zu öffnen.

«Bevor ich hierher kam, ist mir Ihre aussergewöhnliche Vorgehensweise zu Ohren gekommen», begann er. «Ich wollte wissen, mit wem ich es in Zukunft zu tun habe.»

«Und, sind Sie nun überzeugt?» Thomas befürchtete, dass er noch auf ganz andere Dinge zu sprechen kam.

Linder schloss endlich die Türe auf. Er liess Thomas eintreten und bat ihn, auf einem der Stühle Platz zu nehmen. «Ich habe mir erlaubt, ein Psychogramm über Ihre Ermittlungen zu erstellen.»

Thomas musste dies erst verdauen. «Und wozu soll das gut sein?»

«Verstehen Sie mich nicht falsch.» Linder setzte sich an sein Pult. «Solche Psychogramme haben mir in der Vergangenheit einen guten Dienst erwiesen. Daraus lässt sich letztendlich schliessen, wo was zu verbessern wäre und gibt Einblick in die Arbeitsweise der Beamten.»

Thomas schluckte leer. Würde Linder ihn an seinem wunden Punkt treffen? Es fehlte noch, dass er einer Gehirnwäsche unterzogen wurde.

«Die ersten Schritte wurden effizient durchgeführt», fuhr Linder fort. «Ihre anfängliche logische Vorgehensweise hat mich beeindruckt. Ihr Verstand ist schnell und hellwach.» Der Polizei-Chef liess die Worte wirken. Er rollte seinen Bürostuhl vom Pult weg und faltete die Hände über seinem Bauch. «Aber ...» Er liess wieder eine geraume Zeit verstreichen, in der Thomas immer nervöser wurde. «Ihre weiteren Schritte konnte ich leider nie ganz nachvollziehen.»

«Und weshalb nicht?», fuhr Thomas dazwischen.

«Es ist mir nicht ganz klar, weshalb Sie Jürgen Schumann dermassen in die Mangel genommen haben. Ich habe den Eindruck, dass Sie zuwenig objektiv an die Sache herangegangen sind. Aus Ihren Berichten kann man zwischen den Zeilen lesen, dass es Ihr Ziel war, Schumann den Mord an Husseini anzuhängen.» Wieder machte Linder eine Pause, in der auch Thomas schwieg.

«Irgendetwas scheint Sie in der ganzen Sache abgelenkt zu haben.» Linder setzte ein verzerrtes Lächeln auf. «Nun, Sie haben jetzt den verdienten Urlaub. Vielleicht werden Sie mir einmal erklären, wenn Sie zurück sind, woran Ihr Zögern gelegen haben könnte.» Linder erhob sich. Thomas tat es ihm gleich. Die Männer schüttelten einander die Hand. Linder nickte Thomas zu. «Ich muss ehrlich zugestehen, dass Sie im ...» Er suchte nach dem passenden Wort, «...Aussendienst ...» er schmunzelte, «eine gute Falle machen.»

Thomas fand nicht heraus, ob dies ernst gemeint war.

«Eines muss ich jedoch bemängeln ...»

Thomas hob die Augenbrauen. Was würde als nächstes kommen? Hatte er noch nicht genug Pfeile gegen ihn geschossen?

Linder machte eine ernste Miene: «Der Einsatz im Tessin kostet uns ein Vermögen. Zudem hatte ich Zeit, mir Ihre Quittungen anzusehen. Die Zimmerpreise kann ich akzeptieren. Doch auf die Getränke des Sonntagabends würde ich gern näher eingehen. Sechs Whiskys und drei Flaschen Rotwein scheinen mir dann doch etwas übertrieben. Ich hoffe, dass wir in Zukunft die Finanzen besser in den Griff bekommen.»

Sonntag, 10. Februar

Thomas fragte sich, weshalb man drei Stunden vor dem Boarding auf dem Flughafen sein musste. Das Gepäck hatten sie schon aufgegeben. Jetzt sassen sie in der Cafeteria. Isabelle hatte ein ausgiebiges Frühstück bestellt; er nippte nur an einem Capuccino. Draussen war Nebel aufgekommen. Thomas sah die grauen Fetzen vor der Fensterfront vorbeiziehen. «Ideales Flugwetter», brummte er.

«Der Start dürfte dabei nicht schwierig sein.» Isabelle hangelte nach einem Stück Sonnenblumenkerne zwischen den Zähnen. «Und wenn ich mich so umsehe, sind auch schon einige wohlbehalten gelandet.» Sie streichelte Thomas mit der freien Hand über die Wange. «Trotz des Nebels. Vielleicht solltest du einfach der Technik mehr vertrauen.» Und nach einer Weile. «Freust du dich denn nicht? Weisst du, wie lange es her ist, dass wir drei Wochen hintereinander Ferien machen konnten?»

«Wir hätten auch zum Skilaufen fahren können.»

«Jetzt zier dich nicht so!» Isabelle widmete sich schelmisch lachend einem Frühstücksei. Thomas versuchte zurück zu lächeln, was ihm misslang. Er hatte ihr nichts von Tiziana erzählt. Vielleicht würde er es während des Fluges oder auf der Kreuzfahrt tun. Er hätte dann genügend Zeit, ihr gemeinsames Leben zu überdenken, gemeinsam herauszufinden, was sie falsch gemacht hatten, warum es zu diesem Seitensprung gekommen war. Er schaffte es trotzdem nicht, von Tiziana loszukommen. Jeder Gedanke an sie zerschnitt sein Inneres, versetzte seine Mitte in einen süssbitteren Schmerz, liess seinen Puls spürbar bis zum Hals schnellen.

Isabelle sah ihn besorgt an. «Ist es so schlimm?» Sie dachte wohl an etwas anderes.

Er blickte in ihre Augen, meinte, durch sie hindurch zu blicken, während er die Lachfältchen in ihrem Gesicht hüpfen sah. Sie hatte die Augenbrauen gezupft, Lidschatten aufgetragen, die Lippen hellrosa geschminkt, vielleicht sogar Puder aufgetragen. Ahnte sie etwas?

«Erholen Sie sich jetzt erst einmal», hatte Linder gesagt, als er ihn frühmorgens noch einmal am Telefon gesprochen hatte. «Der Fall ist, was uns betrifft, abgeschlossen. Die Fakten liegen auf dem Tisch. Herr Bartolini wird die Vernehmung mit Frau Schumann führen. Erholen Sie sich gut.»

Wenn es nur so einfach gewesen wäre. Tiziana hatte er weder gesehen noch mit ihr gesprochen. Er hätte gerne noch ihre Geschichte ergründet. Warum sie ihren Geliebten umgebracht hatte. Ausgerechnet ihren Geliebten. Er würde bis nach den Ferien warten müssen, um zu erfahren, was Armando herausfand. Und Julia hätte ihm auch noch einiges über sie erzählen können. Er würde sich in Geduld üben.

Plötzlich fuhr es ihm kalt und heiss über den Rücken. Wäre Tiziana imstande gewesen, auch ihn zu töten? Ging es letztendlich nicht um die Person, denn viel mehr um das Kollektiv Mann? Sie musste einen so grossen Hass gegen das männliche Geschlecht entwickelt haben, dass es in einem Wahn ausartete. Thomas erinnerte sich an ihren Besuch in der Pension, an ihren körperlichen Übergriff. Das war keine Liebe gewesen, wenn er es genau nahm. Auch danach nicht. Es war, als hätte sie ihm etwas beweisen müssen. Sah so Rache aus? Was war vorgefallen? Was hatte sie zu dieser Tat getrieben? Er hätte es gern von ihr persönlich gehört. So beschäftigte er sich weiter mit Mutmassungen. Ab und zu unterhielt er sich mit Isabelle, die sich zwischenzeitlich mit einem Berg Frauenzeitschriften eingedeckt hatte. Thomas las die Titel. Wollte Isabelle abnehmen? Dann stiess er auf einen Text oberhalb des unteren

Randes. «Darf ich mal?» Während er fragte, riss er Isabelle das Heft aus der Hand.

«Seit wann interessierst du dich für Frauenzeitschriften?» Isabelle sah ihn belustigt an. «Zudem ist die von letzter Woche. Die gibt's gratis am Stand gegenüber.»

Thomas ging nicht darauf ein. Er schlug eine Seite im Mittelteil auf. *Rabadan in Bellinzona* war die Überschrift.

Isabelle hob ihre Augenbrauen. «Die Fasnacht ist vorbei. Aber nächstes Jahr gibt es bestimmt wieder eine ...»

Thomas überflog die Zeilen bis er fand, was er gesucht hatte. «Ich kann mich auch täuschen.»

«Was hast du denn?» Isabelle reagierte mit wachsender Besorgnis. «Geht es noch immer um den Fall? Ich dachte, der sei abgeschlossen.»

Thomas war zu sehr vertieft in den Artikel. Er erwiderte nichts.

Eine Stunde vor dem Boarding rief Armando an. Thomas und Isabelle hatten die Passkontrolle hinter sich und sassen nun in der Abflughalle.

«Entschuldige, dass ich dich störe. Doch bin ich froh, dich zu erreichen.» Armando schien ausser Atem zu sein.

«Was gibt's?» Thomas hatte sich von Isabelle abgewandt.

«Wenn es nur so einfach wäre, es dir zu erklären.»

«Dann versuch es!» Thomas wurde ungeduldig. Er litt unter Flugangst und schaffte es fast nicht, sie zu verbergen. Während er das Mobiltelefon am Ohr hielt, tigerte er zwischen den Sitzreihen. Isabelle sah ihm amüsiert nach. «Ist alles glimpflich abgelaufen gestern?»

«Ein Drama war's, *porca miseria*.» Armando suchte nach den richtigen Wörtern. «Als wir die Villa stürmten ...»

«Stopp!», unterbrach Thomas ihn. «Ihr habt die Villa gestürmt?»

«So heftig war es nicht. Wir haben uns nur auf alle Seiten hin abgesichert. Als wir ins Haus gingen, waren nur gerade Frau Schumann und ihre Kinder zugegen.»

«Und der Wolf im Schafspelz amüsierte sich gewiss im Nachtclub», ergänzte Thomas mit einem sarkastischen Unterton.

«Sie liess sich ohne viel Aufheben festnehmen. Die Kinder aber ...» Armando räusperte sich. «Der Junge verschwand in seinem Zimmer, wo er sich einschloss, und die Kleine hing an Mutters Rock und schrie sich die Seele aus dem Leib. Zum Glück ist dann eine Nachbarin vorbeigekommen und hat sich dem Kind angenommen.»

«Toll!» Thomas stand die Schadenfreude ins Gesicht geschrieben. Jetzt würde Schumanns Image endlich angeknackst werden und er in ein Rampenlicht geraten, das er verdiente. Ein kleiner Trost – immerhin. Er blickte auf die Uhr über dem Gate und dann zu Isabelle, die ihm ein Zeichen gab, dass er sich beeilen solle.

«Ich muss dir noch etwas mitteilen.» Armando machte eine nachhaltige Pause.

«Was? Mach es nicht spannend!» Thomas peilte die Toilette an.

«... Tiziana Schumann ...» Armando hielt wieder inne.

Was war mit Tiziana? Hatte sie ihm vielleicht noch ein paar Zeilen hinterlassen? Eine Erklärung? Thomas schluckte schwer. «Was ist mit Tiziana?»

«... Sie hat sich das Leben genommen ...»

Der Schmerz, der wie eine Faust unweigerlich in seine Mitte schlug, betäubte Thomas. Er ging rückwärts wie in Zeitlupe auf einen Sitz zu. Er liess sich darauf fallen. Alles um ihn herum tauchte in ein diffuses Licht.

«Ich weiss, wie du dich fühlst», hörte er Armando sagen.

Nein, das konnte er mit Bestimmtheit nicht. Thomas sah zu Isabelle, die fragend ihre Schultern hob, nahm sie jedoch nicht richtig wahr. Er deutete ihr, dass er noch etwas zu besprechen hatte, was völlig mechanisch ablief. Er brachte es nicht fertig, Armandos Satz einfach so im Raum stehen zu lassen. Einen Augenblick lang dachte er daran, die Reise abzublasen. Durch die Scheiben sah er den Flieger mit dem Fingerdock. Der Grund, nicht einsteigen zu müssen, war ihm mit brutaler Härte entgegen gekommen. Er versuchte, seiner inneren Erregung Meister zu werden. Es wurde ihm bewusst, dass er mit seiner Frau hier war. Und Tiziana nichts anderes als eine Episode gewesen war, eine Randerscheinung in seiner Beziehung zu Isabelle. Er hätte sie auf jeden Fall nie mehr gesehen. Er hätte sie aus seinem Gedächtnis gestrichen. Obwohl es von ihm eine gewisse Selbstdisziplin abverlangt hätte, wäre es vorüber gegangen. Die Zeit hätte die Wunden geheilt, auch wenn es abgedroschen klang. Tiziana war tot? Diese Tatsache brachte sie ihm wieder näher.

«Wo?» Thomas spürte, wie er zitterte und eine frostige Kälte von ihm Besitz ergriff.

«Im Untersuchungsgefängnis Grosshof.»

«Der Sicherheitscheck ist doch enorm. Bist du sicher, dass es kein Irrtum ist?» Er war aufgewühlt und geschockt, und der Schmerz in seiner Brust nahm noch zu.

«Es tut mir leid. Vielleicht hätte ich damit warten sollen, bis du zurück bist.»

«Gut, hast du es mir gesagt.» Eine eigentümliche Ruhe überkam ihn. Vielleicht hätte es ein Verfahren gegen ihn gegeben, wenn bekannt geworden wäre, dass er mit einer Verdächtigen eine Affäre angefangen hatte. Und ein solches konnte er sich in seiner Stellung nicht leisten. Das hätte ein Rückschritt bedeutet. Er hatte das oberste Gebot der Polizei gebrochen und hätte mit Konsequenzen rechnen müssen, schlimmstenfalls mit einem Disziplinarverfahren. «Wie konnte das geschehen?» Er versuchte, seiner Stimme Herr zu werden. Den groben Kloss schluckte er hinunter.

«Ja, darauf muss man auch zuerst kommen», sagte Armando. «Sie hat sich ein Plastiktütchen voller Schlaftabletten in die Vagina geschoben und damit die Kontrolle umgangen. Vor dem Schlafen hat sie alle geschluckt. Man konnte nichts mehr für sie tun.»

«Dann werden wir wohl nie erfahren, weshalb sie Husseini umgebracht hat», stellte Thomas sachlich fest.

«Nein, wohl nie. Sie hat mit ihrem Tod ein weiteres Geheimnis dieser Erde mit ins Grab genommen», philosophierte Armando. «Sie hat nicht einmal einen Abschiedsbrief hinterlassen. Ich hoffe, du kannst damit umgehen.» Er wartete. «Ich wünsche dir einen erholsamen Urlaub.» Er klickte sich weg.

Thomas atmete tief ein. Kurz war ihm, als schössen Tränen in seine Augen. Er fuhr sich irritiert ins Gesicht. Er spürte, wie Isabelle ihn von der Seite betrachtete. Sie hatte sich erhoben und kam auf ihn zu. «Was ist los? Du siehst blass aus.» Sie hielt ihm das Paket mit den Reisetabletten hin. «Hier nimm, für die kritischen zehn Minuten nach dem Start.» Sie lächelte. «Nimm zwei!»

Thomas ging nicht darauf ein. «Die mutmassliche Täterin hat heute Nacht Suizid begangen», sagte er nur.

Isabelle wich einen Schritt zurück. Auf ihrem Gesicht zeichnete sich ein vages Entsetzen ab. Und dann kam die Frage, die wohl jede Mutter aus ihrem Instinkt heraus stellen musste: «Hat sie Kinder?»

«Ja zwei, im Alter von elf und fünfzehn.» Thomas' Fassungslosigkeit erreichte den Höhepunkt. «Sie muss psychisch doch sehr angeschlagen gewesen sein ... das ist eine Tragödie.»

Isabelle strich ihm liebevoll über den Arm. «Davon hast du mir nie etwas erzählt.»

«Ich weiss.» Thomas nahm sich vor, es dabei zu belassen.

Unruhig ging er wieder hin und her. Die Leute, die auf den Ausgang zum Gate zusteuerten, ignorierte er, ebenso die Stimme, die aus dem Mikrofon ertönte. «Irgendetwas muss ich doch übersehen haben.»

Isabelle schnellte mit den Armen nach vorne. «Du hast sie wohl nicht mehr alle beisammen», rügte sie ihn mit gedämpfter Stimme. «Du hast jetzt Urlaub!»

Thomas ging nicht darauf ein. «Wo hast du das Heft hingelegt? Ich muss noch einmal telefonieren.»

Isabelle überreichte ihm das Journal. Doch noch bevor sie etwas entgegensetzen konnte, stellte er Armandos Nummer ein. «Gib mir noch fünf Minuten», tröstete er sie über die Schultern hinweg. Er entfernte sich von ihr. Sie rief ihm aufgebracht nach: «Wir sind aufgerufen worden! Wir sollten einsteigen!»

Armando nahm nach dem zweiten Klingelton ab. «Ihr seid noch nicht in der Luft?»

«Wie war das mit dem Karneval in Bellinzona?»

«Wie bitte?»

«Erinnerst du dich an Marco Follinis Aussage? Er sagte, dass er am Donnerstag mit Lars Schumann in Bellinzona war.»

«Ja. Ich erinnere mich. So steht es auch im Protokoll.»

«Er hat gelogen.»

«Wie kommst du darauf?»

«Das Seilziehturnier findet erst am Freitag statt. Doch Marco hat gesagt, dass sie beim Seilziehturnier mitgemacht haben.»

«Tom, wir haben das überprüft.»

«Du musst den Fall neu aufrollen.»

«Das geht nicht. Der Fall ist geklärt, Tiziana Schumann des Mordes überführt worden. Ihr Sohn war zur Tatzeit nicht in Luzern … nicht in Luzern», hallte es in Thomas' Ohr nach.

«Okay, dann breche ich meinen Urlaub ab. Ich komme zurück und werde den wirklichen Täter überführen.»

«Schatz, wir müssen einsteigen!» Isabelles Stimme durchdrang seine konfusen Gedanken.

Armando gab seinem Ärger lauthals Luft. «Gut, Tom, wenn du mir versprichst, dass du jetzt in den Flieger steigst und mit Isabelle drei Wochen Urlaub machst, werde ich mich der Sache annehmen. Und wehe, du rufst mich nur einmal aus den Ferien an, dann kündige ich auf der Stelle meinen Job …»

Epilog

Sie waren am Mittwoch vor dem Schmutzigen Donnerstag nach Luzern gereist.

Der Himmel leuchtete in einem seltenen Blau, als der Zug in den Bahnhof einfuhr und mit einem kurzen Ruck abrupt stehen blieb. Umso grösser war der Schock für beide draussen auf dem Bahnsteig. Die Kälte schlug ihnen wie eine frostige Faust aus der Halle entgegen, in der riesige Papiermachéköpfe in verschiedenen Farben und Formen hingen. Vor dem Bahnhof scharten sich die Leute. Ein Durchkommen war fast nicht möglich. Tarek hielt ein Taxi an. Sie fuhren zu ihrem Hotel in der Altstadt. Hier brodelte es weiter. In den engen mit Kopfsteinpflaster ausgelegten Gassen strömten die Menschen in und um die Warenhäuser, als hätte man gratis etwas abzugeben.

«Da ist es ja noch schlimmer als in der Hochsaison bei uns», rief Tiziana, im Versuch, die Leute um sich zu übertönen.

«Morgen wird hier der Teufel los sein», bestätigte Tarek und zog sie zu einem Wurststand. Hier gab es auch Brezeln und Bier. Tiziana konnte sich weder für das eine noch für das andere begeistern. Ihr war der Appetit vergangen.

Am Nachmittag besuchten sie den Kostümverleih, von dem Tarek geschwärmt hatte, und durchstöberten die Kleiderschränke einer alten Dame. Mit den Kostümen von Robin Hood und passend dazu jenes der Lady Marianne verliessen sie gegen Abend das Geschäft und kehrten ins Hotel zurück.

Das Nachtessen hatten sie im Bodu bestellt und es sich im Zimmer servieren lassen.

«Ich muss hundert Jahre alt werden», sagte Tiziana, als sie einander gegenüber sassen und sie die köstlichen Speisen genossen, «damit ich deine Gegensätze verstehen lerne. Aber ich weiss, dass alles in dir steckt. Das Geheimnisvolle wie das Transparente, das Traurige wie das Fröhliche, das Gute …» Sie hielt inne und schaute Tarek nachdenklich an. «Und das Böse …»

«Möchtest du mir etwas mitteilen?» Tarek hob das Weinglas, einen zweiundneunziger Chardonnay aus dem Napa Valley, und führte es schmunzelnd zum Mund. Er schlürfte den Wein und liess ihn eine kurze Zeit im Gaumen, bis er ihn hinunterschluckte.

«Ach nichts.» Tiziana griff nach dem Besteck.

Sie assen eine Weile schweigend.

Bei der Nachspeise, einer karamellisierten Birne mit Vanilleeis und heisser Schokolade, nahm Tarek Tizianas Hand und legte sie in seine. Es lag so viel Zärtliches darin, dass sie von einer tiefen Traurigkeit erfasst wurde. Jetzt nur nicht losheulen, dachte sie, als sie über ihre Stimmungsschwankungen erschrak. Und niemals den Entscheid anzweifeln. Nicht jetzt!

«Ich möchte dich heiraten.» Tareks Worte trafen sie wie ein Blitz aus heiterem Himmel. Als sie darauf nichts erwiderte und ihn nur mit weit aufgerissenen Augen anstarrte, fuhr er unbekümmert fort: «Selbstverständlich, wenn du es auch willst.»

Sie seufzte tief. «Eine Scheidung kommt für mich nicht in Frage», sagte sie leise. «Das wäre der Ruin für mich.»

«Du sprichst heute zum ersten Mal über deine materiellen Sorgen.» Tarek hob nachdenklich die Brauen.

«Ich denke vorwiegend an meine Kinder», entgegnete sie.

«Ich wäre ihnen ein guter Freund.»

Tiziana schwieg bedrückt.

«Ich liebe dich. Ich würde alles für dich geben», flüsterte er. «Wenn du geschieden bist, werden wir auf der Stelle heiraten und wunderschöne Kinderchen machen, mokkabraune Kinderchen.»

Tizianas Lächeln fror ein. Genau davor hatte sie Angst. Seine Zukunft war nicht ihre. «Ich bin vierzig.» Sie seufzte.

Sofort küsste er ihre Bedenken weg, indem er aufstand und um den Tisch herum auf sie zuging. «Dann werden wir einfach weiter üben, so wie wir das immer getan haben.»

«Du bist ein Narr», sagte sie.

«Ich liebe dich», sagte er.

«Ich weiss.» Sie fühlte, wie ihr Körper erstarrte.

Dann wieder Schweigen. Nach einer Weile sah sie Tarek geradewegs in seine schwarzen Augen. Sie musste es ihm sagen. Sie musste ihm die Gelegenheit geben, sich zu rechtfertigen, obwohl sie schon längst den Stempel aufgesetzt hatte. «Warum hast du meine Tochter angefasst?»

«Was habe ich?» Er runzelte die Stirn.

«Delia hat mir erzählt, dass du sie angefasst hast.»

Tarek überlegte. Er brachte keinen Ton heraus.

«Du hast sie in deinem Atelier angefasst. Sie war nackt, und du hast ihr zwischen die Beine gefasst.»

«Hat sie das so erzählt?» Tarek atmete hörbar aus. «Ich habe sie vielleicht berührt, weil sie nicht so gesessen ist, wie ich es mir wünschte. Ich bin Maler. Die Menschen, die ich porträtiere, sind für mich bloss Objekte. Manchmal muss ich sie berühren und zurechtbiegen.» Er lächelte schwach.

«Sie ist noch ein Kind.»

«Du hast sie mir doch anvertraut.»

«Nicht dafür, dass du dich an ihr aufgeilst.»

«Das sind harte Worte.» Und nach einer Pause. «Du glaubst doch deiner Tochter nicht etwa?»

Tiziana fauchte ihn an. «Ich weiss, wozu Männer fähig sind.»

Schweigend holte Tarek ein Säckchen aus der Reisetasche. Er leerte einen Drittel von dessen Inhalt auf den Tisch. Mit einer Rasierklinge drückte er das weisse Pulver glatt und teilte es in vier gleichgrosse Haufen, die er anschliessend in schmale Streifen zog. «Das wird dich beruhigen. Ich möchte dich heute Nacht mit allen Sinnen lieben. Ich will, dass du ausflippst, dass du schreist, dass du dich vergisst ...»

Tiziana sah ihn mit gläsernem Blick an. Sie hatte schon zuviel von dem Weisswein getrunken. «Ja, ich werde vergessen. Ich werde alles vergessen. Und ich werde dich lieben bis in den Tod.»

Tarek erwachte als erster und weckte Tiziana kurz nach vier Uhr auf.

«Wir sollten uns anziehen», flüsterte er in ihr Ohr und küsste sie.

Tiziana schlug die Augen auf. «Ich bin in einer andern Welt», sagte sie. «Nichts ist Wirklichkeit». Sie lächelte, während sie aus dem Bett stieg, um sich im Badezimmer zu duschen. Sie lächelte noch, als sie sich anzog und Tarek ihr dabei half.

Ihre Anschuldigungen des gestrigen Abends hatten in einer fulminanten Nacht geendet.

«Das war eine Nacht», sagte auch er, als sie später in die dunkle Stadt hinaustraten und in Richtung Kapellplatz losmarschierten. Er im Kostüm, das nach Tizianas Meinung, viel zu gross war, und den schweren Stiefeln, dem Schwert, das seitlich an ihm herunterhing und ihn bei jedem Schritt in der Kniekehle traf. Sie im langen Rock und der kurzen Jacke, unmodern und nach Mottenkugeln riechend. Die Schuhe waren eine Nummer zu gross. Sie musste schlurfen.

Kurz vor fünf kamen sie in der Nähe des Fritschi-Brunnens an. Die Menschenmenge hatte mit jedem Meter zugenommen. Sie stand dicht beieinander gedrängt. Wildfremde Leute, um die man, wäre man ihnen an einem normalen Tag begegnet, einen riesengrossen Bogen gemacht hätte. An der Fasnacht verschwanden die Schranken.

«Wie gefalle ich dir?» Tarek setzte ein entwaffnendes Grinsen auf. Seine Zähne schimmerten im Kontrast zu der braunen Schminke, die er sich auf Gesicht und Hals aufgetragen hatte. Zum Lachen war ihr in diesem Augenblick nicht mehr zumute. Aus gutem Grunde. Die Kälte frass sich durch ihr Kostüm. Sie fror und zitterte. Ihre Füsse spürte sie längst nicht mehr. Wie Eisklumpen in ihren Schuhen fühlten sie sich an, und die Beine trotz Wollstrümpfen steif. Wie hatte sie nur auf Tareks ausgefallene Idee eingehen und mit ihm hierher reisen können.

Jetzt befand er sich vor ihr. Das Fieber war endgültig ausgebrochen. Tareks Maske fiel in diesem Augenblick, und das zweite Gesicht kam zum Vorschein. Das Narrengesicht. Er schirmte sie nicht von der Kälte ab, was er sonst immer tat. Das Ausharren auf den grossen Moment war ihm wichtiger. Die fasnächtliche Tagwache am See, obwohl der Himmel stockfinster und der Tag noch weit entfernt war. Sie wehrte sich gegen ein paar kräftige Arme, die sie von hinten, von vorne, von links, von rechts zu erdrücken drohten. Die Masse aus Gipsköpfen und wallenden Gewändern stand in Eis erstarrt. Figuren, die darauf warteten, von einem unsichtbaren Knopf in Bewegung gesetzt zu werden. Fratzen in der Dunkelheit der Stadt. Jemand hatte das Licht der Strassenlaternen ausgeschaltet.

Sie würde es tun. Das hatte sie sich so ausgedacht. Es war so leicht gewesen, die Pistole aus dem Keller zu holen. Aus dem grünen Samt. Jürgen hatte nicht mehr danach gesehen, nachdem er sie Lars weggenommen hatte. Seine Fingerabdrücke waren darauf. Sie selber trug Handschuhe.

Sie würde es tun. Wenn es schon keine Gerechtigkeit gab in dieser Welt. Irgendwann nach ihrem zwölften Lebensjahr war ihr Leben abhanden gekommen. Mama hatte gesagt, sie solle nicht so leichtgläubig sein. Mama hatte aber auch gelacht. Hatte sie ausgelacht. Und ihr nicht geglaubt. Und Papa hatte dunkle Augen gehabt. Dazwischen die griechische Vase im Schlafzimmer auf der Ablage neben dem Bett. Und immer wieder diese dunklen Augen. Eins, zwei, drei, vier ... und immer wieder, fünf, sechs, sieben ... Sie war nie fähig gewesen, sich zu wehren. Wie sehr hatte sie sich davor geekelt. Wie sehr vor sich selbst, wenn er von ihr abliess und ihr ein Handtuch zuwarf. Sie hatte sich schmutzig gefühlt, verzweifelt und gedemütigt. Und sehr allein!

Jürgen hatte dieselben Augen. Schwarze Augen. Auch Jürgen hatte ihr wehgetan. Er musste dafür büssen. Ihr Plan war minuziös durchdacht. Er würde von alleine in die Falle tappen. Sie wusste, dass er eine Verabredung in Luzern hatte. Das war kein Zufall – das war Vorsehung.

Sie würde frei sein, wenn sie es tat. Frei von den Männern, die nur das eine wollten. Immer wieder wollten sie ihr wehtun. Mit ihren Händen, dem Mund und ihrem Geschlecht, das sie so wichtig nahmen. Das sie benannten. Mit kuriosen Namen benannten. Manchmal hatte sie in Gedanken ein abscheuliches Gesicht auf die Penisspitze gemalt, wenn Vater sich vor ihr entblösste, um ihren Ekel und den Brechreiz zu steigern. Doch die Kraft, um das Elend auszukotzen, hatte ihr gefehlt. «Papa meint es nur gut mit dir», hatte Mama gesagt. Hatte sie wirklich keine Ahnung gehabt?

Er hatte schwarze Augen. Acht, neun, zehn, elf ...

Es ging schnell. Unter ihrem Kleid spürte sie die Pistole. Fremd. Bedrohlich. Eiskalt. Tarek hatte es nicht mitbekommen, am Morgen beim Anziehen. Sie griff danach. Sie stand allein. Einen Augenblick nur, sich wie auf Daunenfedern leicht fühlend, befreit. Auf dem Platz. Hinter Tarek. Peng! Hinter Jürgen. Peng! Hinter ihrem Vater. Peng! Sie würde sie alle im

Kollektiv töten. Ihr aller verdammten Leben aus der Brust pusten. Peng! Ihr seid tot! In diesem entscheidenden Augenblick würde sie einen klaren Verstand haben.

Warum hatte Tarek ihre Tochter angefasst? Warum war sie nicht fähig gewesen, sich für Delia zu wehren, sich gegen ihren Geliebten zu stellen? Sie hatte versagt. Genauso wie ihre Mutter damals versagt hatte. Sie hatte es stillschweigend zur Kenntnis genommen, als Delia ihr davon erzählte, wie Tarek ihr beim Ausziehen geholfen, sie am Bauch und zwischen den Schenkeln berührt hatte. Ihr Fehler. Sie hätte ihre Tochter niemals ins Atelier mitnehmen sollen.

Er hatte sie gemalt. Immerhin hatte sie Delia zweimal begleitet, bis sie genug Vertrauen hatte, ihr Kind allein bei ihrem Freund zu lassen. Doch sie hätte es wissen müssen und war zu feige gewesen. Es lag in der Natur des Mannes, dass es ihn erregte, sobald ein blosser Frauenkörper in seiner Nähe war – egal wie jung er war.

Später hatte Tiziana versucht, es zu verdrängen, was ihr nie ganz gelang.

Es war ein schönes Akt-Bild geworden. Das Bild eines Mädchens – ihres Mädchens. Unschuldig, frisch wie eine Rose im Morgentau. Tarek hatte es ihr geschenkt. «Es ist mein bisher gelungenstes Werk», hatte er stolz verkündet.

Sie hatte es zerstört, mit einem Japanmesser aufgeschlitzt, es in tausend Stücke zerschnitten und weggeworfen. Zu hoch war Preis gewesen. Niemand sollte erfahren, dass sie ihre Tochter geopfert hatte. Auch wenn es bei dieser einen Berührung geblieben war, rief es Erinnerung wach. Sie musste dem Elend endlich ein Ende setzen. Es war an der Zeit, dass diese Unholde für ihre Taten bestraft wurden – mit der Klapsmühle, dem Gefängnis und dem Tod.

Ein Knall übertönte den ersten Glockenschlag an der nahen

Kirchturmuhr. Ein Bollerschuss. Die Pistole in ihrer Hand. Kalt, schwer, entsichert. Der Zeigefinger am Abzug. Sie wusste, wo das Herz lag. Sie hatte die Anatomie studiert. Trotz der Dunkelheit sah sie unglaublich klar.

Vom Himmel fiel Regen. Bunter Konfettiregen. Blasinstrumente schmetterten Laute durch die dunklen Gassen. Mit Trommelschlägen durchmischt. Im selben Augenblick, als Tiziana vom Rückstoss ins Wanken geriet, sah sie, wie Tarek vor ihr mit einer eigenartigen Bewegung auf die Seite kippte, gestützt einen kurzen Augenblick von den runden Figuren zu seiner Linken und zu seiner Rechten. Noch im Hinfallen wandte er ihr seinen Blick zu, sterbende Augen, wie sie meinte, ungläubige, die kaum das erfassten, was gerade mit ihnen geschah. Sie entdeckte den kleinen sich stetig vergrössernden Blutfleck auf seiner Brust, die jetzt unter dem zur Seite gerutschten Umhang zu sehen war. Ihre Schreie blieben stumm. Sie rief seinen Namen lautlos. Er zeichnete neblige Schwaden, sich auflösend in der Kälte, und kalte Glut in die Unendlichkeit. Auch mit ihm hätte es niemals gut werden können. Die Schmerzen waren immer da gewesen.

Das Durcheinander, wie heraufbeschworen, war nicht mehr zu verhindern. Aus allen Himmelsrichtungen dröhnten die Bässe der Strassenmusiken, flatterten die Gestalten auf dem Platz, farbigen Fledermäusen gleich, mit wallenden Flügeln und weitaufgerissenen Mündern. Wie Wellen in einem kochenden Ozean. Kreischende Stimmen vermischten sich in die blechernen Töne der Blasinstrumente. Zuerst bemerkte niemand den leblosen Körper auf dem Kopfsteinpflaster liegen, wie ein Betrunkener in der Masse der Anonymen. Es war Fasnacht. Da kam so etwas schon mal vor.

Sie stürzte nach vorn. Das Fallen war wie eine Ewigkeit, wie ein Zeitraster ihrer aufgewühlten Gefühle. Hatte sie das alles nur geträumt? Sie würde aus diesem Wahnsinn aufwachen und den Arm ausstrecken, ihn spüren, seinen warmen Körper, seinen regelmässigen Atem. Ich erlebe das alles nicht wirklich, dachte sie, immer noch nach vorn zu Boden gehend. Kalter, feuchter Stoff in ihrem Gesicht. Schuhe, die gegen sie traten auf dem harten Asphalt, Nässe. Der Geruch von Urin. Die Narren stampften an ihr vorbei. Grob, brutal, irrsinnig. Tarek auf dem Boden und jetzt eine Menschentraube, die sich um ihn versammelte. In der Kälte dieses Wintermorgens. Sie sah die ungläubigen Gesichter der Maskenlosen. Sie begriffen endlich. Telefone wechselten die Hände. Klamme Finger stellten Nummern ein. Laute Stimmen dröhnten in die Menge. Es war Fasnacht und alles nicht wirklich.

Den Weg zum Fluss am Ende des Kapellplatzes ging sie wie in Trance. Einem unsichtbaren Band entlang. Völlig losgelöst. Sie zwängte sich gegen den Strom von wahnsinnig gewordenen Gestalten, durch die kunterbunten Stoffgebilde einer sich fortbewegenden Meute, durch aufgeworfene Hände, die gierig nach ihr griffen. Durch schauerliche Kreaturen. Doch niemand schien sie richtig wahrzunehmen.

Unten am Fluss stand sie eine Weile ruhig da. Sie versuchte, ihre Gedanken zu ordnen. Er war tot. Sie hatte ihren Geliebten umgebracht. Hinterhältig erschossen. Kaltblütig ermordet.

Seine zärtlichen Worte an ihrem Ohr schwebten ins Universum zurück, dorthin, wo sie hergekommen waren. Seine Berührungen im Augenblick seines Wunsches, sie zu berühren, würden im Endlosen verharren. Sie nicht mehr erreichen. Nicht in dieser Welt. Die Zeit stand still. Sie fühlte sich leer, selbst wie tot. Sie stolperte zum Geländer. In diesem Moment fühlte sie einen Schlag von hinten. Zwei Kostümierte hatten sie unbeabsichtigt angerempelt. Sich entschuldigend suchten sie das Weite. Tiziana rappelte sich hoch und bemerkte, dass sie ihren linken Schuh verloren hatte. Vergeblich suchte sie nach ihm.

Als sie später über das Geländer vor der Brücke lehnte, hatte sie die Pistole bereits über die Stange geworfen, über die Stange, welche mit gefrorenen Eistropfen behangen war, trennend zwischen der Reuss und dem Rathausquai. Das Wasser zog dunkel und träge an ihr vorbei. Sie sah Lichter am anderen Ufer, irgendwie zerquetscht im sich verflüchtigenden Nebel, leuchtende Engelchen am Ende des Tunnels. Oder waren es schon die Geister, die sie gerufen hatte? Sie beugte sich tiefer und übergab sich und gab sich selbst dem Unbegreiflichen hin.

Vom Himmel fiel Regen. Bunter Konfettiregen.

Anmerkung der Autorin

Alle Personen und Ereignisse in diesem Buch sind das Produkt meiner Fantasie. Ähnlichkeiten mit lebenden oder verstorbenen Personen wären rein zufällig. Selbst die beschriebenen Orte sind oftmals überzeichnet oder leicht verfälscht.

Ausnahme ist ein sog. «Cameo» in Form einer Luzerner Persönlichkeit, die in jedem meiner Krimis namentlich erscheint.

An dieser Stelle danke ich all jenen, die mich während der intensiven Schreibphase ausgehalten haben; für die meinen mir Nahestehenden war es nicht immer leicht. Danken möchte ich auch Charlotte Demarmels, meiner treuen Probeleserin, und Roger Strub, einem Freund und Schriftsteller, der denselben Abgründen auf der Spur ist wie ich und mir mit guten Tipps zur Seite gestanden hat. Ein besonderer Dank gebührt Pascale Exer für die gnadenlose Korrektur sowie der Kapo Luzern, die mir vor geraumer Zeit den gesamten Apparat der Polizei erklärt hat. Doch auch hier habe ich mir erlaubt, meine schriftstellerischen Freiheiten herauszunehmen.

Ich danke auch allen treuen Leserinnen und Lesern, welche mit mir die Freude an einem spannenden Luzerner Krimi teilen.

Silvia Götschi

1958 in der Zentralschweiz geboren und aufgewachsen. Seit frühester Jugend leidenschaftliche Autorin von Romanen, Kurzgeschichten und Gedichten. Sie ist Mutter von drei erwachsenen Söhnen und zwei Töchtern und lebt heute mit ihrem Mann in Küssnacht am Rigi.

Seit 1998 arbeitet sie als freischaffende Schriftstellerin.

Nach ihrer ersten Veröffentlichung «Am Anfang ist die Sehnsucht», 1999, erschienen zwei Romane «Und trotzdem nicht Olivia» und «Sonnensturm» sowie ein Krimi «Mord im Parkhotel».

Nach «Engelfinger», setzt sie nun mit «Aschenputtel» die Reihe der Thomas-Kramer-Krimis fort. Bereits im Herbst 2013 folgt der dritte Teil mit dem Titel «Künstlerpech».

Krimis und Thrillers in der Literaturwerkstatt

ENGELFINGER – Kramers erster Fall
(Krimi) Silvia Götschi

Paperback
ISBN: 978-3-9523694-6-3

Niemand hat die Katastrophe kommen sehen. Eines Abends im Herbst 2007 ist sie ohne Vorwarnung da. Vorzeichen hat es viele gegeben. Doch die Fähigkeit, diese wahrzunehmen, ist uns abhanden gekommen. So nimmt sie ihren Verlauf – eine Geschichte, die unvorstellbarer nicht sein könnte.

Denn eine Reihe unerklärlicher Morde hält die Stadt Luzern und ihre Bewohner im Bann. Die Opfer werden alle auf die gleiche Weise hingerichtet. Trotz Grosseinsatz gelingt es der Kripo nicht, nur ansatzweise brauchbare Spuren zu finden. Täter und Motiv bleiben im Verborgenen, bis eine buddhistische Sekte ins Visier der Ermittler gerät. Thomas Kramer – verheiratet und Vater eines erwachsenen Sohnes – ist näher als alle anderen an dem Fall dran und erlebt die Hölle. Wird es ihm mithilfe einer Psychologin gelingen, das Geheimnis um den Mörder zu entschlüsseln und gleichzeitig ein unglaubliches Verbrechen aus der Vergangenheit aufzudecken?

PID – TÖDLICHES ERBE (Thriller)
A. C. Risi

Paperback
ISBN: 978-3-9523694-6-3

Wirre, beängstigende Träume über ihre verschüttete Vergangenheit treiben die erfolgreiche Architektin Emma Schäfer an den Rand der Verzweiflung.

Es gibt nur einen Weg da raus. Und der führt zurück in ihre Kindheit. Doch der Weg dahin entpuppt sich unvermittelt als ein gefährliches Unterfangen.

Während Emma und ihre beiden Freunde mit ihrer Recherche eine Lawine von Ereignissen lostreten, die nicht mehr aufzuhalten ist, wird die Schweiz von einer der schwersten Naturkatastrophen heimgesucht. Menschen sterben, und sie selbst gerät ins Visier eines gnadenlosen Killers, der eine Mission zu erfüllen hat.

MORD IM PARKHOTEL (Krimi)
Silvia Götschi

Paperback
ISBN: 978-3-9523694-2-5

Ein verrückter Sommer in Luzern – viel zu trocken, viel zu heiss. Eine Frauenleiche im Stadtpark. Niemand hat etwas gesehen oder gehört. Aber was tun dann die vielen mit Mobiltelefonen bewaffneten Zuschauer frühmorgens am Tatort? Und woher hat die Reporterin der Luzerner Zeitung plötzlich brisante Neuigkeiten?

Andy Walker, ein etwas verschrobener Kriminalbeamter, steht vor dem schwierigsten Fall seines Lebens. Kennt er die Tote? Welche Rolle spielt der Frührentner, der ein paar Tage zuvor auf der Treppe des Hotels Schweizerhof tot zusammengebrochen ist? Und wer ist die geheimnisvolle Fremde auf dem Friedhof?

Walker fällt es schwer zu ermitteln. Geplagt von Gewissensbissen und der Angst, selber in den Kreis der Verdächtigen zu geraten, versucht er verzweifelt und allein gegen die Zeit und gegen eine fürchterliche Hitze zu recherchieren. Dabei umgeht er seine Vorgesetzten und greift zu ungewöhnlichen Massnahmen. Seine Ermittlungen führen ihn nach Vitznau.

Vorschau

KÜNSTLERPECH – Kramers dritter Fall
(Krimi) Silvia Götschi

Die Spreuerbrücke in Luzern brennt und weckt Erinnerungen an den Sommer 1993, als die Kapellbrücke in Vollbrand gestanden hat. Doch dieses Mal gibt es eine Tote. Werden mit dem Feuer Spuren eines Verbrechens verwischt?

Thomas Kramer indes ist mit dem mysteriösen Verschwinden vom Freund seines Sohnes beschäftigt, was ihn in die Kunstszene und somit in eine skurrile Welt führt. Dort lernt er nebst begnadeten Künstlern auch Sonderlinge kennen, die vor nichts zurückschrecken – auch nicht vor Mord – wenn es darum geht, sich als Individuum zu profilieren.

Erscheint im Herbst 2013!

Mehr unter: www.thomas-kramer-krimis.com